बीच में विनय

बीच में विनय

स्वयं प्रकाश

राजकमल प्रकाशन

ISBN : 978-81-267-0372-2

मूल्य : ₹450

पहला संस्करण : 1994
तीसरा संस्करण : 2017

प्रकाशक : राजकमल प्रकाशन प्रा. लि.
1-बी, नेताजी सुभाष मार्ग, दरियागंज
नई दिल्ली-110 002

शाखाएँ : अशोक राजपथ, साइंस कॉलेज के सामने, पटना-800 006
पहली मंजिल, दरबारी बिल्डिंग, महात्मा गांधी मार्ग, इलाहाबाद-211 001
36 ए, शेक्सपियर सरणी, कोलकाता-700 017

वेबसाइट : www.rajkamalprakashan.com
ई-मेल : info@rajkamalprakashan.com

मुद्रक : बी.के. ऑफसेट
नवीन शाहदरा, दिल्ली-110 032

BEECH MEIN VINAY
Novel by Swayam Prakash

बीच में विनय

भूमिका

यह उपन्यास भारत के साम्यवादी आंदोलन के पचास वर्षों पर कोई टिप्पणी नहीं है। यह उपन्यास सिर्फ यह बताने की कोशिश है कि जब भारत में साम्यवादी आंदोलन के पचास वर्ष पूरे होने में अधिक समय नहीं था, एक कस्बे में कम्युनिस्ट किस तरह आचरण कर रहे थे और किन कठिनाइयों से किस तरह जूझ रहे थे। संभव है इस तरह हम अपने अंतर्विरोधों को अधिक साफ तरीके से देख पाएँ और भविष्य में अपना आंदोलन ठीक से चलाने के लिए कुछ ज़रा-सी मदद पाएँ !

यह जिस समय पूरा हुआ, 'ग्लासनोस्त' और 'पेरेस्त्रोइका' शिखर पर थे और गोर्बाचोव सारी दुनिया के लिए नई आशा का केंद्र बने हुए थे। जब यह उपन्यास छपकर आपके हाथों तक पहुँच पा रहा है—गोर्बाचोव ही नहीं उनका सोवियत संघ भी इतिहास के गर्त में धकेला जा चुका है। आज की चुनौतियाँ कुछ भिन्न और अधिक कठिन हैं। साम्यवादी विचारधारा निर्विकल्प और अडिग है, किंतु साम्यवादी राजनीति निस्तेज और हतप्रभ। ऐसा क्यों होना चाहिए ? आइए, हम सोचें कि ऐसा क्यों हुआ होगा।

उपन्यास में मैंने अपनी एक पुरानी कहानी का इस्तेमाल कर लिया है। इसलिए कि वहाँ उसे ठीक से खोदा नहीं जा सका था, और इसलिए भी कि मुझे वही पात्र चाहिए था।

अंततः यह वह रचना नहीं है जो मैं लिखना चाहता था। यह उसकी तैयारी है। हमें अपने समय की महागाथा लिखने के लिए एक नए रूपबंध की आवश्यकता है, जो मुमकिन है ऐसी कोशिशों से ही हाथ लगे।

स्वयं प्रकाश

एक

"मकान तो ठीक है।"

प्रोफेसर भुवनेश चतुर्वेदी ने चारों तरफ घूमकर देखा और पत्नी से कहा। जैसे राय माँग रहे हों—बोलो, तुम क्या कहती हो ?

मकान वाकई अच्छा था।

दो बड़े-बड़े हवादार कमरे, साफ चिकना फर्श, सफेद दीवारें, फ्लश की लैटरीन, बाथरूम के ऊपर पानी की टंकी। बीच में आँगन। हर जगह बिजली की पक्की फिटिंग, हर कमरे में छत का पंखा। काँच के दरवाज़ेवाली अलमारियाँ। ऊपर बड़े-बड़े टाँड। खुली छत, आगे काफी बड़ा कम्पाउण्ड। पीछे खेत, चारों तरफ से हवादार।

"हाँ, अच्छा है।" पत्नी ने कहा।

हाथ की सिगरेट फर्श पर पटक, उसे जूते से कुचल, कोट की जेबों में हाथ घुसेड़ते भुवनेश बाहर आ गए। पीछे-पीछे सेठ का आदमी और प्रोफेसर-पत्नी।

"तो ठीक है। सुबह सामान ले आएँगे। शाम को नल आएगा। कपूरचन्द को भेजकर सफाई करवा लेंगे। क्यों ?"

फिर पत्नी से अपेक्षा—क्या कहती हो ?

"हाँ।" मरी-सी 'हाँ'। पन्द्रह दिन बुरी तरह परेशान रहने के बाद और लगभग निराश हो चुकने के बाद अचानक इतने अच्छे मकान का मिल जाना किसी को भी खुश कर सकता है। पर पत्नी खुश क्यों नहीं थी ? इसकी भी एक कहानी है।

मकान वाकई अच्छा था और प्रोफेसर भुवनेश को मात्र एक सौ अस्सी रुपए महीने के किराए पर मिल गया था। इसका भी एक कारण था।

मकान एक सेठ का था। सेठ ने सोने और घड़ियों की स्मगलिंग में खूब कमाया और जब पकड़ा गया तो दो साल की सज़ा भुगत, खिला-पिला, बची-खुची पूँजी

से बम्बई में स्टेनलेस स्टील के बर्तनों की फैक्ट्री खोलकर बैठ गया। उसमें भी खूब कमाई है। गाँव में जब कुछ नहीं था और पैसा था कि आए ही जा रहा था तब सेठ ने यह मकान बनवाया था। खूब तबीयत से। खूब खुले हाथ खर्च करके। साल में दो-चार बार गाँव आए तो रहे और बाकी समय गाँव पर रौब-रुतबा रहे। लोग सेठों का-सा सम्मान दें। ऐसा ही उसकी बिरादरी के अन्य लोग करते थे। सबसे पहले मकान बनवाते थे। फिर दान-धर्म, उपासरा-प्रतिष्ठा, उपधान-जीमण। सुबह-सुबह चाँदी की डिबिया हाथ में ले बदन पर पीली रेशमी धोती डाले, नंगे पैर मन्दिर की तरफ लपकते हुए ··· स्कूलों-अस्पतालों-धर्मशालाओं में चन्दा देकर अपने पुरखों के नाम के पत्थर लगवाते हुए ··· चमकदार टैक्सियों में ··· सोने से लदी सेठानियों में ··· फुल वॉल्यूम चीखते स्टीरियो सैटों में ··· बम्बई से आते और बम्बई जाते हुए ··· सारी धुकर-पुकर का एक ही मकसद है—लोग सेठ कहें, कोई चोर न कह दे।

खैर, पर सेठ चैन से रहा नहीं कभी इस मकान में। पहले ही साल इकलौते बेटे को साँप ने काट लिया और वह मर गया। दूसरे साल पत्नी पागल हो गयी। बड़ी मुश्किल से इलाज हुआ। अब भी समझ और नामसझी, होश और पागलपन के बीच की मुँडेर पर ही बैठी हुई है। और तीसरे साल! तीसरे साल कोई नहीं आया। न कोई रहने आता है, न कोई किराए पर लेता है, न कोई खरीदता है। क्योंकि लोगों का खयाल है उसमें भूत रहता है। बाल-बच्चेवाले मकान के लिए तंग होकर लेना भी चाहें तो भारत की सन्नारियाँ पत्नियाँ सत्याग्रह कर देती हैं। अफवाहों में अफवाहें, वहम में वहम जुड़ते चले गए हैं।

भुवनेश भूत-प्रेत कुछ नहीं मानते। जो मानते हैं उन पर व्यंग्य में बुझी-जहराई मुस्कराहट फेंक उन्हें धराशायी कर देते हैं। तर्क हो तो सामनेवाले को कहीं का नहीं रखते। उनकी भी पत्नी है, एक अठारह साल की बिटिया भी है, पर जैसे ही उन्हें इस मकान का पता चला, देखने चले आए। और फटाफट तय कर लिया। देखें कौन भूत है जो इतने अच्छे मकान पर अकेले कब्जा किए बैठा है। उसे भी कॉमरेड बना देंगे—आधे में तू रह, आधे में हम रहेंगे।

लेकिन यह मकान सेठ मुफ्त में भी देकर खुश ही होता। पर फिर वह सेठ नहीं होता। इतनी पूँजी का ब्याज ही कितना हो जाता है बापजी ? कितने साल रहेंगे प्रोफेसर ? दो साल, तीन साल ! फिर तो तबादला होगा ही। देने दो एक सौ अस्सी रुपये। अगला किराएदार तीन सौ देगा। आड़ी तो निकल जाएगी। न सही तीन सौ, ढाई सौ तो कहीं नहीं गए। और क्या पता, साढ़े तीन सौ भी मिल जाएँ।

भुवनेश अंग्रेजी साहित्य के व्याख्याता हैं। पिछले साल राजनैतिक दबाव से

भी ज्यादा इस कारण से यह महाविद्यालय खोल दिया गया कि सात-आठ साल पहले एक सेठ ने इमारत-फर्नीचर-लाइट-पाइप आदि का शुरुआती खर्चा सिर्फ अपना सूगला नाम कॉलेज की इमारत, फर्नीचर, कैलेण्डर, विवरण पत्रिका, परिचयपत्र, प्रमाणपत्र, उपाधिपत्र पर चिपकवाने की शर्त पर। कॉलेज खुलते ही चार बाबू, दस प्राध्यापक, आठ चपरासी भेज दिए गए थे। और जैसी कि सरकार की आदत है, इस बात की ज़रा भी परवाह नहीं की गई थी कि ये भले आदमी रहेंगे कहाँ, इनके बच्चों के लिए वहाँ स्कूल भी है या नहीं, आदि। छँटे हुए लोगों को और छँटनी में सबसे नीचे बचे अनाथतुल्य लोगों को जाने को कह दिया गया। जो चले गए थे उनसे विभाग खुश हुआ था, और जो नहीं गए थे उनसे और ज्यादा खुश हुआ था। इलम-तिकड़म, पूजा-पाठ, गिड़गिड़ाहट यह सब निदेशकीय कार्यालय के माहौल को सुखद, वरद और महत्त्वपूर्ण बनाए रखने के लिए ज़रूरी है।

भुवनेश की गिनती भी छँटे हुओं में थी। बड़ों के आगे दुम नहीं हिलाना, बड़ों के साफ-साफ आग्रह करने पर भी किसी के नम्बर नहीं बढ़ाना, बड़ों के इशारे के बावजूद किसी को नकल नहीं करने देना, और कोई क्लास नहीं छोड़कर, ईमानदारी से पढ़ाकर समय पर कोर्स ख़त्म करके—ख़ुद लोकप्रिय होने के लिए—दूसरे साथी अध्यापकों को नीचा दिखाना, ये कुछ बुरी आदतें उनमें थी। यदि दूसरे आलसी, नालायक और निकम्मे, मान लो हैं भी, तो उनको तनख्वाह भुवनेश अपनी जेब से तो देते नहीं। उनका काम नहीं है कि वे दूसरों की धूल झाड़ें। और दूसरी बात, मानवता का तकाज़ा है कि मूर्खों को भी जहाँ तक हो सके निभाओ। सब तो एक जैसे नहीं हो सकते न!

भुवनेश में एक और बुराई थी। वे शिक्षक संगठन के सदस्य थे और इसे बहुत गंभीरता से लेते थे। नियमित चंदा देते थे और दूसरों से भी नियमित दिलवाते थे। दूसरे महाविद्यालयों से प्रिन्सिपल से भी ज्यादा उनके बुलावे आते थे, और इस तरह न सिर्फ बड़ों के अहं को ठेस पहुँचती थी, बल्कि वे भुवनेश से कुछ-कुछ डरने भी लगे थे। ज़ाहिर है ऐसी दादागिरी माता सरस्वती के पवित्र मन्दिर में ज्यादा देर बर्दाश्त नहीं की जा सकती।

और भुवनेश में एक और बुराई थी। वह तबादले से नहीं डरते थे। उनके पीछे सिर्फ तीन टिकट का परिवार था जो साथ रहता था। घर का मकान कहीं बनवाया नहीं था। दलाली, खेती, एजेंसी या ट्यूशन जैसा कोई धंधा नहीं करते थे, सिनेमा देखते नहीं थे और कोई भी पवित्र आउटडोर शौक नहीं था। शौक दो ही थे—पढ़ना और बोलना। बोला कहीं भी जा सकता था और पुस्तकें महानगरों से लाई-मँगाई

जा सकती थीं। तब फिर तबादलों से कौन-सा डर बचा ?

इसलिए इस साल भुवनेश को यहाँ भेज दिया गया। पिछले साल डर के मारे और उन्हें उपकृत करके दबाने की इच्छा से उन्हें कहकर भी नहीं भेजा गया था। पर वह भी क्या आदमी जो उपकार ही न माने! इसलिए भेजो। भेजा, और ये आ गए मजे से। चलो बेगम! बाँधो बिस्तर।

लेकिन बिस्तर बाँधना क्या आसान था ? छोटे-बड़े आठ पैकिंग केस तो किताबों के ही थे। इसके अलावा बरतन-भाँडे, फर्नीचर, रेडियो, मूर्तियाँ, चित्र, पेटिंग्स कुल सत्रह दागीने। यानी दो बैलगाड़ी भर सामान, जिसका किराया, ढुलाई, हम्माली, बाँधना, खोलना, टूट-फूट आदि हमेशा महँगी ही पड़ती है। दूसरे दिन खोला तब पता चला। एक-एक चीज़ इतने करीने से सम्हालकर, सजाकर, सँवारकर, सुरक्षा के साथ पैक की गई थी मानो विदेश भेजनी हो। और इतने ही करीने से उन्हें खोला भी जा रहा था। जब तक तय नहीं हो जाए कि अमुक चीज़ कहाँ रखनी है, उसे निकालकर बखेरो मत। रखकर भी देखो कि वहाँ अच्छी भी लग रही है या नहीं। चार जगह, दस जगह रखकर देख लो। तय हो जाए तब दूसरी चीज़ निकालो।

विनय फँस गया। मिलने आया था। घर जमाने में जुट गया।

और चार घंटे बाद भी, जब श्रीमती भुवनेश पूरा रसोईघर जमा चुकी थीं बल्कि दूध-पानी का प्रबंध कर चाय भी बना चुकी थीं—अभी तक ये दो धूल धूसरित रणबाँकुरे सिर्फ आधा ड्राइंगरूम ही जमा पाए थे।

अपने पति की परफेक्शन-प्रियता से परिचित श्रीमती भुवनेश हँसीं। बिटिया ने भी बाप की इत्मीनान-शैली का मज़ा लिया। खिलखिलाकर। वह खिलखिलाहट, जो विनय को झंकार गई। पारंपरिक मध्यवर्गीय परिवारों में बाप की महानतम मूर्खता पर भी हँसने का पत्नी को हक़ और संतान को हौसला नहीं होता। जैसे विनय के यहाँ। उसे लगा एक बीमार दुनिया में बरसों बीतते रहने के बाद वह निहायत स्वस्थ लोगों में आ गया है। पुराने पलस्तर की तरह संकोच की परतें झड़ गईं। पैर पसारकर चाय पी। इत्मीनान से सिगरेट सुलगाई और भुवनेश से साफ कह दिया कि आप सामान की राँगोली करते रहिए, वह स्वतंत्र उत्तरदायित्व से काम करेगा। रात आया ही चाहती है और वह भी जाया ही चाहेगा। श्रीमती भुवनेश ने समर्थन किया और भुवनेश थोड़ा खिसियाए। दोनों ने फोल्डिंग सोफा खोला और खड़ा किया, कुर्सियाँ-मेज़ें करीने से लगा दीं और फर्नीचर की इस तरतीब में नुक्ताचीनी करने के लिए भुवनेश को अकेला छोड़, विनय उनकी बिटिया के साथ दूसरे कमरे में आ गया। और दोनों ने मिलकर फटाफट तीनों पलँग खोलकर बिछा दिए, कस दिए और बुन दिए। अब आज के लिए नमस्ते की जा सकती है।

श्रीमती भुवनेश ने विनय से खाने के लिए रुकने को कहा। माने आग्रह किया। आग्रह में थोड़ा अधिकार भी था।

पर क्या अभी विनय रुक सकता है ? क्या उसका ऐसा करना शोभा देगा ? बल्कि अभी तो उसी को इन लोगों के खाने का प्रबंध करना चाहिए था।

पर तीनों से बिदा लेकर ··· अपनी बीमार दुनिया के दरवाज़े पर एकदम अकेला रह गया विनय जानता था कि यदि किसी ने डाँटकर रोक लिया होता ··· ज़िद करके ··· हाथ पकड़कर ··· तो उसे कितनी-कितनी खुशी होती।

विनय यानी विनय मोहन श्रीवास्तव। बाप विदेश सेवा में भेजने के ख्वाब देख रहे थे, बेटा क्लास की सबसे पिछली सीट पर बैठा कविता लिख रहा था। चार भाइयों में तीसरा—विनय ··· प्रसिद्ध वकील गिरिजा मोहन श्रीवास्तव का बेटा विनय ··· इस कस्बे में बिजली के महकमे में भाड़ झोंक रहा है। यानी अपनी नौजवानी को कसाई वक्त के फरसे के नीचे कीमा होते देख रहा है। यानी टाइपिस्ट है और तय नहीं कर पा रहा है कि अगर वह टाइपिस्ट होने के लिए नहीं पैदा हुआ है तो पैदा हुआ क्यों है। एक अमूर्त कसमसाहट में बीतते विनय को कभी पूरी-पक्की तौर पर यह भी नहीं लगा कि कवि बनने के लिए ही उसका अवतार हुआ है। हालाँकि कविताएँ उसने खूब लिखी हैं और वे छोटी पत्रिकाओं से बड़ी पत्रिकाओं तक में छपी भी हैं। जब तक नहीं छपी थीं, विनय को लगता था कि इनका छपना उसके अस्तित्व की सार्थकता के लिए बहुत ज़रूरी है। लेकिन छपने के फौरन बाद उसे लगता, यह क्या बात हुई! यह तो कोई बात नहीं हुई। कुछ मज़ा ही नहीं आया। बल्कि जब उजबक तरीके से रहने-बोलने-लिखने और गानेवालों को कवि कहलाता देखता तो वह उल्टा घबराने लगता कि क्या इन्हीं लोगों में उसका शुमार होने जा रहा है ?

थोड़ी-बहुत फोटोग्राफी भी की, एक नाटक में अभिनय भी किया, कुछ चित्र भी बनाए, कुछ दिन तबला बजाना भी सीखा, कुछ दिन ग़ज़लें भी गाईं, कुछ दिन दादागिरी भी की। ··· पर हर बार मन बहुत जल्दी उचाट हो गया। नहीं-नहीं, ये भी नहीं, ये भी नहीं ··· हर जगह टुच्चापन, धक्कामुक्की, छलछद्म, लालच, ओछापन ··· कहीं आत्मा का वह सुखद खुला फैलाव नहीं ··· अन्तर का अनाम आनन्द नहीं ··· तृप्ति की कुछ चातक-बूँदें, जिनकी आस में वह कबसे-कबसे मुँह खोले आसमान को ताकता बैठा है। सारी दुनिया पैसे की, ऐश्वर्य की, सफलता की साधना में भगदड़ मचाए हुए है। बढ़े चलो दूसरों के कन्धों पर ··· सिर पर ··· पेट पर जूते रखकर भी ··· उन्हें कुचलते हुए भी ··· बढ़े चलो ··· बढ़े चलो ··· पद-पैसा-प्रतिष्ठा ··· कार-कूलर-कोठी-कालीन ··· क्या करेगा

वह ? वह क्या करेगा इन चीजों का ?

इसलिए अब वह बहुत कम बोलता है, सभा-गोष्ठियों में सबसे पीछे बैठता है, नेपथ्य में रहना पसन्द करता है, बकबकियों पर मन-ही-मन हँसता है, कोई उसे चर्चा के केन्द्र में लाना चाहे तो किसी और को आगे कर भाग छूटता है और किसी भी व्यक्ति का किसी भी चीज़ में अतिरिक्त उत्साह देखकर एकदम बुझ जाता है। जवानी की छलछलाती-उफनती-पछाड़ें मारती नदी में छपाछप नहाते-खेलते-गोते लगाते, एक-दूसरे की टाँग पकड़कर खींचते-खिलखिलाते · · · ये तमतमाए तांबई स्वस्थ-प्रसन्न चेहरे · · · इनमें से एक भी चेहरा उसका क्यों नहीं है ? क्यों वह अपाहिजों की तरह किनारे ही खड़ा है ? किस चीज़ के लिए तरस रहा है वह ? तो लपक क्यों नहीं पड़ता ? कौन उसे रोके हुए है ? किससे पूछे ? कौन बताए ? मुद्दई भी वही है और मुंसिफ भी वही · · · और मुजरिम भी वही।

कॉलेज के दिनों में भी ऐसा ही होता था। क्लास में कोई प्रश्न पूछा जाता, जिसका जवाब उसे आता था, पर इतना उत्साह ही नहीं होता कि हाथ खड़ा करे या खड़े होकर जवाब दे। या सोचने लग जाता कि क्या सही जवाब देने से जवाब का अर्थ उसके लिए कुछ बढ़ जाएगा ? क्या यह बेहतर नहीं होगा कि वह चुप रहे और उसे जवाब देने दे जिसे जवाब देकर वाकई खुशी होगी। कविता लिखता, पर कभी इच्छा न होती कि 'कॉलेज टाइम्स' में छपाए। किसी के आग्रह-आमंत्रण-निमंत्रण पर कैंटीन नहीं जाता। लड़कियाँ कुछ थीं जो अच्छी लगतीं, पर उनका ध्यान आकृष्ट करने के लिए अजीबोगरीब हरकतें करना या सज-सँवर कर आना या उनकी एक झलक पाने या झलक दिखाने के लिए काफी सारा वक्त ज़ाया करना उसे जँचता ही नहीं। पता नहीं वह खुद को सब लोगों से ऊँचा समझता था या सब लोगों से नीचा, पर थोड़ा अलग ज़रूर समझता था, और शायद था भी। बहुत ही कम, सिर्फ दो-चार लोग ही थे, जिनके लिए उसने अपने दिल के दरवाज़े खोले थे और शेष के लिए वह किसी उपेक्षित सड़क पर खड़ा कोई एक दिलचस्प, लेकिन सूना बँगला ही था।

और इसलिए वह कुंठित होता गया, अकर्मण्य होता गया, दिवास्वप्नों में खोया रहने लगा, और जब उन्होंने भी उसका साथ छोड़ दिया तो उसने एक-एक महत्वाकांक्षा को कान पकड़कर अपने दिमाग़ से निकाल दिया।

नौकरी पाने के बाद वह कुछ खिला, कुछ खुला। ख़ासकर कॉमरेड लक्ष्मण माधव से मिलने के बाद।

लक्ष्मण माधव, जैसीकि अच्छे नेताओं की आदत होती है, सबसे पहले सामने वाले की सामर्थ्य और संभावना का अनुमान लगाते हैं, सोचते हैं कि इस शख़्स से

क्या काम लिया जा सकता है ··· और फिर बगैर देर किए वह काम उसे पकड़ा देते हैं। काम ही आदमी की परीक्षा है, और काम ही प्रशिक्षण। विनय पोस्टर अच्छे लिख लेता है और हिंदी-अंग्रेज़ी दोनों के मजमून सफाई और फुर्ती से टाइप कर डालता है— यथास्थान कॉमरेड की भाषा संबंधी भूलें सुधारते हुए। कॉमरेड को और क्या चाहिए! और विनय को भी लगता है कि वह कुछ कर रहा है जो एक सुलझे हुए आदमी के लिए ख़ासा सहयोग है ··· तो बस इतना पर्याप्त है। पता नहीं हर सुलझा-लपकता आदमी सही है या नहीं! सम्भव है बाद में जाकर सामने एक दीवार आ जाए और लौटना पड़े ··· या लौटते भी न बने, पर फिलहाल तो वे निर्द्वन्द्व और निःशंक हैं। तो वाह! क्या बात है! विनय ज़रूर उनका काम करेगा। कॉमरेड ने कहा था आठ बजे आने को। अब नौ बजे हैं। पर कोई ज़रूरी नहीं कि कॉमरेड नौ बजे भी मिल ही जाएँ। विनय इत्मीनान से जा सकता है। विनय इत्मीनान से जा रहा था।

कॉमरेड लक्ष्मण माधव किस प्रांत के किस जिले की किस तहसील के किस गाँव के आदिवासी हैं, कोई नहीं जानता। लोगों को सिर्फ इतना याद है कि जब काँकरिया सेठ ने यहाँ सबसे पहली जिनिंग मिल खोली थी, तब जिनिंग मशीन का काम जाननेवाले जो मजदूर बाहर से आए थे उनमें लक्ष्मण माधव भी एक था। जब बीस दिन काम करने पर भी पगार नहीं बँटी और एडवांस के पैसों से खरीदा आटा-दाल खुट गया तो मशीन बंद करके और साथ के बीस-तीस मजदूरों को साथ लेकर लक्ष्मण माधव मैनेजर के दफ्तर के आगे ज़मीन पर उकड़ूँ बैठ गया था। उसी वक्त किसी को बैंक भेजकर पैसे मँगवाए गए थे और पगार बँटी थी। लेकिन अगले महीने पैंतीस दिन तक पगार नहीं मिली और जब मिली तो आधी काट ली गई। क्यों ? फैक्टरी की ज़मीन पर मजदूरों ने झोंपड़े डाल लिए थे। उनका किराया और पगड़ी। अगली पगार से भी इतने ही काटे जाएँगे। इस बात पर तूतू-मैंमैं हुई थी और मैनेजर ने मारवाड़ी में लक्ष्मण माधव को गाली दी थी। लक्ष्मण माधव को मारवाड़ी नहीं आती थी। हिंदी भी ठीक से नहीं बोल-समझ पाता था। इसलिए वह मैनेजर की बात का अर्थ तो नहीं, आशय ज़रूर समझ गया था। और शायद कुछ ज़्यादा ही समझ गया था, कि उठा और मैनेजर को ठोक डाला। दूसरे मौन समर्थन देते रहे। किसी ने मैनेजर को नहीं बचाया। मैनेजर ने पुलिस को बुलाया। पुलिस लक्ष्मण माधव को पीटते हुए ले गई और तीन दिन थाने में बंद रखकर छोड़ दिया। अब उसकी मशीन पर दूसरा आदमी था। उसी का जोड़ीदार। मैनेजर ने लक्ष्मण माधव का हिसाब कर दिया— पैंतीस रुपए चालीस नए पैसे, जिनसे वह वापस भी नहीं जा सकता था। लक्ष्मण माधव ने अपनी भाषा में अपने जोड़ीदार से बात

की और अगले दिन सारे मजदूर चुकता हिसाब माँगने लगे। सेठजी को टेलीफोन लगाया गया। बीस दिन तक फैक्ट्री बंद रही। कपास की आवक के मौसम में बीस दिन तक फैक्ट्री का बंद रहना मायने रखता था। लेकिन मजदूरों की सारी बातें सेठ को माननी पड़ीं। लक्ष्मण माधव को बहाल करना पड़ा। नया मैनेजर लगाया गया। फैक्ट्री चल पड़ी और लक्ष्मण माधव बगैर वोट-चुनाव, संस्था, सील-मुहर, रजिस्ट्रेशन-एफिलिएशन-रिकग्नीशन काँकरिया के मजदूरों का सर्वमान्य नेता बन गया। यह बात ग्यारह साल पुरानी है।

उसके बाद तो तीन जिनिंग फैक्ट्रियाँ खुल गईं। एक यार्न मिल है। ढेरों पावरलूम हैं। खुद काँकरिया फैक्ट्री में साढ़ेचार सौ मजदूर हो गए हैं। गेट से घुसते ही एक गुमटीनुमा कमरा दिखाई देता है, जिस पर लाल झंडा फरफराता रहता है। लक्ष्मण माधव बीसियों बार पिटकर, नौकरी से निकाला जाकर, शहर से भगाया जाकर, चोरी-चकारी-बलात्कार-लौंडेबाज़ी के इल्ज़ाम में फँसवाया जाकर, पेशियाँ भुगत-भुगतकर, थाने की रोटियों का एक से अधिक बार स्वाद चखकर और अधिक मजदूरों का दिल और विश्वास जीतमाधव से कॉमरेड लक्ष्मण माधव बन गया है। पार्टी की मीटिंग करता है, राज्य काउंसिल की बैठकों में जाता है। पार्टी के जलसों-प्रदर्शनों में एक बस भरकर साथी जयपुर और दिल्ली ले जाता है। चुनाव में प्रचार करने जाता है। धार्मिक उत्सवों, मेलो-ठेलों, मंत्री-आगमनों पर शांति-सद्‌भाव और व्यवस्था बनाए रखने के लिए सलाह देने कलैक्टर द्वारा बुलाया जाता है और अव्वल तो बीमार पड़ता नहीं, पर अगर पड़ ही जाए तो घर पर मिजाजपुर्सी करने वालों का मेला लग जाता है। पिछली बार पार्टी उसे विधानसभा के लिए खड़ा करना चाहती थी, पर उसी ने मना कर दिया। वहाँ 'अध्यक्ष महोदय, अध्यक्ष महोदय' करते रहने से क्या होगा ? आदमी यहाँ हैं। उनका दुखदर्द यहाँ है। संगठन और साथी यहाँ हैं। ज़िंदगी की चुनौती यहाँ है। इंकलाब यहाँ है।

कॉमरेड लक्ष्मण माधव मुसलमानों के मोहल्ले में चालीस रुपए महीने किराए पर एक कमरा लेकर रहते हैं। एक गमछा, एक पंचा, एक बिस्तर, एक जोड़ी चप्पल, ढेरों कागज और चार जोड़ी खादी के कुरते-पाजामे—ये उनका कुल सामान है। एक कॉमरेड कुरता-पाजामा सी देते हैं। एक कोट है सर्दियों का—पता नहीं कब, कहाँ से आया और कब तक रहेगा ! कॉमरेड घर पर रहते भी बहुत कम हैं। ढाबों में खाना खा लेते हैं। कई बार जहाँ रुक गए, जहाँ रात हो गई, वहीं खा लेते हैं—किसी के भी घर। लोग उन्हें खिलाकर खुश होते हैं। कॉमरेड के कमरे का दरवाज़ा सबके लिए खुला है। उसमें कभी ताला नहीं लगता। सामने की दीवार पर लाल झंडे तले खड़े लाल सेना को ललकारते लेनिन की बड़ी-सी तस्वीर लगी है। कोने में तिपाई

पर मटका रखा है जिस पर तामचीनी की प्लेट ढकी है और ऊपर काँच का एक गिलास औंधा रखा है। दूसरी दीवार पर एक छोटा-सा आईना टँगा है जिसकी पॉलिश पुरानी पड़ चुकी है और जिसका एक कोना चटख़ चुका है। उसी की पुश्त में एक कंघा अटका है जिसके दो-चार दाँत टूटे हुए हैं। पड़ौस की लड़कियाँ नियम से झाड़ू लगा जाती हैं और पानी भर जाती हैं। आवाज़ भर मारने से कहीं से भी चाय आ जाती है। मेज़ पर पुराने पार्टी-अखबार और पत्रिकाएँ और सर्कुलर पड़े हैं। एक तरफ नई-पुरानी अर्जियों-प्रतिवेदनों-नोटिसों की मोटी-सी फाइल और कुछ मैले चिकने रजिस्टर पड़े हैं। टेबल के नीचे हिंदी का एक पुराना खड़खड़िया टाइपराइटर पड़ा है। एक चिड़िया काँच पर चोंच मार रही है।

विनय दरवाज़ा खोलता है। बत्ती जलाता है। मटके से एक गिलास पानी लेकर पीता है और मूढ़े पर बैठकर अखबार देखने लगता है। कॉमरेड अभी आ जाएँगे। कहीं फँस गए होंगे। कुछ देर प्रतीक्षा करनी चाहिए।

दो

दरवाज़ा ऋचा ने खोला। चूड़ीदार पाजामा-कमीज़, शैम्पू किए हवा में लहराते बाल। मुस्कराई— 'हलो' और घूमकर चल पड़ी।

ख़ुशबू का एक झपाटा विनय के पाँव उखाड़ गया। कहाँ की लड़कियाँ 'हलो' करती हैं ! कहाँ-किस शहर में भाग रहा है मन ! दरवाज़ा बंद किया। 'हलो ··· आइए' भुवनेश कुर्ता-पाजामा और वास्केट और कोल्हापुरी चप्पल पहने कोई किताब खोले बैठे थे और पास ही श्रीमती भुवनेश उसी पुस्तक में झुकी हुईं। विनय ने नमस्ते कहा। उन्होंने भी नमस्ते बुदबुदाया और सोफे की तरफ आ जाने का इशारा किया।

तीनों मिलकर शेक्सपीयर का एक ड्रामा पढ़ रहे थे। एक डॉयलॉग भुवनेश बोलते, एक श्रीमती भुवनेश और एक उनकी बेटी ऋचा।

विनय का मन किया चलता रहे निर्विघ्न जो चल रहा था। उसका आगमन व्यवधान न बने। पर अभी दूसरी-तीसरी ही मुलाकात थी। अभी औपचारिकताएँ शेष थीं। अभी श्रीमती भुवनेश का चाय के लिए उठना ··· ऋचा का दूसरे कमरे में चले जाना और भुवनेश का किताब में बुकमार्क रख उसे बन्द कर सिगरेट सुलगा चप्पल उतार आराम से पसरकर मुस्कराते हुए 'कहिए' कहना ज़रूरी था।

उस दिन वे दो-तीन घंटे बातें करते रहे। विनय उन्हें इस कस्बे के बारे में बताता रहा, जिसे वह बड़े ध्यान और दिलचस्पी से सुनते रहे। फिर वह उस शहर की बातें बताने लगे, जहाँ से वह आए थे। फिर तबादलों की राजनीति पर बात चल निकली। इतनी देर में श्रीमती भुवनेश चाय-नाश्ता बना लाईं। बिटिया को भी वहीं बुला लिया। बात कविताओं और नाटकों की चल पड़ी।

उस दिन विनय ने उस विचित्र संसार की कई बातों को लक्षित किया और विमुग्ध हुआ। उसने पाया कि भुवनेश में अपने आसपास में उल्लास का संचार करने की अद्भुत क्षमता है। वह जब चाहें सामनेवाले पत्थरों-कुर्सियों-दीवारों को भी हँसा

सकते हैं। और परिवार, जो वर्षों से रात-दिन भुवनेश का हर रंग, हर मूड देख रहा है—यदि वह अब भी उनकी तरकीबों से उल्लसित हो उठ सकता है तो यकीनन यह कोई ऐसी खूबी है जिसका पता विनय को अब तक नहीं था। विनय ने यह भी लक्षित किया कि श्रीमती भुवनेश जब कोई बात कहती हैं तो कहकर उसकी ताईद के लिए भुवनेश की तरफ नहीं देखने लगतीं। वह बातचीत में खामोश होते हुए भी शामिल होती हैं और बीच-बीच में कहीं अपनी सहज और बेलाग राय व्यक्त कर इसका प्रमाण देती हैं। उनकी राय एकदम उनके अनुभव-संसार से जुड़ी और व्यावहारिक होती है और वह राय भुवनेश की राय से अलग या विपरीत होने से भी डरतीं नहीं। ऐसा विनय ने पहले सिर्फ नौकरी करनेवाली पत्नियों में या उन पत्नियों में देखा था जो बड़े घर की बेटियाँ होती हैं और उन्हें किसी भी आकार के घर में रख लीजिए, वे यह भूल ही नहीं पातीं कि वे बड़े घर की बेटी हैं। किन्तु न यहाँ मास्टरनियों जैसी फटकारवृत्ति थी, न रईसजादियों जैसा अहंकार। एक ऐसी नारी जो अपनी व्यक्तित्व-संपन्नता के प्रति इस कदर सहज हो कि न दिखाऊ सहजता, न अतिरिक्त विनम्रता, न जिद्दी अहंकार ··· एक दुर्लभ जैसी चीज लगती है।

और जिस चीज ने विनय को सबसे ज्यादा आकर्षित और विमुग्ध किया वह थी भुवनेश की अठारह वर्षीया बिटिया की हँसी। वह इतना खुलकर, खिलकर, खिलखिलाकर हँसती थी कि मानो दूध का झरना ही बह चला हो। या दूध ही जैसे हँस पड़ा हो। हँसते समय उसकी आँखें छोटी-छोटी हो जाती थीं और सिर पीछे की तरफ उठ जाता था और सुनहरे घने बाल हवा में लहरा जाते थे और चमकीले दाँत झिलमिल करने लगते और सीधे हाथ की नाजुक उँगलियाँ होंठों पर और नाक पर आ बैठती थीं और फिर उससे अपने-आपको सम्हालना मुश्किल हो जाता था और वह 'ओ माँ' कहती हुई पेट पकड़कर श्रीमती भुवनेश की गोदी में 'धम्म' हो जाती थी ··· और वह जो खुद हँसी के मारे गुदबुदी हुई जा रही होती थीं, बिटिया की पीठ पर लाड़ से धप जमाकर उसे सीधा करने की फिराक में लग जाती थीं, यह किसी सितार का झाला ··· या किसी संतूर की सरगम ··· या किसी पहाड़ी मंदिर की घंटियों की टुनटुनाहट—विनय को लगा उसका दिमाग खराब हो गया है। वह फिर कविता के गर्त में फिसल गया है। वह फिर उसी सांस्कृतिक मूर्खता में फिसलता जा रहा है जहाँ लड़की को लड़की नहीं, इंसान नहीं, हाड़-मांस का जीव नहीं, व्यक्तित्व नहीं ··· सिर्फ एक कलाकृति या वस्तु या आलंबन या उद्दीपन या उपादान समझा जाता है। उसने लात मारकर अपने दिमाग से रीतिकाल को धक्का दिया, छायावाद को चुटिया पकड़कर दूर फेंककर मारा ··· और उदास हो गया। यह घर जो उसे इतना स्वस्थ और इतना नया और इतना स्पृहणीय लगता

है ··· और जिसकी तड़प में वह बार-बार, हर बार, हर पल यहीं लौट आना चाहता है, और जिसकी स्मृति और कल्पना उसे दफ्तर में भी स्फूर्ति से भर देती है, और जिसकी उपस्थिति मात्र, जिसका उसके परिचय संसार में होना मात्र उसे रोमांचित कर देता है ··· और शाम चार बजते-बजते जो बावलों की तरह यहाँ आने को उतावला होने लगता है। और फिर भी आते-आते भी कई बार झिझक जाता है। कई बार लौटने-लौटने को होने लगता है। कई बार अपने इस नदीदेपन पर बुरी तरह झुँझला जाता है ··· और फिर भी हर बार आ जाता है। और हर बार बेइंतिहा खुश होता है और हर बार बेइंतिहा उदास हो जाता है।

एक अजीब रिश्ता विनय के और इस घर के बीच बन रहा था। इस शहर के सारे रिश्ते-नाते, अपनी उलझी जिंदगी के सारे सवाल, अपनी भावनाएँ और महत्वाकांक्षाएँ और आत्ममंथन, अपना काम, अपनी नौकरी, अपने परिवार की स्मृति—सब जैसे फोकस से बाहर जाकर धुँधला गए थे। रह गया था तीन सदस्यों का यह परिवार ···-परिवार का नया अनोखापन ··· और नएपन की गरिमा, सहजता और भव्यता ··· मानसिक संपन्नता। रोज़ सुबह उठते ही विनय को यहीं घटित हुआ कुछ याद आता ··· दिन भर इस-उस काम के बीच यहीं का कोई प्रसंग ··· कोई मुद्रा ··· कोई भंगिमा याद आती ··· रोज़ शाम अनजाने ही उसके कदम यहाँ के लिए ही उठ जाते। रास्ते में खुद को लताड़ता कि जैसे कोई भुक्कड़ खाना देखते ही टूट पड़ा हो, ऐसे क्यों कर रहा है ? रोज़ डरता कि रोज़-रोज़ जाने से उसकी क़द्र ही नहीं कम हो जाएगी, किसी दिन वह दुत्कार भी दिया जाएगा ···या यह तो हो ही सकता है कि उसके स्वागत में एक ठंडापन आ जाए ··· या उन लोगों को असुविधा या ऊब या चिढ़ महसूस होने लगे ··· रोज़ चाहता रास्ते से ही लौट जाए ··· कभी-कभी लौट भी जाता ··· हलकान होता रहता ··· मानो खुद को जान-बूझकर सता रहा हो और इस सताने में भी सुख मिल रहा हो, पर दूसरे दिन ढीठ की तरह फिर पहुँच जाता। डर यह भी था कि जो काव्य ··· जो धुआँ-धुआँ रेशमीपन उसने इस परिवार के गिर्द बुन लिया है वह कभी भी छितर जाएगा। लगभग पता था कि अतिविशिष्ट से लगनेवाले ये लोग किसी दिन अपना निहायत बेस्वाद औसतपन प्रगट कर देंगे और वह सिर्फ ठगा रह जाएगा। तो यह होना ही है। या जैसे मन-ही-मन प्रतीक्षा कर रहा हो—एक क्रूर प्रतीक्षा कि ये कब-कब-कब मामूली साबित होते हैं !

लेकिन अजीब बात थी कि हर दिन उसे वहाँ उसी उष्णता के साथ अवगाहा जाता। न कोई अतिरिक्त गर्मजोशी, न कोई ठंडापन। जैसे उसका रोज़ शाम आना एक तयशुदा बात हो। जैसे वह परिवार का ही एक सदस्य हो। और-और खुलने

लगे तीनों उसके सामने, लेकिन वह पर्त नहीं आई औसतपन की ··· टुच्चई की ··· ऊब और बेस्वाद फीकेपन की जिसकी उसे आशंका रहा करती थी, जिसे वह इस क़स्बे के लोगों में देखने का अभ्यस्त था। श्रीमती भुवनेश अब भाभी थीं, लेकिन भुवनेश तो चतुर्वेदीजी ही थे। और ऋचा, ऋचा के सिवाय क्या हो सकती थी? लड़के को लपककर भाई साहब या अंकल बना लेना ऋचा जैसी लड़कियों का काम नहीं। पर वह भी विनयजी से विनय तक तो आ ही गई थी और उसने विनय को एक सुखद फुरफुरी में डाल दिया था कि किसी दिन वह विनय से 'विनू' या 'विन्नी' हो जाएगा और आप से तुम। पर आजकल कौन इतने भीतर तक आ जाने देता है किसी को एकदम ?

कभी यह भी होता कि वहाँ जाते समय उसे रास्ते में कोई परिचित मिल जाता और वह खुश होता कि वहाँ जाने से बच जाएगा और दुखी भी होता कि आज वहाँ नहीं जा पाएगा। और वह उस परिचित को उपकृत करने के लिए उसके साथ लग लेता और खुश होता कि उसने अपनी शामें किसी एक परिवार की गुलामी में नहीं दे रखी हैं और अंत में दुखी भी हो जाता कि आखिर उसकी जिंदगी में और खुशनुमा है ही क्या ? परिचित की बातों में मन लगाता और खुश होता कि अभी उसने एक स्वप्न के पीछे अपनी सामाजिकता पूरी तरह नष्ट नहीं हो जाने दी है। और अंत में पछताता कि जब बुजुर्ग कह गए हैं कि जिस सोहबत में कुछ सीखने को न हो उसे फौरन छोड़ दो, तो उसने अपनी एक पूरी शाम सोच-समझ की इस मटमैली तलछट में क्यों बरबाद की ?

कभी यह भी होता कि भुवनेश के यहाँ और लोग बैठे होते, वह सोत्साह उन लोगों के मामलों में शामिल तो होता, भाभीजी बुलाकर दूध लाने को या पानी भरकर पिला देने को या किसी और छोटे-मोटे काम को कहतीं तो खुश भी होता ··· ऋचा और वह दूसरे कमरे में जाकर घर के बच्चों की तरह मेहमानों की नक़लें भी बनाते और उनकी नुक्ताचीनी करने का मज़ा भी लेते ··· पर कहीं-न-कहीं उसे लगता कि दूसरों ने उसका हक छीन लिया है—भुवनेश को बाँटकर। चौंकता कि क्या वह औरताना-बचकाना अधिकार-भावना की चपेट में तो नहीं आता जा रहा ? और सारे मामले को वैज्ञानिक तरीके से वस्तुनिष्ठ होकर सुलझाने की कोशिश करने लगता।

एक दिन वहाँ ताला मिला। उसके दिल पर मुक्का-सा पड़ा। कुछ देर बाहर टहलता रहा। अड़ोस-पड़ोस था नहीं, कि पूछता कहाँ गए हैं ? दूसरे दिन पता चला कि घूमने गए थे तो उसे बुरा लगा कि देखो, बताकर नहीं गए ! साथ चलने को भी कह सकते थे ! पर वह होता ही कौन है उनका ! और रूठकर चला आया।

और तीन रोज तक नहीं गया। इंतज़ार करता रहा कि भुवनेश खुद आएँगे ··· खैर-खबर लेने ··· चिंता करते हुए ··· या मनाने। देखने कि बीमार तो नहीं पड़ गया ! और यदि साथ में भाभीजी और ऋचा भी आ जाएँ ··· या ऋचा ही आए ··· या ऋचा ही अकेली आए ··· पर कोई नहीं आया। न सड़क पर कहीं मिले। न दफ्तर में ही कोई टेलीफोन आया। बल्कि एक बार तो उनके घर के सामने से गुज़रा भी कि कोई देखकर··· आवाज देकर बुला लेगा ··· पर वहाँ कोई दिखाई नहीं दिया। बाहर तीन-चार साइकिलें खड़ी थीं, दरवाज़ा खुला था ··· एक पल दरवाज़े की खोह में कोई पीली-सी चीज गुज़री थी ··· ऋचा का दुपट्टा ? भाभीजी की साड़ी? भुवनेश का कुर्ता ? कोई मेहमान ? रिश्तेदार ? कोई आओ। मुझे बुलाओ ! मैं तुम्हारे घर के सामने से ही गुज़र रहा हूं ! लेकिन कहीं कोई नहीं आया। किसी को उसकी अनुपस्थिति से कोई फर्क नहीं पड़ता। कोई उसकी फिक्र करनेवाला नहीं। बल्कि शायद वे तो राहत महसूस कर रहे होंगे। मैं ही मरा जाता हूँ इनके लिए। ठीक है। नहीं जाऊँगा, जब तक खुद नहीं आएँगे मनाने। मैं इनके बगैर भी जी सकता हूँ ···। ये लोग नहीं थे तब भी तो जीता था। दुनिया बहुत बड़ी है। शहर में अनेक लोग हैं। बाबूसिंहजी हैं। कॉमरेड हैं। मेहराजी हैं। बल्कि ये तो उल्टे खुश होंगे कि मैंने इनके लिए भी समय निकाला। ठीक है। नहीं जाना अब उनके यहाँ कभी भी। भाड़ में जाओ ! तुम और तुम्हारे घटिया ठहाके।

और बेशरम ! अगले दिन शाम को फिर उसी दरवाज़े की घंटी बजा रहा था।

भुवनेश देख रहे थे कि लड़के का विकास ठीक ढंग से नहीं हो पा रहा है। लड़का ज़हीन है। अच्छे घर का है, संस्कारवान है, पर कुंठित है और बुझा हुआ भी। जैसे कोई बहती हुई नदी अचानक रुक गई हो और जम गई हो। वह यह भी देख रहे थे कि जमी हुई बर्फ के नीचे कुछ चिंगारियाँ भी हैं जो अभी बुझी नहीं हैं। वे प्रतिभा की हैं या महत्वाकांक्षा की या इच्छाशक्ति की या मात्र आशाओं की—उन्होंने नहीं सोचा। उन्होंने यही सोचा कि लड़का कुछ बन सकता है, काम का साबित हो सकता है। लेकिन अभी वे उसे पढ़ रहे थे, मुकम्मल पढ़कर ही कोई राय कायम करना चाहते थे या ऐक्शन में आना चाहते थे। वैसे भी किसी को देखते ही उस पर टूट पड़ना—खासकर जिसके पसंद आने की संभावना हो—उनका स्वभाव नहीं। फिर अभी तो वह खुद नई जगह थे। आदमी का मूल्यांकन उसकी परिस्थिति को समझे बिना हो ही नहीं सकता। इसलिए वह चुप थे। लेकिन यह तो आम बात हुई। खास बात यह है कि उनमें विनय के लिए आहिस्ता-आहिस्ता एक पसंदगी, एक प्यार,

एक चिंता पैदा होती जा रही थी और वह उसकी सोहबत और साथ को चाहने लगे थे। वह अपनी समग्र ऊलजलूलियत और हड़बड़ी-गड़बड़ी में भी उन्हें प्रिय लगने लगा था। कुछ लोग होते हैं जो देखते ही चिढ़ पैदा करते हैं, अरुचि पैदा करते हैं, और कुछ ऐसे भी होते हैं—जैसे विनय—जिनमें कुछ होता है जो अच्छा-सा, प्यारा लगता है, पर जिसका मीजान नहीं बैठाया जा सकता, जिसको तर्क या विश्लेषण से सिद्ध नहीं किया जा सकता।

विश्लेषण भुवनेश की आदत थी। तर्क उनकी लत। और इसकी मदद से वह समझ सकते थे कि विनय क्या है और जो है वह क्यों है ? एक निम्न मध्यवर्गीय परिवार का छोटा बेटा—शहर में शिक्षा पाया हुआ—जिसकी प्रतिभा देखकर उससे बड़ी-बड़ी उम्मीदें लगाई गईं और जो व्यवस्था के खुरदरेपन से त्रस्त होकर आखिर एक कस्बे में टाइपिस्ट होकर बैठ गया और अब टुकर-टुकर ज़िंदगी की तरफ ताक रहा है मानो तय नहीं कर पा रहा हो कि उसको कहाँ जाना है ? कहीं जाना भी है या नहीं ? कोई उत्साहित करनेवाला जिसे न हो कहीं, और जो अपनी मौजूदा हालत से खौफनाक तरीके से असंतुष्ट हो ! जैसे किसी बढ़िया कम्पनी की खस्ताहाल कार—जिसकी बैटरी बरसों पहले डाउन हो गई हो। जिसे किसी ने धक्का नहीं लगाया और जो बीच जंगल में खड़ी रह गई हो।

लेकिन उन्हें यह समझ में नहीं आ रहा था कि विनय उन्हें अच्छा क्यों लग रहा है ? आम तौर पर नए मुलाकातियों के बारे में परिवार में भी चर्चा होती ही रही है और कई बार भुवनेश को किसी व्यक्ति के बारे में अपनी पत्नी की पैनी अंतर्दृष्टि का और कभी-कभी तो ऋचा की भोली टिप्पणी के पीछे छिपे सच का भी कायल हो जाना पड़ा है। लेकिन विनय के बारे में ये लोग भी चुप थे। पत्नी से पूछा तो उन्होंने ठंडे सुर में 'ठीक ही है' कहा और ऋचा ने एक बार यह ज़रूर कहा कि पापा ! वो करता क्या है ? कभी-कभी तो मुझे लगता है कि वह निठल्ला है ! और पत्नी ने उसे झिड़क दिया कि पूरी तरह किसी को जाने बिना ऐसी बात नहीं किया करते।

भुवनेश की जान-पहचान का दायरा तेज़ी से बढ़ता जा रहा था। नई जगह में उनके जैसे प्राणी के प्रति सबकी उत्सुकता जाग्रत हो जाना हर जगह स्वाभाविक रहा है। फिर वह खुद भी इस फन में माहिर हैं। वह एक चुम्बक की तरह हर मिलनेवाले को अपनी तरफ खींचते हैं, उन्हें अपनी दोस्ती का तलबगार बनाते हैं और भाँपते हैं कि कौन-कौन किस-किस लायक है, तब अनुकूल और योग्य व्यक्तियों को मित्र बना लेते हैं और बाकी को छूट जाने देते हैं। शायद हर आदमी ऐसा ही कुछ करता है, पर भुवनेश के साथ लगता है यह एक निश्चित, निर्धारित प्रक्रिया

के तहत व्यावसायिक कुशलता के साथ होता है।

भुवनेश के परिचितों का दायरा विस्तृत और बहुरंगी था, किंतु मित्रता वह बहुत ही कम लोगों से करते थे और अंतरंगता तो शायद उनकी दो-चार लोगों से ही होगी। परिवार, भुवनेश के अंतरंग मित्रों और उनके परिवारों को ही संबंधी मानता था। पास के संबंधी थे ही नहीं दोनों पक्षों में और दूर के संबंधियों को उनकी ज़रूरत नहीं थी, न इन्हें उनकी। जाति-कुटुंब और रक्त-संबंधों में ये लोग जल-कमलवत थे और दिए हुए संबंधों को ढोते रहने की बजाय संबंध बनाने-तोड़ने की स्वायत्तता अपने पास ही रखना चाहते थे।

भुवनेश और विनय की मुलाकात मित्रता में विकसित होने लगी। दोनों साथ घूमने जाने लगे। और बहसें करने लगे। और यह इसलिए नहीं हो रहा था कि विनय से बेहतर साथी भुवनेश को मिल नहीं रहा था। भाभीजी विनय के मामलों में दिलचस्पी लेने लगी थीं—यह बटन कब से टूटा हुआ है ? कटिंग कब बनवाई थी ? कढ़ी पसन्द है ? घर चिट्ठी लिखते हो ? कौन-सी कविता पर लड़कियाँ एक बार और कहकर डायरी-पेंसिल लेकर बैठ गई थीं ? हमें भी सुनाओ—वगैरह-वगैरह चल पड़ा था। और ऋचा तो उससे ऐसे गप लगाने लगी थी, जैसे वह इसकी दोस्त हो या यह उसकी सहेली। कभी भुवनेश अपनी सिगरेट लेने गए होते और भाभीजी रसोई में व्यस्त होतीं या किसी महिला मेहमान में, तो ऋचा बैट-बॉल निकाल लाती—विनय आप बॉलिंग कीजिए, मैं बैटिंग करती हूं, पाँच-पाँच ओवर का मैच, कम ऑन ! या भुवनेश के तख्त पर से गद्दा वगैरह हटाकर, बीच में उल्टी किताबें खड़ी करके टेबल टेनिस। भुवनेश विनय से आश्वस्त होकर अब उससे आर्थिक-सामाजिक-राजनैतिक प्रश्नों पर बातें करने लगे थे। एक सूनी सड़क वहाँ शहर के बाहर तक जाती थी जिसके दोनों तरफ नीम के ऊँचे-ऊँचे पेड़ थे और जिसके आगे एक पुलिया आती थी और फिर रेलवे क्रॉसिंग। पुलिया तक उनकी बातचीत होती थी और वहाँ से क्रॉसिंग तक विनय की धारणाओं का भुवनेश द्वारा तर्कपूर्ण खंडन और वहाँ एक लतीफा या शेर या कोई मज़ेदार बात और वहाँ से घर तक भुवनेश का मार्क्सवाद पर ज़ोरदार भाषण। विनय मुग्ध हो जाता था और सिटपिटा जाता था। और ज्यादा बहस करता था और, और ज्यादा मुग्ध होता था और, और ज्यादा सिटपिटा जाता था। विनय को हर बात पर, हर समस्या पर, हर प्रश्न पर, हर चुनौती पर, कुछ दूर चलकर मार्क्सवाद की पुलिया मिल रही थी और फिर भुवनेश के तर्कों की बजरी की चरमराहट रेलवे-क्रॉसिंग की क्रांति तक ले जाती थी और वहाँ से घर पहुँचते-पहुँचते हर बात के रास्ते से समाजवाद आ जाता था। उसे मार्क्सवाद पढ़ने के लिए उकसाया जा रहा था और

उसे कोई पुस्तक पढ़ने के लिए नहीं दी जा रही थी। इस बात की प्रतीक्षा की जा रही थी कि किसी दिन वह खुद ही माँगेगा और ले जाएगा।

भुवनेश से बातें करके विनय को उलझन इसलिए नहीं होती कि वह उनकी बातों को बराबरी के तर्क से काट नहीं पाता बल्कि इसलिए कि भुवनेश की बातें एकदम सच और सही लगतीं। सच और सही लगतीं और वे बचपन से पढ़ी-सीखी बातों से एकदम अलग और विपरीत होतीं। उसे लगता उसे अब तक का पढ़ा-लिखा सब कुछ भूलना पड़ेगा।

आखिर एक दिन उसने मार्क्स की 'पूँजी' माँग ली। भुवनेश ने एक पल उसके चेहरे को ध्यान से देखा, थोड़ा-सा मुस्कराए और किताब निकालकर, झाड़कर विनय की तरफ बढ़ा दी।

"कहाँ रहे भाई ? एकदम अंडरग्राउण्ड हो गए ! नज़र ही नहीं आए !"

विनय भुवनेश के घर से अपने घर जा रहा था और रास्ते में तीन-चार आदमियों के साथ कॉमरेड आते मिल गए। "चलो चा पीते हैं।"

सब पास के होटल में घुस गए। कॉमरेड के साथ जो लोग थे, अपनी बात पूरी करने लगे। पर कॉमरेड जैसे वह अध्याय समाप्त कर चुके थे। वह ध्यान से सुन तो नहीं ही रहे थे, यह दिखाने की कोशिश भी नहीं कर रहे थे कि ध्यान से सुन रहे हैं।

अभी विनय सोच ही रहा था कि बताए कि भुवनेश चतुर्वेदी नाम के नए लेक्चरर के यहाँ गया था, कि वह पिछले दिनों दो बार कॉमरेड के यहाँ गया पर वह मिले नहीं, कि उन्होंने उसे जो चिट्ठियाँ टाइप करने के लिए दी थीं वे उसने टाइप भी कर दी थीं और पोस्ट भी कर दी थीं और कि वह सोच ही रहा था कि कॉमरेड से मिला जाए आदि लेकिन कॉमरेड ने दूसरी ही रामायण शुरू कर दी।

"रामअवतार की माँ सख़्त बीमार है। मैं चाहता हूँ कि उसे यहाँ लाकर भर्ती करा दिया जाए। हालाँकि डॉक्टर यहाँ के भी घोड़ों-गधों का इलाज करने लायक ही हैं, पर उन गाँववाले कसाइयों से तो ठीक ही हैं। साला रामअवतार ... वहाँ भोपे नचा रहा है ... क्या ! डिस्पेंसरी बाईस किलोमीटर दूर है और गाँव के बैज्जी म्हाराज तबादला करवाने के लिए दो महीने से छुट्टी लिए बैठे हैं। मैंने कहा था रामअवतार से डोकरी को सीधे यहाँ लाद लाना, पर भेजे में इनके है क्या ? गोबर! तुम कल क्या कर रहे हो ? चले जाओ। ले आओ। 'सिक' मैं तुम्हारे दफ्तर में भिजवा दूँगा। या पुरोहित एईएन[1] को टेलीफोन कर दूँगा। पैसे-वैसे कुछ हैं कि नहीं पास?"

1.असिस्टेंट इंजीनियर

"हैं।"

"आठ बजे गाड़ी जाती है। परसों लौटते ही अस्पताल पहुँच जाना और वहाँ से मुझे काँकरिया फोन कर देना। पर मैं तो याऽर परसों जयपुर जा रहा हूँ। तुम ऐसा करना भगवानसिंह को टेलीफोन कर देना। ठीक है ? वह सारी व्यवस्था कर देगा। ये क्या ले आए ? लो चा लो। 'पूँजी' ? कहाँ से लाए ?"

"एक नए लेक्चरर आए हैं। भुवनेश चतुर्वेदी। अंग्रेजी में। उनके यहाँ से··· "

"भुवनेश चतुर्वेदी ? मोटे-से हैं ? गंजे-से ?"

"नहीं-नहीं कॉमरेड ! दुबले-पतले हैं। जवान। खूबसूरत। घुँघराले बाल हैं।"

"अच्छा, हाँ-हाँ। वो चतुर्वेदी ! अलवर में था पहले। टीचर्स फ्रंट पर काम करता है। काम तो क्या करता है, पर ठीक है···। अपना ही आदमी है। जानता हूँ।"

"आप मिल चुके हैं ?"

"नहीं ··· ऐसे ही चलते-चलते कभी मिले हों तो ध्यान नहीं। कॉमरेड सिन्हा एक बार जिक्र कर रहे थे। पर तुम ये 'पूँजी' क्यों उठा लाए ?"

"क्यों ? मार्क्सवाद नहीं पढ़ना चाहिए ?"

"पढ़ो-पढ़ो। अच्छी बात है पढ़ना। पर पल्ले कुछ नहीं पड़ेगा। ऊबकर छोड़ दोगे या सो जाओगे। अरे भाई ! फील्ड में आओ। काम करो। उससे सीखता है आदमी। किताबी बातों में क्या है ? और पढ़ना ही है तो राहुल को पढ़ो। गोर्की को पढ़ो। तुम तो कवी हो। कॉमरेड शिव वर्मा के गुटके पढ़ो। पर साली मोटी-मोटी किताब ··· यार हाथ में लेते ही लगता है या तो अपन बुद्धिजीवी हो गए हैं या एकदम फिलॉसफर। हा ·· हा। खैर ! आज का अखबार देखा ? चीन में क्या हो रहा है ?"

"समझ में क्यों नहीं आएगी ? क्या आप मुझे इतना गधा समझते हैं ?"

"इतना क्या, मैं तुम्हें कितना भी गधा नहीं समझता। पर कॉमरेड ! तुम कोई कोरी स्लेट तो हो नहीं। बचपन से अर्थशास्त्र और राजनीतिशास्त्र वगैरह के नाम पर जो घासा हमारे बच्चों को स्कूल-कॉलेज में पढ़ाया जाता है ··· क्या ! गड़बड़ उससे होती है। खैर पढ़ो, पढ़ो।" फिर दूसरों की तरफ देखकर बोले, "एक बार कॉमरेड गाडगिल कह रहे थे साइंसवाले मार्क्सवाद को जल्दी समझते हैं। क्या ? यानी कि वोई साली डायलेक्टिक्स !"

साथवालों ने बगैर समझे मुंडकी हिलाई।

कॉमरेड चाय सुड़कने लगे।

विनय को अच्छा नहीं लगा। अनमना-सा बैठा रहा। और कल के काम के लिए हामी भरकर चुपचाप घर की तरफ चल दिया। कॉमरेड ऐसे ही भड़काऊ

आदमी हैं। जो भाषा वह बोलते हैं, भुवनेश के बारे में जिस तरह वह बोल रहे थे, 'पूँजी' लाने और न समझ पाने पर जो वह कह रहे थे, वह सब विनय को अच्छा नहीं लगा। और सबसे ज्यादा यह कि कोई उसे 'कवी' कहता है तो उसे लगता है कि उसका मज़ाक उड़ाया जा रहा है। पर लाख अच्छा न लगे, विनय जानता था कि कॉमरेड ठोस आदमी हैं। हमेशा दुनिया-भर की चिंता करते हुए। विनय को बिल्कुल याद नहीं आता कि कॉमरेड ने कभी अपने खुद के बारे में उससे या किसी से भी कोई बात की हो। यह भी एक चुम्बक है जो खींचता है। पर इसमें दो ध्रुव हैं। एक झटके से खींचता है, दूसरा झटके से दूर फेंकता है। विनय जानता था, वह रामअवतार की माँ को लेने गाँव जाएगा ही। और विनय दूसरे दिन गाँव गया भी। क्योंकि और कुछ वह कर ही नहीं सकता था। कॉमरेड के काम में बहानेबाजी नहीं चलती।

तीन

रामअवतार के घर भीड़ मची हुई थी। गाँव के एक छोर पर बने कुछ टूटे-फूटे मेघवालों के झोंपड़ों में से एक के आगे बहुत-से फटेहाल कृशकाय स्त्री-पुरुष जमा थे और एक जोगी ढोल बजा रहा था और एक भोपा नाच रहा था। न कहीं संगीत था न कोई उल्लास। भय, आतंक और चिंता से सारा माहौल पुता हुआ नज़र आ रहा था। आसपास सूना-सन्नाटा साँय-साँय पसरा पड़ा था सबेरे-सबेरे भी। हरियाली के नाम पर पानी की निकासी की जगहों पर छाए जाक और बावलियों के झुंड और इधर-उधर सारे में बिखरी भरुट की काँटेदार झाड़ियाँ। रामअवतार के झूँपे से जरा ही दूर एक खेजड़ी का ठूँठ था जिस पर दो नंगे-पुतंगे काले-कलूटे बच्चे टँगे हुए थे और सारा तमाशा देख रहे थे। झूँपे के बाहर एक माचे पर गर्दन तक एक मैली-कुचैली थेगले लगी राली ओढ़े एक बुढ़िया पड़ी थी जो रामअवतार की माँ थी। रामअवतार उसके सिरहाने बैठा गमछे से उसके चेहरे की मक्खियाँ उड़ा रहा था। माचे के नीचे की ज़मीन ताज़ा-ताज़ा लिपी हुई थी और एक कोने में कई सारी निर्गंध अगरबत्तियाँ खुसी हुई थीं और जल रही थीं। रामअवतार के पीले-पीले दाँत मुँह से बाहर निकल रहे थे। चितकबरी हजामत कई रोज़ की बढ़ी लग रही थी और चेहरे पर बदहवासी और एक महत्वपूर्ण अनुष्ठान में भागी होने की तत्परता दिखाई दे रही थी। डोकरी के पिचके-पोपले मुँह को देखकर तय करना मुश्किल था कि वह ज़िंदा है या मर गई। उसके मस्तक पर सिंदूर पुता हुआ था और खुले जबड़े में एक नुगती का लड्डू आधा ठुँसा हुआ था, जो न अंदर जा रहा था न बाहर आ रहा था।

अचानक विनय को महसूस हुआ कि भीड़ में उसका आकर चुपचाप खड़ा हो जाना भी न सिर्फ छिपा नहीं है बल्कि कई लोगों को खलने भी लगा है। लाठियाँ लिए कुछ हट्टे-कट्टे नंगे-काले देहाती उसके गिर्द जमा हो रहे थे और उसे घूर रहे थे। उनमें से एक-दो ने कान में सोने की मुरकियाँ पहनी हुई थीं, सिर पर पोतिए

बाँधे हुए थे और उनकी बड़ी-बड़ी मूँछें ऊपर की ओर उमेठी हुई थीं। कोई अजब नहीं अगर अभी वह उसकी बाँह पर पंजा गड़ा दें और पूछें कि वह कौन है और यहाँ क्यों आया है ? लेकिन इसी समय वहाँ कोहराम मच गया, और अगले ही पल विनय ने देखा कि रामअवतार और उसकी घरवाली बुढ़िया के शरीर पर पछाड़ खा-खाकर गिर रहे हैं और दहाड़ें मार-मारकर रो रहे हैं और भोपे ने नाचना बंद कर दिया है और ढोल चुप हो गया है और भीड़ में भगदड़ मच गई है और धूल के गुबार उठ रहे हैं और खेजड़ी पर चढ़े दोनों बच्चे नीचे कूद चुके हैं और चीलों का एक झुंड आसमान में ठीक उसके ऊपर चक्कर काट रहा है और काग़ज़ का एक छोटा-सा सफेद टुकड़ा ··· धूल के साथ उड़कर जाने कहाँ ··· जाने कहाँ जा रहा है।

नहा-धोकर विनय सीधा भुवनेश के घर गया। लेकिन वहाँ बहुत लोग जमा थे और पाकिस्तान की अंदरूनी राजनीति और फौजी शासन के गुणदोषों पर गरमागरम बहस चल रही थी। समाजशास्त्र के व्याख्याता झा साहब ने उसे रोकना भी चाहा, पर वह ज़रूरी काम कहकर निकल आया और भाभीजी का ध्यान ही नहीं गया और ऋचा आश्चर्य और अविश्वास और शायद निराशा से विनय का बगैर रुके, बगैर बोले, बगैर मज़ाक किए जाना देखती रही और विनय बाहर के दरवाज़े पर पहुँच गया तब उसे ऋचा की आवाज सुनाई दी—ममी, वो जा रहा है ! और जवाब में ममी ने पता नहीं क्या कहा और जब उसने साइकिल उठाकर पलटाई और चलने को हुआ तो झा साहब लपके-लपके बाहर आए और जेब से बिजली का मुड़ा-तुड़ा बिल निकालकर बताने लगे कि कैसे यह ग़लत और ज्यादा आ गया है और बिल का पूरा समाजशास्त्र समझाने लगे और विनय ने चुपचाप उनसे बिल लेकर जेब में रख लिया कि 'ठीक करवा दूँगा' और कूदकर साइकिल पर चढ़ गया।

कॉमरेड के कमरे में उजाला था।

वहाँ भी बहस चल रही थी। बहस का विषय यहाँ भी राजनीति ही था और बहस के केंद्र में कांग्रेस थी जो बरसों से देशवासियों को बहस का अवसर और सुख प्रदान करती आ रही है, और विनय के घुसने-बैठने और नमस्ते करने पर भी जिसकी आभा में कोई फर्क नहीं पड़ा। पर कॉमरेड को पड़ा। बहस को निलंबित कर उन्होंने पूछा, "क्या हुआ ? तुम इतनी जल्दी कैसे आ गए ?"

"सुबह मर गई।"

सब चुप हो गए। कॉमरेड कुछ देर सिर झुकाए बैठे रहे जैसे श्रद्धांजलि व्यक्त

करते हैं। फिर एक से बोले, "गफूर को टेलीफोन करो। बोलना गाड़ी लेकर आ जाए। रामअवतार के गाँव चलना है।"

जिससे कहा गया था वही नहीं, सब उठ गए और एक-एक, दो-दो वाक्यों में अपनी बात निपटाकर चले गए। पीछे से विनय ने सारा किस्सा विस्तार से कॉमरेड को सुनाया।

विनय की बात खत्म होने को ही थी कि बाहर गफूर की खटारा जोंगा आकर रुकी। कॉमरेड ने उठकर कंधे पर झोला टाँगा, कागज समेटे, पैर चप्पल में डाले, जेबें टटोलीं और मुड़कर बोले, "ऑफिस तो बंद हो गया होगा। तुम्हारी जेब में कितने पैसे हैं ?"

विनय ने जेब में हाथ डालकर पैसे निकाले, गिने। बयालीस रुपए कुछ पैसे। चालीस कॉमरेड को दे दिए। उन्होंने जेब में रखे और बाहर निकल पड़े। लौटे। मुस्कराकर पूछा, " 'पूँजी' पढ़ी ?"

विनय हल्का हो गया। मुस्कराकर बोला, "डेढ़ अध्याय पढ़ा। नींद आ गई। समझ में कुछ नहीं आया।"

दोनों हँस पड़े।

बाहर पाँच-छह आदमी जोंगा में सवार थे और इंजन चालू था। विनय ने बत्ती बुझाई, दरवाजा भेड़ा और साइकिल उठा ली।

गाड़ी रवाना हो गई।

विनय चाहता था कि कोई हो जिसे वह सुनाए गाँव में कैसी बेहूदगी वह देखकर आया है। अपना गुस्सा किसी को बताए कि क्या इन सालों पर मुकदमा नहीं चलाया जा सकता ? हत्या का ? उस भोपे पर ? और रामअवतार पर ? और उसकी बहू पर ? और गाँववालों पर ? और वहाँ के वैद्य पर ? और पुलिस पर ? और ठाकुरों पर ? और सारे अंधविश्वासों पर ? सारी सड़ी हुई सामंती बर्बरता पर ? और ··· लेकिन किस-किस पर ? और क्या तब शहर निर्दोष बच जाएगा ? क्या इसी जुर्म में खुद विनय पर मुकदमा नहीं चलाया जा सकता ? वह तो खुद वहाँ था! क्यों नहीं साहस के साथ हल्ला मचा डाला वहाँ उसने ? और यदि तब तक काफी देर हो चुकी थी तो वह पहले क्यों नहीं था वहाँ ? उसके विचार, उसकी पढ़ाई-लिखाई, उसके तर्क, उसकी समझ वहाँ क्यों नहीं पहुँची थी अभी तक ? पर विनय चाहता था कि किसी को बताए-पूछे यह सब ! और विनय यह भी चाहता था कि कोई उससे पूछे कि उसे 'पूँजी' समझ में आई या नहीं ? पर फिलहाल विनय यह चाहने लगा कि कॉमरेड के साथ भुवनेश भी रामअवतार के गाँव जाते। और वह सोचने लगा कि क्या वह जाते ?

साइकिल के पहियों के नीचे कीचड़ के चहबच्चों में चमकती चाँद की परछाईं थी। वह कुचल रही थी··· और हर कुचलन के बाद एक चाँद कई-कई चाँदों में तब्दील हो जाता था।

अगली शाम भुवनेश के घर गया तो उन्हें सारी बात बताने-सुनाने का उत्साह ही समाप्त हो चुका था। वहाँ ऐसा माहौल और मौक़ा भी नहीं था। वहाँ कुछ लोग बैठे फ़ैज़ की आवाज में उनकी गजलों-नज्मों का कैसेट सुन रहे थे जो भुवनेश का एक मित्र दुबई से लाया था। कविता-कैसेट के बाद बात शायरी के नए अंदाज से होते हुए गजल की लोकप्रियता, पुरानी शैली की वापसी, शैली के बदलने के कारणों से होती हुई कॉडवेल तक आ गई। हिंदी के प्राध्यापक अवस्थीजी ने कॉडवेल का नाम तो सुना था, पर वह उसे नाटककार समझ रहे थे और इसलिए उन्होंने अपनी एतद्-संबंधी टिप्पणियों से सबका खूब मनोरंजन किया।

बात भुवनेश मार्क्सवाद की भी शुरू कर सकते थे, जैसाकि वह हमेशा करते थे, बल्कि कभी-कभी तो लगता था कि वह हर व्यक्ति से हर बात करते ही इसलिए थे कि बात में से बात निकलेगी तो मार्क्सवाद आ जाएगा और उन्हें इन पपड़ाए जंग लगे दिमागों पर कुछ खरोंचे खींचने का मौका मिल जाएगा। पर हुआ कुछ और ही। हो सकता है अवस्थीजी की खिसियाहट को कम करने के लिए—या इस खयाल से कि यहाँ से बाहर लोग अवस्थीजी पर हँसते ही न रहें—भुवनेश ने जैसे घोषणा की, "अरे साहब ! आज की जलती-उबलती कविता—यानी जिसे मैं 'ऐक्शन पोएट्री' कहता हूँ, वह आपने अभी सुनी ही कहाँ है ? देखिए, विनय सुनाते हैं आपको ! सुना है विनय को आपने ?"

विनय भौंचक पकड़ा गया। पहली बात तो यह कि वह कोई व्यावसायिक कवि नहीं, जो जरा चम्मच हिलाते ही तत्क्षण मज़ा देने लगते हैं। दूसरे, भुवनेश ने कभी उसकी कविताएँ नहीं सुनी थीं। पत्र-पत्रिकाओं में एकाध कभी पढ़ ली हों तो पता नहीं। वैसे कौन पढ़ता है पत्रिकाओं में कविता—कवियों के अलावा ?—पर उसके आधार पर तो 'ऐक्शन पोएट्री' सुनाने को इतने विश्वास के साथ वह कैसे कह सकते हैं ? और तीसरी बात ··· विनय सोचता है—यह झा साहब और अवस्थीजी और पी. टी. आई. बाबूसिंहजी और बैंकवाले मेहरा साहब और डॉ. पुरोहित ··· ये लोग 'आह सजनी, वाह सजनी' टाइप आरतियाँ सुनने के इतने अभ्यस्त हैं कि नई कविता क्योंकर पसंद करेंगे ? लेकिन ···"

"हाँ ··· एक गोष्ठी में ··· चटर्जी साहब के घर पर जो हुई थी, उसमें तो

आप थे !" अवस्थीजी ने एक-एक को बारी-बारी से देखते हुए अंत में विनय के चेहरे पर टिककर कहा। माने उसकी कविता सुनने के लिए अपनी अनिच्छा प्रकट की।

लेकिन और लोगों को भुवनेश की जोरदार सिफारिश दबोचे हुए थी। तभी पीछे बैठी भाभीजी भी ऊन के गोले में सलाइयाँ घोंपती हुई मुस्कराकर बोलीं, "हाँ विनय! फ़ैज़ की सदारत में सुनाने का लुत्फ छोड़ो मत भई !" और ऋचा ने फुदकते हुए तान मिलाई, "हाँ विनय ! सर, आप जरा कुर्सी पीछे कर लीजिए · · ·।"

यानी विनय फँस गया। सब चुप थे और प्रतीक्षा कर रहे थे। और भुवनेश गाव-तकिये से टिके एक हाथ की दो उँगलियों से सिगरेट खींचते, दूसरे हाथ से अपना तलुआ सहलाते उसे देखते हुए शरारत से मुस्करा रहे थे।

दो पल सोचकर, खामोश इंतज़ार से हो रही सकुचाहट पर विजय पा विनय तनकर बैठ गया और सामनेवाली दीवार को संबोधित करते हुए बोला, "तो सुनिए एक नई कविता · · · वैसे मैं अभी इस पर और काम करना चाहता हूँ · · · शीर्षक है—अबाबील !" और उसने आठ-दस पंक्ति की एक कविता सुनाई जिसमें शोषण के भयानक पंजों में दबे, थके-हारे लोगों की बेबसी का मार्मिक वर्णन था, पर जिस पर बड़ी ठंडी-सी वाह-वाह हुई, क्योंकि अधिकांश श्रोता 'अबाबील' का अर्थ नहीं जानते थे और पूछने का साहस या इच्छा भी नहीं रखते थे। फिर उसने एक और कविता सुनाई—'फीनिक्स', जो पिछले महीने एक प्रतिष्ठित पत्रिका में छपी थी और 'फीनिक्स' का मतलब भी इस बार बता दिया। इस कविता में आह्वान किया गया था कि सारे उत्पीड़ित बंदूकें साफ कर लें और पैरों की नरम उँगलियों को भारी बूटों के अभ्यस्त कर लें, क्योंकि लालकिला बदरंग हो चुका है और उसकी पुताई के लिए उनके खून से बेहतर कोई रंग नहीं हो सकता।

कविता सुनाकर विनय चुप हो गया। कमरे में खामोशी थी। मानो किसी को मज़ा नहीं आया हो। विनय ने मजमे में सुनाने लायक दो-चार कविताएँ भी लिख रखी थीं—स्थानीय श्रोता उन्हीं की उम्मीद कर रहे थे। पर, जिन्हें विनय ने जान-बूझकर नहीं सुनाया और सुनाईं वही कविताएँ जो विचार, शिल्प व संवेदना— हर दृष्टि से भुवनेश को माफिक और माकूल लगें। पर वहाँ भी ठंडापन था।

शायद ये लोग—यह परिवार—हर बिगड़ी बात सँवारना जानता है। इससे पहले कि विनय अपनी कोफ्त में पैठकर सिगरेट सुलगाता, ऋचा चहकी, "विनय, वह कौन-सी कविता थी जिसे सुनकर लड़कियाँ कॉपी-पेंसिल लेकर बैठ गई थीं ? मम्मी कह रही हैं · · ·" मम्मी ने धप मारकर कहा, "चल झूठी · · मेरा नाम क्यों ले रही है।" "हाय मम्मी · · · अभी नहीं कहा था आपने ?" · · · "सुनना तो खुद

को है, नाम मेरा ले रही है।" "ओह मम्मी, अब आपने कहा था तो इसमें छिपाने की क्या बात है ?"··· और लोग हँस दिए। विनय फिर फँस गया और बाध्य हो गया एक गीत सुनाने को जो उसने कॉलेज के दिनों में किसी को देखकर लिखा था और जिसमें चाँदनी रात में पहाड़ों के बीच से उतरकर जंगली दरख्तों के बीच से चुपचाप बहती एक नदी का चित्र था··· नदी जो एक स्वप्न है ··· और तेज प्यास लगी होने पर भी जिसके चुपचाप प्रवाह को भंग करने को मन नहीं करता ··· आदि-आदि। खूब तारीफ हुई। मजा यह कि भुवनेश खुद तारीफ कर रहे थे। और सारा माहौल बदलकर ज़िंदा और जीवंत हो गया था।

विनय को अच्छा भी लग रहा था, अटपटा भी। पर आश्चर्य उसे तब हुआ जब इसके फौरन बाद जरा-सा कहने पर ही अवस्थीजी अपनी टुटपुँजिया आरतियाँ गाने के लिए तैयार हो गए, और ताज्जुब कि डॉक्टर पुरोहित ने भी दो गजलें सुनाईं और बहुत अच्छी सुनाईं। और अंत में भाभीजी के कहने पर भुवनेश भी कविता सुनाने के लिए तैयार हो गए और उन्होंने भाभीजी से अपने किताबों के संदूक में से नीली डायरी लाने को कहा, फिर दो कविताएँ पूरे ड्रामे के साथ तन्मय होकर सुनाईं। और यद्यपि कविताएँ विनय को बहुत ज्यादा पसंद नहीं आईं, लेकिन भुवनेश का स्वर और सुनाने का तरीका उसे खूब पसंद आया।

चलते समय ऋचा ने विनय का हाथ भींचकर कहा—जैसे कोई आम चूसकर देखा हो और पाया हो कि मीठा है, ऐसे मुँह बनाकर कहा—मज़ा आ गया !

"आपने उसी कविता की तारीफ क्यों की जिसे अब मैं कहीं सुनाने लायक नहीं समझता ? क्या था उसमें ?" दूसरे दिन शाम को घूमने निकलते ही विनय ने भुवनेश से पूछा।

भुवनेश ने विनय को देखा ··· कुछ पल चुपचाप चलते रहे और फिर बोले, "तुम अब क्यों उसे कहीं सुनाने लायक नहीं समझते ?"

"एक तो इसलिए ··· " विनय को लगा भुवनेश सुन भी रहे हैं या नहीं ? सुन रहे थे, अतः आश्वस्त होकर अपना आत्मविश्वास समेटकर बोला, "पहली बात तो यह है कि वह शमशेर की एक कविता से सीधे-सीधे और काफी हद तक प्रभावित है। यह मेरी प्रारंभिक कविताओं में से है। उन दिनों मेरे साथ ऐसा होता था कि जब जिसकी कविता पढ़ी, मेरी कविता वैसी ही होती जाती थी ··· यह मैं कविता की एक बहुत बड़ी कमज़ोरी समझता हूँ कि उसे पढ़कर आपको लगे कि ··· "

"और दूसरे ?"

"दूसरे यह कि औरत यानी लड़की ··· यानी हमारी आबादी का आधा हिस्सा ··· आले में बैठाकर पूजे जाने के लिए नहीं है ··· नहीं हो सकता। उसे एक सौंदर्य की चीज समझकर खुश होना ··· यानी एक शरारत है ··· एक क्रूर मज़ाक ··· उसे अपने पैरों पर खड़ा होने देने ··· व्यक्तित्व-संपन्न होने देने से रोकने का, कि तू सुंदर है, तू नाजुक है, तू पत्थर नहीं फोड़ सकती, मेहनत का काम नहीं कर सकती, मैली हो जाएगी, तू तो उपमा-अलंकार ही रह ताकि हमारी आश्रित ही रहना पड़े तुझे ··· यानी कि उसे भूख भी लगती है ··· डकार भी आ सकती है ··· बदबूदार पसीना भी आ सकता है ··· उसकी मक्कारी या समझदारी भी कोई चीज़ है ··· यानी कि मैं कहना चाहता हूँ कि सिर्फ उसकी सुंदरता की बात करना एकांगी और सामंती ही नहीं ··· उसकी गुरबत ··· उसके हाहाकार को छिपाने की कोशिश भी है।

"हूँ। लेकिन विनय ··· "

"और तीसरे ··· नहीं भुवनेशजी, एक बात और है। जो बड़ी आम बात है। लेकिन प्रासंगिक है। मैं समझता हूँ जब चारों तरफ आग लग रही हो, आदमी को खाने को नहीं मिल रहा हो, एक बहुत व्यापक और बुनियादी संघर्ष हमारे चारों तरफ चल रहा हो और आदमी से पढ़ने-सोचने का सारा वक्त, सारे मौके ही छीने जा रहे हों, तब संघर्ष की बात करनी चाहिए या सौंदर्य की ? यदि हम फूलों-चिड़ियाओं, बच्चों और लड़कियों की बातों में ही मगन हैं तो या तो हम अंधे हैं या मूर्ख या धूर्त। कौन सुनेगा फिर हमारी बात ?"

"लेकिन तुमने कल देखा, तुम्हारी बात सुनी लोगों ने।"

"भुवनेशजी, ये वही लोग हैं जो काका हाथरसी की भी बात सुन लेते हैं और गुलशन नन्दा की भी। इनको सोचने की तकलीफ मत दो, इनकी अलसायी-लद्धड़ आत्मा पर सवाल मत उठाओ। बस, गुदगुदाओ और आराम पहुँचाओ, मनोरंजन करो ··· यही ये चाहते हैं, इसीलिए मुझे ऐसी कविताएँ सुनाने से चिढ़ होती है।"

"तो इसका मतलब शेक्सपीयर और पुश्किन और रवि ठाकुर और गेटे और बायरन, शैली, कीट्स और अपने सूर-तुलसी ··· इन सबको तो उठाकर फेंक देना चाहिए ? और कालिदास और बाणभट्ट और शूद्रक वगैरह को तो जला देना चाहिए। क्यों ?"

"कौन पढ़ रहा है उन्हें वैसे भी ? कितने पढ़ रहे हैं ? ज्यादा लोग, सब लोग उन्हें पढ़ सकें, आनंदित हो सकें, उनके साथ उठ सकें—इसी बात की तो लड़ाई है।"

पुलिया आ गई थी। वहाँ कुछ छोकरे घेरा बनाए खड़े थे और ज़ोर-ज़ोर से

बातें कर रहे थे। इन दोनों को आता देखकर चुप हो गए। उन्होंने भुवनेश से नमस्ते की। भुवनेश ने रुककर उनका हालचाल पूछा, एकाध मजाक किया, वे लोग खिलखिलाकर हँस पड़े। भुवनेश आगे बढ़े गए।

"देखो विनय ! साहित्य के सामने पूरा समाज होता है। पूरा समाज ! और समाज का वर्तमान ही नहीं, उसका अतीत और भविष्य भी। कोई बड़ी रचना एकांगी नहीं होती। वह ज़िंदगी के बहुत सारे सवालों से एकसाथ जूझती है—कला के सवाल और ज़िंदगी के सवाल। कोई बड़ा कवि ऐसा नहीं मिलेगा तुम्हें—एक भी नहीं—जिसने प्यार की, सौंदर्य की, फूलों की, चिड़ियाओं की, बच्चों की बातें न की हों। तुम किसी को भी देख लो। चाहे संस्कृत में, चाहे हिंदी में, चाहे उर्दू में, चाहे अंग्रेज़ी में, चाहे रूसी में। फिराक ने एक बार कहा था वह घटिया इंसान है जो पिछड़ा हुआ है, ज़ाहिल है, संकीर्ण है ··· लेकिन जो चाँदनी को, बहार को, नदियों को, प्रकृति के सौंदर्य को देखकर पागल नहीं हो जाता वह तो इंसान ही नहीं है। तुम निराला को देखो, मुक्तिबोध को देखो, कबीर को देखो, किसी को भी देखो ··· वहाँ तुम्हें एक अद्भुत पागलपन, एक तीक्ष्ण संवेदनशीलता, सौंदर्य की एक उत्कट प्यास नज़र आएगी—जीवन के सौंदर्य की और प्रकृति के सौंदर्य की। यह प्यास ही न होती तो हम लड़ते ही क्यों ? लिखते क्यों ? ट्रेड यूनियनिस्ट, कवि नहीं होता। वह चार-आठ पैसे के लिए लड़ता है। क्रांतिकारी, कवि होता है। वह समूची दुनिया के विराट वैभव के लिए लड़ता है। हम सौंदर्य के लिए लड़ते हैं—इस दुनिया की हर खूबसूरत चीज़ की हिफ़ाज़त के लिए और इस दुनिया को ज्यादा खूबसूरत बनाने के लिए। अब कोई चीज़ लोकप्रिय क्यों होती है, पसंद क्यों की जाती है ? इसका एक कारण तो ये हो सकता है जो तुमने बताया कि वह कहीं हमारी जीवन-पद्धति पर आक्षेप नहीं करती, सोचने की तकलीफ नहीं देती और हमारे भीतर जमे-पले परंपरागत जीवनमूल्यों को खुराक देती है—संक्षेप में, वही कहती है जो हम सुनना चाहते हैं, न कि वह जो हमें सुनना चाहिए। लेकिन इसका एक कारण और हो सकता है।"

भुवनेश चुप हो गए। दो-चार कदम चुपचाप चले। सड़क के बाजू में गीली मिट्टी में एक चिरमी का पेड़ था। ज़मीन पर भी काफी लाल-लाल छोटी-छोटी चिरमी बिखरी हुई थीं। भुवनेश उसे देखने लगे—अलग-अलग कोणों से और फिर काँटेदार जंगली बबूलों से बचते-बचाते पेड़ तक गए और हाथ बढ़ा डाल झुकाकर दो बड़ी-बड़ी टहनियाँ तोड़ लाए। वापस आकर चलने लगे और फिर बात चालू कर दी—जैसे बीच में कुछ हुआ ही न हो।

" ··· और वह कारण यह है कि मनुष्य में आदिकाल से एक सहज वृत्ति

है कुछ रचने की ··· कुछ बनाने की ··· जिसे सिसृक्षा कहते हैं। यही सौंदर्य की प्यास है ··· यही उसे पशुओं से अलग करती है ··· तुम देखो, कोई भैंस चित्र नहीं बनाती, कोई बंदर गाता नहीं, कोई जानवर कपड़े नहीं बुनता, औज़ार नहीं बनाता, खेती नहीं करता, चिड़ियाएँ आज भी ठीक वैसे ही घोंसले बनाती हैं जैसे आज से हज़ारों साल पहले बनाती होंगी। ये और बात है कि आजकल चिड़ियाओं के घोंसलों में से भी तुमको कई रंग-बिरंगी और फैशनेबल चीजें मिल सकती हैं··· किसी-किसी में तो सिगरेट की पन्नियाँ तक ··· पर हैं मूर्ख, अपने परदादा-परदादियों की तरह आज भी काँच पर चोंच मारती हैं ··· इन्हें अब तक नहीं समझ आया कि वह कोई दूसरी नहीं है इनकी सौतन। खैर ···"

ज़ाहिर है कि ये रेलवे क्रॉसिंग था और अब वे लौट रहे थे।

"··· तो अच्छा लगने का कारण सौंदर्य की यह आदिम प्यास भी हो सकती है। तुम आदमी को मूर्ख समझ रहे हो, यही गलती कर रहे हो। निरक्षर आदमी भी मूर्ख नहीं होता और बहुत बड़े डिग्रीयाफ्ता भी मूर्ख हो सकते हैं। मूर्खता का कोई एकाधिकार तो है नहीं। पुराने प्रगतिवादियों से यही गलती हुई। सिर्फ लाल सूरज उगाना, संघर्ष की हवाई बातें करना, क्रांति की बातें करना भी क्या एक दूसरी तरह से यथार्थ से पलायन नहीं है ? क्योंकि क्रांति है कहाँ ? कविता के बाहर दिखाई देती है ? दिखाई देता है टुच्चापन ··· सामंती जड़ता, कूपमंडूकता, अवैज्ञानिकता और एक अजीब-सी उदासीनता ··· और बात करते हैं हम क्रांति की। वह भी सशस्त्र क्रांति की।

"··· और जहाँ तक लोकप्रियता का सवाल है मैं साबित कर सकता हूँ कि ···" कुछ रुककर उन्होंने कहा "श्रेष्ठता और लोकप्रियता में कोई अनिवार्य विरोध नहीं है। जितने हमारे मास्टर्स हैं ··· जो भी उस्ताद हैं ··· वे श्रेष्ठ भी हैं और लोकप्रिय भी। बल्कि मैं सिद्ध कर सकता हूँ कि प्रेमचंद, गुलशन नंदा से ज्यादा लोकप्रिय हैं।"

"कैसे ?"

"गुलशन नंदा की लोकप्रियता की उम्र क्या है ? दस साल, बीस साल। उनके पूरे जीवन-काल तक भी नहीं। जबकि प्रेमचंद न सिर्फ कल पढ़े गए और आज पढ़े जा रहे हैं, बल्कि पचास साल बाद भी पढ़े जाएँगे। एक किताब छपी चार हजार, लेकिन उसके सिर्फ दो संस्करण छपे और एक छपी दो हजार या डेढ़ हजार, लेकिन उसके दस संस्करण छपे—तो कौन-सी ज्यादा लोकप्रिय हुई ?

"··· देख लो, 'वार एण्ड पीस' के संस्करण अब तक छप रहे हैं। 'अन्ना कैरेन्निना' ··· और ये किताबें क़रीब सौ साल पहले लिखी गई थीं। इसीलिए लेनिन

ने पुश्किन को मायकोव्स्की से बड़ा कवि कहा था। अपने यहाँ रामचरितमानस की लोकप्रियता और श्रेष्ठता को भी देख लो। ···"

"रामचरितमानस की लोकप्रियता का कारण उसकी साहित्यिकता नहीं है भुवनेशजी, उसकी धार्मिकता है। वह पुस्तक साहित्यप्रेमियों से ज्यादा भक्तों के हाथ में है, जो उसे हारमोनियम-तबले पर तान लेकर गाते हैं, पर उसका अर्थ नहीं समझते, उस पर फूल चढ़ाते हैं, अगरबत्ती लगाते हैं ··· पर उसके सौंदर्य से कहीं एक सूत भी वे प्रभावित या परिवर्तित या अभिभूत नहीं होते ··· ऊपर नहीं उठते टुच्चई से। और दूसरे मुझे ये लगता है कि तुलसी को, सूर को, कबीर को लोकप्रिय बनाने के लिए बड़ी-बड़ी संस्थाएँ काम करती रही हैं। वर्षों से। सदियाँ हो गईं अब तो। विभिन्न सम्प्रदाय और मठ और ऐसी चीजें। गीता प्रेस गोरखपुर जैसे प्रकाशक। नहीं होतीं ऐसी चीज़ें ··· या कल्पना कीजिए रामचरितमानस में राम नहीं होते ··· कोई धार्मिक अवतारवाद नहीं होता ··· तो कहाँ पड़ी रहती आज रामचरितमानस ?"

"अगर राम के कारण, भक्ति और धर्म के कारण, अवतारवाद के कारण ही रामचरितमानस अब तक लोकप्रिय है, तब तो रामचंद्रिका भी उतनी ही लोकप्रिय होनी चाहिए थी ! 'विनयपत्रिका' और 'रामललानहछू' भी उतने ही लोकप्रिय होने चाहिए थे ! राम पर सैकड़ों लोगों ने काव्य लिखे। वे क्यों नहीं लोकप्रिय हुए ? और यदि संस्थाएँ किसी चीज को जीवित रख सकती हैं तो देवकीनंदन खत्री क्यों खो गए ? ब्रजभाषा की कविता कहाँ गई ? खड़ी बोली के तो सब विरोधी थे, जैसे निराला के मुक्त छंद के ? मठ पंत की तरफ थे, न कि निराला की तरफ। मठ अज्ञेय की तरफ थे, बच्चन की तरफ थे, न कि मुक्तिबोध की तरफ। मुक्तिबोध को तो मार्क्सवाद के सबसे बड़े डंडाबाज आलोचकों ने भी धिक्कारा ही था। उन्हें विभाजित व्यक्तित्व का आदमी तक कहा था, जिसका मतलब यह है कि सभ्य भाषा में उन्हें पागल कहा जा रहा है। और उनकी समझ इस बारे में आज भी कोई बदली नहीं है। मैं तुम्हें पी.पी.एच.[1] द्वारा प्रकाशित कविता की एक किताब दिखा सकता हूँ जिसमें मुक्तिबोध को परिधि का प्रगतिशील कवि और कन्हैया को केंद्र का प्रगतिशील कवि माना गया है ! बोलो !

"··· और बदलता कोई कैसे है ? कितना बदलता है ? कविता का सौंदर्य बदलता है आदमी को ··· या विचार बदलता है ··· या समग्र कविता बदलती है ··· और कविता बदलती है या क्रांति बदलती है ? ··· या उत्पादन के साधन बदलते हैं ? यह एक अलग बहस है। आओ एक कप कॉफी पीते हैं बढ़िया-सी। शेष अगले अंक में।"

---

1. पीपुल्स पब्लिशिंग हाउस

भुवनेश ने विनय से पूछा कि क्या उसने 'पूँजी' पढ़ना शुरू कर दिया ? विनय ने बताया कि दो-तीन अध्याय पढ़े, अच्छे भी लगे, लेकिन लग ऐसा रहा है कि दोबारा पढ़ना पड़ेगा, बहुत ज्यादा टेक्निकल और विशिष्ट किताब है। भुवनेश ने कहा कि ऐसा तो होना ही था, क्योंकि यह मजदूरों के पढ़ने के लिए तो लिखी नहीं गई, यह तो मिल और बेन्थम और रिकार्डो और तमाम पूँजीवादी अर्थशास्त्रियों के जवाब में एक शाश्वत संदर्भग्रंथ है। और भुवनेश ने कुछ छोटी-छोटी किताबें विनय को दीं कि शायद ये उसे ज्यादा दिलचस्प और आसान लगेंगी।

उस दिन ऋचा ने विनय से पूछा कि क्या उसने बच्चों के लिए भी कविताएँ लिखी हैं ? विनय ने कहा कि नहीं। भुवनेश बोले कि तुम कुछ रूसी कविताएँ क्यों नहीं छाँट लेतीं ? तो ऋचा ने कहा कि एक तो उनमें नाम बहुत अटपटे होते हैं—अफनास्येवा ··· स्तोल्पिनास्तोया ··· मायोस्कारिचका ··· जो बोले ही न जाएँ। दूसरे, उनके अनुवाद बहुत गंदे होते हैं। तब भाभीजी ने सामाधान निकाला कि क्यों न सरल नामवाली कुछ रूसी कविताओं को अंग्रेजी में से छाँट लिया जाए और विनय उनका सुंदर और सरल काव्यानुवाद कर दे !

विनय को अच्छा लगा।

शाम को बिजलीघर की ट्रेड यूनियन के एक साथी आ गए जो समझना चाहते थे कि उपभोक्ता सूचकांक किस आधार पर तय किए जाते हैं और किस हिसाब से बदलते हैं! उन्हें पता नहीं क्यों ऐसा लगा था कि विनय को इन प्रश्नों के उत्तर मालूम होंगे। जबकि विनय नहीं जानता था। पर विनय कल बताने का वादा कर सकता था और उसने वादा कर भी लिया, क्योंकि वह जानता था कि वह इन सवालों के जवाब कॉमरेड से पूछ सकता है।

कॉमरेड के यहाँ पहुँचते-पहुँचते अँधेरा हो चुका था। वहाँ एक अपरिचित आदमी अँधेरे में बैठा कुछ लिख रहा था। विनय ने बत्ती जलाई। दो व्यक्ति सो रहे थे। लिखनेवाले ने बत्ती बुझवा दी कि वह तो अँधेरे में भी लिखने-पढ़ने का अभ्यस्त है, बत्ती जली रहने से इन कॉमरेडों की नींद खराब होगी। चार रातों के जागे हुए हैं। कॉमरेड कहाँ हैं ? कौन-से कॉमरेड ? कॉमरेड लक्ष्मण माधव ? पता नहीं। विनय बाहर आ गया। पार्टी दफ्तर में भी हो सकते हैं। साइकिल काँकरिया की तरफ बढ़ा दी।

सर्दियाँ शुरू हो गई थीं और चारों तरफ के गाँवों से कपास की गाड़ियाँ आनी

शुरू हो गई थीं। सड़क पर कपासियों से लदी बैलगाड़ियों-ट्रैक्टरों का ताँता लगा हुआ था। रात में ही ये लोग काँकरिया के अहाते में लाइन लगाकर खड़े हो जाएँगे। रात-भर बीड़ी-चिलम, आग और गप्पों के सहारे जागते रहेंगे। सुबह इनके कपासिए को तपाकर, टटोलकर, ग्रेडिंग कर तोला-खरीदा जाएगा अथवा लौटा दिया जाएगा। फिर कहीं और ··· कहीं और किसी भी भाव गाड़ी बेचकर दिन-भर सौदा-सुलुफ में बिता तीसरे पहर रवाना होकर कल शाम तक ये लोग अपने गांव पहुँचेंगे। चलती गाड़ी-ट्रैक्टर से कपासिए के छोटे-छोटे गोले गिरते रहते हैं ··· छोटी-छोटी लड़कियाँ उन्हें बीन रही हैं। रात-भर बीनेंगी। यही उनकी आजीविका है। इसी से वे जिंदा हैं।

ऑफिस में बत्ती जल रही थी। लेकिन ताला लगा हुआ था। चारों तरफ सन्नाटा था। जिनिंग रुकी हुई थी। विनय रुका, उतरा, इधर-उधर देखा, कुछ देर खड़ा रहा, एक बार सोचा फैक्ट्री के अंदर जाए ··· फिर कपड़े खराब हो जाने के डर से टाल गया। पलटा। जाने को हुआ। साइकिल उठाकर पैडल पर पाँव रखा ही था कि दफ्तर के पीछे से कुछ उत्तेजित आवाजें ··· बहस की, गिड़गिड़ाहट की, धक्का-मुक्की की सुनाई दीं। विनय ने साइकिल खड़ी की और अँधेरे में रास्ता टटोलता-टटोलता दफ्तर के पीछे की तरफ निकल गया।

उसके अनुमान से काफी दूर ··· काँकरिया की तारबंदी के भीतर के काफी बड़े अहाते के लगभग कोने में पाँच-छह छायाएँ एक व्यक्ति को घेरे हुए थीं और वह उत्तेजित स्वर में कभी एक से कुछ कह रहा था, कभी दूसरे से। उसकी आवाज़ में विरोध और गिड़गिड़ाहट का अजीब सम्मिश्रण था। विनय ने उसके शब्दों को पकड़ने की कोशिश की, लेकिन इतनी दूर से और अँधेरे में न कुछ सुनाई पड़ा, न दिखाई। अचानक एक छाया ने उस व्यक्ति के गाल पर ज़ोर का एक झापड़ मारा, जिससे वह व्यक्ति बिलबिलाकर चीखा और गिर पड़ा। दूसरे ने उसे गरेबान पकड़कर उठाया और उसके पेट में एक घूँसा मारा। वह गिर पड़ा और एक पिटे हुए कुत्ते की तरह काँय-काँय करने लगा। हाथ-पाँव ऊपर उठाए वह उनसे रहम की भीख माँग रहा था। विनय ने अपने कदम तेज कर दिए। पूरे अहाते में सूखी-सूखी, ऊँची-ऊँची घास उगी हुई थी जिसमें तेज़ चलने में कुछ कठिनाई हो रही थी। विनय एक नज़र रास्ते में पड़े लोहे-लंगड़-पत्थर-झाड़ी से बचने में और दूसरी घटनास्थल पर रखे हुए था, जहाँ तीन-चार छायाओं ने उस व्यक्ति को उठाकर तबियत से धुनना शुरू कर दिया था। अब वह व्यक्ति रो या गिड़गिड़ा नहीं रहा था ··· आतुर और आक्रांत था, और भागने-बचने की कोशिश कर रहा था। लेकिन वह जिधर भी दाँव बचाकर भागता, दबोच लिया जाता और एक और लात या मुक्का।

शायद उन्होंने विनय के कदमों से हो रही घास की सरसराहट सुन ली, और अलग हटकर खड़े हो गए और सब उसी की तरफ देखने लगे—ज़रूरत हो तो उसे भी ठोक डालने के लिए तैयार!

"अरे, ये तो बाबू है!" किसी ने कहा।

विनय पास गया। सब चुप थे। "क्या हो रहा है?" विनय ने पूछा। पिटनेवाला आदमी बेहोश हो चुका था और उसकी नाक से, पीठ से, कंधों से, माथे से खून बह रहा था।

"चलो, दफ्तर चलकर बात करेंगे।"

छायाओं में से ही एक छाया कॉमरेड लक्ष्मण माधव की थी। उन्होंने ही कहा।

सब चल पड़े। एक ने दौड़कर ऑफिस का दरवाजा खोला। सब भीतर घुसकर बैठ गए। अपने-अपने कपड़े झाड़ते हुए, बाल सम्हालते हुए। कमरा शराब की भभक से भर गया। क्या कॉमरेड ने भी पी रखी है?

"आप लोग क्यों मार रहे थे उसे?" विनय ने पूछा।

सब एक-दूसरे का मुँह देखने लगे।

माचिस की तीली से दाँत कुरेद चुकने के बाद कॉमरेड ने कहा, "चमचा है सेठों का। चमचागिरी करेगा तो पिटेगा ही। मोतीरामजी, चाय पिलवाओ ··· या चलो घर चलकर ही पीते हैं।"

सब उठ गए। बाहर निकलते-निकलते कॉमरेड बोले, "विनय, तुम्हारे पैसे!" और बंडी की जेब से चालीस रुपए निकालकर विनय को पकड़ा दिए। विनय कॉमरेड के चेहरे की तरफ देख रहा था, जैसे कुछ कहेगा—क्या जल्दी थी, या रख लीजिए ज़रूरत हो तो, या अभी हैं मेरे पास, ले लूँगा फिर जैसा कुछ ··· पर कॉमरेड उसकी तरफ देख ही नहीं रहे थे।

जब साइकिलें सड़क पर आ गईं तो उन लोगों ने विनय को आगे निकल जाने दिया और आपस में खुसर-फुसर करने लगे। विनय के साथ ऐसा व्यवहार पहली बार नहीं हुआ है, पर उसने कभी बुरा नहीं माना, क्योंकि कुछ बातें ऐसी भी होती हैं जिनमें सबको भागीदार नहीं बनाया जा सकता—विनय समझता है। पर पहली बार उसे बुरा लगा। पता नहीं क्यों? वह कुछ सोचे-समझे, कि कॉमरेड की साइकिल उसके समानांतर आ गई। "सुनाओ कॉमरेड, क्या हाल हैं? 'पूँजी' कहाँ तक पहुँची?"

"आपके कमरे पर गया था। वहाँ कुछ लोग सो रहे थे। मुझे शायद यहाँ नहीं आना चाहिए था।"

"अरे, नहीं-नहीं। ऐसा कुछ नहीं है। गद्दारों से तो निपटना ही पड़ता है। यह कोई तुमसे छिपाने की बात थोड़े ही है।"

किसी गाड़ीवाले ने अँधेरे में भी कॉमरेड को पहचानकर उनसे राम-राम की। राम-राम शायद नहीं थी। शायद उसने 'राम-राम' नहीं, 'सलाम' कहा था। जवाब में कॉमरेड ने भी सलाम कहा। हो सकता है राम-राम के जवाब में सलाम कहा हो। एकाध बात निकालकर पूछी—उसी की भाषा में। "हाऊ?" दूर जाता जवाब मिला। फिर चुप्पी छा गई।

"अरे हाँ! कल लाल चौक में पब्लिक मीटिंग रखी है। कॉमरेड राणावत आए हुए हैं। वह भी बोलेंगे। तुम भी आना। ठीक सात बजे शाम को। मैं चाहता हूँ इस बार मीटिंग की शुरुआत तुम्हारी एक-दो जोशीली कविताओं से हो। लिखी हैं न? बुलंद आवाज़ में पढ़ना। पर देखो भाई, मजदूरों की समझ में ज़रूर आ जाएँ। बुद्धिजीवियोंवाली नहीं चलेंगी।"

विनय ने बताया, और संकोच के साथ बताया कि अभी उसने ऐसी कोई कविता नहीं लिखी है जिसे मजदूरों के बीच सुनाया जा सके।

"तो लिख लो। उसमें क्या? पूरी रात पड़ी है।"

विनय को बुरा लगा। ये कविता को समझते क्या हैं? बोला, "कॉमरेड, कविता कोई स्वेटर बुनना नहीं है, या आलू भूनना नहीं है जो रात-भर में कर लें।"

"तो छोड़ो। तुम ज्यादा समझते हो। मैं तो पढ़ा-लिखा हूँ नहीं। पर क्रांति के बाद रूसवालों ने बड़े-बड़े बाँध, रेलवे लाइनें, पुल, इमारतें, सुरंगें पलक झपकाते बनाकर पटक दीं। वो कहते हम इसको इतने दिन में पूरा कर लेंगे, तो दुनिया हँसती थी और उन्हें नासमझ ही नहीं, पागल भी समझती थी। और कॉमरेड, हम लोगों के साथ आओगे तो ज्यादा नजाकत कल्चरल फ्रंट पर भी नहीं चलेगी। क्या?"

विनय चुप रहा। कॉमरेड भी फिर कुछ नहीं बोले। पीछेवालों की साइकिलें कुछ ही देर में बराबरी में आ गईं। चौराहे से कॉमरेड के घर की तरफ मुड़ने के बजाय, विनय ने कहा, वह सीधा निकल जाना चाहेगा, क्योंकि एक तो वैसे भी उसे चाय की कोई खास इच्छा नहीं हो रही, दूसरे वह लेटना और पढ़ना चाहता है।

किसी ने कोई आग्रह नहीं किया। ठीक है। गुड नाइट।

सलाम।

उस रात अपने बिस्तर में पड़े-पड़े विनय काफी देर तक सिगरेट धूँकता रहा। और सोचता रहा और कुछ पढ़ने की कोशिश करता रहा और असफल होता रहा।

क्या उसे कविताएँ ही लिखनी हैं?

क्या क्रांति में यही उसकी भूमिका है?

उसे कैसी कविताएँ लिखनी हैं? जिस संपूर्ण कविता की बात भुवनेश करते

हैं वैसी? या जिन मजदूरों के लिए कॉमरेड लिखवाना चाहते हैं, वैसी? या बच्चों के लिए सरल, तुतले पर सार्थक गीत—जैसे ऋचा चाहती है? वह जानता था कॉमरेड जैसे गीत चाहते हैं, वैसे गीत वह ज़रूर लिखेगा—लिखे बिना वह रह ही नहीं सकता। उसको शंकर शैलेंद्र, उस्ताद और नागार्जुन को पढ़ना चाहिए। पर वह यह भी जानता था कि भुवनेश जैसी कविताएँ चाहते हैं, वैसी भी लिखे बिना उसे चैन नहीं मिलेगा। और वह यह भी सोच रहा था कि क्या वह ऋचा की बात माने बिना रह सकता है? क्या बच्चों को वही घास-कूड़ा मिलना चाहिए जो पत्रिकाएँ अपने अंतिम पृष्ठों पर कोने में छापती हैं? ··· पर क्या ऐसा नहीं हो सकता कि वह तीनों ही तरह की कविताएँ लिख पाए? अनुभव, प्रेरणा, संकल्प, अनुभूति, तुलसीदास ··· पिटता हुआ आदमी ··· नींद ··· ऋचा ··· नींद ··· आमसभा ··· ऋचा ···चिरमी की डाली ··· ऋचा ··· नींद ··· ऋचा ··· ।

एक विचित्र और पवित्र कोमलता उसे अपने भीतर पल्लवित होती महसूस हुई—बहुत-बहुत दिनों बाद ··· या शायद पहली बार ··· एक कोमल-कच्चा हरापन—मनी प्लाण्ट के कोमल नए पत्ते के चिकने हरेपन की तरह ··· जैसे पत्थरों की पुख्ता फसील को फोड़कर कोई नन्हा-सा फूल अपनी चकित आँखें खोल रहा हो ··· । विनय ने अपने आपसे कहा—वह इस कोमलता को टूटने नहीं देगा। किसी के लिए नहीं। कॉमरेड के लिए भी नहीं।

चार

कस्बे को आजादी की हवा लग चुकी थी। अतीत में वह गाँव था और भविष्य में शहर होगा। फिलहाल दोनों के बीच की चीज था। संस्कारों से देहाती, पहनावे से शहराती। हीन भावना और दीन भाव के मिले-जुले संत्रास से पीड़ित। एक पाँव खूँटे से बँधा, दूसरे पाँव के बल दौड़कर सबकुछ पकड़ लेने की कोशिश में हाँफता हुआ। बड़ों की बेबसी से प्रसन्न, छोटों के उत्साह से कातर।

कई गाँव थे अलग-अलग। कुँओं में मीठा पानी था। उपजाऊ जमीन थी। ग्राम पंचायत की लालटेनें जलती थीं। लोग पहली रोटी गाय को खिलाते और उसे रात-भर के लिए सड़कों-गलियों में पसरने के लिए छुट्टा छोड़ देते। लोग इंच-इंच जमीन के लिए मुकदमेबाजी कर लेते और घर के आगे जितना जी में आता, जमीन गोबर से लीप लेते। लोग अंतिम रोटी आवारा कुत्तों को खिलाते और जब वे भौंकते तो खुश होते, काटते तो प्रभु की मर्जी मानकर चुपचाप कटवा लेते। कहीं काँसे की थाली बजती तो सारे बधाई देने इकट्ठे हो जाते और रोना-पीटना सुनाई देता तो जात-बिरादरी के हिसाब से ही जमा हो जाते। गाँव में हर औरत किसी-न-किसी की भाभी थी। और हर आदमी किसी न किसी का देवर। अनेक भाभी-देवर मुगले-आजमों की नजर बचाकर 'जन्मजन्मांतर के प्यार' में लिप्त होते थे और कुँवारी कन्याओं तथा छड़े-छाँटों पर कड़ी नज़र रखते थे, ताकि कोई किसी को मुस्कराकर नोट देता हुआ पकड़ा जाए तो रसीला हल्ला मचा सकें। शादी का मतलब जिम्मेदारों में शुमार हो जाना और प्रेमिकाओं को मुक्तभाव से घर बुलाना हुआ करता था। लोगों ने घरों में फ्लश के पाखाने बनवा रखे थे, लेकिन सुबह-सुबह सब लोटा लेकर जाते जंगल ही थे। जैसे गायों-टोगड़ों के अलग-अलग जंगल थे, वैसे ही आदमियों-औरतों के भी अलग-अलग जंगल थे। घर में यह शुभ कार्य उनसे किया ही नहीं जाता था। लड़के ज्यादातर पढ़-लिखकर शहर चले जाते या पुश्तैनी काम-धंधों में लग जाते। संयुक्त परिवारों का आखिरी सीन चल रहा था और जमीनें

जिस तेज़ी से बँट रही थीं या बनियों के हाथ बिक रही थीं—परदा कभी भी गिर सकता था।

कस्बे को आजादी की हवा ऐसी लगी कि बम्बई-मद्रास में बसे यहाँ के सेठों ने चीजें गिरवी रखने और ब्याज पर पैसे उठाने का पुश्तैनी काम छोड़ बंबई के आसपास स्टेनलैस स्टील, सिंथेटिक फाइबर और केमिकल्स तथा इलैक्ट्रानिक सामान की फैक्ट्रियाँ खोल लीं और उनमें गाँव के लड़के-लड़कियों को ला-लाकर भर्ती करना शुरू कर दिया। देखते ही देखते किसानों की ज़मीनें बनिये खरीदने लगे। और कस्बे में कारें, घड़ियाँ, ट्रांजिस्टर, टेपरिकॉर्डर, नेलपॉलिश, लिपस्टिक, पर्फ्यूम और आयातित भोंडापन आने लगा। जिस रफ्तार से ठाकुर लोग घोड़ों-बग्घियों, खेतों-चरागाहों, पुरानी इमारतों, हीरे-जवाहरातों को बेच-बेचकर शहरों में होटल खोल रहे थे या अपनी जीपों-कारों को टैक्सियों में बदल रहे थे या शिकार-दारू और डंडे की सुरक्षा के लिए पुलिस में भर्ती हो रहे थे, उसी रफ्तार से कस्बे में बनियों की बिल्डिगें खड़ी हो रही थीं। मकराना से संगमरमर आता, जोधपुर से सिलावटों की टोलियाँ, बंबई से नक्शानवीस और सोजत से रंग करनेवाले पेंटर। साल-छह महीने में भर-भर खर्च कर एक आलीशान इमारत खड़ी होती ··· आर.सी.सी. की छतें ··· सनमाइका के दरवाज़े ··· मोज़ेइक के फर्श और कटवर्क के रंगीन काँचोंवाली खिड़कियाँ। फिर इस पर चुभनेवाला गुलाबी या भक पीला, बैंगनी या और कोई बेहूदा रंग कर दिया जाता। छत के कोने में एक काली हाँडी उलटी रख दी जाती। अंदर की दीवारों पर फूल-पत्तियाँ, देवी-देवता जाने क्या-क्या कोर दिए जाते और बाहर 'शुभ लाभ' नहीं, 'सुख लाभ' या 'लक्ष्मीजी सदा सहाय' या 'जयजिनेन्द्र' या 'श्री (श्रीमती नहीं) महालक्ष्मी सदा प्रसन्न' जैसा कुछ लिखवा लिया जाता और कस्बे के सुरुचिसंपन्न लोगों की आँखों को हर समय कष्ट पहुँचाने के लिए इस 'पुंगलिया भवन' या 'सिरोलिया मैन्सन' या 'भँवरीबाई गुलाबजी' को वहीं छोड़ दिया जाता।

पैसा वहाँ इतना था कि ढेरों बगीचे, अस्पताल, नर्सरी स्कूल, फव्वारे, बस स्टॉप, प्याऊ, पुस्तकालय, रंगमंच, छात्रावास, तरणताल, व्यायामशालाएँ, सभागार, पक्की सड़कें, नालियाँ, जलमल-निकास, अतिथिगृह और रिहाइशी कॉलोनियाँ—सब बन सकते थे। पर यह सब सरकार का काम था, उनका नहीं। और सरकार के पास इनमें से आधे कामों के लिए कोई इच्छा नहीं थी, चौथाई के लिए कोई योजना नहीं और न पैसा, न राजनीतिक दबाव। पर फिर भी वह हमेशा कुछ-न-कुछ करते रहना चाहती थी या करती दिखती रहना चाहती थी। और अंततः अपने नौकरों-नुमाइंदों को जिन्हें सभ्यतावश अधिकारी कहा जाता था, यह हिदायत देती रहती थी कि

वे इन लोगों के सामने आर्थिक सहयोग के लिए गिड़गिड़ाएँ। ज़रूरत पड़े तो बदले में कुछ रियायतें दे दें।

इस तरह वहाँ एक लड़कों का स्कूल, एक लड़कियों का स्कूल, एक नगरपालिका भवन, एक आयुर्वेदिक चिकित्सालय, एक-दो बदसूरत मूर्तियोंवाले भौंडे चौराहे-चबूतरे और एक कॉलेज बन गया। नगरपालिका जमीन के प्लॉट काट-काटकर नीलाम करने लगी और हर वस्तु पर चुंगी लगाने लगी। वह कुछ सार्वजनिक मूत्रालय भी बनाना चाहती थी, लेकिन कोई पार्षद अपने निर्वाचन क्षेत्र के किसी नागरिक के मकान से सटकर या आसपास मूत्रालय नहीं बनने देना चाहता था। इसलिए इस मसले पर जनतांत्रिक तरीके से महीनों लड़ा-झगड़ा गया और अंत में इस मद में रखे पैसे से स्वतंत्रता दिवस पर 'महेश कुमार नाइट' नाम का एक सांस्कृतिक कार्यक्रम कर लिया गया, जिसकी विशेषता यह थी कि पार्टी बम्बई की थी और उसका नायक जनाना-मर्दाना दोनों आवाजों में बखूबी गा लेता था।

जिस अनुपात में नित नए सरकारी कार्यालय कस्बे में खुलते जा रहे थे, उस अनुपात में मकान बन ही नहीं सकते थे। इसलिए देखते-देखते ऊबड़-खाबड़ कमरे भी किराए पर उठने लगे और वह किराया चंद्रमा की कलाओं की तरह दिन दूना रात चौगुना बढ़ने लगा। हर आदमी अपने मकान का कोई कोना किराए के निमित्त 'पुनर्निर्मित' करने लगा और बाहर की भाषा-बोली, पहनावा-खानपान, शिक्षा-संस्कृति, उठना-बैठना, तंबाखू-शराब, सिनेमा-स्कूटर कस्बे की चिरपरिचित जिंदगी में अजीब और मूलगामी घालमेल करने लगे। प्रेम और घृणा की नई-नई शैलियाँ, झूठ बोलने की शिष्ट और सुसंस्कृत पद्धतियाँ, संबंधों के नए अर्थाश्रित समीकरण और राजनीति ...।

जब स्थानीय संपदा के दोहन की पवित्र भावना से प्रेरित होकर काँकरिया सेठ ने पहली जिनिंग मिल डाली तो गाँव को कस्बई कपड़े भी तंग पड़ने लगे और शहर उसे एक चौंसठ कलियों का घेरदार घाघरा लगने लगा। कुछ ही सालों में देखादेखी में चार जिनिंग मिलें लग गईं और ऑटोमोबाइल की बड़ी-बड़ी दुकानें खुल गईं। लोहे की अलमारी व पलँग बनाने का काम भी शुरू हो गया। लघु उद्योगों के पीछे-पीछे लघु उद्योगों को प्रोत्साहित करनेवाली राज्य सरकार की इकाइयाँ भी आ गईं और उन्हें क़र्ज़ बाँटने बैंक की शाखाएँ भी। ढेर-के-ढेर मजदूर जाने कहाँ-कहाँ से आकर बसते गए और जमीन की शक्ल-सूरत इतनी तेज़ी से बदली कि देखते ही देखते खेत दूर-दूर हटते गए। किसानों के भूमिहीन होने की प्रक्रिया शुरू हुई और भूमिपुत्र फैक्ट्रियों में काम करने लगे या रिक्शा चलाने लगे या अनेक सेठों के पास बंबई-मद्रास भागने लगे या छोटी-मोटी दूकानें खोलकर बैठने लगे।

कस्बे में दो सिनेमाघर खुल गए, चार प्राइवेट डॉक्टर आ गए। दवाइयों की अनेक दूकानें खुल गईं और विभिन्न राजनीतिक पार्टियों के दफ्तर लगने लगे। अब मोहल्ले मोचीपाड़ा या कुम्हारों का बास या चूड़ीगरों की गली या माली मोहल्ला नहीं ··· गांधी रोड और सुभाष मार्ग और जवाहर नगर हो गए। अब लोगों को उनके बाप-दादों के संदर्भ से नहीं, उनकी हैसियत और कपड़ों से पहचाना जाने लगा। अब होटलों में हरिजन भी बराबरी में बैठने लगे। पंडितों को देखते ही 'पालागन' और ठाकुरों को देखते ही 'मुजरोसा' कहना अतीत की बात हो चली ··· इज्जत अब उसकी उतनी ही होती ··· जितना जो नुकसान पहुँचा सकता। यानी स्थिति यह थी कि कॉलेज के प्रिंसिपल को मकान मिलना मुश्किल था, थानेदार को आसान। कलाकार साइनबोर्ड बना रहे थे, सटोरिये म्युनिसिपल बोर्ड। एक सटोरिये ने तो एक चारपेजी साप्ताहिक अखबार भी शुरू कर दिया था, स्थानीय सरकारी-अर्धसरकारी संस्थाएँ जिसमें विज्ञापन देने के लिए नियमतः बाध्य थीं, जिसमें 'खुली चिट्ठी' और सनसनीखेज भंडाफोड़ किस्म की रोचक और शिक्षाप्रद सामग्री प्रकाशित होती थी और जिसका संपादकीय एक स्थानीय टेलीफोन ऑपरेटर लिखते थे जो एम.ए. पास थे और अपनी नियति से क्षुब्ध।

कस्बे की दीवारें तरह-तरह के रंगीन पोस्टरों-विज्ञापनों से सजने लगीं, बसें बढ़ गईं, रेल रुकने लगी, जुलूस निकलने लगे, अखबार-पत्रिकाओं की एजेंसियाँ खुल गईं, मास्टरों की पिटाई होने लगी, लड़कियाँ भागने या भगाई जाने लगीं, लोग अधिकारों के प्रति सजग होने लगे, महिलाएँ नौकरी करने लगीं तथा लोगों को नई और आधुनिक बीमारियाँ होने लगीं।

चेतना एक तूफान की तरह आई, पुराना बहुत-कुछ तोड़फोड़ गई और नया बनाने की चुनौती सामने फेंक गई। लोग दूध में पानी मिलाकर बेचने लगे, लड़के शादी से पहले लड़की को 'पर्सनली' देखने की फर्माइश करने लगे, औरतों को पेटीकोट-ब्लाउज में घूमने में शर्म आने लगी और धार्मिक कार्यक्रमों में लाइटिंग और लाउडस्पीकर की भूमिका प्रमुख और अपरिहार्य हो गई।

यहीं, इसी मिट्टी से, उन नौजवानों को उभरना-उठना था जो अपने कर्तव्यों के प्रति भी सजग थे, जो अपने कस्बे को ही नहीं, उसकी जिंदगी को नियंत्रित और संचालित करने वाली शक्तियों के बारे में भी सोचना चाहते थे, जिनकी आँखें अपने वर्तमान को ही नहीं, उसके दोनों तरफ अतीत और भविष्य को भी देखने को तैयार थीं और जो अपनी सुख-सुविधा के पार जाकर भी कुछ करने को तैयार थे।

ऐसे ही लड़कों का एक झुंड उस दिन भुवनेश के घर बैठा था। कमरे में पानी के जूठे गिलासों, चाय के खाली प्यालों और सिगरेट के धुएँ के भराव को देखकर विनय समझ गया कि सभा काफी देर से जमी हुई है। वह चुपचाप पीछे पड़ी एक खाली कुर्सी पर बैठ गया। भुवनेश से आँखों ही आँखों में अभिवादन हो गया, बाकी किसी ने शायद उसे देखा भी नहीं।

"अच्छा सर! एक बात बताइए। आप भागवान को मानते हैं?" एक देहाती लड़के ने, जो दोहरा होकर आगे की तरफ झुका हुआ था, सकुचाते हुए पूछा।

ऐशट्रे में सिगरेट रगड़कर तलुवे सहलाते हुए तखत पर पसरे भुवनेश ने मुस्कराकर पूछा, "यह सवाल तुमने क्यों पूछा? शायद तुमने सुन रखा है कि कम्युनिस्ट भगवान-वगवान को नहीं मानते। है न?"

"नहीं, वो बात नहीं है सर। पर सचमुच में आप मानते हैं या नहीं?"

एक पल सोचकर भुवनेश ने जवाब दिया, "मानता तो नहीं, लेकिन जानता जरूर हूँ। और आप लोग जानते नहीं हैं, मानते जरूर हैं।"

वह हँस पड़े। सब हँस पड़े।

"देखो भाई। तुम लोग पढ़ो। किताबों में सब है। क्यों और किस तरह हमारे आदिमानव ने प्रकृति की शक्तियों से डरना और उनका आभारी होना और उनको रिझाने के लिए नाच-गाना, भेंटबलि, पूजा आदि करना शुरू किया। कैसे जादू-टोना, तंत्र-मंत्र, ब्राह्मण-पुरोहितवाद शुरू हुआ, कैसे उनके विरुद्ध विद्रोह पर विद्रोह हुए—इसकी एक पूरी परंपरा है ··· एक इतिहास है अपने यहाँ इन चीजों का। दरअसल हम लोग पढ़ने का कष्ट नहीं करते। सुनी-सुनाई बातों को मानते चले जाने के अभ्यस्त हैं, इसीलिए गड़बड़ होती है। तुम छोड़ो कम्युनिस्टों को, मार्क्सवादियों को। बुद्ध ही को पढ़ लो, विवेकानंद को ही पढ़ लो ··· लोहिया ने राम-कृष्ण-शिव, सावित्री-द्रौपदी पर जो कुछ लिखा है, फिर चार्वाक ··· कबीर ··· धर्म-दर्शन-कर्मकांड और ब्राह्मणवाद की सारी हकीकत तुम्हें समझ में आ जाएगी। रामविलास, चौहान, भैराराम। अच्छा तुम्हीं बताओ, क्या यह सच नहीं है कि जो अपने-आपको हिन्दू कहते हैं, उनमें से निन्यानवे प्रतिशत लोगों ने वेद नहीं पढ़े हैं? सिर्फ उनके बारे में सुना ही है?"

किसी से कुछ कहते नहीं बना। भुवनेश सिगरेट सुलगाने लगे।

"तुम्हें आश्चर्य होगा कि चारों वेदों में कहीं भी ईश्वर नहीं है। हमारे षड्दर्शन ··· छह दर्शन हैं हमारे यहाँ ··· सब अनीश्वरवादी हैं। ये ईश्वर-फीश्वर तो भाई मनुष्य ने ही बनाए हैं। तभी तो मनुष्य जैसे बनाए। सुन्दर मनुष्य जैसे! ज्यादा शक्ति बतानी थी, तो चार हाथ बना दिए। ज्यादा बुद्धि बतानी थी तो तीन-चार या पाँच

सिर बना दिए। दोस्तोएव्स्की के एक उपन्यास में एक बड़ी मजेदार बात है। वह कहता है अगर गाएँ भी सोचतीं कि कोई ईश्वर है, तो उनकी कल्पना का ईश्वर जरूर एक मोटा-तगड़ा साँड होता।"

लड़के हँसे, पर खुलकर नहीं। पाप लगने के डर से सहमे हुए।

"वह सबका पिता है, जिसका कोई नहीं है उसका वह है। वह हर अपराध को क्षमा कर देता है, सर्वशक्तिमान है, न्यायप्रिय है। उसके यहाँ देर है, अंधेर नहीं ··· कितना सांत्वना भरा दर्शन है। मुसीबत में बेबस होकर जीवन में विश्वास खोते आदमी के लिए कितनी उपयोगी और मूल्यवान कल्पना है। पर अफसोस कि कल्पना ही है, हकीकत नहीं।"

विनय ने नहीं सोचा था कि वह ये भाषण सुनने बैठा रहेगा। दरअसल इस भीड़भाड़ को देखते ही वह बुझ गया था, क्योंकि इस हाल में वह बहस संभव नहीं थी जो वह भुवनेश से करना चाहता था। इसलिए उसने तय किया कि वह दो-चार मिनिट बैठकर बाहर चला जाएगा, ऋचा के साथ शतरंज खेलेगा या भाभीजी के साथ गप्पें मारेगा। चाय के लिए भी कहेगा, बहुत देर से चाय नहीं पी।

लेकिन भुवनेश की बातों में रस आने लगा। उठने की इच्छा ही नहीं हुई उसकी।

"तो सर, कोई शक्ति तो है ही न, जो इस संसार को चला रही है?"

"हाँ है। लेकिन इस दुनिया से बाहर कहीं नहीं है। वह हममें ही है। मनुष्य की सामूहिक इच्छा-शक्ति और जिजीविषा, जिंदा रहने की इच्छा। परिस्थितियों के अनुकूल खुद को ढालने की और परिस्थितियों को अपने अनुकूल बनाने की क्षमता। धरती से ऊपर कोई गैलेरी, छत, टैरेस या बॉलकनी नहीं है जहाँ से धरती पर पुष्प-वर्षा की जा सके। ये हम लोग देख भी आए।"

सब हँसे। इस बार थोड़ा खुलकर।

"तो आप पूजा-पाठ, ध्यान-योग कुछ नहीं मानते-करते?"

"किसकी पूजा करें? देवी-देवताओं की, जिन्हें हमने खुद बनाया? सरस्वती की जो वीणा बजाना तो दूर, पकड़ना भी ठीक ढंग से नहीं जानती—हर जगह उसे सितार की तरह पकड़े रहती है? गणेश की, जिसे चूहे जैसे जानवर पर बैठने में संकोच नहीं होता? या हनुमान की—जो नाखून से छाती फाड़कर अंदर रखा सिंहासन और उस पर बैठे राजा राम और रानी सीता की झाँकी दिखा रहे हैं? और ताज्जुब कि जिनका दिल बीचोबीच में है? या राम की, जो अपनी गर्भवती पत्नी को धोखे से जंगल में भेज रहे हैं? भैया देखो, ये जितने देवी-देवता हैं सब हमारे यानी मनुष्य रूप में गुणों-प्रवृत्तियों की कल्पना! सिर्फ समझाने के लिए। जैसे सच बोलना चाहिए, तो एक सत्यनारायण बना दिए। लीलावती-कलावती की कहानी बना ली। जैसे

पेड़—उपयोगी, अच्छी चीज हैं, उन्हें नष्ट नहीं करना चाहिए, तो सीतलामाता बना दी, कि पेड़ों को पानी दो, उनकी पूजा करो। पशुओं को नष्ट करने से कोई फायदा नहीं। उपयोगी पशु अर्थव्यवस्था के लिए ज़रूरी है तो गाय को माता बना दिया और विभिन्न पशु-पक्षियों को देवी-देवताओं की सवारी। वगैरह-वगैरह। पर गड़बड़ की अनपढ़ पेंटरों ने और मतलबी पंडों ने, जो लोगों को नामसमझ ही रखना चाहते थे, ताकि उनकी भेंटपूजा बरकरार रहे। क्यों? क्या सोचते हो?"

कोई कुछ नहीं बोला। ज़ाहिर था कि ऐसी बातें उन्होंने आज तक किसी से नहीं सुनी थीं। उनकी तर्कबुद्धि और सामान्य समझ और बचपन से चलते-पलते संशय कह रहे थे कि भुवनेश की बातों में दम है, किन्तु परंपरागत विश्वास, संस्कार और भय उन्हें तत्काल कान बंद कर लेने को या भाग जाने को कह रहे थे। जैसे ज़ंग लगे जोड़ पर झालन नहीं हो सकती, तेजाब डालना पड़ता है, उसी तरह उनकी चेतना पर तेज़ाब पड़ रहा था और वे तिलमिला रहे थे और चक्कर में पड़ गए थे कि इन नए सर के पास आते रहना चाहिए या नहीं, ये अच्छे आदमी भी हैं या नहीं। पर वे ज़रूर आएँगे। भुवनेश के चुंबक ने न सिर्फ उनकी लौहधातु को पहचान लिया है, बल्कि उनके ज़ंग लगे जोड़ों पर तेजाब भी डाल दिया है। तिलमिलाएँगे नहीं तो चमचमाएँगे कैसे?

वे अभी और बात करना चाहते थे, पर भुवनेश नहीं। शायद विनय के कारण। वह 'हाँ-हूँ' कर रहे थे और मजाक वगैरह करने लगे थे। वह दरअसल देख रहे थे कि कोई पुस्तक माँगी जाती है या नहीं · · · और पुस्तक माँगी गई। पर तब तक विनय बाहर आ चुका था क्योंकि ऋचा उसे इशारे से बुला रही थी, और भाभीजी भी। ऋचा कहीं से एक छोटा-सा बिल्ली का बच्चा पकड़ लाई थी और विनय को वह बच्चा न सिर्फ बताना चाहती थी बल्कि उसे विनय पर पटककर, उसे चौंकाकर, मज़ा लेकर खिलखिलाना चाहती थी। उसने ऐसा ही किया, और हँसी भी। उसकी हँसी ने कई दिनों से जमा उदासी को एक फूँक में ही उड़ा दिया। विनय ऋचा के हाथ से लेकर बिल्ली के बच्चे का मुआयना करने लगा और उसे उछाल-उछालकर खिलाने लगा। जब विनय ने अपने चेहरे के ठीक सामने बिल्ली के बच्चे को उठाकर उसकी आँखों में देखना चाहा तो बिल्ली के बच्चे ने ऋचा की तरफ देखते हुए बड़े धीरे से कहा—म्याऊँ · · ·

और दोनों हँस पड़े। और हँसते हुए दो प्याले चाय लिए भाभीजी बाहर निकलीं। "लो विनय! चाय पीने की इच्छा हो रही थी न? फिर कहा क्यों नहीं इतनी देर से?"

"आपको कैसे पता चला"? विनय ने चाय लेते हुए कहा।

तीनों पास के कमरे में चले गए।

"बस, चल गया।" भाभीजी बोलीं। बिल्ली के बच्चे को कंधे पर बिठा ऋचा अपना प्याला भी ले आई। "कुछ खाने को है।" दो घूँट पीकर विनय ने पूछा।

"अभी तो कुछ नहीं है। रोटी पड़ी है सुबह की। चलेगी? जा ऋचा, ले आ!"

सकुचाती हुई ऋचा चली।

विनय ने आवाज लगाई—"थोड़ा-सा नमक भी लेती आना!" और बड़े ठाठ से रोटी पर नमक छिड़क उसका ब्रेडरोल बना चाय में डुबो-डुबोकर विनय ने खाया। और इतने अपनापे से खाया कि लगा, बचपन के बाद पहली बार अपने घर में कुछ खाया है। उसकी आँखें भर आईं। और उसे देख भाभीजी भी भावुक हो गईं और ऋचा और अटपटा गई ··· कि कैसे इन दोनों की 'आह-ऊह' से बचे।

पाँच

एक बड़ा-सा, बूढ़ा-सा, बासी बेहूदा मकान, जो एक जमाने में एक छोटे-से ठाकुर की बड़ी-सी हवेली हुआ करता था, रात दो बजे से पहले सोता नहीं था। मकान में सोलह किराएदार थे और नीचे आठ दूकानें थीं—आधी ज़मीन में धँसी हुई, जिनमें घुसने के लिए सीढ़ियाँ चढ़ना नहीं, उतरना पड़ता था और वे दूकानें 'हाउस-कम-रेज़ीडेंस' की तर्ज़ पर दिन में दूकान और रात में घर हो जाया करती थीं।

कोने की दूकान बैंडमास्टर फत्तू खान की थी। रात दस-साढ़े दस के बाद जब सारी दुनिया सोती थी, बैंडमास्टर फत्तू खान नशे में धुत क्लैरेनेट बजाते थे और ऐसी दिल चीरनेवाली धुन बजाते थे कि कभी किसी ने उनसे यह नहीं कहा कि अमाँ बंद करो यह पीपी और सोने दो। बल्कि जिस किसी दिन वे आजू-बाजू के कस्बों में बारात करने या जोधपुर कुछ सामान खरीदने या ढोल-ड्रम मढ़वाने गए होते, तो माहौल में एक अजीब-सा सूनापन और सन्नाटा खिंचा रहता। ऐसे में लोग किस्सेबाजी करके इस कमी को किसी हद तक पूरा करते।

ठीक जिस समय फत्तू खान क्लैरेनेट बजाते, मगसिंह अपनी बीवी को पीट रहा होता और वह उसे गंदी गालियाँ बक रही होती और दोनों के बच्चे गला फाड़कर रो रहे होते। मगसिंह को शायद कभी किसी जमाने में किसी ने समझाया हो कि औरत को, सो भी बीमार औरत को, रोज़-रोज़ पीटना ठीक बात नहीं। देश को 'आजादी' तो मिली, लेकिन ऐसे सभी प्रयत्न सामूहिक सदिच्छा के तहत छोड़ दिए गए थे। अब वह पीटता, वह गाली बकती, वे रोते ··· और यह सब उसी तरह था जैसे कोई गाय डकारी या किसी गली में कोई कुत्ता भौंका।

हेमजी बा इन दोनों के बीच में थे। सर्दी-गर्मी-बरसात, उनकी खटिया बाहर ही रहती। मूँज की चार फुट लंबी खटिया पर एक घिसी हुई ऐतिहासिक दरी और

एक तला हुआ-सा तकिया होता और सिरहाने के दोनों पाये हेमजी बा की एक-एक पगरखी पहने होते। मच्छर-मक्खी, बदबू-गन्दगी, गर्मी और घुटन से बचने का एक यही तरीका हेमजी बा को मालूम था कि दूकान से बीस फुट दूर रेती में खड़ी खेजड़ी के नजदीक खटिया लगाएँ और उस पर अपनी भारी काया पसरा लें। फिर अपने बारह-वर्षीय अनाथ 'सहायक' गोम्या उर्फ भांजा से हाथ-पाँव कचरवाएँ और उसे 'इश्टेट' टाइम के किस्से सुनाते रहें, जब तक कि वह लुढ़ककर खटिया की ईस पर ही ढेर न हो जाए।

बाकी दुनिया के बाशिंदे या तो दूकानें अंदर से बंद कर सो या जाग रहे होते या बाहर से बंद कर कहीं सटक लिए होते।

चार और चार आठ दूकानों के बीच हवेली की प्रोल थी जिसकी दीवारें स्थायी रूप से काली और भुतहा हो चुकी थीं और जिसमें टेलीफोनवाले की बकरियाँ मिमिया या पागुर कर रही या मींगिया या मूत रही होतीं और 'ठाकुर की धा' अपने झिंगोले खटोले पर सिरहाने की तरफ पैंतालीस डिग्री के कोण में रखा लठ थामे 'सो' रही होतीं। 'ठाकुर की धा' का किस्सा भी अजीब है। वह अपने-आपको हवेली के भूत, भूतपूर्व मालिक ठाकुर गजसिंह की माँ कहतीं, लेकिन उनके वारिस उन्हें अपने साथ नहीं रखते। वह गजसिंह द्वारा सेठ माँगीलाल छोगालाल को हवेली बेच दिए जाने पर भी यहाँ से नहीं हटीं और दूसरी बार हवेली बिक जाने के बाद भी लाख कोशिशों के बावजूद वहाँ से नहीं निकाली जा सकीं। अंदर एक कोने में उनके कब्जे में एक कोठरी भी थी जिसमें 'ठाकुर की धा' नहातीं, खाना पकातीं और अपनी पूँजी भी रखतीं। कोई कभी नहीं गया उस कोठरी में—बच्चे या बकरियाँ तक नहीं। इसलिए कहा नहीं जा सकता वहाँ कौन-सी पूँजी थी और कौन-सा अक्षयवट, जिसके सहारे 'ठाकुर की धा' खा-पका भी रही थीं और जी भी रही थीं। प्रोल के भीतर एक छोटा-सा कच्चा आँगन था जिसमें गाय-भैंसें लेटी-बैठी रहती थीं। इसमें एक हैंड पंप भी था और आजू-बाजू बंद कोठरियाँ, जो सदा बंद ही रहती थीं। प्रोल के पास में एक खड़ा ज़ीना अगर आप बगैर गिरे चढ़ जाएँ तो ऊपर कई सारी कोठरियाँ आती थीं लाइन से, जिनमें कुछ पुताई, कुछ विद्युत-व्यवस्था और कुछ झरोखे भी थे और जिनमें से एक में विनय रहता था। किराया—पचास रुपए महीना। बिजली—पाँच रुपए। पानी—नीचेवाले हैंड पंप से। शौचालय और स्नानघर का तो सवाल ही कहाँ उठता था। और रसोईघर ··· पचास रुपए में क्या-क्या लोगे भाई!

विनय के दाहिनी तरफवाले कमरे में एक ट्रांसपोर्ट कंपनी का दफ्तर था। कुछ बोरियाँ, कुछ तस्वीरें, कुछ बड़े-बड़े कैलेंडर और एक तखत जिस पर स्थायी रूप

से मैली हो चुकी एक सफ़ेद चादर बिछी रहती थी और जिस पर दिन में ट्रांसपोर्ट कंपनी का मैनेजर बैठा करता था और रात को इधर-उधर से आए ड्राइवर या खलासी सोते या पीते या गप्पाते या लड़ते थे। लहीम-शहीम जिस्मों पर तहमतें कसे लाल आँखोंवाले मुच्छड़ ड्राइवर और उनके हड़ियल, वफ़ादार छोकरे-से खलासी। देर रात तक वे रात के रातपने को जोर लगाकर धकेलते रहते। और जब आखिर सो भी जाते तो जीरो पॉवर का लाल लट्टू जलता रहता, दरवाज़ा खुला पड़ा रहता, मच्छर भनभन करते रहते, ट्रांजिस्टर पर सारे प्रोग्राम खत्म हो चुके होते, फिर भी कोई उसे बंद नहीं करता, और वह रात-भर चूँ-चूँ ··· सूँ-साँ करता रहता। वहाँ एक टेलीफोन भी था जो रात को भी बीच-बीच में घंटी बजाता रहता और अधिकांशत: दुखी होकर चुप हो जाता।

विनय के बाईं तरफवाली कोठरी में एक मोटी-सी अधेड़ उम्र की महिला रहती थी जिसका नाम चाहे फूलकुँवर रहा हो, चाहे मगनी-सुगनी, चाहे सावित्री, चाहे सीता—इस बात से अब कोई फर्क नहीं पड़ता। दरअसल उसका कोई नाम होना भी पिछले जन्म की-सी बात लगती थी। अब उसका नाम मामी था और वह सबके लिए मामी थी। मामी किसी जमाने में कस्बे के एकमात्र एक प्रसिद्ध एल.एम. पी. डॉक्टर की रखैल थी। कहीं से भगाकर लाई गई थी। डॉक्टर बूढ़ा था। लाड़-प्यार की ज्यादती से टें बोल गया। जायदाद मामी के नाम कर गया, जिसे मामी कई बरस तोड़-तोड़कर खाती रही और अंत में जब मरजानी ऊब में फाँकाकशी भी घुसकर उसके हर दिनमान का हिस्सा बनने लगी, तो वह साड़ी में कलफ लगा, हरे काँच की चूड़ियाँ पहन, चोटी-पट्टी करके बैठ गई और मामी बन गई। उसका अपना बहुत बड़ा मकान भैरू चौराहे पर था जो औने-पौने बिक गया, दबा लिया गया या चबा लिया गया। अब यह कोठरी ही उसका न्यारा बँगला है जिसमें यादों की खिड़कियाँ हैं, मजबूरियों का दरवाजा, भूख का फर्श और टूटे सपनों की छत। जिसकी जैसी जुगत बैठी, उसने वैसी जी ली अपनी ज़िंदगानी और चुपचाप मर गया। अच्छी क्या और बुरी क्या! नामी क्या और बदनामी क्या!

बीच में विनय है। कभी-कभी रात-भर उधर से कुछ भारी मरदाने जूते इधर की कोठरी की तरफ आते और जाते रहते हैं। या इधर की टुटही चप्पल इधर से उधर फटफटाती रहती है। ऐसे में छटपटाता नहीं विनय। साँस रोके-सा पड़ा रहता या दोनों तरफ की बर्बरता और घिनौनियत के बीच गोर्की, मायकोव्स्की, नेरूदा, निराला को खड़ा करता रहता, जो निरंतर उसके कानों में फुसफुसाते रहते हैं—इनका क्या दोष ? इनसे घृणा मत करना।

घूमते-घामते होटल पर खाना खाकर लौटते-लौटते विनय को साढ़े दस बज गए। दूर से ही फत्तू खान की क्लैरेनेट सुनाई दे रही थी। तरह-तरह के दिल चीर देनेवाले उतार-चढ़ावों, आलापों और मुकरियों के साथ गूँजती अहीर भैरव ··· हाय रोए ··· हाय रोए ··· मेरी बीना तुम बिन रोए ···। पता नहीं किसके बिन! पता नहीं किसके लिए। और बीच-बीच में किसी के ठहाकों की आवाज़ ··· कोई गलाबैठा कुत्ता भूँभूँ कर रहा है ··· जैसे तबला पागल हो गया हो। और बेशक मगसिंह का पत्नी को ल्है ··· ल्है ··· और उसकी पत्नी की रुलाई ··· अरे बाऽरे ··· और पति को गालियाँ भी देते जाना—मर जा ··· गू खा ··· मर जा ··· गू खा ··· और इस सब पर धुएँ की तरह फैली हेमजी बा की आवाज़—"दाता ने कहा, भगा दो सालों को। मैं बोला, होकम बापजी अन्नदाता! जाने दो, आपके ही टाबर हैं। अच्छा, तुम कहते हो तो तुम्हारी बात तो रखनी ही पड़ेगी ··· पर समझा दो इस गेलसफ़ा को ··· "

विनय ने आँगन में जाकर चुपचाप एक बंद कोठरी की जाफरी से टिकाकर अपनी साइकिल खड़ी की, ताला लगाया और ऊपर आ गया। घर-गृहस्थियों में खटर-पटर चालू थी। ट्रांसपोर्ट कंपनी में जोर-जोर से रेडियो बज रहा था। मामी का कमरा अगरबत्ती के धुएँ से भरा हुआ था और वह चुपचाप अपने कमरे के दरवाजे पर बैठी थी। विनय को देखकर उसने मुस्कराकर पूछा—आ गए ? विनय ने 'हाँ' कहा और ताला खोल, बत्ती जला, अंदर घुस भीतर से दरवाजा बंद कर लिया। खिड़की खोलने ही लगा था पर फिर उसे भी बंद ही रहने दिया और टेबलफैन चालू कर बगैर कपड़े बदले पलँग पर पसर गया।

यह जिसे पलँग कहा गया, साढ़े-चार फुट की एक खटिया है। जिसके पाये-ईस बबूल की लकड़ी के हैं, बान मूँज की और अधवायन नारियल की रस्सी की। पच्चीस रुपए में विनय ने यह खटिया अपनी पहली तनख्वाह में से बनवाई थी। साढ़े-चार फुट की इसलिए कि यहाँ ऐसी ही बनती है। यही माना जाता है कि आदमी माचे पर सोए तो उसके पाँव बाहर निकलते रहने चाहिए। पूरा का पूरा माचे पर आ गया तो वह आदमी नहीं, मुर्दा होता है।

पलँग पर एक रेडीमेड गद्दा है जो विनय ने अपनी दूसरी तनख्वाह में से खरीदा था। उस पर शुरू में लुंगी बिछती थी। तीसरी तनख्वाह में से हैंडलूम की दो चादरें आ गईं। चौथी में तकिया। इससे पहले सारिकाओं-मधुमतियों-लहरों-कल्पनाओं के पुराने अंक तकिए का काम करते थे। गनीमत है कि इन पत्रिकाओं के संपादकों को इस बात का पता नहीं था। इसी तरह न जाने कितनी तनख्वाहों में विनय की गुटका-गृहस्थी जुड़ी है। घर से तो वह सिर्फ एक टूटा संदूक और एक कनस्तर

लेकर चला था। संदूक में एकाध किताब, दो जोड़ी कपड़ों और मूल प्रमाणपत्रों के अलावा एक पुरानी घिसी हुई दरी थी। कनस्तर में बत्तीवाला स्टोव, एक पीतल की छोटी-सी भगोनी, एक मोमबत्ती का पैकेट, एक माचिस, एक चम्मच, एक चलनी और एक जर्मन सिल्वर का छोटा-सा कटोरदान था जिसमें माँ ने मठरी बनाकर भर दी थी। कनस्तर को बिजली के पुराने तार से और संदूक को किसी बिस्तरबंद के अकेले बचे विधुर पट्टे से बाँधा गया था ताकि वे उत्साह-उत्साह में रेलगाड़ी में ही न खुल जाएँ।

और छह महीने बाद विनय घर गया तो उसने पाया कि वह बहन-भाई द्वारा रईस माना जा रहा है, क्योंकि उसकी पतलून पीछे से फटी नहीं है, क्योंकि उसके पास अपना अलग शेविंग सैट है। क्योंकि उसने कैनवस के नहीं, चमड़े के जूते पहने हैं, क्योंकि वह नौकरी करता है।

साफ ईर्ष्या कर रहा था भाई। देखो साले को ! साले की जेब में दस-दस के नोट पड़े हैं। मर्जी आए जिस तरह खर्च करे ! चाहे जितने बड़े होटल में जाकर चाय पिए। चाहे जितने पानी-बताशे एकसाथ खा ले ! चाहे बॉलकनी में बैठकर पिक्चर देख ले। साले के ठाठ हैं। मैं भी जब सर्विस करूँगा ··· देखना तुम ···। बहन खुशामदी हँसी हँस रही थी। विन्नू हमारी सारी फ्रैंड्स के पास मैचिंग सलवार-कमीज के सूट हैं। कितनी इंसल्ट लगती है हमें उनके घर जाते ! एक दिलवा जाओ ना प्लीज ! सिर्फ साठ रुपए में पूरा सूट आ जाएगा। और पिता बुलाकर ऊँच-नीच समझाने की मुद्रा में कह रहे थे, "बूढ़े बैल को आराम दो भाई ! अब तुम लोग जुटो। किस-किस तरह हमने तुम्हें पढ़ाया है ! फीसें भरी हैं। कपड़े-किताबें ··· ये ··· वो ··· कोई एक झंझट हो ! पर हर फर्माइश पूरी की। कोई कमी नहीं महसूस होने दी। खैर, ये तो हमारा फर्ज था। सभी माँ-बाप करते हैं। और हमें कुछ चाहिए भी नहीं। हम कुछ माँगते भी नहीं। तुम खुद समझदार हो। देख ही रहे हो तुम्हारी जीजी कैसे घर चलाती हैं। कितनी आशा रखती हैं तुमसे। पर तुमने तो छह महीने में एक पैसा घर नहीं भेजा ! आखिर एक आदमी का खर्चा कितना ? खूब खुले हाथ खर्च करो तो भी तीन-साढ़े तीन सौ बचा सकते हो। कुछ जमा भी कर सकते हो—पोस्ट ऑफिस में। खैर ,जैसे करो ! खुश रहो !"

और अगले महीने से विनय ने डेढ़ सौ रुपया घर भेजना शुरू कर दिया। और मन को समझा लिया कि यह कमरे का विकास-कार्यक्रम वाकई कोई जरूरी नहीं। प्रेमचंद के पास कौन-सी टेबल-कुर्सी थी ? निराला के पास कौन-सा टेबलफैन था ? मुक्तिबोध के पास कौन-सा पारकर पैन रहा होगा ! ··· नहीं, वह दिन-भर के शब्दों को कागज पर लिखता जाएगा, शाम को लाइब्रेरी में जाकर डिक्शनरी

में देख लेगा। शब्द बेजान न भी सही, मनुष्य से ज्यादा जानदार तो नहीं ही हैं। और रचनाकार का सामाजिक उत्तरदायित्व अगर परिवार के बाहर के ही बहस की बात है तब तो · · पर खैर ठीक है। देखते हैं। कुछ इधर-उधर का टाइपिंग का काम लाकर करेंगे ऑफिस की मशीन पर। चौकीदार को पटा लेंगे। किसी ने बॉस से शिकायत की तो देखेंगे।

इस विपन्न किंतु जिम्मेदार कमरे में पलँग पर लेटा विनय कुछ देर ऐसे ही पड़ा रहा और फिर शून्य में लहराती कुछ लचीली रेखाओं को ध्यान से देखते हुए बोला—ऋचा !! और उदास हो गया।

यू.पी. के कायस्थ थे। वहाँ जमींदारी थी। आम के बगीचे थे। विनय के बाबा यहाँ बी.बी.सी.आई. रेलवे में हैडक्लर्क होकर आए थे। रेलवे हैडक्लर्क कहने से अंदाज़ा नहीं हो सकता कि सरकारी मुलाज़मत की क्या शान हुआ करती थी उन दिनों। कितना रौब ! और कैसा जलवा ! जिसकी कहो मिनटों में मुश्कें बँधवा दें। और दस-बीस को नौकरी दिलवा देना तो बाएँ हाथ का काम था। बोलते थे तो दीवारें थरथरा जाती थीं। घर में हैं तो मजाल है किसी की आवाज़ सुनाई दे जाए ! हर शाम पीना-पिलाना। दरवाजे के बाहर फिटन गाड़ियों की कतार। भीतर पकती मटन की देगें। जायफल, जावित्री और जाफरान की खुशबुओं से महकता आँगन। कभी-कभी मुजरा-महफिलें और अक्सर सियासत पर गर्मागर्म बहसें। अंग्रेज बहादुर के गुणगान और ब्रिटिश हुकूमत के अमरत्व का पक्का भरोसा।

बाबा का एक ही बेटा हुआ। और वह भी बोली-चाली, सोच-संस्कार में बाबा से एकदम उलटा। न मीट को हाथ लगाए, न बिरजिस-गैलिस, निकर-वुकर पहने। अंग्रेज का नाम सुनते ही गाल फुला ले और माँ से हर समय चरखा ले देने की जिद करे। उन दिनों अपनी ही संतानों से प्यार जताने का फैशन नहीं था पिताओं में। फिर भी हफ्ते-पंद्रह दिन में एकाध बार बुला लेते बाबा दस-पाँच मिनट को। पूछते पढ़ाई कैसी चल रही है। और कुछ तोहफा देते संदूकची में से निकाल कर—कभी जापानी योयो, कभी एक मुट्ठी पिस्ते और कागजी बादाम और बच्चों की कोई किताब। हँसकर कहते—जाओ बिरहमन ! भाग जाओ। खूब पढ़ो।

और यही बेटा बन गया वकील। उसके सारे हीरो वकील ही थे। सप्रू, मोतीलाल, पटेल, जवाहर, काटजू। यही सपना था कि पहले वकालत में डंका बजाएँगे और फिर देश-सेवा में लग जाएँगे। लेकिन देश आजाद हो गया देश-सेवा की बारी आने से पहले ही। हाँ, वकालत में जरूर डंका बजा दिया।

सबने नाम रख दिया था कायस्थ खोपड़ी। खुला ऐलान था। एक हाथ में किसी का सिर काटकर ले आओ, दूसरे में हजार रुपए। साफ बरी हो जाओगे। सरकारी वकील मशविरा करने आते। जज तारीफ भी करते और ईर्ष्या भी। उनकी दलीलें दूसरी अदालतों में मिसालों-नज़ीरों की तरह पेश की जातीं। उनके जीते हुए मुकदमे दूसरे हाइकोर्टों के लिए नज़ीर बन जाते। चस्का-सा था। काम करने में मजा आता था। गौरव की बात लगती थी कि दिमाग की खा रहे हैं और ऐश कर रहे हैं।

क्या ठाठ से शादी की थी बड़के भैया की ! तीन रोज बारात रुकी थी। घुड़चढ़ी तो सबकी ही हो जाती है। श्रीवास्तव वकील का बेटा हाथी पर बैठेगा। इस काम के लिए खास तौर पर हाथी मँगवाया गया था। शराब की नदियाँ बह गई थीं। सारी बारात को चाँदी के बर्तनों में खाना खिलाया गया था। वो नमकदान और वो श्रीदान, कि बरसों याद आने-भर से जबान खाने-पीने में रस लेना भूल जाती।

लेकिन पेशा तो पेशा है। वकालत के पेशे में झूठ बोलना ही पड़ता है। जानते हुए भी कि अपना मुवक्किल ही असली गुनाहगार है, उसके पक्ष में दलीलें गढ़नी पड़ती हैं। कई बार ऐसा हुआ है कि जिस बेकसूर को सजा हुई, वह निकलते-निकलते जान से मार डालने की धमकी दे गया। या हारे हुए आदमी ने सरेआम बद्दुआ दी ··· या कोई गाली भी दे गया, अपनी छाती भी कूट गया कि देखना हमारी हाय लगेगी तुम्हें ··· सामने थूक भी गया ··· होता है। होता ही है। जो हारेगा उसे गुस्सा तो आएगा ही। कभी विचलित हुए हों वकील साहब, याद नहीं आता।

लेकिन एक घटना ने सारे जीवन का रुख बदल दिया।

आज जिस जमीन पर अपना मकान है, वह कभी एक बुढ़िया की जमीन थी। कहिए, एक उजाड़ खेत था। बुढ़िया का एक ही बेटा था—फल बेचता था और दंगों में मारा गया था। बुढ़िया एक कोने में झोंपड़ी डाल किसी तरह जिंदगी के बचें-खुचे दिन काट रही थी। जमीन लबे-सड़क थी और लगभग लावारिस थी। वकील साहब ने घेरेबंदी कर दी और ईंटें पटकवा दीं।

बुढ़िया वकील साहब के पैरों पर आँचल बिछाकर डबडबाती आँखों और हाँफती आवाज में बोली थी, "न्याय और सत्त तो मेरी ही तरफ है माई बाप। लेकिन मेरे में इतनी सकत नहीं है कि मैं आपसे लड़ सकूँ। मेरी जिंदगानी के कितने दिन बचे हैं ? मेरी तो यही अरदास है कि मेरे को आप इसी कोने में पड़ी रहने दो और बाकी जमीन का जो आपको ठीक लगे करो। पर इस बुढ़ापे में मेरे को सड़क पर मत हकालो।"

लेकिन क्या करते वकील साहब ! उसकी झोंपड़ी वहाँ सामने ही सामने रहने से सारे मकान का शो बिगड़ रहा था। बड़ी तरकीब से बुढ़िया को फुसलाकर

मासाब-मासाब करते हुए उन्होंने उसे एक दोस्त तहसीलदार के सर्वेंट्स-क्वार्टर की एक कोठरी में 'एडजस्ट' करवा दिया था—कि बस कुछ रोज़ वहाँ रह लो, तब तक हम यहीं पीछे की तरफ तुम्हारे लिए एक पक्का कमरा बनवा देते हैं। फिर यहीं रहना ठाठ से उम्र-भर।

फिर तहसीलदार का तबादला हो गया था और बुढ़िया को वहाँ से हकाल दिया गया था और जब वह अपनी पुटलिया बगल में दबाए 'अपनी' जमीन पर लौटी थी तो वहाँ एक आलीशान इमारत खड़ी थी। न वह इस इमारत को पहचान पाई थी, न इस इमारत ने ही उसे पहचाना था। सामने सड़क के दूसरी तरफ एक बड़ का पेड़ था। बुढ़िया वहीं जा बैठी थी और इमारत को घूरती रही थी। और अपने मरे हुए बेटे को याद करती रही थी। और वकील साहब को सरापती रही थी कि जैसे मेरा जाया गया, तेरे भी चले जाएँगे। अकेला सड़ेगा बुढ़ापे में। कोई पानी भी नहीं देगा। माया के घमंड ने तुझे अंधा कर दिया है नासपीटे, शैतान के जाये। जैसे मेरा बेटा मुझे छोड़ गया तुझे भी तेरे छोड़ जाएँगे, वगैरह-वगैरह। और दूसरी सुबह वहीं ··· उसी पेड़ के नीचे ··· उसी सरापती मुख मुद्रा में मर गई थी वह।

वकील साहब एक-दो दिन एकदम गुमसुम रहे थे। जिस-जिसने जब-जब उन्हें बद्दुआ दी थी, उस-उसके चेहरे एक-एक करके याद आने लगे थे। सफलता और समृद्धि, आत्मविश्वास और स्वाभिमान जैसे शब्दों पर पाप और पुण्य जैसे शब्द चढ़ बैठे थे। कचहरी अब भी जाते, बैठक में अब भी भीड़ होती, चाय-पानी, पान-जर्दा लिए नौकर-चाकर अब भी लगातार अंदर-बाहर होते रहते। लेकिन घरवालों के लिए वकील साहब जैसे एकदम अनुपस्थित हो गए थे। किसके लिए कर रहा हूँ यह सब ? क्यों कर रहा हूँ ? आखिर इस सबका मतलब क्या है ?—जैसे दार्शनिक प्रश्न हमेशा दिमाग को चाँप लेते रात बिस्तर पर लेटने के बाद। आँखों से नींद उड़ जाती। और सुबह के करीब झपकी आती भी तो अजीब सपनों के साथ, जिनमें एकाध बार वह बुढ़िया ज़रूर दिख जाती जिसकी जमीन पर उन्होंने अपना यह पक्का मकान खड़ा किया है—कहीं जाती हुई या कहीं से आती हुई।

लगभग इसी समय उन्होंने कुछ मुकदमे ठुकरा दिए और 'कल्याण' मँगाना शुरू कर दिया। घर में ज्योतिषियों, बाबाओं, हस्तरेखा विशेषज्ञों का आना शुरू हो गया। वकील साहब की मेज पर कानून की मोटी-मोटी किताबों के ऊपर या बीच में कीरियो की हस्तरेखा संबंधी पुस्तकें और एक गोल काँच दिखाई देने लगा। उनके सिर में आधासीसी का दर्द रहने लगा और मुकदमों की तारीखें आगे बढ़वाई जाने लगीं। वे घंटों गोल काँच से अपनी हथेली देखते रहते और फिर सिर पकड़कर

बैठ जाते। जीजी उनके माथे पर बाम लगातीं, सिरहाने बैठकर सिर दबातीं और तरह-तरह से तसल्ली देने की कोशिश करतीं। लेकिन पिता के चित्त की अस्थिरता और मन में जड़ जमाती वैराग्य की भावना बढ़ती ही जाती।

इसके कुछ ही दिन बाद बड़के भैया घर से अलग हो गए। बगैर कोई शोर मचाए। बगैर कुछ तोड़े-फोड़े। वे देहरादून में किसी कंपनी में इंजीनियर थे। भाभी को ले जाना चाहते थे। जीजी ने कहा, ले जा। लेकिन जब वह दहेज में मिला डाइनिंग टेबल, पलँग, ड्रेसिंग टेबल वगैरह सारा सामान भी खोलकर पैक करने लगे तो जीजी ने पूछा कि यह सब ले जाकर क्या करेगा ? हमेशा के लिए जा रही है क्या बहू ? बुरा-सा मुँह बनाकर उन्होंने पैकिंग बंद कर दिया। पैक किया सामान भी छोड़ दिया और जाते समय बाउजी की मेज पर एक चिट्ठी छोड़ गए—"मुझे अपना कर्तव्य याद मत दिलाइएगा। मुखाग्नि देने आ जाऊँगा।"

हिल गए वकील साहब। इसलिए नहीं कि बेटा घर छोड़ गया, इसलिए नहीं कि बुढ़िया श्राप देकर अपनी ही जमीन के आगे लावारिस की तरह मर गई। इसलिए भी नहीं कि वकालत के पेशे से जी उचाट हो गया। बल्कि इसलिए कि बचपन से जिसे ढोंग-धतूरा, अंधविश्वास, पाखण्ड, जड़ता और दिमागी पिछड़ापन मानकर दुत्कारते रहे और जिसमें फँसे लोगों पर हँसते रहे या तरस खाते रहे, वही अब धीरे-धीरे उन्हें सच-जैसा लगने लगा है। आशंका होने लगी है कि क्या पता सच ही हो ··· और वह असहाय हैं। उनकी तर्कपटु खोपड़ी इस दलदल में अपने धँसने के खिलाफ कोई ठोस जमीन, ठोस दलील तैयार नहीं कर पा रही है। श्राप-वरदान, भाग्य-भगवान, पुनर्जन्म, आत्मा, प्रारब्ध ··· क्या पता ये सारी बातें सच ही हों ! इतनी बड़ी दुविधा और द्वंद्व में फँस गया दिमाग कि वकालत इसके सामने एक बहुत छोटा-सा शगल लगने लगी।

पिता ने तब भी खटिया नहीं पकड़ी थी जब एक दिन हँसते-बतियाते बाबा ने अचानक और हमेशा के लिए आँखें बंद कर ली थीं। वे तब भी संयत ही रहे थे जब एक दिन बापू को एक आदमी ने नजदीक से गोली मारकर खत्म कर दिया था। वह तब भी अविचलित ही रहे थे जब जैक्सन बैंक डूब गया था और उन्हें और उन-जैसे सैकड़ों लोगों को बावजूद हर कोशिश के एक रुपए के पीछे एक आना लेकर संतोष कर लेना पड़ा था। ··· लेकिन इस बार उन्होंने सचमुच खटिया पकड़ ली। और कई हफ्तों के लिए।

घर में एक के बाद एक वैद्य, फिर हकीम, फिर डॉक्टर, फिर होमियोपैथ आने लगे। सिर का दर्द ठीक होता तो पेट में गोले बनने लगते। पेट ठीक होता तो अनिद्रा घेर लेती। अनिद्रा से मुक्ति मिलती तो जी घबराने लगता और बात-बात पर रोना

आता। सब ठीक हो जाता, तो भूख मर जाती और शरीर इतना शिथिल हो जाता कि एक बार तो पाखाने में ही चक्कर खाकर गिर पड़े।

बीमारी के दौरान पिता को देखने उनके कई यार-दोस्त, हमपेशा, मुंसिफ, पुलिस अधिकारी, तहसीलदार—जाने कौन-कौन आते। कुछ गपशप, हँसी-मज़ाक कर जाते। बाहर की दुनिया में क्या चल रहा है इसकी ज़रा-सी झलक दिखा जाते। और हर कोई एक न एक नई दवा या निदान सुझा जाता। कोई कहता कई सालों से लगातार दिमागी काम करते-करते थकावट आ गई है, पूरी तरह आराम करो। तो कोई कहता, यह 'साइनस' का ही चक्कर है, हर सुबह कम-से-कम दो मील जरूर चलो। एक कहता कमरे में हवा और रोशनी का आना बहुत ज़रूरी है, तो दूसरा कहता खिड़कियाँ एकदम बंद रखो। एक कहता आँवले का मुरब्बा मुफीद रहेगा, उसके मामाजी को भी यही था और वह इसी से अच्छे हुए। तो दूसरा कहता, उसके गाँव के माने हुए हकीम का अजमूदा नुस्खा है कि कबूतर के गोश्त का शोरबा और उसमें तीन माशा सालममूसली, शतावर और गाँवजवाँ का अर्क। यहाँ तक कि डॉक्टर-वैद्य भी परस्पर उलटी बातें बताते और नतीजा यह होता कि किसी का सही और पूरा इलाज नहीं होता। हरएक की बात शुरू-शुरू में पूरे उत्साह से मानी जाती और दो-चार रोज़ में कोई नई शिकायत, कोई नया अजमूदा नुस्खा, कोई नया इलाज शुरू हो जाता। बाउजी के कमरे में शीशियों-पुड़ियों का ढेर लगता गया, पर पता फिर भी नहीं चला कि बीमारी क्या है ?

एक दिन बाउजी के एक दोस्त खन्ना साहब किसी का प्रसाद लेकर आए और बोले, "श्रीवास्तव ! मैं पहले भी कह चुका हूँ और आज फिर ज़ोर देकर कहता हूँ कि तुम्हें कुछ नहीं हुआ है। तुम एकदम भले-चंगे हो। लेटे-लेटे कमज़ोरी जरूर आ गई है सो खाओगे-पियोगे, काम धंधे से लगोगे तो दूर हो जाएगी। तुम्हारी सारी बीमारी मनोवैज्ञानिक है। तुम रात-दिन काम में डूबे रहते हो और नतीज़ा यह होता है कि दिल की बातें, गृहस्थी के तनाव दिल में ही रह जाते हैं। अगर तुमने अपनी दिनचर्या में, दोस्तों-यारों से गपशप का भी कोई वक़्त रखा होता तो आज यह नौबत नहीं आती। सच बताओ, कितने दिनों से तुमने कोई नया लतीफ़ा नहीं सुना ? या नया गाना नहीं सुना ? या नई फिल्म नहीं देखी ? खैर, फिल्म देखते क्या अब हम-तुम अच्छे लगेंगे, पर गपशप में तो कोई हर्ज़ नहीं है ! भई, जवाहरलाल जैसे लोग भी हँसने-बोलने का वक़्त निकाल ही लेते हैं किसी तरह। चलो कल शाम को पार्टी रखते हैं। मैं गाड़ी भेज दूँगा। आओ, कुछ पिएँ-शिएँगे, कुछ हाहाहूहू करेंगे, गर्दिशे-अय्याम पर दो-चार ठहाके लगाएँगे। मैं भवानी सिंहजी और वोरा साहब को भी बुला लूँगा। और सबसे पहले तो नाई को बुलाकर यह हजामत बनवाओ।

खामखाह मनहूसियत ओढ़े हुए हो।"

पिता झीना-सा मुस्कराकर निढाल और उदास हो गए। बोले, "खन्ना, उठता हूँ तो चक्कर आता है। खाने-पीने को सिर भी ऊँचा करूँ तो लगता है सिर में कोई भारी लोहे की गेंद रखी है जो आगे-पीछे लुढ़क रही है। मैंने बहुत सहा है ज़िंदगी में। बहुत लड़ा हूँ और हिम्मत से लड़ा हूँ। बचपन में एक बार टायफाइड हुआ था, जब मैं सात साल का था। उसके बाद से तो अपनी याद में कभी बुखार भी नहीं आया। कामयाबी एक ऐसा चस्का होती है कि किसी को एक बार यह लग जाए तो वह खाना-पीना, यारी-दोस्ती, हारी-बीमारी, नींद-आराम सब भूल जाता है। मुमकिन है कि तुम्हीं ठीक हो कि मुझे गपशप और आराम के लिए वक़्त निकालकर रखना चाहिए था, जैसे मेरे पिता रखते थे। या जैसे दुनिया के और कामयाब लोग रखते हैं। पर खन्ना ! मुझे बताओ, मैं अपने मन का क्या करूँ ? मेरा मन वकालत से बिलकुल उचाट हो गया है। वही के वही सम्मन, बयान, पेशियाँ, मिसिल, जिरह, कानूनी किताबें ··· पूरा यह जंजाल किसलिए ? इन्साफ़ के नाम पर हम सब मिलकर क्या कर रहे हैं ? यही न कि लड़ने-झगड़ने, मारपीट-फौजदारी करने के लिए लोगों को एक शरीफ़ पनाह दे रहे हैं ? कितने ही मुजरिमों को मैंने ही अपनी ज़िंदगी में बाइज्जत बरी करा दिया। क्या बरी हो जाने के बाद वे सत्यवादी और इन्सान से प्रेम करनेवाले, उसकी जान का मोल समझनेवाले बन गए होंगे ? जब भी हम किसी गुनाह की वकालत करते हैं ··· पहले वही गुनाह मन-ही-मन खुद करके देखते हैं और फिर युक्ति भिड़ाते हैं कि कैसे मामले को इतना उलझा दें कि कुछ साबित ही न हो पाए और हमारे मुवक्किल को संदेह का लाभ मिल जाए। पुलिस, जेल, अदालत—इन संस्थाओं ने आदमी को, उसके समाज को बौना और ओछा बनाकर रख दिया है।"

"तो क्या तुम समझते हो कोई ऐसी सोसाइटी भी हो सकती है जिसमें पुलिस नहीं हो, अदालत नहीं हो, जेल नहीं हो ?"

"होनी चाहिए।"

"हुई भी, तो क्या वह जंगल-राज वाली सोसाइटी नहीं होगी ? क्या वहाँ सिर्फ ताकत की ही तानाशाही नहीं होगी ? कमजोर आदमी के हित की कौन रक्षा करेगा वहाँ ?"

"हम ऐसा सोचते हैं कि हमारे कानून, हमारी जेलों-अदालतों और हमारी पुलिस के बिना दुनिया का काम नहीं चल पाएगा। और यही हमारी भूल है। आदमी को जितना खुदगर्ज और ज़ाहिल हम समझते आ रहे हैं ··· शायद उतना खुदगर्ज और ज़ाहिल वह है नहीं। और अगर है भी तो उसे वैसा हमने ही बनाया है, या कम-से-कम

हमने ऐसा बने रहने में उसकी मदद की है। अब हमें उसे एक मौका देना चाहिए कि वह अपने झगड़े आप सुलझा लेने लायक बने। या झगड़े ही क्यों ? उन मुद्दों को ही क्यों न खत्म कर दिया जाए जिन पर आम तौर से झगड़ा होता है ?"

"क्यों बीमारी में पलँग पर पड़े-पड़े भी मन-ही-मन ऐसी ही जिरह करते रहते हो? तब दिमाग में लोहे के गोले नहीं लुढ़केंगे तो क्या बूँदी के लड्डू लुढ़केंगे ?"

"मेरी प्रॉब्लम तो दूसरी है। वह तो मैं किसी को समझा ही नहीं सकता।"

"मत समझाओ। पर इतने अच्छे विचार मन में आते हैं तो उन्हें नोट तो कर लो। मेरे ही काम आ जाएँगे कभी—किसी ने भाषण देने बुलाया कहीं तो। हा ··· हा ··· । अच्छा चलता हूँ। कल फिर आऊँगा। कल तक अच्छे हो जाना। कल शतरंज खेलेंगे।"

खन्ना साहब चले गए और चिंतित होकर गए। कितना ज़हीन वकील है और क्या ऊटपटाँग बातें सोचने लगा है। सारी फेमिली खराब हो जाएगी बेचारे की। आज के चाय-पानी के रंगढंग से ही साफ है कि भाभीजी का हाथ तंग है।

अगले दिन खन्ना साहब फिर आए और उन्होंने पिता को खबर दी कि शहर में स्वामी योगेश आए हुए हैं। पिता ने उनके बारे में सुन रखा था। उनकी एकाध पुस्तक भी पढ़ रखी थी, कैसेट सुन रखा था, लेकिन उन्हें देखा नहीं था। खन्ना साहब देखकर आए थे। भई श्रीवास्तव बड़ा भव्य आदमी है। न हाथ से भभूत या केला निकालता है, न सिर पर हाथ रखकर किसी को चंगा करता है। न भजन-कीर्तन करता है, न कोई जप-तप, यज्ञ-हवन। यह तो किसी को आप पाँव तक नहीं छूने देता। और लोग दान-दक्षिणा, भेंट-पूजा लेते हैं, यह तो पट्ठा सीधे फीस लेता है। भाषण सुनना है—पाँच रुपए। मुलाकात करनी है—बीस रुपए। दस मिनट के बीस रुपए। धाराप्रवाह अंग्रेजी बोलता है। फ्रैंच भी जानता है। कहता है—मैं तो सिर्फ वार्तालाप करता हूँ, सिर्फ बातचीत ! लोगों की बातें बड़े धीरज से और ध्यानपूर्वक सुनता हूँ। बस, इसीलिए लोग आते हैं। क्योंकि संसार में बोलना तो सब चाहते हैं, सुनना कोई किसी को नहीं चाहता।

पिता के मन में कुतूहल पैदा हुआ। "अच्छा ! भई खूब !"

"और भाषण ! भई धाराप्रवाह, जैसे कोई नदी बह रही हो। न खाँसना, न खखारना। न अटकना, न हकलाना। न किस्से-कहानियाँ, न चुटकुले। लेकिन मजाल है आप पलक भी झपका लो ! पूरी तरह निःशब्द वातावरण ! भई एकदम सम्मोहित कर देता है। और उसकी वाणी में ऐसा जादू रहता है श्रीवास्तव, कि उस समय वह कहे नाचो तो नाचना शुरू कर दें लोग, और वह कहे कुएँ में कूद जाओ तो कुएँ में कूद जाएँ। सुना है एक जगह तो ऐसा किया भी उसने। वहाँ काफी-सारे

बिदेशी आए हुए थे। तो बस, इसने कहा नाचो! तो नाचने लगे। पट्ठा खुद भी नाचने लगा। बल्कि सुना है कि कुछ विदेशी लड़के-लड़कियों ने तो नाचते-नाचते अपने कपड़े तक उतार फेंके ··· एकदम नंगे हो गए ! विशुद्ध भावातिरेक ! दिव्य-दर्शन का भावोन्माद !"

"प्रवचन क्या करते हैं ?"

"प्रवचन ? प्रवचन कुछ नहीं करते। वह कहते हैं सारे धर्म ढकोसले हैं। हठधर्मिता हैं। उन्हें छोड़ दो। उन्होंने हमें गलत शिक्षा दी है। हमारे और हमारे ईश्वर के बीच दीवारें खड़ी की हैं। कहीं नहीं जाना है। कुछ नहीं खोजना है। सिर्फ अपने-आपको जानना है। खुद को उन्मुक्त करना है, संवेदनशील और तेजोमय होना है। भई ऐसा आदमी तो पहले कभी नहीं देखा।"

"अच्छा ! दिलचस्प !"

"दिलचस्प ? महादिलचस्प ! चलें कल ?"

"चलो ।"

"ठीक है। नौ बजे तैयार रहना। नहीं भाभीजी, अब चाय-वाय कुछ नहीं। कोर्ट जाना है। कल आऊँगा।"

और दूसरे दिन पिता सचमुच तैयार हो गए और खन्ना की प्रतीक्षा करने लगे। ठीक समय पर खन्ना आए, उन्हें सहारा देकर बाहर ले गए। कार में बैठाया और चल दिए।

उस दिन से पिता अच्छे होने लगे।

जब तक स्वामी योगेश शहर में रहे, पिता रोज़ उनसे मिलने जाते रहे। और भारी फीस चुकाकर भी एक-एक घंटे रोज़ उनसे बातें करते रहे। स्वामी योगेश के जाने के बाद पिता के हाथ में माला और मेज पर धार्मिक पुस्तकें आ गईं। शारीरिक रूप से वह लगभग ठीक हो चुके थे, कोर्ट भी जाने लगे थे। लेकिन धीरे-धीरे उनका पूरा व्यक्तित्व जैसे बदलता जा रहा था। रौब की जगह खिसियाहट, आतंक की जगह उदासीनता और चुप्पी की जगह धीमी गुनगुनाहट आ गई थी। जैसे कोई शेर जादू के जोर से बछड़ा हो गया हो। कोर्ट वह जाते ज़रूर, पर जैसे-तैसे पेशी निपटाकर वापस आ जाते और स्वामी योगेश की पुस्तकों में डूब जाते। सुबह-शाम बैठक में अब अक्सर ऐसे दृश्य देखने को मिल जाते कि कोई देहाती अपना केस फाइल कराने के लिए आया है और पिता उसे सामने बैठाकर समझा रहे हैं कि ध्यान से देखो तो सत्य और असत्य में कोई भेद नहीं है। क्योंकि असत्य भी है। उसकी सत्ता है। उसकी सत्ता से इनकार करना ही असत्य होगा। इस ग्रह पर तीन अरब मनुष्य बसते हैं और असंख्य जीव-जंतु, कीट-पतंग। और ऐसे कई ग्रह हैं जहाँ से वैज्ञानिक

एक विकसित सभ्यता के अबूझ संकेत प्राप्त कर रहे हैं। कौन जाने कल कोई इन संकेतों को समझ ही ले और हमें हमसे भी अधिक विकसित सभ्यता का पता चल जाए। तो ये हस्ती है कि आलपिन की नोंक पर ही दस-बीस समा जाएँ। अब बताओ कर्ता कौन हुआ ? इन तीन अरब में से कोई या वह ··· ऊपर की ओर इशारा करें ··· वह जो मुस्करा रहा है हमारा बचपना देखकर।

कभी-कभी तो ऐसा भी होता कि मुंशियों-मुवक्किलों, नकलनवीसों-टाइपिस्टों, मिलने-जुलनेवालों का पूरा दरबार लगा हुआ है और पिता का प्रवचन चालू है।

नतीजा यह हुआ कि मुकदमे हारने लगे। नए मुकदमे आने कम हो गए। बाररूम के सदस्य समझा-बुझाकर हार जाते तो झक्की मानकर छोड़ देते। यह देखकर कि वकील साहब तैयारी से नहीं हैं, जज खुद पूछ लेते कि क्या वह जिरह या पेशियों के लिए कोई आगे की तारीख चाहेंगे?

लेकिन उन्हें तो अपने हाथों में से कमल के फूल की खुशबू आ रही थी। वह तो ··· जहाँ दस्तखत करने जरूरी होते हैं, वहाँ प्रश्नचिह्न बना रहे थे। या 'मैं कौन हूँ' लिख दे रहे थे। तो ख्याति तो धूमिल पड़नी ही थी। ख्याति ही धूमिल नहीं पड़ी, धीरे-धीरे वकालत ही चौपट हो गई। यह सरकारी नौकरी तो है नहीं कि कुछ नहीं करो तब भी तनख्वाह तो मिलती ही रहेगी। न शेयर हैं, जिन पर मुनाफा मिलता रहेगा। यह तो वह कुआँ है जिसमें हर गिलास पानी के लिए खुदाई करनी पड़ती है। आपकी दूकान बंद है तो ग्राहक दूसरी दूकान पर जाएगा ही।

और इसका कई तरह का असर घर-गृहस्थी पर भी पड़ा। नौकरों-चाकरों की धीरे-धीरे छुट्टी की जाने लगी। मुंशीजी किसी दूसरे वकील के साथ भी काम करने लगे। घर के सदस्यों से खर्चे घटाने के लिए कहा जाने लगा। उनमें अक्सर पैसों के लिए खींचतान, नोकझोंक और झगड़े होने लगे। गाय बेच दी गई। मकान का कुछ हिस्सा किराये पर दे दिया गया। बच्चे खुलकर हँसने-बोलने लगे और रेडियो ऊँची आवाज़ में बजने लगा। मझले भैया भाभी को लेकर पिक्चर देखने जाने लगे और विनय के दिल से देर रात घर लौटने पर डाँट पड़ने का डर निकल गया।

इसी 'कमल की खुशबू' और 'मैं कौन हूँ' और योगेश-प्रभाव ने घर की समृद्धि को घुन लगा दिया। इसी के चलते मझले भैया भी घर छोड़कर चले गए। और ताज्जुब कि बाउजी को इस बार कोई सदमा नहीं लगा। और इसी के चलते विनय को पढ़ाई बीच में छोड़कर बिजली के महकमे में टाइपिस्ट की नौकरी करनी पड़ी।

हालाँकि बाउजी उस सम्मोहन से बाहर निकल चुके हैं। लेकिन अब भी यह नहीं कहा जा सकता कि पूरी तरह।

विनय के मुँह से अपने घर और पिता की यह दास्तान सुनकर भुवनेश और श्रीमती भुवनेश ने एक गहरी साँस छोड़ी और जहाँ जैसे थे, चुपचाप वहीं वैसे ही बैठे रह गए। दोनों में से कोई कुछ नहीं बोल पाया। कोई पाँच-एक मिनट बाद भुवनेश ने अपनी डिबिया की आखिरी सिगरेट सुलगाकर डिबिया एक कोने में उछाल दी, भाभी ने उठकर बत्ती जलाई और पल्ला सम्हालने लगीं। भुवनेश उठकर बाहर जाते-जाते दरवाजे के पास रुके और दीवार पर जोर से एक मुक्का मारकर चुपचाप घर से बाहर मैदान की खुली हवा में निकल गए। श्रीमती भुवनेश और विनय भौंचक एक-दूसरे की तरफ देखते रह गए।

छह

"आप शिक्षक आंदोलन में काम करते थे ?" घूमने निकलते ही विनय ने पूछा।

"थे का क्या मतलब ? अब भी करते हैं। जहाँ रहते हैं, इकाई बनाते हैं, सबको समझा-बुझाकर उसका सदस्य बनाते हैं, चंदा जमा करते-कराते हैं नियम से, और कान्फ्रेंसों में हर जगह जाते हैं और उत्साह से भाग लेते हैं।"

"लेकिन पिछले साल आप राज्य कार्यकारिणी में चुने गए थे और छह महीने बाद इस्तीफा देकर अलग हो गए, इस साल साथियों के हजार कहने-आग्रह करने पर भी खड़े नहीं हुए ··· और इसमें एक तरह से रुचि लेना आपने प्रारंभिक कर्तव्यों तक ही सीमित कर दिया है। है या नहीं ?"

"तुम्हें ये सारी बातें किसने बताईं ?"

"कुछ भाभीजी ने, कुछ ऋचा ने, कुछ झा साहब ने, कुछ आपने और कुछ कॉमरेड ने।"

"कॉमरेड कौन ? लक्ष्मण माधव ?"

"हाँ। आप जानते हैं उन्हें ?"

"उन्हें कौन नहीं जानता भई। वो तो लीडर हैं। अखबारों में उनके वक्तव्य छपते हैं। और ··· बड़ा रंग है उनका तो।"

विनय को भुवनेश के स्वर का व्यंग्य अच्छा नहीं लगा।

"आप उनसे मिले हैं कभी ?"

"तुम मिले हो?"

"खूब ! मैं तो अक्सर मिलता हूँ। बल्कि काफी सारा काम भी वह मुझे बताते रहते हैं।" यह जानते हुए भी कि उसका सवाल भुवनेश बड़ी सफाई से टाल गए हैं, विनय ने बातचीत को भुवनेश की सुविधानुसार ही बढ़ जाने दिया।

"कैसा काम ? गेट मीटिंगों में भाषण देते हो क्या ?"

"भाऽषण तो नहीं देता, चिट्ठियों का मजमून बना देता हूँ, टाइप कर देता हूँ। डिस्पैच कर देता हूँ, पोस्टर बना देता हूँ, प्रूफ पढ़ देता हूँ ··· वगैरह-वगैरह।"

"कबसे कर रहे हो यह सब ?"

"आपसे मिलने से भी पहले से।"

"और उन्होंने तुम्हें कोई किताब नहीं दी पढ़ने के लिए ?"

"दी। मतलब एक बार कहा था कि ··· दरअसल कॉमरेड प्रैक्टिकल आदमी हैं। उनका किताबी ज्ञान में ज्यादा विश्वास नहीं है। वह फील्ड में काम करते हैं और मानते हैं कि फील्ड में काम करने से ही आदमी सीखता है ···"

"देखो ! कैसी ख़तरनाक बात है।"

दोनों चुप हो गए। विनय को समझ में नहीं आया कि इसमें खतरनाक बात क्या है? यह तो एक बड़ी सामान्य-सी तथ्यपूर्ण बात है जो हर क्षेत्र पर लागू होती है। डॉक्टर, इंजीनियर, मोटर-मैकेनिक, लाइनमैन—कोई भी जब तक व्यावहारिक धरातल पर काम नहीं करेगा, उसे पता ही क्या चलेगा ? पायथागोरस की थ्योरम हो या ग्रेशम का नियम हो या मार्क्सवाद—खास बात तो ज़िंदगी में उसका प्रयोग और उपयोग ही है। यह तो स्वयंसिद्ध है। इसमें ख़तरनाक क्या है?

"तुम्हें मालूम है युद्ध कैसे लड़ा जाता है ?" ··· कुछ देर अपने में डूबे चलते रहने के बाद भुवनेश ने अचानक कहा। ··· "ज्नरल लोग कमरे में बैठे, सामने नक्शे फैलाए हमले और बचाव की रणनीति तैयार करते हैं। फौजें उस पर अमल करती हैं। कोई इमारत कैसे बनती है ? पहले नक्शानवीस उसका ख़ाका तैयार करता है—नियोजन, कैसे खड़ा किया जाना है, विभिन्न अनुभागीय इकाइयाँ कैसे बेहतर दिखें आदि। मशीन या पुल या एक कुर्सी भी कैसे बनती है ? उसे डिज़ाइन किया जाता है। एक-एक जोड़, एक-एक बिंदु पर पड़नेवाले दबाव का पूरा गणित तैयार किया जाता है। तब इस बात का फैसला होता है कि कौन-सा मैटीरियल लगेगा, कहाँ कितना, क्या और कैसे काम होगा। तब जाकर योजना सफल होती है। फिल्म कैसे बनती है ? शूटिंग तो उसका थोड़ा-सा, एक-चौथाई हिस्सा है। तीन-चौथाई काम तो मेज पर होता है। कहानी-स्क्रीनप्ले, डायलॉग, बैकग्राउंड म्यूजिक, एडिटिंग-डबिंग ··· एक-एक सीन ··· सीन के डायलॉग, सैटिंग, प्रॉपर्टी ··· बारीक से बारीक बात पहले से तय होती है। मनुष्य कैसे बनता है ? भ्रूण का क्रमिक विकास होता है ··· एक-एक चीज़ धीरे-धीरे और सिलसिलेवार तरीके से बनती है। मार्क्सवाद भी एक 'ख़ाका' है। सारी दुनिया के लिए एक नई व्यवस्था का वैज्ञानिक स्वप्न। वह सिर्फ राजनीति ही नहीं, दर्शन भी है, इतिहास भी है, विज्ञान भी है। ··· हर चीज़ की एक पद्धति, एक योजना, एक सिलसिला, एक शैली, एक प्रक्रिया

है ··· सिर्फ क्रांति बिचारी ऐसी है ··· जो कभी भी ··· कोई भी ··· चार सिरफिरे अनपढ़ लोगों को इकट्ठा कर, जोशीले नारे उछालकर लफ्फाज़ी में मुँह से थूक के छींटे उछालकर ··· कर लेगा। हुँह। बेहूदा ! बिल्कुल बेहूदा ! मैं तुम्हें कहता हूँ, यह बेहूदगी है। सीधे-सीधे।"

बोलते-बोलते भुवनेश इस क़दर उत्तेजित हो गए कि उनका चेहरा तमतमा गया, मुट्ठियाँ भिंच गईं, चाल तेज़ हो गई और वह लगभग भूल गए कि विनय न लक्ष्मण माधव है, न उनका नुमाइंदा। सिर्फ विनय है।

विनय इस उत्तेजना का कोई कारण नहीं समझ पाया। वह चक्कर में पड़ गया। वह सोचने लगा, लेकिन सोच ही नहीं पाया कि उसने कौन-सी ऐसी बात कह दी जिस पर भुवनेश इस क़दर नाराज़ हो गए। उसकी इच्छा तो हुई सबसे पहले यही पूछे कि आप इतना बौखला क्यों रहे हैं ? लेकिन वह इस उम्मीद में था कि सहज प्रवाह में अभी भी बहुत-सी बातें सामने आएँगी। और जब आ चुकेंगी, तब वह पूछेगा जो भी-उसे पूछना है। यह सवाल तो परसों या नरसों या अगले हफ्ते भी पूछा जा सकता है कि उस दिन आप इतने बौखला क्यों गए थे ? अभी ऐसा पूछकर सारी बातचीत को ठप्प कर देने से क्या फायदा ?

भुवनेश अपने ही विचारों में बहे जा रहे थे। रास्तें में एक-दो लड़कों ने नमस्ते भी की, जिसका अपने स्वभाव के विपरीत वह निहायत ठंडा-सा जवाब देकर और आगे बढ़ गए।

" ··· मैं मार्क्स का उद्धरण देता हूँ ··· क्रांति कोई व्यक्ति या पार्टी नहीं करती। जनता करती है, पूरा देश करता है ··· और उसको अंजाम तक पहुँचाने के लिए सर्वहारा की पार्टी बहुत जरूरी होती है। और पार्टी कई मोर्चों पर एक साथ काम करती है। छात्रों का संगठन, मजदूरों का संगठन, किसानों का मोर्चा, लेखकों-कलाकारों का संगठन और महिलाओं का संगठन। मजदूरों को ट्रेड यूनियनों में संगठित किया जाता है। उनके फेडरेशन और कन्फेडरेशन बनाए जाते हैं। संघ और महासंघ। उन्हें अपने आर्थिक हितों के प्रति सचेत किया जाता है और उन्हें राजनीतिक प्रशिक्षण दिया जाता है—पॉलिटिकल ट्रेनिंग, राजनीतिकरण। यहीं से समाजवाद की चेतना, समाजवादी मूल्यों की चेतना अवाम में अपनी जड़ें फैलाती है। यहीं से पार्टी को सदस्य मिलते हैं और यहीं से पार्टी को अपने लड़ाकू दस्ते मिलते हैं। यह एक प्रक्रिया है। एक आजमूदा और सिद्ध तरीका। पक्का तरीका। सर्वकालीन और दोषरहित ··· अचूक। दूसरा कोई तरीका हो ही नहीं सकता। न क्रांति को आयात किया जा सकता है, न उसे मुट्ठी-भर फौजी बंदूक के ज़ोर से कर सकते हैं। बंदूक की नली से तो बारूद निकलता है। सत्ता सर्वहारा की क्रांतिकारी

चेतना और बलिदान और संघर्ष से ··· खून और पसीने से आती है। लेकिन ··· लेकिन ···

" ··· क्या कर रहे हैं हम ? क्या कर रहा है हमारा नेतृत्व ? हमारा कल्चरल फ्रण्ट ? और हमारे मजदूर संगठन ? हो क्या रहा है इस मुल्क में ? तुम्हें पता है ? हमारे मुल्क में कम्युनिस्टों ने कम्युनिस्टों का मर्डर किया है। कम्युनिस्टों ने कम्युनिस्टों को बेदर्दी से घायल किया है। कम्युनिस्ट कम्युनिस्टों का मजाक उड़ा रहे हैं। उनको झूठे मुकदमों में फँसा रहे हैं, उन्हें बदनाम कर रहे हैं। कम्युनिस्ट कम्युनिस्टों को पूँजीवाद, सामंतवाद और साम्राज्यवाद से भी बड़ा दुश्मन मान रहे हैं। देख लो पिछले बीस साल के इनके अखबार। इनकी पत्रिकाएँ। हर कम्युनिस्ट दूसरे दो कम्युनिस्टों को गलत साबित करने में लगा हुआ है। और अपने अस्तित्व तक के लिए एक जनसंघ के पजामे में घुसता है और दूसरा कांग्रेस की धोती में। और तो और, मुस्लिम लीग जैसे घोर प्रतिक्रियावादियों तक से हाथ मिलाने में इन्हें शर्म नहीं आती। क्यों ? पार्लियामेंट और असेंबलियों में चंद सीटें हथियाने के लिए। क्या फर्क रह गया है इनमें और किसी भी बुर्जुआ पार्टी में ? कहाँ से रेवोल्यूशनरी रह गए हैं ये लोग ? क्या उपलब्धियाँ हैं इनकी पचास साल की ? विग्रह, भटकाव और संशोधनवाद ! ··· ओह ! इस सबसे मुझे तकलीफ होती है भाई। कष्ट होता है। लेकिन तुम नहीं समझोगे।

" ··· और ट्रेड यूनियनों में क्या हो रहा है, तुम्हें पता है ? मजदूर— औद्योगिक और संगठित मजदूर–हमारा सबसे ज्यादा जुझारू सिपाही ··· क्या चरित्र है उसका? क्या उसकी योग्यता है ? क्या उसकी बौद्धिक चेतना है ? क्या है उसकी समझ का स्तर ? किस काम में लगा रखा है उसे हमने ? कौन-सी लड़ाइयाँ लड़े जा रहा है वह लगातार ? ··· प्रमोशन की, बोनस की, ग्रेच्युटी की ··· पैसे की ··· तनख्वाह ··· मजदूरी बढ़ाने की ··· वेतन आयोग तथा वेतन में समानता की। कहीं कोई तालमेल नहीं उसका दुनिया के मजदूरों से ··· दूसरे उद्योगों के मजदूरों से ··· मजदूरों की राजनीति से। उसके लिए पूँजीवाद, साम्राज्यवाद, सामंतवाद—सब उसका मिल-मालिक है। उसकी सारी लड़ाई थोड़ी-सी राहत, थोड़े-से आर्थिक लाभ, थोड़े-से टुकड़ों पर समेटकर रख दी है हमने। आर्थिक प्रश्नों तक सीमित कर दी है उसकी सारी सोच। ये अर्थवाद है। विशुद्ध अर्थवाद, जहाँ हमारी ट्रेड यूनियनों को ले जाया जा रहा है। इसीलिए इनका चरित्र ख़तरनाक तरीके से बुर्जुआ हो गया है। संघर्ष भावना ख़त्म हो गई है। ट्रेड यूनियनों के नेता लाठियाँ खाने की बजाय समझौता-वार्ताओं में मगन रहना ज्यादा पसंद करते हैं। वे मालिकों के दलाल तक हो जाते हैं। और इसीलिए कई बार बहुत प्रतिष्ठित ट्रेड यूनियन नेता पार्टी से निकाल

दिए जाते हैं। ऐसा होना चाहिए ? क्या ऐसा होना कम्युनिस्टों में संभव है ? लेकिन कम्युनिज्म की भावना कहाँ है ? ये तो सब मजदूरों को बहलाने और अपना उल्लू सीधा करने की तरकीबें हैं। इसीलिए इस देश में मजदूर आंदोलन भी टुकड़े-टुकड़े हो गया है। इंटक, एटक, सीटू, हिंद मजदूर सभा। और यहाँ तक कि भारतीय मजदूर संघ ··· ओह माई ··· ! इसीलिए देख लो, कैसा गलत इस्तेमाल हमारे सिद्धांतों का हो रहा है। कैसी झूठी, नकली, बनावटी लड़ाइयाँ होती हैं। हड़तालें होती हैं दिखावटी। सर्वाधिक योग्य, सर्वाधिक कुशल और सर्वाधिक प्रतिष्ठित मजदूरों की बजाय गुंडे ट्रेड यूनियनों के नेता बनते जा रहे हैं। सबसे ज्यादा योग्य वह जो सबसे ज्यादा मेंबर बनाए या जो सबसे ज्यादा चंदा लाए। ये हाल है ! क्या तुम्हें ये सब नहीं दिख रहा ? ··· मैं ये नहीं कहता कि सब ऐसे हैं। ··· पर किधर ये लोग जा रहे हैं! ··· इसका एकमात्र और स्पष्ट कारण है कि इन्होंने पढ़ना बंद कर दिया है।"

विनय और भुवनेश इसके बाद चुप ही रहे और अपने-अपने तनावों में डूबे हुए घर तक आ गए। उनके गंभीर चेहरे देखकर ऋचा और भाभीजी भी इधर-उधर हो लीं।

और वहाँ चुपचाप एक प्याला चाय पीकर विनय घर चला आया।

भुवनेश की बातों ने उसके भीतर प्रश्नों का एक तूफान खड़ा कर दिया था। भुवनेश के विचारों और तथ्यों की जाँच-परख की जा सकती थी। लेकिन उनकी उत्तेजना, उनका इस क़दर विचलित हो उठना और अंत में लगभग भावुक तक हो जाना विनय के लिए न सिर्फ नया था, बल्कि अकल्पनीय भी था। भुवनेश-जैसा तर्कनिष्ठ आदमी इस क़दर उत्तेजित या भावुक भी हो सकता है — यह उद्घाटन विनय को विस्मयकारी तो लगा ही, प्रिय भी लगा। यानी एक ऐसा स्तर उनका प्रकट हुआ जो सहज रूप में सभी में संभाव्य है और जिसकी अनुपस्थिति में वह न सिर्फ भुवनेश का अंतरंग नहीं हो पाता, शायद उनसे डरने भी लगता। यह मानवीय सहजता और उष्णता—जिसे कई बार कमजोरी कहकर उपहासित किया जाता है—विनय को हरेक में अच्छी लगती है और उसमें एक जुड़ाव और परस्परता की अनुभूति पैदा करती है।

लेकिन भुवनेश की बातें काफी परेशान करनेवाली थीं। साफ हो गया था कि भुवनेश और लक्ष्मण माधव में एक गाँठ है—पर ये दोनों दो अलग-अलग विचारधाराओं या सिद्धांतों या दलों के व्यक्ति नहीं हैं, क्योंकि विचारधारा और सिद्धांत एक ही हैं। पर भुवनेश दूसरे दल से तो क्या किसी भी दल से संबद्ध नहीं हैं। और गाँठ लक्ष्मण माधव से नहीं ··· पूरे ट्रेड यूनियन आंदोलन से है, बल्कि भारत

के पूरे कम्युनिस्ट आंदोलन से है। पर यह तीखा असंतोष ··· यह क्षोभ और यह गुस्सा क्या कहीं-न-कहीं गहरे लगाव-जुड़ाव और अपनत्व की ही अभिव्यक्ति नहीं है ? क्या भुवनेश नक्सलवादी विचारधारा को मानते हैं ? नहीं, क्योंकि माओ की सर्वाधिक प्रसिद्ध उक्ति का उन्होंने खंडन किया। पर क्या यह एक विचित्र विरोधाभास नहीं कि हर कम्युनिस्ट द्वारा दूसरे दो कम्युनिस्टों को गलत साबित किए जाने से क्षुब्ध भुवनेश खुद दो ही नहीं, तीनों कम्युनिस्टों को गलत साबित कर रहे हैं !

विनय न ठीक से समझ पाया, न ठीक से विश्लेषित कर पाया। शायद इसकी पर्याप्त तैयारी उसके पास नहीं थी। पर उसे बहुत साफ तौर पर लगा कि भुवनेश ने जो भी कहा वह संतुलित नहीं था ··· उनके बयान और सोच में ज़रूर कोई गड़बड़ है। और यह भी झूठ नहीं कि यह गड़बड़ आंदोलन और नेतृत्व और नीतियों में बहुत सारी गड़बड़ियाँ देखकर पैदा हुई है।

लेकिन इस तरह रूठकर बैठ जाने से तो गड़बड़ियाँ ठीक नहीं हो जाएँगी।

भुवनेश के घर की बत्तियाँ बुझी हुई थीं और दरवाज़ा बंद था। अंदर से बंद था, रोज़ की तरह उढ़का हुआ नहीं था। विनय ने घंटी बजाई तो वह काफी देर तक बजती ही रही। और फिर छत पर से ऋचा की 'आऽऽईऽऽ !' और धमधम कूदते हुए सीढ़ियाँ उतरने की आवाजें।

"कहाँ गए सब लोग ?" ऋचा के दरवाज़ा खोलते ही विनय ने पूछा।

"सब लोगों में तो हम भी आते हैं जनाब। और देखिए हम कहीं नहीं गए। यहीं हैं।" कमर पर हाथ रखकर, टेढ़ी गर्दन करके ऋचा ने कहा और कहने के बाद भी उसी मुद्रा में खड़ी रही।

"मजाक बाद में कर लेना। कहाँ हैं मम्मी-पापा ?"

"अंदर तो आओ। यहीं खड़े-खड़े सारा इंटरव्यू करने लगे।" विनय का हाथ पकड़कर ऋचा ने उसे अंदर खींचा, दरवाज़ा बंद किया, बत्ती जलाई और ड्राइंग रूम की तरफ बढ़ी। गुनगुनाते हुए ड्राइंग रूम की बत्ती जलाई और धम्म से सोफे पर पसरकर, पैर सामनेवाली मेज़ पर फैलाकर ··· पूरे हाथ को हवा में लहराकर साभिनय बोली, "तशरीफ लाइए।"

विनय गंभीर ही बना रहा और कसा हुआ-सा सामने सोफे पर टिकता हुआ बोला, "कहाँ गए हैं दोनों ?"

"झा साहब के यहाँ। उनकी बच्ची की सालगिरह है।"

"तुम नहीं गईं ?"

"छोड़ो यार ! अपन को ये सारा उल्लूपना पसंद नहीं है। मैंने कह दिया, मेरे सिर में दर्द है। आप हो आइए। क्या टाइम हो गया ?"

"साढ़े सात।" विनय ने घड़ी देखी।

"बस तो आते ही होंगे। एक्चुअली मम्मी भी यही चाहती थीं कि मैं यहीं रह जाऊँ। क्योंकि एक तो दूधवाला आनेवाला था, दूसरे पापा ने कहा, विनय भी आ सकता है। ताला देखेगा तो बुरा मानेगा। बहुत भावुक है। ··· तुम बहुत भावुक हो ?"

"और क्या !"

"लगते तो नहीं। इत्ता बड़ा—दोनों हाथ दोनों तरफ फैलाकर—लम्बा-चौड़ा आदमी।" फिर उँगली पर अँगूठा चिपकाते हुए बोली, "इत्ती-सी बात पर बुरा मान जाए कि चतुर्वेदी साहब कहीं भी क्यों चले गए ··· " भौंह सिकोड़कर हाथ नचाते हुए, "बात समझ में नहीं आती।" और हँस दी।

"सिरदर्द कैसा है?"

"ठीक है। कोई खास बात नहीं है। पानी पियोगे ?"

"पी लूँगा।"

"तो," हाथ से मटका दिखाते हुए, "पी लो। हमें भी पिला दो।"

विनय उठा और ऋचा को चपतियाने का अभिनय करता हुआ पानी पीने चला गया। ऋचा हँस पड़ी और सोफे के सारे कुशन एक पर एक गोद में जमाकर उन पर सिर टिकाकर बैठ गई।

"लो !" विनय सचमुच पानी ले आया था।

"धन्यवाद !" बगैर संकोच खुश होकर ऋचा ने पानी ले लिया और उसे शर्बत की तरह धीरे-धीरे चुस्कियाँ ले-लेकर पीने लगी। विनय फिर वहीं तख्त पर स्थिर हो गया।

"तो बत्तियाँ बुझाकर क्या कर रही थीं ?"

"कौन ? मैं ? ··· छत पर थी। ऐसे ही ··· ज़रा यूँ ही ··· बस !

विनय को लगा ऋचा नहीं बताना चाहेगी तो नहीं ही बताएगी कि वह क्या सोच रही थी। ऋचा ने लंबा स्कर्ट और ब्लाउज पहन रखा था और पाँवों में स्लीपर थे, मेज़ पर टाँगें फैलाने के बाद भी जिन्हें उसने उतारा नहीं था। दो चोटियाँ आगे लटक रही थीं और दोनों में रिबन की दो लाल तितलियाँ अटकी हुई थीं। इसके बाल बहुत घने हैं, भाभीजी से भी ज्यादा, भुवनेश की तरह—विनय ने लक्षित किया।

कुछ देर विनय को समझ में नहीं आया कि क्या बात करे। तख्त पर पड़ी किताबें-पत्रिकाएँ उठा-उठाकर देखता रहा।

"विनय, तुम्हारे कोई बहनें हैं ?" अचानक विनय ने सिर उठाया और देखा कि पता नहीं कितनी देर तक वह किताबों-पत्रिकाओं में सिर घुसेड़े रहा है और आखिर ऋचा ने बात शुरू की है और वह पूछ रही है कि तुम्हारे कोई बहनें हैं?

"हाँ हैं। दो बड़ी हैं, एक छोटी। जो बड़ी हैं, उनकी शादी हो गई। कभी-कभी आती हैं। लाड़ करती हैं। अटपटा लगता है। बचपन में मुझे गोदी में लादे-लादे घूमती थीं। ऐसा कहती हैं। पता नहीं, मुझे तो याद नहीं। एक तो हर बार यह जरूर कहती हैं कि बचपन में एक बार मैंने उसकी नई की नई फ्राक पर पेशाब कर दिया था। कर दिया था तो कर दिया था, मुझे क्या पता ?"

ऋचा हँस पड़ी। विनय भी। फिर दोनों चुप होने लगे।

"छोटी होतीं तो अच्छा रहता। है न ?"

"तुम्हें लगता है क्या कि तुम्हारे कोई भाई-बहन होते तो अच्छा रहता ?"

"छोटी बहन होती तो खूब मजा आता। मैं खूब लड़ती उससे। और खूब मारती उसे—चटाचट। और भाई लोग होते तो ये फायदा होता कि कहीं जाना है, कुछ लाना है तो भाई को दौड़ा दो। उसकी साइकिल पर बैठकर चले जाओ। पर ठीक है। चलता है। मैं ऐसे ही खुश हूँ।"

"तुम लोग छुट्टियाँ कहाँ बिताते हो ?"

"कहीं भी। पापा के किसी फ्रेंड के घर चले जाते हैं। या कहीं घूमने-वूमने। या जहाँ हैं वहीं रहते हैं, लिखते-पढ़ते हैं। पापा के साथ शतरंज खेलते हैं।"

"कभी 'लोनली' या 'डल' नहीं लगता ? मेरा मतलब ··· जैसे और लोग रिश्तेदारों के यहाँ जाते हैं ··· "

"रिश्तेदार तो हमारा कोई है ही नहीं न ! पापा ··· यू नो ··· बहुत छोटे थे तब हमारी दादीजी मर गईं ··· दादाजी ने सन्यास ले लिया। ताऊजी लोगों ने पाला। पर वो ना ··· एकदम निर्दयी किस्म के ! जैसे फिल्मों में होते हैं! तो वहाँ जाने का सवाल ही नहीं उठता। और मम्मी से लव-मैरिज करने के बाद तो ··· एकदम ही जाना बंद हो गया। यू नो ··· हमारी मम्मी कायस्थ हैं।"

"रीयली ?"

"तुम्हें नहीं पता ? ताज्जुब है !"

"ताज्जुब क्या है ? लिखा रहता है क्या माथे पर ?"

"हाँ ··· " हँसने लगी। "तौ खैर। तो कहीं नहीं जाते, बस !"

"ऋचा ··· मैं सोचता हूँ ··· खैर जाने दो।"

"नहीं-नहीं, बोलो-बोलो !" पुचकारकर, "बोलो ! हम कुछ नहीं कहेंगे।" हँसी।

"मैं सोचता हूँ हर आदमी की सोच-समझ और विकास में इस चीज का भी

कोई असर पड़ता होगा कि भरे-पूरे भीड़-भाड़वाले परिवार का है या माँ-बापविहीन या बहन-भाई, चाचा-ताउओं की फौज से घिरा हुआ। उसका विकास ··· तुम्हें नहीं लगता ?"

दो पल विनय को ध्यान से देखते रहने के बाद ऋचा बोली, एक-एक शब्द पर ज़ोर देते हुए लड़ने की-सी मुद्रा में, "तुम ये कहना चाहते हो कि मम्मी और पापा और खास तौर पर मैं, बड़ा अकेलापन महसूस करते हैं और उसे कबूलना नहीं चाहते। ढाई घंटे से तुम यहीं पर अटके हो। पुराने ग्रामोफोन रिकॉर्ड पर अटकी सुई की तरह। और इसका कारण यह है कि तुम चाय पीना चाहते हो। राइट ?" और कुशन फेंककर उठ खड़ी हुई, "तुम कुछ सुनो। मैं चाय बनाती हूँ।"

"अरे ऋचा, सुनो ऽ सुनो !" लेकिन उसने नहीं सुना और रसोई में चली गई। विनय रिकॉर्ड छाँटने लगा।

"तुम पीछे-पीछे किचन में नहीं आ सकते थे ?" फिर वही कमर पर हाथ। टेढ़ी गर्दन। शरारतन लड़ने की इच्छा।

"देखो ऋचा !" विनय गंभीर ही रहा। " ··· मैं ये नहीं कहता कि तुम अकेली हो, भुवनेशजी अकेले हैं, भाभीजी अकेली हैं। मैं नहीं जानता। वैसे अकेला कोई होता भी नहीं है पूरी तरह। हममें से कोई भी बीयाबान टापू नहीं है। लेकिन जो है उसे सहज रूप से स्वीकारने की बजाय छिपाने से क्या सिद्ध होगा? सिवा इसके कि तुम भी मुझे पराया समझती हो !"

"पराया ?" ··· अब ऋचा गंभीर हो गई। " ··· नहीं विनय ! तुम तो उस दिन भी पराये नहीं लगे थे जिस दिन पहली बार हमारे घर आए थे ··· और हमारा सामान खोलने-जमाने लगे थे ··· पलँग-शलँग ··· सब ··· जैसे कोई भाई ही करता ··· करने लगे थे ··· और हमने तुमसे बैठने तक के लिए नहीं कहा था ··· कैसे धूल और पसीने में नहा गए थे तुम। और कैसे मज़े से फिर पसरकर सिगरेट फूँकने लगे थे। ··· नहीं विनय, हमें तो उस दिन भी यही लगा था कि तुम एकदम हमारे अपने हो ··· हमारे परिवार के ही एक सदस्य ··· मम्मी तो इतनी तारीफ कर रही थीं तुम्हारी कि बस ··· "

पानी उबल गया था। चाय का डिब्बा ऋचा के हाथ में था, खुला हुआ ··· विनय रसोई के दरवाजे पर चौखट से टिका हुआ, और ऋचा उबलते पानी को घूरे जा रही थी और बोले जा रही थी ··· ।

"चाय !" विनय ने धीरे से कहा। तारीफ के जिक्र से संकोच में पड़कर।

ऋचा ने मीठा-सा मुस्कराकर उसकी तरफ देखा। पत्ती, शक्कर, दूध डाला। कपों में छाना। गैस बंद की। प्याला विनय की तरफ बढ़ाया। अपना प्याला लेकर

किचन की बत्ती बुझाई और दोनों फिर ड्राइंगरूम में आ बैठे। चुपचाप चाय पीते रहे। ऋचा अपने-आपमें खोई हुई थी और विनय ऋचा में ··· इसकी पलकें कितनी लंबी और नुकीली हैं। और मूँछों की जगह हल्के-हल्के रोएँ ··· और कान कैसे गोरे-गोरे ··· ।

"तुम जानते हो !" अचानक सिर उठाकर बाएँ हाथ से माथे पर झुक आए बाल पीछे सँवारते हुए ऋचा कोमलता से बोली, "पापा के ट्रांसफर बहुत जल्दी-जल्दी होते हैं। एक जगह ··· किसी जगह हम लोग दो-तीन साल से ज्यादा नहीं रहे। जान-पहचान बहुत लोगों से होती है। पापा तो हर जगह लंबा-चौड़ा सर्कल बना लेते हैं। पर शायद दो-तीन से ज्यादा उनके दोस्त नहीं हैं। कॉमरेड हैं, सहकर्मी हैं, काम के कारण बहुत-से लोगों से हँसी-मजाक, गपशप करते हैं। ··· पर एकदम ··· जिसे अपनी तकलीफ़ भी बताई जा सके ··· जिसे विश्वास में लिया जा सके ··· जिस पर भरोसा किया जा सकें ··· जिसके साथ हर छोटी-बड़ी खुशी,सुख-दुख बाँटे जा सकें ऐसे दोस्त"—लम्बी साँस लेकर—"पापा के बहुत कम हैं, बहुत ही कम। पापा बहुत मुश्किल से किसी को अपने भीतर तक आने देते हैं। ··· और तुम्हारी तो इतनी कदर करते हैं वो कि तुम सोच भी नहीं सकते। मम्मी तो कई बार कहती हैं ··· अब विनय मिल गया तो यहीं जम जाओ। अब कहीं ट्रांसफर हो जाए तो लड़-झगड़कर कैन्सल करवा लेना। और पापा मम्मी को छेड़ने के लिए पूछते हैं—अपना कैन्सल करवा लूँगा, और उसी का हो गया तो?" ··· और ऋचा हँस पड़ी। विनय भी।

फिर उठकर विनय के पास गई, उससे सटकर बैठ गई और उसका हाथ अपने हाथों में लेकर उन्हें थपकाते हुए बोली, "तुम्हारा हो जाए तो तुम भी कैन्सल करवा लेना। अच्छा ? ह-मे-शा यहीं रहना।" और फिर विनय का चेहरा अपनी हथेलियों में भरकर, उसकी आँखों में झाँकती हुई बोली, "खुद को कभी पराया मत समझना मिस्टर लोनली !" और रोते-रोते हँस दी ···और उठकर बाहर भाग गई दरवाज़ा खोलने। कोई घंटी बजा रहा था।

सात

कॉमरेड बीमार पड़े हुए थे।

वही कुर्ता-पजामा, बंडी-रजाई ओढ़े हुए। सिर पर ऊनी टोपा ओढ़े हुए थे, और एक भीड़ मजदूरों की उन्हें घेरे हुए थी। दो-चार लोग मूढ़े पर, बाकी ज़मीन पर। बातें कर रहे थे, और हँसी मज़ाक। बीड़ियाँ पी रहे थे। चाय के खाली गिलास बिखरे हुए थे। लाँगदार साड़ीवाली एक अधेड़ औरत कोने में खड़ी—उसकी पीठ दरवाजे की तरफ थी—मौसम्बी का रस निकाल रही थी।

"आओ विनय, आओ। बस अब ये आ गये कॉमरेड, इन्हें दे दो, ये लिख लेंगे।"

किसी ने विनय के लिए मूढ़ा खाली कर दिया। विनय ना ना करता रहा। जबर्दस्ती उसे बैठा दिया गया और पैड और पैन भी थमा दिया गया। आधे कागज पर बड़े-बड़े और मोटे-मोटे अक्षरों में कोई अर्जी लिखी हुई थी, पी. डब्ल्यू. डी. के ए.ईएन. के नाम। काफी काट-छाँट और वर्तनी की अशुद्धियाँ थीं, पर इसके बावजूद उस लिखावट में ऐसी ज़िंदगी, ऐसा ठोसपन, ऐसा खुलूस था कि विनय देखता रह गया।

"क्या हो गया ?" विनय ने कॉमरेड से पूछा।

"कुछ नहीं। सर्दी, खांसी-जुखाम, बुखार। चलता है। दो दिन के टाइम का संत्यानास होना था, हो रहा है।"

"दो नहीं कामरेड, अबी छइ दाड़ा तलक उठने का नईं बोला डाक्टर !" "क्या?" कोई बीच में मुस्कराकर बोला, "रेस्ट माँगता कामरेट को। वइसे रेस्ट करने का मिलताइच नईं। मैं बोलता अच्चा मौका आया करके ये बीमारी !"

कॉमरेड अपने ही हाथों से अपना सिर दबा रहे थे।

"विनय !" आँखें मूँदे-मूँदे ही बोले, "कॉमरेड का केस समझ लो और एप्लीकेशन ड्राफ्ट कर दो।"

औरत ने गिलास कॉमरेड को पकड़ाया जिसे एक साँस में पीकर कॉमरेड दीवार

की तरफ मुँह करके रजाई ओढ़कर पड़ गए, मानो विनय के आने के बाद निश्चिंत हो गए हों और उसे अपना प्रतिनिधि बनाकर चैन से सो गए हों।

कुछ देर में एक-एक करके सारे आदमी सरक गए। जिस आदमी का केस था, वह भी अर्जी लिखवाकर चला गया। विनय अकेला रह गया और सोच में पड़ गया कि चला जाए या बैठा रहे। सुबह का समय था, साढ़े नौ बज रहे थे। उसे दफ्तर भी जाना था। उसने तय किया कि कोई आ जाए—कोई न कोई आएगा ही—तो उसे बैठाकर वह चला जाएगा।

एक आदमी आया। मलेशिया का बनियान, पट्टेदार जाँघिया, खिचड़ी हजामत और सिर पर रूमाल बाँधे हुए। चाय लाया था।

"किसके लिए है ?" विनय ने पूछा।

"आपका वास्ते।"

"किसने भेजी ? कॉमरेड के लिए भेजी होगी।"

"तुलसीराम भाय बोला, बाबू को दे देना।"

विनय ने चाय ले ली। आदमी नमस्कार करके चला गया। विनय चुपचाप चाय पीने लगा। पार्टी का अखबार उठाकर देखने लगा। दो आदमी दबे पाँव आए। विनय ने उनकी तरफ देखा। उन्होंने विनय की तरफ नहीं देखा। कॉमरेड को सोता देख चले गए। कुछ पल बाद बाहर कोई किसी से कह रहा था, "बाद में आना। ऐइ ··· हल्ला नईं। कॉमरेट सो रहे हैं।" बच्चे हल्ला मचा रहे थे। चुप हो गए।

अखबार में सचमुच वही था जो भुवनेश ने कहा था। यह पार्टी उस पार्टी से अपनी संकीर्णतावादी लाइन छोड़ने के लिए कह रही थी। शीर्षक में तो अपील ही लिखा था। नीचे आलोचना थी। आलोचना भी नहीं, निंदा। और अपनी पार्टी के सही होने की, इतिहास द्वारा सही प्रमाणित हो चुकने की डींग हाँकी गई थी और पार्टी के अवाम के बीच निरंतर प्रभाव बढ़ते जाने पर चरम संतुष्टि का इजहार किया गया था। यह लेख पार्टी के एक बड़े नेता का था और इसके स्वर से ऐसा लगता था जैसे या तो वह सब मिल गया है जो पार्टी पाना चाहती थी, या नहीं भी मिला है तो बस मिलने ही वाला है। विनय ने घबराकर अखबार रख दिया। उसकी बड़ी तीव्र इच्छा हुई कि इसी समय कहीं से दूसरी पार्टी का भी आज का अखबार हाथ लग जाए और संभव हो तो तीसरी पार्टी का भी, और भुवनेश की बात या तो पूरी तरह सच साबित हो जाए या पूरी तरह झूठ। लेकिन दुर्भाग्य से दूसरी पार्टी का अखबार शहर में आता ही नहीं था, और तीसरी पार्टी कई धड़ों में बँटी हुई थी और उनमें से कोई धड़ा जनता के लिए कोई अखबार निकालता ही नहीं था। विनय ने तय किया कि वह कहीं से भी दूसरी पार्टियों के अखबार

मँगवाकर देखेगा।

अचानक कॉमरेड के कराहने की आवाज़ सुनाई दी। 'आई' या 'पाण्डु-पाण्डु' या ऐसा ही कुछ कहा था। वह अपनी माँ को याद कर रहे थे, या शायद भगवान को! विनय के सारे शरीर में सिहरन-सी हुई। क्या यह वही आदमी है जो कभी किसी से अपना दुख-दर्द नहीं कहता? कभी जिसे किसी ने बीमार पड़ते नहीं देखा? कभी किसी ने आराम करते या किसी का अपमान करते या घमंड में इतराते नहीं देखा? क्या यह वही आदमी है जो उस दिन शराब पीकर एक निहत्थे 'गद्दार' को पिटवा रहा था? क्या यह वही आदमी है जिसने कभी किसी को अपनी जड़ों का सुराग नहीं लगने दिया ? जिसके व्यक्तिगत जीवन के बारे में ··· जिसके बचपन के बारे में सुनी-सुनाई बातों से ज्यादा किसी को कुछ नहीं मालूम ? ··· हाँ, यह वही आदमी है। और यह अभी सूखा नहीं है। इसकी कठोर खाल के भीतर भी कहीं कोमल, कच्चा हरापन ज़िंदा है। विनय को अचानक कॉमरेड पर बहुत सारा प्यार उमड़ आया।

कॉमरेड ने करवट ली। इधर मुँह किया ··· फिर करवट ली और उधर मुँह कर लिया। उनकी आँखें बंद थीं और चेहरे पर पीड़ा की रेखाएँ।

विनय चुपचाप जाकर कॉमरेड के सिरहाने बैठ गया और उनके माथे पर अपनी गर्म हथेली रखकर उसने धीरे से पूछा, "कॉमरेड ! सिर दुख रहा है ?"

"··· हाँ यार ··· थोड़ा ··· देखना, कहीं विक्स की शीशी पड़ी होगी। " ··· आँखें मूँदे-मूँदे ही कॉमरेड ने कहा। विनय को थोड़ी उलट-पलट के बाद ही एक दराज़ में विक्स की शीशी मिल गई। उसने कॉमरेड के सिरहाने बैठकर उनके माथे पर ··· गले में ··· खुरदरी, सफेद बालोंवाली कत्थई छाती पर विक्स लगा दिया और आहिस्ता-आहिस्ता सिर दबाने लगा।

बचपन में कभी-कभी बाउजी सिर दबवाया करते थे। जीजी अक्सर बीमार रहती थीं और बड़े परिवार के कामकाज में इतनी व्यस्त कि इस काम के लिए उनके पास फुरसत नहीं रहती थी। खूब मन लगाकर विनय सिर दबाता था। उसे एक अजीब गर्हित-सी खुशी मिलती थी कि पिता ··· सर्वशक्तिमान पिता ··· इस क्षण उसके आश्रित हैं ··· उनका गर्वोन्नत सिर उसकी गोद में है ··· और वह ··· उसकी निपुण उँगलियाँ पिता की पीड़ा कम कर सकती हैं। ··· विनय अब वहाँ नहीं है। उन लोगों की सोच और चिंता के दायरे में और अपेक्षाओं के आकाश में उसकी कोई उपस्थिति अंकित नहीं है। उसका कहीं कोई परिवार नहीं है। समुद्र में अकेली पाल उड़ाती नौका की तरह उसका अस्तित्व कहीं भी तैर जाने, टकरा जाने या ध्वस्त हो जाने के लिए स्वतंत्र है। अब न उसे किसी की चिन्ता

करनी है, न किसी को उसकी।

कॉमरेड को नींद आ गई। वे लम्बी और गहरी साँसें लेने लगे। एक आराम और चैन के साथ। ··· नहीं ··· वह अकेला नहीं मरेगा। अनजान शहर में ··· अजनबी लोगों के बीच ··· अज्ञात मनोदशा में ··· अपरिचित चेहरों की देखरेख में भी वह अकेला नहीं होगा। एक बहुत बड़ी बिरादरी ··· सारी दुनिया में फैली एक कड़ियल, कद्दावर और फरिश्तों की तरह मासूम लोगों की बिरादरी ··· हर जगह उसकी सोच में ··· उसकी पीड़ा में ··· उसकी मृत्यु में उसके पास उपस्थित होगी। धीरे-धीरे वह कॉमरेड लक्ष्मण माधव हो जाएगा ··· और दुनिया विनय !

चौथे रोज इतवार था। कॉमरेड का बुखार उतर चुका था। मिलने-जुलनेवालों से कॉमरेड ने कहलवा दिया था कि वह ठीक हैं, अकेले ही रहना चाहते हैं, कोई परेशान न हो और काम छोड़कर उनके पास न आए। सिर्फ विनय वहाँ सुबह से बैठा था और कॉमरेड से बातें कर रहा था, और कॉमरेड भी न उसे कोई काम बता रहे थे हमेशा की तरह, न जाने दे रहे थे। जैसे उन्होंने पूरा एक दिन विनय के ही नाम कर दिया हो।

विनय उनके बचपन की बातें जानना चाहता था और पूछा रहा था अंतर्राष्ट्रीय मजदूर संघ के बारे में। वह कॉमरेड से उनके माँ-बाप-भाई-बहनों के बारे में पूछना चाहता था और पूछ रहा था वेतन नीति, वेतन ढाँचे, समान वेतन, न्यूनतम मजदूरी के बारे में। पूछना चाह रहा था उनके अंदरूनी अकेलेपन के बारे में ··· प्रेम और विवाह के बारे में, स्त्री-पुरुष संबंधों के बारे में, और पूछ रहा था कम्युनिस्ट आंदोलन के इतिहास और एम.एन.रॉय और पी.सी. जोशी और तैलंगाना के बारे में। कॉमरेड ठीक उसी बात पर नपातुला बोल रहे थे जो पूछी जा रही थी—मानो किसी संवाददाता से बात कर रहे हों। कॉमरेड उस समय लक्ष्मण माधव के रूप में नहीं, एक कम्युनिस्ट कार्यकर्ता के रूप में विनय के प्रश्नों के उत्तर दिए जा रहे थे। विनय को न कोई औजार मिल रहा था, न कोई सूराख़ जिसकी मदद से वह कार्यकर्तावाली छाल छेदकर व्यक्ति लक्ष्मण माधव तक पहुँच सके, जिससे वह प्यार, समझ और परस्परता स्थापित करना चाहता था।

लेकिन इस बार भी विनय ने बातचीत को बलात् अपनी मनचाही दिशा में मोड़ने की कोशिश करने और इस कोशिश में उसे ठप्प कर देने की बजाय, कॉमरेड की सुविधा के अनुसार ही तैरना पसंद किया और धीरे-धीरे इसी में इतना मगन हो गया कि यह भूल ही गया कि कॉमरेड से क्या सुनना चाहता था।

वही जिज्ञासाएं थीं विनय की जो उस दौर में विनय-जैसे हजारों-लाखों नौजवानों की थीं, जो मार्क्सवाद के सिद्धांतों से प्रभावित होकर या किसी व्यक्ति के असर से उत्साहित होकर या अपनी नगण्यता से आहत होकर या अपने उपहास-अवज्ञा, तिरस्कार और शोषण से त्रस्त होकर कम्युनिज्म की ओर आकर्षित होते थे, और उनसे पुस्तकें पढ़ने को या फील्ड में काम करने को कहा जाता था। न सिर्फ यह कि उनसे बातें करने को, उनकी जिज्ञासाओं का समाधान करने को, उनसे बहस करने को कोई तैयार नहीं होता था, बल्कि उन्हें यह भी जता दिया जाता था कि उनसे इतना माथा मारने की, उन्हें इतना समय देने की न किसी की इच्छा है, न फुरसत, न ज़रूरत। और न इससे कोई फायदा है। माना यह जाता था कि बातचीत करना काम नहीं, काम से बचने का बहाना है जो बुद्धिजीवियों को ही शोभा देता है। यानी आप पूछ रहे हैं कि आग कैसे बुझाई जाती है और वे जवाब दे रहे हैं—पहले आग में कूद पड़ो, अपने-आप पता चल जाएगा कि आग कैसे बुझाई जाती है। और भूले-भटके कोई बात-बहस करने को तैयार हो भी जाए तो वह एक ऊँचाई पर खड़े होकर, दूसरों को अपने से हीन समझते हुए, उनके 'भ्रमों' का खुलकर मजाक उड़ाते हुए, उन्हें और उनकी सोच को निम्न-पूँजीवादी, सामंती, दकियानूसी, अंधराष्ट्रवादी आदि-आदि अनेक अबूझ अलंकरणों से विभूषित करते हुए बात करेगा, मानो एहसान कर रहा हो। और फिर भी अपेक्षा यही रखेगा कि जिज्ञासु उसके प्रति महज आकर्षित ही नहीं होगा, एक तरह से उसका ही होकर रह जाएगा। और दूसरी बात यह थी कि ऐसे लोगों को किसी सवाल का जवाब सोचना नहीं पड़ता था। किसी प्रश्न के अनुत्तरित या गूढ़ होने की भी कोई स्वीकृति वहाँ नहीं होती थी। किसी भी समस्या, किसी भी सवाल पर सहचिंतन वहाँ नहीं होता था। हर चीज़ का बना-बनाया, रटा-रटाया जवाब वहाँ होता था—द्वंद्ववाद और समाजवाद। ये अपने ज्ञानदान में सारे उदाहरण मार्क्स-लेनिन के देते थे। सारे उदाहरण यूरोप, जर्मनी और इंग्लैंड के इतिहास के देते थे, और सारी नज़ीरें रूस या चीन की पेश करते थे। गोया इनसे कोई छोटा-सा सवाल भी पूछना हो—मसलन, भारत की कम्युनिस्ट पार्टियों की सोच में क्या अंतर है—तो उसके लिए पहले आप रूस-चीन की क्रांति का हवाल, यूरोप का इतिहास और मार्क्स-लेनिन का साहित्य पढ़कर आओ। अरे! जब पढ़ ही लेंगे तो आपसे क्यों पूछेंगे ?

ऐसे ज्ञानदानियों से विनय का पहले भी कई बार पाला पड़ चुका था, इसलिए उसकी बहुत-सी जिज्ञासाएँ अब तक जिज्ञासाएँ ही बनी हुई थीं। और उसे अपने कॉलेज के दिनों के कई ऐसे मित्र भी याद थे, जो उसी की तरह एकदम तेजी से मार्क्सवाद की तरफ आकृष्ट हुए थे, लेकिन ऐसे ही कुछ भीषण भाषणबाज भोंपों

से भड़ककर भाग गए थे, और अब पता नहीं कहाँ हैं, और क्या सोचते हैं ! विनय को यह एक संभावनापूर्ण भविष्य की भ्रूण-हत्या जैसा लगता है।

यही कारण था कि विनय इतनी देर से उस कठोर सूखे छिलके में सूराख करना चाह रहा था जिसके पीछे एक आदमी होता है—अपनी कमियों, कमज़ोरियों, परंपराओं, संस्कारों और आस्थाओं के साथ, अपनी समस्त संरचना के साथ भासित। और जो सामने वाले से समान स्तर पर, सहज-स्वाभाविक स्तर पर अपनत्व और ममता के साथ बात करता है, कर सकता है। लेकिन विनय ऐसा चाह ही रहा था, ऐसा कर नहीं रहा था।

और अंत में पत्थर से सिर फोड़ने की दुखद आशंका के लिए खुद को तैयार कर विनय ने छिलके से ही टकरा लेने का निश्चय कर लिया।

जिज्ञासाएँ वही थीं—रूस और चीन आपस में क्यों लड़ते हैं ? चीन ने भारत पर हमला क्यों किया ? भारत की कम्युनिस्ट पार्टियाँ मिलकर एक क्यों नहीं हो जातीं ? उनमें क्या मतभेद हैं ? ट्रेड यूनियनें अलग-अलग और परस्पर प्रतिद्वंद्वी क्यों हैं ? आदि-आदि।

"कॉमरेड, हमारे समाज की कई पर्तें हैं। कई लेयर्स हैं। कई वर्ग हैं। इसीलिए कई सारी पार्टियाँ हैं। पर कम्युनिस्ट पार्टी तो मजदूर वर्ग की, सर्वहारा की पार्टी है, तो उसके हित तो अलग-अलग नहीं हैं। इसलिए उसकी अलग-अलग पार्टियाँ क्यों होनी चाहिए ? इस नज़रिये से तुम्हारी बात ठीक है। और असल में अलग-अलग वे हैं भी नहीं। सब मार्क्सवाद को मानती हैं। सब जनवादी और फिर समाजवादी क्रांति चाहती हैं। सबका सिद्धांत एक, जड़ एक, मंजिल एक, रास्ता भी करीब-करीब एक। सब पूँजीवाद, साम्राज्यवाद, सामंतवाद के खिलाफ। इस नज़रिए से सब एक ही थैली के चट्टे-बट्टे हैं। और जब क्रांति होगी तो ये अलग रहेंगी भी नहीं। एक हो जाएँगी। होना पड़ेगा। जब दुश्मन एक हो जाएगा तो दोस्तों को भी एक हो जाना पड़ेगा। और तब कम्युनिस्ट ही क्यों, बहुत-से समाजवादी, बहुत-से कांग्रेसी, बहुत-से निम्न-पूँजीवादी, किसान-मजदूर, छोटे दूकानदार, दस्तकार—ये भी अपनी तरफ आ जाएँगे। तो उद्देश्य के नज़रिए से अलग-अलग कहाँ हुए ?"

"पर अलग-अलग तो हैं ही।"

"हैं तो इसलिए कि वे भी आदमी हैं। हर आदमी की अलग समझ, अलग बुद्धि, चेतना का अलग स्तर, अलग संस्कार, अलग माहौल, अलग अनुभव होता है, हो सकता है। क्या ? बहुत-सारे लोगों का सोचने का तरीका बहुत-सारे दूसरे लोगों के सोचने के तरीके से अलहदा हो सकता है। या नहीं हो सकता ? शब्दों का, व्याख्या का फर्क है कॉमरेड ! हम अपने समाज का विश्लेषण कैसे करते हैं,

किसे दुश्मन नंबर एक मानते हैं, किसे नंबर दो, किस तरह की कार्यनीति बनाते हैं, किन्हें कितनी दूर तक दोस्त बनाते हैं—ये सारी बातें हैं। यानी मैं इस सड़क पर चला, आप किनारे-किनारे कच्ची सड़क पर चले, तीसरा पगडंडी से चला ··· जाना तो सबको एक ही जगह है। हम तो कहते हैं संयुक्त मोर्चा बनाओ। करो काम। हम करते हैं। ऐसे मसले भी दरपेश आते हैं जिनमें हम एक टक, सीटू ही नहीं, इंटकवाले भी साथ हो जाते हैं। तो इसमें ऐसी कोई खास बात नहीं है।"

"खास बात इसलिए है कि जरा सोचिए एक हो जाएँ तो कितनी बड़ी ताकत हो जाएँ। आपस में गाली-गलौज, जूतमपैजार, चक्कूबाजी तक होती रहती है। ··· इसका जनता पर क्या असर पड़ता है ? अपने यहाँ अपने ही भूतपूर्व कॉमरेडों को मर्डर के केस में नहीं फँसवाया कम्युनिस्टों ने ? क्या सोचेंगे वे जो तटस्थ हैं या जो कम्युनिज्म को सिर्फ दूर से जानते हैं।"

"बात यह है विनय कि जो राजनीति को दूर से ही जानते हैं, हमें यह कोशिश करनी चाहिए कि वे उसे पास से जानें। डॉक्टर मोटरसाइकिल पर सूट पहनकर जाता हुआ बहुत अच्छा लगता है ··· लेकिन उसे टट्टी-पेशाब की जाँच करते हुए या मुर्दे की चीरफाड़ करते हुए देखो। ··· और यह अपना शरीर ··· गोरा-काला, सुडौल-सुंदर, चिकना ··· दुनिया में कितनी कविताएं लिखी गईं रूप-रंग पर, सुंदरता पर, नाक-नक्श पर, हसीनाओं पर ! बड़ी-बड़ी लड़ाइयाँ तक हो गईं ··· क्या है सारी सुंदरता, सिर्फ चमड़ी ही की न ? एक इंच के आठवें हिस्से तक ही न ? इसे अगर चाकू से छील दिया जाए, आग से झुलसा दिया जाए तब क्या है ? मांस-पेशियाँ, चर्बी, हड्डियाँ, खून, बाल ··· कटा हुआ बकरा देखा है ? उसकी खाल कैसे उतारते हैं, देखा है ? शानदार मुर्गमुसल्लम या चिकन-मटन, बिरयानी खाते हुए ये हकीकत नजर थोड़े आती है ! जो राजनीति को दूर से जानते हैं वे उसे भी कोई पिकनिक स्पॉट, कोई मुर्गमुसल्लम, कोई सीन-सीनरी, कोईसांस्कृतिक कार्यक्रम समझते हैं। क्योंकि इन्होंने किसी आदमी को ट्रक से, रेल से कुचलकर मरते नहीं देखा ··· भूख से तंग आकर आत्महत्या करते नहीं देखा ··· ऐयाश लोग दौलत के नशे में औरत के जिस्म पर कैसे चील-कौवों, गिद्धों की तरह टूटते हैं। छोटे-छोटे बच्चों के हाथ-पैर तोड़ डालनेवाले ··· बूढ़ों-बूढ़ियों को बूट से ठोकर मारकर पटक देनेवाले उन्होंने नहीं देखे। ये टुच्चापन, ये हरामीपन, ये कुत्तापन कहाँ देखा है तुमने ? एक चींटे की टाँग पकड़कर उसे जलाओ तुम स्टोव पर ··· एक तितली को पकड़कर मोमबत्ती की लौ में लटका दो। ··· कैसी छटपटाहट ··· कैसी चिरायंध ··· तुम करके देखो कभी ··· और यहाँ तो जिंदा आदमियों को बाँधकर जलाया जा रहा है। ग्लूकोस जैसी चीज में मुनाफे के लिए जहर मिलाया

जा रहा है। बीमारी के कीटाणु आयात करके आबादियों पर छोड़े जा रहे हैं। इस सब हौलनाक हालात को कैसे खत्म करोगे ? इस हिंसा का जवाब काहे से दोगे? कविता से ? नहीं कॉमरेड! राजनीति कमरे में बैठकर बहस करने की या किताबों में मुँह घुसाने की चीज़ नहीं है। रिवॉल्यूशन में लाशें बिछती हैं ··· हाथ-पाँव-दाँत टूटते हैं। तुम्हें अपने मरते हुए बेटे को या भाई को भी छोड़कर भागना पड़ता है। अपना अच्छा-ख़ासा सामान जला डालना पड़ता है। लोगों को जान से भी मारना पड़ता है। जिसके हाथ में सत्ता होती है, वह उसे यूँ ही नहीं छोड़ देता। उससे सत्ता छीननी पड़ती है।

"··· और हमारे यहाँ क्या हो रहा है ? अमीरों के कुत्तों के लिए हवाई जहाज से दवा आ सकती है और शहर से सिर्फ तीस मील दूर रामअवतार की माँ बिना इलाज के मर जाती है,जब तक इस सबके लिए एक गुस्सा, एक धधकती हुई नफरत तुम्हारे दिल में नहीं है, राजनीति तुम्हारे किसी काम की नहीं, और न तुम राजनीति के किसी काम के। मेरा मतलब अपनी राजनीति से है। मजे से किताबें पढ़ो फिर तो, और किनारे बैठे बुद्धिजीवियों की तरह हर चीज़ पर छाती कूटो।"

कॉमरेड चुप हो गए। मेज से माचिस-बंडल उठाकर बीड़ी जलाई और कुछ देर चुपचाप सामने की दीवार को देखते रहे। विनय चुप और चकित था और सोच रहा था कि क्या-क्या भावना के प्रवाह में बहकर आई गूदे की पीड़ा है और क्या-क्या छाल का तर्क। उसे लगा उसने जो पूछा था उसका जवाब कॉमरेड ने अब तक नहीं दिया है।

मानो विनय के मन की बात भाँपकर कॉमरेड बोले, "ज्यादा परेशान क्यों होते हो विनय ? हो सकता है मेरी बातों से तुम्हारे सवालों का कोई मुकम्मल जवाब तुम्हें नहीं मिला हो। मैं तो पढ़ा-लिखा हूँ नहीं ··· लेकिन मेरा तजुरबा है कि एक बार काम करना शुरू कर दो तो धीरे-धीरे सारी उलझनें अपने-आप दूर हो जाती हैं। क्या ··· ?"

विनय ने न हाँ कहा, न ना। वह चुप ही रहा।

आठ

घर के बाहर कोई भीड़भाड़ नहीं थी।

हड़बड़ाता हुआ विनय भीतर घुसा।

बैठक का दरवाज़ा खुला हुआ था। बाहर बरामदे में तीन मूढ़े पड़े थे और खाली पड़े थे। विनय की आशंका रहस्य बनने लगी। क्या ले गए ?

भीतर बाउजी तखत पर बैठे थे। वही सफेद तहमद, बाँहोंवाली बनियान और गले में रुद्राक्ष की माला। बिखरे हुए खिचड़ी बाल और दो दिन की चितकबरी हजामत। एक बाँह में ताबीज और दूसरे हाथ की कलाई में स्टील के जर्जर चेनवाली पुरानी 'हेनरी सेण्डोज' घड़ी। एकदम वही और वैसे ही जैसे विनय उन्हें छोड़ गया था पिछली बार, अनेक बार और हर बार आने पर जैसा पाया था। लगा, न कहीं गया है न कहीं आया है। वर्षों से दरवाज़े का पर्दा उठाए दहलीज पर ही खड़ा था।

सामने बैठे थे मुंशीजी और एक पुराने मुवक्किल। बाउजी उन्हें कोई किस्सा सुना रहे होंगे। धार्मिक। विनय को देखकर सब फ्रीज हो गए।

विनय ने बाउजी के पैर छुए, मुंशीजी को नमस्ते की और आश्चर्य से बोला, "आप तो बिलकुल ठीक हैं ?"

"ठीक नहीं रहता तो तुम्हें अच्छा लगता ?"

"लेकिन मुझे तो टेलीग्राम मिला था कि ··· "

"कोई बात नहीं। कुछ खास बात नहीं है। जाओ, नहाओ-धोओ।"

"लेकिन उसमें तो लिखा था—कम सून। फादर सीरियस !!"

"डबलू ने दिया था। उसे लैंग्वेज बनानी नहीं आई होगी।"

"लैंग्वेज !!"

विनय ने एक बार मुंशीजी की तरफ देखा और झुँझलाता हुआ भीतर चला

गया। सामान रखा, जूते उतारे, हाथ धोए, और सीधा माँ के पास पहुँच गया। माँ रसोई में थीं।

"इसका क्या मतलब है ?"

"आ गया ? आ, बैठ। चाय पी ले। फिर शांति से बातें करेंगे।"

"पहले बताओ, ऐसा टेलीग्राम क्यों करवाया ?"

"तुझे बुलाने के लिए।"

"बुलाने का यही एक तरीका बचा है ?"

"दूसरे तरीके से तू आता ?"

विनय सकपका गया। माँ मुस्करा रही थीं। दीवार-खिड़की-बर्तनों की कतार को समझाता हुआ बोलने लगा, "तुम क्या जानो कैसे-किस तरह आया हूँ। छुट्टी तक नहीं ली। किसी से कुछ पूछने-कहने तक का मौका नहीं था। कपड़े भी नहीं लिए। और सारे रास्ते क्या-क्या मनहूस और डरावनी बातें सोचते-सोचते आया हूँ।" गला भर आया।

माँ ने सिर पर हाथ फेर दिया। चाय का कप सामने रख दिया और बाहर चली गईं। विनय भी माँ के पीछे-पीछे बाहर चला आया।

"अब बताओ तो सही क्या बात है ?"

"चाय तो पी ले।"

इसी समय डबलू कहीं से आया। "होजी आओ बाश्शाओ ! कब आए ? लोजी उग्रवादी आ गए तुम्हारे। अब करो इनका सत्यानास ! यार वीनू, सॉरी ! तुझे वैसा टेलीग्राम टेकना पड़ा था। हाइकमांड ने खुद मैटर बनाकर दे दिया था। यानी तुम हमारी मजबूरी समझ ही सकते हो।"

"तुम साले घर में रहते हो, इसलिए तुम्हें मालूम नहीं बाहर किसी को ऐसा टेलीग्राम अचानक मिले तो किस तरह उसके हाथ-पाँव फूल जाते हैं। पढ़ना न लिखना। दिन-भर ···"

"अब देख यार, तू आते ही भाषण मत पिला। मुझ पर क्यों गुस्सा उतार रहा है ?" मुँह लटकाकर डबलू दूसरे कमरे में चला गया।

विनय को भी लगा कि अब आ ही गए हैं तो आते ही सबका मूड बिगाड़ने से क्या फायदा ? बेकार डबलू पर बिगड़ा। अभी कहेगा जो भाई नौकरी पा जाता है, घमंडी हो जाता है। इसलिए पीछे-पीछे डबलू के कमरे में पहुँच गया।

"ये पैंट कब सिलवाई ?"

डबलू समझ गया कि बीनू लाइन पर आ गया है। खुश होकर बोला, "एकदम नई-जैसी दिखती है न ? बड़े भाई साहब की एक पुरानी पैंट पड़ी थी कबाड़े में।

पिछली बार छोड़ गए थे। उसी को उलटवाकर बनवा ली। तूने कोई नई सिलवायी? पुरानी स्पेयर हुई हो तो मुझे दे देना। मैं चाहता हूँ रोज रात को कपड़े धोने-सुखाने का राग खत्म हो। एक दिन मेरे पास भी तीन पैंटें हों। ढेंएंगढेंएंग !"

विनय को डबलू की नगाड़ेबाजी अच्छी लगी। दोनों दोस्तों की तरह बातें करने लगे। विनय को इस तरह तार भेजकर क्यों बुलवाया गया है, यह भी डबलू से ही पता चला।

कल लड़केवाले कालीमाई को देखने आ रहे हैं। उनकी एक लड़की भी है। एम.ए.बी.एड.। लीला नायडू जैसी दिखती है। शर्त उनकी यह है कि उनका लड़का कालीमाई से शादी करेगा, बशर्ते तू लीला नायडू से कर ले। आटा-पाटा।"

विनय चुपचाप दाँत पीसता रहा। यह सब कबसे चल रहा है ? डबलू की वंदना से नहीं पटती। वह उसे 'कालीमाई' कहता है। थोड़ी साँवली है वंदना। इसी मुद्दे पर पहले भी उसकी बात कई बार टूट चुकी है। लेकिन यह कैसा समाधान हुआ ? इस तराजू पर विनय को बाट समझकर कैसे चढ़ा दिया गया ? किससे पूछकर ? उसके जीवन के निर्णय बगैर उसे विश्वास में लिए इतनी सहजता से ले लेने का हक़ किसे है ? बाउजी को भी क्यों ? ज़रूर यह भैया-भाभी की अक्ल लगती है। पर क्या इसके लिए भी उसे इस तरह बुला लिया जाना ज़रूरी था ? क्या कुछ रोज़ पहले इस आशय की चिट्ठी नहीं लिखी जा सकती थी ? मान लो वह नहीं आता, तो ? और आगे कभी वह ऐसे टेलीग्रामों की बदमाशी समझ कभी सचमुच सीरियस हों तब भी न आए तो ? 'बदमाशी' शब्द उसे सवालिया निगाहों से घूर रहा था। उसे बाउजी पर दया आई। फिर गुस्सा। फिर झुँझल। भाड़ में जाओ। सब।

वंदना विनय से भी बड़ी है। पर इस घर में वह किसी से भी बड़ी नहीं है। जिस लड़की की शादी नहीं होती उससे बड़प्पन की सारी शान धीरे-धीरे छिन जाती है और वह घर में सबसे छोटी हो जाती है। झाड़ू-पोंछा वही कर लेगी। कपड़े वही धो लेगी। इस्तरी वही कर लेगी। किसी को भी कोई काम बताया जाएगा वह फौरन चिढ़कर कहेगा—वंदू से बोलो। वंदू एक मुफ्त की नौकरानी है। न पढ़ती है, न नौकरी करती है। खाती जरूर है। उसके एवज में उसे बेगार करनी पड़ती है। बच्चों के हर झगड़े में पहले बाउजी-जीजी हमेशा यह कहकर उसका पक्ष लिया करते थे कि ··· क्यों लड़ते हो रे ··· चार दिन बाद ससुराल चली जाएगी। अब इस तरह कोई नहीं बोलता। पता नहीं जाएगी भी या नहीं ! जाएगी तो कब? उन्तीस की तो हो गई !

बी.ए. के बाद ही शादी की बातचीत और वंदना का लड़केवालों के लिए

सजना-सँवरना चालू हो गया था। वह झुंझलाती ··· इतराती ··· मन-ही-मन होने वाले पति के साथ मिलनेवाले स्वतंत्र और 'अपने' जीवन के सपने देखती। लेकिन हर बार होनेवाला उसका नहीं, किसी और का हो जाता है। घर में क्लेश, कोहराम और कुंठा छोड़ने एक चिट्ठी आ जाती ··· या कभी-कभी वह भी नहीं। फिर मुंशीजी कोई रिश्ता लाते, फिर जन्मपत्री, फोटो, बायोडाटा, नमकीन-मिठाइयाँ, धुले हुए कुशन, माँ की साड़ी, हें हें हें हें ··· और अंत में फिर क्लेश, कोहराम और कुंठा। कभी वंदना चशमेवाले लेक्चरर के साथ घर बसाने के सपने देखती, कभी घुँघराले बालवाले सेल्समैन के साथ सोती-जागती। कभी मूँछोंवाले कैशियर के साथ घूमने जाती, तो अगली बार उड़े-उड़े बालोंवाले वैटरनिटी डॉक्टर के साथ। आखिर थक गई। विरोध करने लगी। झुंझलाने लगी। इसी बीच पता नहीं कब बी.ए. खत्म हो गया और एम.ए. भी शुरू होकर खत्म हो गया, विनू की नौकरी लग गई। और मँझले भाई साहब भी अलग हो गए।

कभी-कभी उसे लगता बाउजी उसका केस ठीक से नहीं रख पा रहे। चिट्ठी ठीक से नहीं लिखते। रिश्ते की चिट्ठी भी ऐसे लिखते हैं जैसे कुड़की का नोटिस भिजवा रहे हों। कभी सोचती बाउजी-माँ को ठीक से बातें बनाना नहीं आता। वरना उमा भसीन की माँ को देखो। या शांता शेखावत की दादी को ही देख लो। जिसे कहो मिनटों में पटा लें। फिर उसे लगता सब साले लालची हो गए हैं। चिट्ठी में कुछ नहीं लिखते, यहाँ आकर अंदाज़ा लगाते हैं कि बाउजी कितना दहेज़ दे सकेंगे, और निराश होकर लौट जाते हैं। लड़के भी साले यों ही हैं लल्लूप्रसाद। बिल्ली के गू। बाप ने कहा बैठ, तो बैठ गया। घूरते रहेंगे सामने बैठे उसे। पूछेंगे भी तो वही सड़ी-बुसी बातें—कहाँ तक पढ़ीं ? सबजेक्ट क्या थे ? ये पेंटिंग आपने ही बनाई है क्या ? गधे की लीद!

विनय की आँखों में चमक, बालों में तेल, कपड़ों पर इस्तरी और आवाज में आत्मविश्वास देखकर जैसे उसे राह मिल गई—नौकरी करूँगी। शादी-वादी का झंझट छोड़ो, मुझे करना ही नहीं है बस।

लेकिन बाउजी की टोकाटाकी—कहाँ जा रही हो, कब आओगी, किसके साथ जाओगी, कहाँ थीं, इतनी देर कहाँ थीं—से दुखी थी। चलो नौकरी के बाद यह भी ठीक हो जाएगा। और वैसे भी उसका भी कोई फर्ज है। उसकी पढ़ाई पर भी बराबर पैसे खर्च हुए हैं। घर में पैसों की कितनी सख्त जरूरत है ! भाई अलग हो ही गए। बाउजी कचहरी जाते ही कितने दिन हैं ! देखा जाए तो मकान के किराए और विनय के भेजे पैसों से ही घर चल रहा है।

लेकिन रोजगार दफ्तर की लंबी लाइन, लगातार चक्करों, जर्दापान-ठूँसू क्लर्क

की पैसा-माँगू बेशर्मी और हर क्षेत्र में विशेष दक्षता की माँग और उसे हर समय पूरा करनेवालों की उपलब्धता ने उसका दिल छोटा कर दिया।

चाहा बी.एड. कर ले। एडमीशन नहीं मिला। चाहा नर्सिंग की ट्रेनिंग कर ले। उसमें पैसे लगते। डबलू की पढ़ाई ज्यादा जरूरी है। चाहा टाइपिंग सीख ले। टाइप-शॉर्टहैंड जाननेवाली पचासियों थीं। चाहा ट्यूशन ही कर ले। ट्यशनें सिर्फ साइंस की मिलती थीं, जोकि उसका विषय नहीं था। एक नौकरी मिली। दो महीने के लिए टीचरशिप। एक प्रायवेट स्कूल में। बाउजी की शर्त थी कि डबलू छोड़ने-लेने जाएगा। डबलू को कहाँ फुर्सत ! एक महीना किसी तरह गई। उन्होंने पचास रुपए पकड़ाए। बात दो सौ की हुई थी। नहीं गई। सोचा था तनखाह मिलते ही बाजार जाएगी और दो ब्रा और दो पैकेट सेनिटरी नैपकिन और कुछ रूमाल खरीदेगी। जीजी को तो उसकी ये जरूरतें भी गैरजरूरी लगती हैं। एक-एक चीज के लिए बीस-बीस बार कहना पड़ता है।

जीजी बच रही थीं। पूजाघर से रसोईघर, रसोईघर से बाथरूम, बाथरूम से संदूकों वाले कमरे में। और आखिर जब विनय ने पूछ ही लिया. तो इससे पहले कि उसकी बात पूरी हो, सख्ती से बोलीं, मैं कुछ नहीं जानती। जो कुछ पूछना है अपने बाउजी से पूछो जाकर।

विनय देखता रह गया।

नहाया, चाय पी और किराए की साइकिल लेकर निकल पड़ा।

क्या होता जा रहा है इस घर को ? किस कदर लोना लग चुका है इसकी दीवारों में। कितनी भुरभुरी हो चुकी हैं इसकी ईंटें। कितनी खोखली हो चुकी हैं इसकी शहतीरें। कैसे टिकी हुई है अब तक यह छत ? क्या अजीब वीरता है ! कैसी पागल, सनकी, झक्की वीरता कि इस छत को एक तरफ से माँ के धीरज और दूसरी तरफ से पिता के साहस ने जबरदस्ती थाम रखा है। और न जाने कब से थाम रखा है! और न जाने क्यों थाम रखा है! क्या सुख मिलता है इसमें उन्हें ? इस चादर की तरह कंधों पर उठाई छत के नीचे चूज़ों की तरह टहलते बच्चे टुकुर-टुकुर घूरते हैं माँ-बाप के चेहरे को और धीरे-धीरे बड़े होते जाते हैं। और जैसे ही उनके कंधे बाप के थके हुए बाजुओं तक पहुँचते हैं, वे भाग जाते हैं। छोड़ जाते हैं इस अखंड-अनंत संकटस्थली को। ··· निकल जाते हैं दूर-दूर-दूर खुले मैदानों में और चकित भी नहीं होते कि वे दबकर मरने से बच गए और उस आदमी, उस औरत पर उन्हें दया भी नहीं आती जिसने उनके छोटे भाई-बहनों के लिए उस जर्जर छत

को अब भी अपने कंधों पर, बाजुओं पर उठा रखा है। और खुद एक गलता हुआ खड़ंजा होते हुए भी उन्हें धूप-मेह से बचा रखा है। कौन-सा सुख हो सकता है इसमें ? क्यों नहीं यह छत बहुत पहले ही गिर पड़ी ?

लेकिन क्या वह चाहेगा कि यह छत आज भी गिर पड़े? नहीं। अभी नही ! अभी उस छत के नीचे वीनू है, डबलू है। नहीं, उसके बाद भी नहीं। तब जीजी और बाउजी होंगे। अपने अकेलेपन और निर्वासन को तिल-तिल बेबस भुगतते हुए। और उसके बाद ? क्या उसके बाद इस मलबे की किसी को ज़रूरत नहीं होगी ? शायद नहीं। शायद हाँ। तब भी इसमें उनका सुखद और साझा बचपन दबा होगा। जब बाउजी की मूँछें रौबदार थीं। जब उनकी बैठक मुवक्किलों-मुंशियों और जूनियर वकीलों से भरी रहती थी। जब चाय, लस्सी, पान, ठंडाई, पानी, जर्दा, गुटका, चूना के लिए नौकर अंदर-बाहर दौड़ते रहते थे। जब बाउजी के कमरे में घुसते ही सब चुप हो जाते थे। जब उनकी डाँट से निकर में पेशाब निकल आता था। जब उनके सामने सिनेमा के गाने नहीं गुनगुनाए जा सकते थे। जब उनके जवान बेटे अपनी बहुओं को लेकर, उनके पैर छूकर, हमेशा-हमेशा के लिए उन्हें छोड़कर चले नहीं गए थे। जब उन्हें जीवन के माया-मोह से विरक्ति और वैराग्य नहीं हुआ था। जब आरती के आगे सिर झुकाने में दीनता प्रकट नहीं होती थी। जब होली-दीवाली पर नाई-जमादार को दिया जाता पकवान घर के बच्चे घूरकर नहीं देखते थे। जब एक कप-प्लेट के फूटने से घर में कोहराम और क्लेश नहीं होता था। जब बातें आँखों में आँखें डालकर 'अभिधा' में की जाती थीं, ताने-तिश्नों में नहीं। जब 'आप' कहना आदरसूचक ही होता था, क्रोधप्रदर्शक नहीं। और जब घर, घर था, वस्तुओं और लिप्साओं का खोखला गोदाम नहीं। वह कब चाहेगा कि यह छत गिर जाए? या कोई भी छत गिर जाए ? क्या छतें इसीलिए बनाई जाती हैं कि वे गिर जाएँ?

लेकिन क्या छतों का गिरना ज़रूरी नहीं ? खासकर तब जब उनके नीचे फफूँद लगी घिग्घियाँ और डरपोक मनौतियों के बदबू मारते मुद्दे जमा हो रहे हों ! विनय क्या करे ? हट जाए और गिर जाने दे इस छत को ? या सम्हाले रहे ? और पिता को दो घड़ी आराम दे ? वह बीच में है। लेकिन 'बीच' सिर्फ एक बिंदु है या कोई रास्ता भी ?

लेकिन घर पर जो हुआ वह तो अप्रत्याशित ही था।

कोई सवा दस बजे जब बाउजी को खा-पीकर सो जाना चाहिए था, बाउजी जाग रहे थे और 'कल्याण' का एक पुराना अंक आँखों से सटाए बैठक में अधलेटे

उसका इंतजार कर रहे थे। सवा दस बजे जब डबलू को जागते और पढ़ते रहना चाहिए था, वह सो रहा था। सवा दस बजे जब जीजी को चौका बगैर समेटे विनय के इंतजार में बैठे या इधर-उधर फालतू चक्कर लगाते ऊबना चाहिए था, वे खा-पीकर अपनी खटिया पर हाथ का पंखा लिए पड़ी थीं। और सवा दस बजे जब वंदू सबके कपड़ों पर प्रेस कर रही होती थी या टूटे बटन टाँक रही होती थी या किताबों पर कवर चढ़ा रही होती थी, वह छत पर थी, अँधेरी रात में सुनसान छत पर—अपने बीहड़ एकांत और सन्नाटे में गूँजती हुई, अपने वर्तमान से मुक्त होने के लिए छटपटाती हुई और अनजान-अनाम भविष्य के भुतैले भय से त्रस्त ··· जैसे उसकी आत्मा की घिग्घी बँधी हुई हो और जैसे वह किसी तेलियायी रपट पर पाँव जमाने की कोशिश में डगमगा उठी हो।

"आओ, बैठो।" कल्याण-चश्मा मेज पर। हाथ मालावाली थैली में। बाउजी ने रोक लिया।

विनय खड़ा रहा।

"क्या सोचा ? क्या कहें उनसे ?"

क्या कहता विनय ? किस तरह साबित करता अपनी सदाशयता इस तरह जिबह होने से इनकार करने पर भी ? किस भाषा में समझाता कि हर आदमी की ज़िंदगी में कभी-कभी 'ऋचा' जैसे नाम का क्या मतलब हो जाता है ? कोई यह बात पिता को कैसे समझा सकता है ?

नतीजा यह हुआ कि चुप रहा। और शायद बहुत देर। फर्श को घूरता रहा। फर्श इस घर की छत नहीं था। पर फिर भी वह फर्श था जिस पर विनय खड़ा था, बाउजी कुर्सी पर बैठे थे और उनकी उँगलियाँ बहुत यांत्रिक ढंग से माला के एक सौ आठ मनकों को बार-बार वहीं के वहीं घुमा रही थीं।

"तो ठीक है। जैसी तुम्हारी इच्छा। नहीं भी तो होते लड़के किसी-किसी के।" बाउजी बोले। और आँखें मूँदकर दूसरा हाथ सिर पर फेरने लगे। अपने ही सिर पर। कुछ देर खड़ा रहकर विनय भीतर आ गया।

अभी वह कपड़े उतार ही रहा था कि बाउजी भीतर आकर अप्रत्याशित नरमाई से बोले, "तो निकल जाओ फिर ग्यारह की गाड़ी से ! सुबह पहुँचकर दफ्तर कर लोगे। बेकार छुट्टी खराब करने से भी क्या फ़ायदा ? नई-नई नौकरी है। कम ही छुट्टियाँ होंगी। बचेंगी तो आगे काम आएँगी। कभी आड़े वक्त पर हम ही बुलाएँ। ऐसा तो नहीं होगा कि फिर छुट्टी ही नहीं बची हो तुम्हारे पास, और तुम आ ही न सको।"

दाँत पीसकर रह गया था उस वक्त विनय। कल बहन को देखनेवाले आ रहे

हैं और ये मुझे निकाल रहे हैं। उस वक्त बाउजी ने जो कहा उसमें से सिर्फ यही याद रहा विनय को कि ग्यारह की गाड़ी से ही निकल जाओ ! निकल जाओ ! तो यह क्यों नहीं कहते कि बहन की खातिर हमारे कहने से एक अनदेखी-अनजान कुरूप लड़की से शादी नहीं करनी है तो निकल जाओ इस घर से। ठीक है। निकल जाऊँगा। और वह सचमुच निकल गया।

बाद में ट्रेन में उसे पच्चीसवीं-छब्बीसवीं बार सारी घटना को मन-ही-मन दोहराते समय यह ख़याल आया कि यह शख़्स ··· इसके चार बेटे हैं ··· और हाड़ गला-गलाकर इसने उनमें से तीन को कमाने-खाने लायक बनाया है और उनमें से दो के शादी-ब्याह भी किए हैं, और वे दोनों उसे छोड़ गए और तीसरे को यह शख़्स न कहकर भी यही कह रहा है कि कम-से-कम तू तो हमें छोड़कर मत जा !

बाद में अपनी साढ़े चार फुटी खटिया पर करवटें बदलते हुए याद आया कि बेख़याली में मुँह से निकले 'निकल जाओ ग्यारह की गाड़ी से' के फौरन बाद बाउजी किस कदर डर गए थे कि संभव है उनके बुलाने से बाद में विनय भी न आए और बहाना कर दे कि छुट्टियाँ ही नहीं हैं। क्या इसी दिन के लिए बच्चों को बड़ा किया जाता है कि माँ-बाप उनसे खुलकर बात करने में भी डरें ? और मुँह से नाप-तौलकर शब्द निकालें ? क्या वह जा़नते हैं कि यदि वह पहले की तरह कड़क और दबंग स्वर में उसे डाँटते तो विनय को कितना अच्छा लगता ? कितना कुरूप हो जाता है आदमी जब उसका आत्मविश्वास उसका साथ छोड़ जाता है।

आते ही विनय ने टाइप का काम तलाश लिया। किसी वणिकपुत्र की थीसिस थी, जो जयपुर में पढ़ता था और चार पैसे बचाने के चक्कर में थीसिस 'गाँव' में ही टाइप कराना चाहता था। यानी यहाँ। तो विनय। इसलिए विनय। कागज-कार्बन-रिबन सब वह जयपुर से खरीदकर लाया है। शोध का विषय है—राजस्थानी साहित्य में घी ! वाह ! शाम छह से रात ग्यारह-साढ़े ग्यारह तक विनय लगा रहता।

यहाँ आकर और यहाँ रहते हुए भी भुवनेश के घर न जाना, ऋचा से मिलने की इच्छा को जब्त किए रहना विनय के लिए एक नया और दर्दीला अनुभव था। दर्द जो दुखाता तो है, पर मीठा भी लगता है। मानो विनय अपने दिल की परीक्षा ले रहा हो ! मानो विनय अपने-आपको सुखी हो जाने की सजा देना चाह रहा है। मानो इस एक काम से विनय को कोई छिपा हुआ खजाना मिल जानेवाला हो। मानो विनय अपने चेहरे, जिस्म और दिमाग से घर की कड़वाहट और मनहूसियत

को धो-पोंछ, खुरचकर ही ऋचा के घर जाना चाह रहा हो।

लेकिन यह मिली-जुली कुश्ती सिर्फ़ दो दिन चल सकी। तीसरे दिन विनय अपने दिल से हँसकर हार गया और भुवनेश के घर जा पहुँचा।

दरवाजा इस बार भी ऋचा ने ही खोला। उसने यह दिखाना चाहा कि जैसे विनय के आने-न आने से उसे कोई फर्क नहीं पड़ता। उसने ऐसा दिखाने की बड़ी कोशिश की। लेकिन वह क्या करती कि उसकी आँखों में एक पोनीटेलवाली लड़की रस्सी कूदने लगी। ··· एक मछली झरने की फेनिल धारा में किलोल करने लगी और एक चिड़िया पानी में डुबकी-सी मारकर बाहर निकल पंख फुरफराने लगी। उसने बेसाख्ता विनय का हाथ अपने हाथ में ले लिया और दोनों बगैर एक-दूसरे की तरफ देखे हाथ में पड़े हाथ को झुलाते भीतर आ गए।

भुवनेश तपाक से मिले और भाभीजी भी कामधाम छोड़कर आ गईं। "कब आए ?" अब क्या जवाब दे विनय ? फँस गया। बड़ी इच्छा हुई कि झूठ बोल दे। कह दे कि आज ही आया है। पर झूठ बोला ही नहीं गया। सच बता दिया।

एक पल को सब चौंके तो जरूर पर भुवनेश ने किसी को उस बिंदु पर रुकने नहीं दिया। "और ? घर पर सब ठीक ? फादर की तबीयत कैसी है ?"

विनय नहीं ही बोल सकता न झूठ इन लोगों के सामने !

वह सबसे पासवाली कुर्सी पर बैठ गया और उसने शुरू से आखिर तक सारी दास्तान सुना डाली, जितनी सुनाई जा सकती थी, ऋचावाला हिस्सा बचाते हुए। बल्कि उस हिस्से से काफी दूर से निकल जाते हुए।

दोनों ध्यान से सुनते रहे। दोनों ही क्यों ? ऋचा कहाँ गई ?

ऋचा की किसे परवाह है ? दो रोज पहले आ गए और आज आ रहे हैं जनाब मुँह दिखाने। बस यहीं वह मुँह फुलाकर छत पर चली गई थी।

न भुवनेश ने कोई प्रतिक्रिया व्यक्त की, न भाभीजी ने। दोनों सोच में जरूर पड़ गए।

और फिर चाय। इधर की बातें। काफी देर बाद ऋचा को ढूँढ़ता हुआ ऊपर छत पर जा पाया विनय। जब अँधेरा हो गया। जब दूधवाला आ गया और भाभीजी दूध लेने उठ गईं। जब झा साहब आ गए और विश्वविद्यालय अनुदान आयोग की सिफारिशों पर भुवनेश से बातें करने में मशगूल हो गए। जब विनय दो बार भाभीजी से पूछ चुका कि ऋचा कहाँ चली गई।

आखिरी सीढ़ी से अँधेरे में उसकी पीठ दिखाई दे रही थी। सफेद ब्लाउज और मटियल मैक्सी। और उसने न मुड़कर देखा, न हिली न डुली। विनय पास गया, खड़ा हो गया, थोड़ी हिम्मत करके उसकी पीठ पर हाथ रखा और धीरे से

पूछा, "नाराज हो गईं ?"

वह दो पल चुप रही। पर उसने विनय का हाथ नहीं हटाया। फिर बोली, "आपको क्या फर्क पड़ता है ?"

"मुझे कोई फर्क नहीं पड़ता ?"

"पड़ता तो दो दिन हो गए नहीं आते ? किसी को क्या हो रहा है, आपको क्या मालूम !"

"और 'किसी' को मालूम है कि मुझे क्या हो रहा है ?"

एक पल चुप रहकर ऋचा ने पूछा, "क्या हो रहा है ?"

"मेरी शादी हो रही है।"

"क्या आऽ ? !" आँखे मिचमिचाकर अविश्वास और गुस्से से ऋचा ने कहा।

"शादी ! शादी कर रहा हूँ मैं।"

ऋचा सीधी होकर उसकी तरफ घूमी, चुनौती देनेवाले अन्दाज में उसके चेहरे को दो पल ध्यान से देखा और बोली, "शिट ! तुममें हिम्मत ही नहीं है शादी करने की।"

"चलो। कुछ तो इम्प्रूवमेंट हुआ। वरना अब तक तो मैं 'आप' हो रहा था। अच्छा चलो, एक बार हँस दो, फिर नीचे चलते हैं।"

कुछ चुप रहकर ऋचा बोली, "नहीं हँसती, जाओ। आज नहीं हँसूँगी। आज तुम्हारी यही सजा।" और आगे-आगे सीढ़ी उतर गई। अचानक फिर ऊपर आई और विनय से लगभग सटकर बोली, "कल से रोज आओगे न ? बोलो !"

"आऊँगा।"

"गुड बॉय !" और विनय का गाल थपथपाकर चली गई।

उस रात और परेशान हो गया विनय। सुखी होना भी परेशानी है। नहीं, परेशानी वह पोनीटेलवाली लड़की है जो ऋचा की आँखों में रस्सी कूद रही थी। वो दो भूरे-काले हिरन हैं जो विनय को देखते ही उसकी आँखों में कुलाँचें भरने लगते हैं। परेशानी वह शहद है जो उसके प्याजी होंठों को सुनहरी कर देता है। अब किसी भी दिन भाभी को भी ये हिरन दिखाई दे जाएँगे और उसी दिन से ऐसा होने लगेगा कि वह विनय को देखते ही ममता से नहीं भर उठेंगी, बल्कि आशंकाओं से घिर उठेंगी। और विनय घर के एक जहीन लड़के से एक आम सड़कछाप मजनूँ में तब्दील हो जाएगा। और भाभी-ऋचा के दोस्ताने में भी एक अदृश्य फाँक पड़ जाएगी। और फिर वह पोनीटेलवाली लड़की वहाँ कभी रस्सी नहीं कूदेगी।

लेकिन जिस समय विनय यह सब सोच रहा था, भुवनेश और श्रीमती भुवनेश विनय के परिवार की बातें कर रहे थे। और भुवनेश श्रीमती भुवनेश से कह रहे थे, "लगता है एक दिन इसके घरवालों की भी क्लास लेनी पड़ेगी।"

नौ

कॉलेज की पिकनिक है तो विनय उसमें क्यों जाए ? इसमें क्या तुक है ? वह न कॉलेज का प्राध्यापक है, न विद्यार्थी, न चपरासी। नहीं, सवाल ही नहीं उठता। ऋचा ने माथे पर हाथ मारा और बोली, "महाराज ! कॉलेज के लोगों की पिकनिक है, कॉलेज की नहीं। कुछ लड़के-लड़कियाँ और टीचर्स कंट्रीब्यूशन करके पिकनिक जा रहे हैं। कॉलेज की तरफ से सिर्फ बस मिल रही है। और गेस्ट अलाउड हैं। तुम हमारे गेस्ट होओगे, जैसे दूसरों के भी कोई होंगे।"

"लेकिन इतने सारे अपरिचितों के बीच मैं कहाँ ठुसूँगा ? अच्छा लगेगा क्या ?"

"अपरिचित खा जाएँगे क्या ? जैसे आप बड़े मीठे हैं।"

"हाँ, नहीं लेकिन ···"

"और सब तो इतने अपरिचित भी नहीं हैं। हमें तुम नहीं जानते ? ऋचा चतुर्वेदी। हमारा नाम है। हमारे मम्मी-पापा को ? झा साहब को ? चौहान साहब को ? बाबूसिंहजी, पीटीआई को ? पापा के सारे दोस्तों को तो तुम जानते हो ! बैठे रहना उन्हीं बुड्ढों में। 'बुड्ढे' शब्द पर डाँटते-डाँटते हँस दी, मुँह दबाकर। फिर विनय के कंधे पर सारा वजन डालकर बोली, "और जिन्हें तुम नहीं जानते, वे तो तुम्हें जानते हैं न ?"

दोनों किचन के पास से ऊपर छत पर जानेवाली सीढ़ियों पर बैठे थे, पास-पास। ऋचा एक सीढ़ी ऊपर, विनय एक सीढ़ी नीचे। ऋचा डाँट रही थी, विनय डाँट खा रहा था।

"मैं जानता हूँ मुझे क्यों ले जाया जा रहा है। मुझसे ये तो नहीं कहा जाएगा कि मैं दरी बिछाऊँ ··· या लकड़ियाँ बीन लाऊँ या सबको पानी पिलाऊँ। लेकिन खिलाने-पिलाने के बाद ये जरूर कहा जाएगा कि हाँ भई विनय ! हो जाए ! हो

जाए कोई फड़कती हुई चीज ! जैसे कव्वाल या भाँड़ ले जाए जाते हैं। गोया मैं कोई आदमी नहीं, महेश कुमार एण्ड पार्टी हूँ। एकाध बार तो मैं ऐसी पिकनिक में फँसकर इतना पछताया कि पूछो मत। सारे रास्ते, सारे समय इसी टैन्शन में रहा कि जब कहा जाएगा—हाँ भई, खा लिया ? आ जा। अब सुना। तो क्या सुनाऊँगा? और जब मैंने यथासंभव, यथाशक्ति सिनेमा का एक चालू गाना शुरू किया तो एक साहब अपने टिफिन कैरियर पर ताल देने लगे। दूसरे ताली बजाने लगे और कुछ ने सबके बीच खड़े होकर कूल्हे मटकाना चालू कर दिया। उफ ! यानी बताइए! मुझमें और शादी-बारात के बैंडवालों में क्या फर्क रह गया ? फिर कम्बख्त कहने लगे कि भैया, अमुक दोगाना सुनाओ, और 'लेडीज-जेण्ट्स' दोनों आवाजों में सुनाओ! होओओ! ··· !!"

ऋचा को कोई मजा नहीं आया। फिर से सिर पीटकर बोली, "ओफ्फोह ! जरा-सी बात कही तो इतनी लंबी-चौड़ी रामायण बाँच दी। दुनिया में काने-अंधे, लूले-लँगड़े, कोढ़ी-काचरी सबका इलाज है, लेकिन मनहूस लोगों का कोई इलाज नहीं है। मरे जा रहे हैं अपनी शान में। जैसे कोई बड़े सुमित्रानंदन पंत हो गए ! आए बड़े कहीं के। मत जाओ, नहीं जाना है तो !"

दोनों चुप। ऋचा स्कर्ट-ब्लाउज पहने थी। उसने अपना एक पाँव लंबा कर लिया। विनय ऋचा की पिंडली के नीचे फैले महीन काले रोयों को ध्यान से देखने लगा।

"अच्छा बाबा, नहीं कहेंगे गाने को। मैं अपनी सब फ्रेंड्स से कह दूँगी ये साहब मिस्टर टच-मी-नॉट हैं। इनसे कोई कुछ करने को नहीं कहे। जो ये करना चाहें करें। बस ? ठीक है ? अब तो खुश ?" फिर पीठ पर धप मारकर जोर से डाँटकर बोली, "उधर क्या देख रहे हो ? जवाब क्यों नहीं देते ?" पाँव समेट लिया।

विनय हकला-सा गया। "देखो ··· कंट्रीब्यूशन ··· और नहीं ··· पहली बात यह है कि ··· "

दोनों का झगड़ा सुनकर भुवनेश ने, जो ड्राइंगरूम में बैठे चिट्ठियाँ लिख रहे थे, वहीं से पुकारकर कहा, "क्या बात है ? वो नहीं चलना चाहता तो क्यों जिद कर रही है ?"

दोनों ने एक-दूसरे की तरफ देखा। ऋचा ने मुँह में अँगूठा डालकर उसकी तरफ देखा। आँखें नचायीं और कंधे उचकाए। विनय सीढ़ियाँ उतरता हुआ बोला, "नहीं जी। चल रहा हूँ। मैं पूछ रहा था कि कंट्रीब्यूशन कितना है ?"

आखिरी अंतर्देशीय को थूक से चिपकाते हुए भुवनेश बोले, "वह हमने दे दिया। चलो, घूमने चलते हो ? रास्ते में स्टेशन पर ये चिट्ठियाँ भी छोड़ देंगे।"

कँस्बे से तीस किलोमीटर दूर एक जगह थी—सूंडा माता। अरावली का एक छोटा-सा पहाड़। एक दुबली नदी को बाँधकर बनाया गया छोटा-सा बाँध। हरियाली। ठंडक। खूब सारे बंदर। शिखर पर देवी का एक मंदिर। अच्छा सुरम्य स्थान। आगे सघन जंगल। मारवाड़ और मेवाड़ की मिलनस्थली, जहाँ कभी राणा प्रताप के बच्चों ने घास की रोटी खाई थी और अकबर को संधि-पत्र लिखा था।

सुबह सब लोगों को लेकर रवाना होते-होते साढ़े छह बज गए। बच्चे-बड़े मिलाकर कुल चालीस लोग थे। कुछ प्राध्यापक, कुछ कस्बे के अन्य लोग और उनके परिवार। शेष कॉलेज के लड़के-लड़कियाँ। दो-तीन कॉलेज के चपरासी भी। लड़के सजधजकर आए थे। किसी ने काला चश्मा लगा रखा था, कोई गोरखा कैप लगाए था। एक लड़का माउथ ऑर्गन बजा रहा था और खासा अच्छा बजा रहा था। लड़के बस में पीछे-ही-पीछे बैठे थे या खड़े थे। वे सारे रास्ते हाहा-हूहू करते रहे, तालियाँ बजाते रहे, गाते रहे। पुरुष सब आगे-आगे थे। बाईं तरफ महिलाएँ थीं और वे इस तरह बातों में मशगूल थीं मानो बरसों बाद एक-दूसरे से मिली हों। उनके लिए बस के बाहर कुछ नहीं था। विनय बीच में था—कभी आगे पुरुषों के ठहाकों और कभी पीछे लड़कों के गानों का मजा लेते। उसके एकदम आगे-पीछे और बगल की सीटों पर लड़कियाँ बैठी थीं—बीच-बीच में तालियाँ बजातीं-गातीं, लड़कों को प्रोत्साहित करती हुई पर आपस में जाने क्या-क्या फुसफुसाती हुईं, शरमाती हुईं सीटों के बीच मुँह घुसाकर हँसती हुईं, और बार-बार उँगलियों से अपने बालों की लटों को पीछे सरकाती हुईं। विनय को एक बारीक-सी खलिश हो रही थी कि वह इनमें से किसी को बिलाँग नहीं करता, कि वह इनमें से किसी में पूरी तरह शामिल नहीं है। क्यों नहीं है ? काश ! वह भी इस महाविद्यालय का एक विद्यार्थी होता ! या प्राध्यापक ! उसकी ही तरह चार-छह और थे बस में—गेस्ट, जो सुपारी चुभल रहे थे, या कोई पत्रिका पलट रहे थे, या बस से बाहर देख रहे थे।

खरासला गाँव आने पर गाड़ी रुक गई। सब उतरे। वहाँ से पहाड़ शुरू होता था। वहाँ एक विश्रामघर था, जहाँ सबने चाय पी। पहले से व्यवस्था थी। चपरासी लोग सामान लेकर आगे-आगे चढ़ गए। पीछे-पीछे लड़के भी। फिर लड़कियाँ और महिलाएँ। और अंत में जर्दा, पान-सुपारी, गुटका, पान-बहार, सिगरेट आदि-इत्यादि से निपटकर घोर इत्मीनान के साथ पुरुषों ने चढ़ना शुरू किया। बातें राजनीति की हो रही थीं। और जाहिर है चर्चा को चला, बढ़ा और घुमा रहे थे भुवनेश। उनकी

हर बात पर असहमत होकर उन्हें चालू रखने का जिम्मा लिए थे झा साहब। और बाकी या तो बराबरी से बोलने लायक जानते ही नहीं थे, या जो जानते भी थे वे राजनीति पर मशगला करते-करते पहाड़ नहीं चढ़ सकते थे। वे बस बीच-बीच में चंदा दे रहे थे।

अक्तूबर की चटख धूप थी। पहाड़ बरसात से एकदम हरिया गया था। जगह-जगह जंगली फूल खिले हुए थे। इधर-उधर चिड़ियाएँ फुदक रही थीं। नीचे खरसिया गाँव के छोटे-छोटे झोंपड़े ··· खेत ··· चरागाह ··· गाएँ ··· भैंसें ··· चौथाई चढ़ाई पर ही विनय रुककर नीचे देखने लगा। यह लुभावना दृश्य ··· और उसका मन खामखाह खुश हो गया और उसके होंठों पर गुनगुनाहट तैर गई। साथवालों की आवाज पहाड़ी चढ़ाई के ऊपरी मोड़ों पर ओझल होने लगी तो मुड़कर फिर चढ़ने लगा।

जब ये लोग ऊपर पहुँचे तो देखा कि चपरासी लोग छोटे-बड़े पत्थरों को इकट्ठा कर इधर-उधर से सूखी लकड़ियाँ बीन-बटोरकर चूल्हा जला चुके थे और मंदिर के कुंड से पानी लाकर चाय चढ़ा चुके थे। कुछ दूर दरी पर लेटी-बैठी महिलाएँ अपनी थकान उतार रही थीं। उनके श्रमक्लांत चेहरे ललछौंहे हो रहे थे जिन पर उनकी बारीक आवारा लटें पसीने से चिपकी हुई थीं। उनका मेकअप अस्त-व्यस्त हो गया था, लेकिन वे अच्छी लग रही थीं। सुंदर लग रही थीं। सब-की-सब। एक तरफ उनके बैग-बस्ते, बास्केट, बटुए-बाल्टियाँ रखे हुए थे और श्रीमती झा इसी सामान में कागज के कप ढूँढ़ते हुए पता नहीं किससे पूछ रही थीं—कप कहाँ रखे हैं ··· कप ?

चूल्हे के पास एक नौजवान चपरासी मगाराम उकड़ूँ बैठा था। हवा से चूल्हे का धुआँ सीधा उसके मुँह पर आ रहा था। लेकिन वह वहीं सिर झुकाए बैठा था और आँखें मिचमिचाते हुए चूल्हे को देखे जा रहा था। उसे देखना था कि आँच बुझ न जाए, राख चाय में न चली जाए, चाय उफन न जाए, चूल्हा ढह न जाए। चाय जल्दी भी बने और अच्छी भी।

दूसरे दो चपरासियों ने चूल्हे से कुछ दूर दूसरी तरफ जल्दी से एक दरी बिछा दी जिस पर अधिकांश पुरुष कटे पेड़ों की तरह ढह गए। कुछ लोग—खासकर गेस्ट—शिखर से नीचे दिखाई देते विहंगम दृश्य को घूम-घूमकर देखने लगे। एक-दो मंदिर में चले गए।

लड़के-लड़कियाँ कुछ दूर जाल के एक घने झुरमुट में घेरा बनाए बैठे थे और शायद किसी एक लड़के या लड़की को निशाना बनाकर लगातार खिलखिला रहे थे।

विनय भी घूम-घूमकर नीचे के दृश्य देखने लगा। ऊँचाई से सबकुछ कितना अच्छा लगता है ! धुंध में डूबे हरे पहाड़ ··· शतरंज या चौसर के टेढ़े-मेढ़े खानों की तरह बिछे भूरे-कत्थई, हरे-पीले खेत ··· छोटी-छोटी गोटियों - जैसी झोंपड़ियाँ और सफेद-काली बूँदों की तरह इधर-उधर बिखरीं गाय-भैंस। दूर चॉक से खींची एक सफेद लकीर की तरह सुंडा नदी। जैसे कोई कैनवस हो पूरी धरती जिसे यहाँ, इसी जगह बैठकर किसी कलाकार ने अपनी लंबी कूँची से पेन्ट कर दिया हो !

अचानक विनय का ध्यान इस बात पर गया कि नीचे पेड़ कितने कम हैं ! और उसने हैरानी से यह भी देखा कि जिस पहाड़ पर वह खड़ा है, उसका दाहिनी तरफवाला सिरा एकदम रेत के टीले जैसा बन गया है—सपाट, गंजा और सुनहरी। शायद वह रेत ही है। इतनी रेत यहाँ कैसे आई ?

दूसरी तरफ पहाड़ की चढ़ाई इतनी सीधी नहीं थी। वहाँ दुर्गम चट्टानें और घने पेड़ थे—पेड़, जिनकी छतनार छतें विनय ऊपर से देख रहा था। वहाँ जामुन के पेड़ भी थे, साल और शीशम के भी। खेजड़ी और बबूल के तो खूब बड़े और घने पेड़ थे। अमलतास, गुलमोहर, गूलर, पलाश और शिरीष भी थे। बीच-बीच में दो-चार खजूर भी। केर, करौंदे, आँवले और जाल की बड़ी-बड़ी झाड़ियां थीं। इधर-उधर बन्दर छलाँगें लगा रहे थे। गिलहरियाँ एक पेड़ से दूसरे पेड़ पर चढ़-उतर रही थीं। लाल चींटों की एक कतार नजदीक के ही एक पेड़ पर बड़ी फुर्ती से चढ़-उतर रही थी। हवा पेड़ के पत्तों को सरसरा रही थी। बंदर बीच-बीच में बोलते—हुक्कू ··· हुक्कू ! उनकी आवाज घाटी में गूँजती। एक ऊँचे शिखर पर बड़ी देर से एक चील जैसे समाधि लगाए बैठी थी। कुछ दूर ओट से एक बकरी का मिमियाना सुनाई दिया। अच्छा ! तो यहाँ तक आ जाती हैं बकरियाँ चरने ? किसी रबारी की टिचकारी सुनाई दी। कुछ नीचे एक सफेद गाय भी दिखाई दी। विनय ने घड़ी देखी। साढ़े नौ। बाल उड़ रहे थे। सोचा कंघा कर ले, पर फिर टाल गया। उसके मन में एक विराट वीराना पसर गया था ··· प्रकृति के इतने बीच आकर कुछ देर को वह एकदम तनहा और खामोश हो गया था। हमेशा हो जाता है। बहुत-सारे लोग साथ हों तो भी। दिमाग एकदम विचारशून्य, तनावशून्य हो जाता है।

अचानक एकदम पीछे से आवाज आई—साब !

विनय ने मुड़कर देखा। मगाराम एक ट्रे में चाय लिए खड़ा था। विनय ने चाय लेते हुए पूछा, "मगाराम, पहले भी कभी आए हो यहाँ ?"

"हाँ साब ! दरसाल आता हूँ। मेरी फेमिली को एक बार पेट में अफारे की खूब बीमारी हो गई थी। तब झाड़ा कराने यहाँ आए थे। एकदम ठीक हो गई। खूब

परचा है इस देवीजी का। तब से दरसाल आता हूँ।"

"क्या तब भी नीचे इतने ही कम पेड़ थे ?"

"नहीं साब ! तब तो जंगल था पूरा। सूरज डूबने के बाद तो इधर आने में भी डर लगता था।"

"तब तो ··· जानवर वगैरह भी होंगे !"

इससे पहले कि मगाराम कोई जवाब दे पाए, झा साहब मुँह में बिस्किट ठूँसे, दूसरे हाथ में बिस्किट की प्लेट लिए आ गए—लो विनय। एकदम ताजे हैं ! हा ··· हा ··· । झा साहब ने पता नहीं क्यों आज जीन्स पहन ली थी और उनके काले-मोटे बदन पर कसी जीन्स ऐसी लग रही थी जैसे किसी हाथी ने चूड़ीदार पाजामा पहन लिया हो ! चलते तो पुट्ठे और जाँघें हिलतीं लदर-फदर।

चाय पीकर कप फेंकते-फेंकते विनय रुक गया। उसने फेंकने की बजाय कप को वहीं सीधा रख दिया। बाद में आकर देखेगा यहीं है या कोई बंदर ले गया ! और मंदिर की तरफ चल पड़ा।

पुरुषों की दरी पर ताश जमी हुई थी। दो-चार, जो नहीं खेल रहे थे, दरी पर लेटे हुए थे या अपने पासवाले के पत्तों में सिर घुसेड़े हुए थे। महिलाओं की दरी पर गपशप चल रही थी। एक महिला स्वेटर बुन रही थी। दूसरी बच्चे को कुछ खिला भी रही थी और डाँटती भी जा रही थी कि तुझे कितनी भूख लगती है ··· और बीच में ट्रांजिस्टर पर कोई गाना बज रहा था। लड़के-लड़कियों की टोली में माउथ ऑर्गनवाला लड़का कोई रोमांटिक धुन बजा रहा था, बाकी एक ताल में चुटकियाँ बजा रहे थे। बीच-बीच में हँसी-मजाक, धक्कमधक्का भी चल रहा था।

एक अपरिचित गेस्ट ने विनय से चिपकने की कोशिश की। विनय ने नहीं चिपकने दिया। उसने सफाई-सी माँगते हुए पूछा, "अच्छा ! क्या आपने कभी सोचा है कि अपने देश की हर खूबसूरत जगह पर, हर पिकनिक स्पॉट पर, हर अच्छे पहाड़ की चोटी पर ··· एक मंदिर क्यों बैठ गया है ?"

इससे पहले कि वह व्यक्ति कोई जवाब सोचे, विनय बोला, "ऊँचाई से सबकुछ कितना अच्छा लगता है न ?"

"हाँ।"

"तो ऊँचा बनना चाहिए न ? वहाँ से देखेंगे तो गंदगी और टुच्चापन नहीं दिखाई देगा। है न ?"

यहाँ विनय को लगा कि वह खामखाह कटु और अनुदार हो रहा है। उसने सोचा चलो इस शख्स को बहस में शामिल करते हैं, कुछ बात करते हैं इससे।

लेकिन इसी वक्त लड़के-लड़कियों की टोली में एक शोर-सा उठा। दो लड़कियों ने दौड़ते हुए आकर बताया—ऐ। बेर, बेर। ये मोटे-मोटे। खूब सारे। और सब होओ-होओ करते खड़े हो गए और उधर दौड़े—ढलान की तरफ। सबके ओझल होने के बाद अचानक उसी बिंदु से दौड़ती हुई ऋचा उगी और दौड़ते-हाँफते विनय के पास आई और 'चलो बेर' कहकर विनय का हाथ पकड़कर फिर उधर ही भाग ली।

वाकई बड़े अच्छे बेर थे। पीले-लाल-ललछौंहे और हरे-हरे। खूब सारी झाड़ियाँ थीं। कुछ लड़के झाड़ियाँ हिला रहे थे तो कुछ ऊपर भी चढ़ गए थे। कुछ लड़कियाँ नीचे पड़े बेर बीन-बीनकर खा रही थीं, कुछ ऊपर बैठे लड़कों से "वो नहीं ... वो वाला" तोड़कर देने को कह रही थीं, कुछ खुद भी ऊपर चढ़ गई थीं।

इन्हें देखकर एक चशमेवाली ठिगनी-सी लड़की बोली, "ऐ, आ जा ऋचा ! तेरे लिए मैंने मीठे-मीठे छाँटकर रखे हैं। जल्दी आ। नहीं तो ये खा जाएगी सलमा की बच्ची !"

"मीठे ! तुझे कैसे मालूम पड़ा कि वो मीठे हैं ?" एक लड़के ने पेड़ के ऊपर से ही पूछा।

"शबरी है।" कोई लड़की बोली। और सब हँस पड़े।

"आप भी खाइए।" चशमेवाली लड़की ने अपनी गुदगुदी-गोरी हथेली पर दो बेर रखकर विनय की तरफ हाथ बढ़ाया। विनय ने एक उठा लिया।

"ये भाई साहब तो हमें कोई लिफ्ट ही नहीं दे रहे।" पेड़ के ऊपर से एक घुँघराले बालोंवाला लड़का बोला।

"नहीं-नहीं, ऐसी क्या बात है। मैं तो खुद बोर हो रहा था वहाँ बुड्ढों में।" विनय बोला। उसकी इस बात पर सब खिलखिलाकर हँस पड़े।

एक लंबोतरी लड़की शब्दों को लंबा कर पीछे से बोली, "बुड्ढों-बुड्ढियों में !!"

"हाआ !!" सारी लड़कियाँ एकसाथ हँस पड़ीं।

"ऐ, पर चतुर्वेदी सर तो बुड्ढे नहीं हैं। हट।" कोई बोली।

"हाँ तो ऋचा की मम्मी को भी कौन बूढ़ी कहेगा ? वो तो इसकी सिस्टर जैसी लगती हैं।" कोई दूसरी बोली।

"हाँ, अभी तो तुम ऐसा बोलोगी ही। ऋचा जो यहीं खड़ी है।" कोई लड़का बोला।

एक खुशमिजाज लड़का अचानक कहीं से कूदकर विनय के सामने आया और मुस्कराते हुए उसने अपनी हथेली पहले विनय और फिर ऋचा के आगे कर दी।

लड़का खूब गोरा था। गुलाबी मुँहासों से उसका चेहरा भरा हुआ था और वह जब मुस्कराता था तो उसके गालों में गड्ढे पड़ जाते थे। बड़ा प्यारा लगता था।

"आ गए हनुमानजी !" कोई लड़की धीरे-से बोली। सारी लड़कियाँ खिलखिलाकर हँस दीं। 'हनुमानजी' खिसिया गया।

विनय ने मन-ही-मन सोचा, क्या वह इस बचकानी उछल-कूद में मन से शामिल हो सकता है ? वह कहाँ जाए ? उन तोंदियल अधेड़ लोगों में जो ऐसी जगह आकर भी ताश खेल रहे हैं ! ताश खेलेंगे, खाएँगे, फिर बस में बैठकर वापस चले जाएँगे ··· या इन छोकरों में, जिनको इस बात का एहसास तक नहीं होता कि वे कितनी देर तक अर्थहीन बातें करते रह सकते हैं ! उसे अपना बहुत पुराना भूला हुआ कॉलेज का जमाना याद आ गया जहाँ एक कोई थी ··· जो पहाड़ी ढलानों पर घने जंगलों के बीच बहती सदानीरा नदी जैसी लगती थी और जिसे देखकर विनय अपनी सुधबुध भूल जाता था ··· भूल जाता था कि वह एक साधारण घर का एक साधारण लड़का है ··· उसे लगता दुनिया में ऐसा है क्या जो वह नहीं कर सकता !!

वह जमाना याद आते ही कुछ ऐसा हुआ कि थोड़ी ही देर में विनय उन लोगों में काफी घुलमिल गया। वह आप से तुम तो नहीं हो पाया, लेकिन 'सर' से 'विनय' जरूर हो गया। उसने सबको अपने गिर्द बैठा लिया और एक-से-एक जोरदार लतीफे सुनाने लगा। दूसरे भी लतीफे सुनाते जाते। एक दुबला-पतला लड़का तो खूब अच्छे लतीफे सुना रहा था। इस-उसकी नकल और मोनो-ऐक्टिंग होने लगी। लड़के हँसते-हँसते विनय के हाथ पर ताली मारने और उस पर लुढ़कने लगे। लड़कियाँ एक-दूसरी पर।

तभी एक लड़का आया और चिल्लाकर बोला, "ए भार्गव, महेश, दुर्गा, श्योपतसिंह ! चलो सब जने। सर बुला रहे हैं।"

सब खामोश हो गए।

"कौन-से सर ?" एक लड़के ने पूछा।

"बाबूसिंहजी। लकड़ियाँ लानी हैं।"

'लकड़ियाँ ! लकड़ियाँ !' करते सारे लड़के भाग गए। विनय उठने लगा तो लड़कियों ने उसे पकड़कर बैठा लिया।

"आप बैठिए आराम से। सर ने लड़कों को बुलाया है। आप लड़के थोड़े ही हैं !"

"तो फिर कौन हूँ ?"

'हाआ !!!' करके सभी लड़कियाँ मुँह पर हाथ रखकर मुस्कराने लगीं। कहनेवाली भी शरमा गई।

"मेरा मतलब है स्टूडेंट।"

विनय हँस पड़ा।

"ये तो वही बात हो गई कि एक लड़का था। एक दिन उसके मामाजी ने उससे पूछा ···" आगे लतीफा। थोड़ा करारा-सा। लड़कियाँ फिर 'हाआ' करने लगीं ऐसा। एक लड़की मुँह बनाकर बोली, "हट। आप लोग बड़े खराब हैं। कैसी गंदी-गंदी बातें करते हैं !"

"लड़कियाँ नहीं करतीं ? सच बताइए। आप लोग अपने कॉमनरूम में बैठकर कैसी बातें करती हैं ? और ध्यान रखिएगा, जब मैं कॉलेज में पढ़ता था तो हमने लड़कियों के कॉमनरूम में एक टेलीफोन लगवा रखा था, जो हमेशा खुला रहता था और आसपास की आवाजें कैच करता रहता था और जिसका दूसरा कनैक्शन हमारे हिंदी परिषदवाले कमरे में था।"

"हाआ !"

"अब बताइए। बोलिए ! चुप क्यों हो गईं अब ?"

सब मुस्करा रही थीं और एक-दूसरी को कनखियों से देख रही थीं।

"मैं पूछता हूँ आप लोगों में कोई शर्म-लिहाज है या नहीं ? आप गाड़ी से उतरें और चल दें, और सामान उठाए आदमी। आप कुर्सी पर खड़ी हो जाएँ और साँप-बिच्छू को मारे आदमी। यहाँ तक कि चूहे या काक्रोच को भी। आप झाड़ू लेकर खड़ी रहें और सोफा या अलमारी सरकाए आदमी। आप नीचे खड़ी रहें और काँटों से बदन छिलवाता, पेड़ पर चढ़कर बेर गिराए आदमी। यहाँ तक कि आपसे कहा जाए कि चलिए इस देश की सीमाओं की दुश्मनों के हमले से रक्षा करनी है और जान देनी है ··· आइए ··· मरना है ··· चली आइए। तो आप क्या कहेंगी ? आप कहेंगी—हम क्यों मरें, वाह !"

"हाँ तो हम क्यों मरें, वाह !" एक लड़की के मुँह से बेसाख्ता निकला और सब खूब खुलकर हँस पड़ीं। विनय भी।

"दो घंटे से देख रहा हूँ कि लड़के बेचारे लतीफे सुनाए जा रहे हैं और लड़कियों ने अभी तक एक भी लतीफा नहीं सुनाया। चलिए सुनाइए कोई। गंदा-सा। पूरी नारी जाति की प्रतिष्ठा का सवाल है।"

इसी तरह विनय घंटे-भर सबको हँसाता रहा। अंत में जब खाने के लिए बुलावा आया और सब उठकर चलीं तो विनय के पीछे चल रही लड़कियों में से एक ने ऋचा से कहा, "तू तो कहती थी बड़े टच-मी-नॉट हैं ! ये तो कितने इंटरेस्टिंग निकले !"

"एइ। अंग्रेजी क्या बोलती है। हिंदी में बोल।"

"क्या बोलूँ ? टच-मी-नॉट को हिंदी में क्या कहते हैं ?"

लड़की कुछ सोचकर बोली, "स्पर्शकातर !"

सब हँस पड़ीं। विनय भी मुस्करा दिया।

खाने के समय सारी कमान लड़कियों ने सम्हाल ली। निहायत कुशलता और पटुता से उन्होंने उस जंगल को भी एक सुविधासंपन्न भोजनशाला का रूप दे दिया। पत्तों की झाड़ू से जमीन को साफ कर उस पर पानी छिड़क दिया गया। आधी मोड़ी दरी पर एक तरफ सारे पुरुष और दूसरी तरफ महिलाएँ और बच्चे बैठा दिए। ताजे पत्तों से अभी-अभी बनाई गई धुली हुई पत्तलें हरेक के आगे बिछा दी गईं। इसी तरह दोने। और फिर दाल-बाटी-चूरमा। आदमी को तेज भूख लगी हो, अक्तूबर की गुनगुनी धूप हो, सुंडा के पहाड़ की छत हो, दोपहर का डेढ़ बजा हो और इतने प्यार और आग्रह से इतना शानदार दाल-बाटी-चूरमा खिलाया जा रहा हो ··· तो इस अनुभव को दिव्य ही कहा जाएगा।

खाने के बाद जब एक लड़के ने कहा विनय भैया से गाना सुनेंगे तो ऋचा एकदम हड़बड़ाकर बोली, "नहीं, गाना-वाना नहीं। इन्हें गाना-वाना कुछ नहीं आता।"

"कैसे नहीं आता ? हमारे डैडी ने खुद सुना है एक गोष्ठी में।"

"नहीं, नहीं। वो नहीं सुनाएँगे।"

"क्यों ? तुम्हारी मोनोपली है क्या विनय भैया पर ?"

कुछ लड़के-लड़कियाँ हँसे।

"मोनोपली नहीं है भई। अब कैसे समझाएँ ? कमिटमैंट है।"

ऋचा ने कहा। दुखी होकर कहा। मानो बहुत उदास होकर स्वीकार कर रही हो कि हाँ, मोनोपली तो नहीं है अभी तक। सुबह से वह ज्यादातर चुप ही थी। विनय को अपने साथ के लड़के-लड़कियों पर छा जाते चुपचाप देखती रही थी और प्रसन्न होती रही थी। मानो विनय उसकी कृति हो। उसकी सृष्टि। उसकी रचना।

"देखो भई ! कन्याएँ सुनाएँगी तो हम कौन पीछे रहनेवाले हैं ? लेकिन पहले कन्याएँ सुनाएँगी।" विनय ने कहा। सब्रने होओऽ की।

सब लड़के-लड़कियाँ बुजुर्गों से काफी दूर ढलान पर सीधे खड़े एक बूढ़े बरगद की छाँव में जाकर फैल गए और पसर गए।

पहले एक लड़की ने एक गाना सुनाया—'संसार से भागे फिरते हो, भगवान को तुम क्या पाओगे ?' और अच्छा सुनाया।

फिर माउथ ऑर्गनवाले ने 'आ जा सनम मधुर चाँदनी में हम' की धुन बजाई। फिर विनय ने गाना सुनाया—'छोटा-सा घर होगा बादलों की छाँव में'—सब खुश हो गए। गाने की मासूमियत पर मुग्ध और हर अंतरे के बाद आनेवाले 'आ ···

अइरे' पर फिदा। गाना खत्म होने पर तालियाँ बज गईं बेसाख्ता। "पुराने गाने कितने स्वीट होते हैं न !" एक लड़के ने अपने साथी से कहा।

चश्मेवाली लड़की ने गाया—'जीवन डोर तुम्हीं संग बाँधी'—उसकी आवाज बहुत सुरीली थी। फिर दो गाने लड़कियों ने और सुनाए। एक किसी लड़के ने भी। और दो विनय ने भी। गाने पर गाने याद आ रहे थे। गाते चले जाने की इच्छा हो रही थी। जैसे बरसों बाद मन इतना अकुंठ हो पाया हो। विनय मन-ही-मन इस ताजा और निष्पाप साथ-संग का आभारी हुआ।

सामने सूरज डूब रहा था। चारों तरफ धुँधलका छा रहा था। नीचे गाँव में गाएँ-भैंसें खुरों से धूल के बादल उड़ाती अपने-अपने घरों को लौट रही थीं। पेड़ों की शाखों पर अँधेरा घोंसले बनाने लगा था। ऊपर आकाश में चाँद दिखाई देने लगा था।

"अब चलें भई ?" विनय ने पूछा।

"सर, एक और। बस फायनल। बस आप एक और सुना दीजिए। फिर खत्म।" सब जिद पकड़कर बैठ गए। विनय ने सुनाया—

ये रातें ये मौसम ये हँसना हँसाना।
मुझे भूल जाओ, इन्हें ना भुलाना।।

सबका दिल भर-सा आया। ऋचा की तबियत तो रोने-रोने की-सी होने लगी। सब उदास हो गए और किसी तरह खुद को गीत के मोहपाश से मुक्त करके ऊपर चले।

लौटते समय पहले की ही तरह विनय एक-दो लड़कियों के साथ आगे-आगे था। उसके बहुत पीछे जहाँ से लड़कों की आवाजें भी बहुत मद्धम होकर आती थीं। किसी ने किसी से पूछा—ऋचा कहाँ रह गई ? ओ ··· भाभीजी ! और ऋचा ने मानो आँखें तरेर कर कहा—ऐ ···ऽ ···ऽ।

विनय ने ध्यान से सुना और अनमना हो गया।

ऊपर पहुँचने पर डाँट पड़ी। यहीं इतना अँधेरा कर दिया। जंगल का रास्ता है। गाड़ी बीच में खराब भी हो सकती है।

पहाड़ के दाहिने कोने पर सचमुच रेत ही थी। महीन बालू रेत। ऊपर से नीचे तक फिसल-पट्टी की तरह पाँच मिनट में उतर गए।

चढ़ना हमेशा कितना मुश्किल होता है, और उतरना हमेशा कितना आसान।

लौटते समय बस में लड़के सारे रास्ते 'छोटा-सा घर होगा' ही गाते रहे और 'ओ ···अइरे' के नारे लगाते रहे। लड़कियाँ पस्त थीं और एक-दूसरे के कंधों पर

सिर टिकाए ऊँघ रही थीं। महिलाएँ चुप थीं और 'सर' लोग थके हुए और खिंचे हुए।

और विनय सोच रहा था चाय के उस खाली कप का क्या हुआ होगा ? क्या वह वहाँ वैसा ही पड़ा होगा ?

दस

क्या कभी ऐसा भी होता है कि किसी भाई को अपनी बहन की शादी पक्की होने की सूचना शादी के छपे हुए कार्ड से मिले ? और वह भी शादी से सिर्फ तीन दिन पहले ?

ऐसा ही हुआ। ऑफिस के पते पर शनिवार की डाक में साधारण बुक-पोस्ट से विनय के नाम एक विवाह कार्ड आया जिसे वह बिना देखे भी परे कर देता। बनियों के, बिजलीवालों के कार्ड आते ही रहते हैं शादी-ब्याह के मौसम में। पर विनय ने खोल लिया और पढ़ लिया और हैरान हो गया कि यह सब कब और कैसे हो गया ? और उसे पहले से कुछ बताया क्यों नहीं गया ? और नहीं बताया गया था तो अब भी क्यों बताया गया ? क्या कोई उसे एक चिट्ठी भी नहीं लिख सकता था ? क्या उसे सिर्फ इसीलिए कार्ड भेजा गया है कि जवाब में वह एक बधाई का तार भेजे ? खूब गुस्सा आया, फिर ताज्जुब हुआ। वंदू को पसंद किसने कर लिया ? कार्ड पढ़ा। संतोष कुमार के सुपुत्र संजय खरे। तो ये वही लोग हैं जो वंदू के बदले में अपनी लड़की से विनय की शादी करना चाहते थे ! तब ? विनय की 'ना' के बावजूद लड़की लेने के लिए राजी कैसे हो गए ? क्या बाउजी ने फिर अपनी हैसियत के बारे में कोई ऊँचा झूठ तो नहीं बोला है ? भारी दान-दहेज का वादा तो नहीं कर दिया है ? या कहीं बाउजी ठगे तो नहीं जा रहे ? कोई चक्कर तो नहीं है ? लड़का देखा भी गया है या नहीं ? वंदू से सलाह भी की गई है ? उसे लगा—और जो भी हो, न वंदू से सलाह की गई होगी, न बाउजी ने कभी ये सोचा होगा कि वह ठगे भी जा सकते हैं। उन्हें तो बला टालनी है। बोझा उतारना है। गले में पत्थर बाँधकर कुएँ में नहीं धकेला, शादी ही कर दी। छुट्टी हुई ! गंगा नहाए। लेकिन जीजी ? क्या बगैर कुछ आगा-पीछा सोचे जीजी मान गई होंगी ? आखिर तो वंदू उनकी बेटी है।

इस सबके बाद विनय के मन में यह सवाल उभरा कि उसे क्या करना है ? उससे क्या उम्मीद की जाती है ? उसे क्या करना चाहिए ? सहसा उसका दिमाग और शरीर दोनों सक्रिय हो गए। उसने दस रोज की छुट्टी के लिए आवेदन लिखा, भुवनेश को कॉलेज में फोन करके बताया कि ऐसा-ऐसा हुआ है और वह शाम की ट्रेन से जा रहा है। बीच में काफी काम निपटाना है इसलिए मिलने नहीं आ सकेगा। बैंक जाकर देखा खाते में कितने पैसे हैं और पाया कि बैंक में सिर्फ एक हजार एक सौ चौबीस रुपए हैं। एक हजार निकलवा लिए। एक दोस्त के घर गया। एक हजार रुपए चाहिए। उसे साथ लेकर एक सेठ के पास गया।पैसे लिए। घर आकर दोनों जोड़ी कपड़े धोए। और धूप में डाल दिए। पता नहीं शाम तक सूख भी पाएँगे या नहीं ! फिर एक और दोस्त के पास गया। उससे एक जोड़ी कपड़े और ले आया। अटैची जमाई और महसूस किया कि भूख लगी है, खाना खाने जाना ही नहीं हुआ आज। घड़ी देखी। तीन बजे थे। होटलवाले चूल्हा बढ़ाकर सो गए होंगे। टाल गया। एक केलेवाले से दो केले ले लिए। चाय पी ली। वापस आ गया। पाँच पच्चीस की लोकल पकड़ी। अगली सुबह नौ बजे घर पहुँच गया।

घर के आगे गली में शामियाना तना हुआ था, और लाउडस्पीकर पर गाने बज रहे थे। घर के आगे कई सारी साइकिलें-मोटरसाइकिलें खड़ी थीं। कई अपरिचित महिलाएँ भीतर-बाहर आ-जा रही थीं। अंदर का नक्शा भी बदला हुआ था। बाउजी पंडित से मशविरा कर रहे थे। भीतर से बड़े भाई और भाभी की आवाजें आ रही थीं। मँझले भाई के दोनों बच्चे बैठक में कोने में सरकाकर रख दिए गए सोफे पर ऊधम कर रहे थे। विनय ने बाउजी के पैर छुए।

"आ गए ! जीते रहो। देखना डबलू आ गया क्या ? पूछना घोड़ी का हो गया या नहीं ? और सुनो, जरा पासवाले जोशीजी से कह देना जनरेटर का अब नहीं करें। हो गया है।" फिर पीछे से पुकारकर, "और सुनो ! जीजी से कहना, पंडितजी सुपारी मँगा रहे हैं। साबुत।"

वह आते ही व्यस्त हो गया। न किसी ने उससे पूछा कि तू कैसे आया, न उसने किसी से पूछा कि जब सबको चिट्ठियाँ लिखी गई थीं तो मुझे ही क्यों नहीं लिखी गई ? इन सब बातों का मौका ही नहीं था।

शादी की सारी कमान दोनों बड़े भाइयों और भाभियों ने अपने हाथ में ले ली थी। माने—निर्णय वे कर रहे थे। बाकी दौड़-भाग के लिए तो डबलू था ही। उसी को मालूम था कि घोड़ी और बैंड कहाँ से किया जा सकता है। उसे ही मालूम था कि गद्दे कहाँ सबसे कम गंदे और सबसे कम किराए पर मिल सकते हैं ? उसी की जान-पहचान का था फोटोग्राफर और वही ला सकता था हलवाई और धर्मशाला

से बरतन। एक काम निपटाकर आता, घर में घुस भी नहीं पाता कि दूसरे के लिए दौड़ा दिया जाता। एक बार तो यह भी हुआ कि आते ही उसने पानी माँगा और जब तक कोई पानी लाता कि वह वापस कहीं और के लिए दौड़ा दिया गया।

ठीक वक्त पर बारात आई। बड़े भाई जनवासे के इंचार्ज थे और वह आधे से ज्यादा काम करनेवालों को अपने ही साथ रखे हुए थे। बच्चे-लड़कियाँ जनवासे में जाकर नए जीजाजी को देख आए थे और सबको बता रहे थे—खूब अच्छे हैं नए जीजाजी ! हट्टे-कट्टे, ऊँचे-पूरे, खूब सुंदर।

वंदू का दूल्हा वाकई अच्छा था। अमरीकी सहयोगवाली एक भारतीय इंजीनियरिंग कंपनी में सेल्स-ऑफिसर था। खूब स्वस्थ। जरा साँवला। और लँगड़ा।

वंदू ने उसे तब भी ठीक से नहीं देखा था जब उसके गले में वरमाला डाली थी। और तब भी सिर्फ पीठ देखी थी जब उसके पीछे चलते हुए अग्नि के सात फेरे खाए थे। वह लँगड़ाते और लपकते हुए चल रहा था। अपनी लकड़ी की टाँग को ठक-ठक उचकाते हुए। और कँगना वंदू से खोला नहीं गया था, लड्डू उससे न खाया गया था, न खिलाया गया था, पासा खेलते समय वह बुत बनी बैठी रही थी। और भीतर एक अपरिचित बुढ़िया दूसरी अपरिचित बुढ़िया को पान पकड़ाते हुए कह रही थी—बीबी ! लड़की का तो देखा जाए है स्वभाव और लड़के का देखा जाए है भाग्य। बाकी बातों में क्या रखा है ? शादी के बाद भी तो कुछ हो सके था ! होगी तो वही जो विधना ने सोच रक्खी थी। हम कौन के खामोखाँ !

इसलिए जब दूसरे दिन भोर में बिदा हुई तो सब पर ऐसी मातमी खामोशी छाई हुई थी जैसे घर से किसी की डोली नहीं, अर्थी जा रही हो। रो रही थी सिर्फ वंदू··· और जीजी सुबकती जा रही थीं और उसका कंधा थपथपाती जा रही थीं। जैसे कोई कसाई किसी गाय को ले जा रहा हो और कोई कुछ नहीं करे। और सारे बाराती अपराधियों की तरह चुपचाप खड़े थे।

बिदा के पहलीवाली रात दो-ढाई बजे बड़े और मँझले भाई ऊपर के कमरे में अकेले बैठे व्हिस्की पी रहे थे और बड़े भाई साहब मँझले भाई साहब से कह रहे थे—सब ठीक है साहब ! जो बिंध गया सो मोती। अब और तो क्या कहा जा सकता है ?

और नीचे डबलू इधर-उधर कुछ ढूँढ़ रहा था। उसे भूख लगी थी। वह कुछ खाने की चीज ढूँढ़ रहा था। किसी को याद ही नहीं रहा था कि डबलू ने खाना भी खाया है या नहीं ! खाने की चीजें रसोई में थीं, या भंडार में। रसोई और भंडार में ताला लगा हुआ था। चाभी का गुच्छा बड़ी भाभी की कमर में था। बड़ी भाभी भीतर के कमरे में थीं—जहाँ सिर्फ एक टेबल लैंप जल रहा था—और बड़ी भाभी

रो-रोकर हलकान होती वंदू और उसकी पीठ पर हाथ फेरती सुबकती हुई माँ को ढाढ़स बँधा रही थीं कि जीजी इसमें भी ईश्वर ने कुछ भले की ही सोची होगी। बीबीजी ने क्या गुनाह किया है जो ईश्वर उन्हें ऐसी सजा देगा ? और वैसे देखो तो सिवा एक नुक्स के कोई और खराबी तो है नहीं ! अच्छा-खासा खाता-पीता घर है, इतनी अच्छी नौकरी है, सब बात का आराम है। कुछ माँग भी नहीं रहे हैं। वरना आजकल सड़े-सड़े लड़के भी पचास हजार के नीचे बात नहीं करते। संजय भी देखने में तो भला ही है। अब या तो पहले देख लेनी थी, और नहीं तो ईश्वर पर भरोसा रखो। इत्ती-सी बात पर बारात फेर देते··· सारी बिरादरी में कैसी जगहँसाई होती ! लोग तो यही कहते लड़की में ही कोई खोट होगा, तभी बारात लौट गई। लड़केवालों की थोड़ी कोई देखता है ! फिर छोड़ी हुई लड़की से कौन ब्याह करता है ? अभी तो आप लोग हो, आपका साया ईश्वर हमेशा बनाए रखे हम लोगों पर ··· पर वंदू बीबीजी की जिंदगी का भी तो सोचो। सारी जिंदगी कैसे कटती ? कोई कितना ही अपना हो, मैं तो जीजी साफ कहती हूँ ··· पूरी जिंदगी तो नहीं खिला सकते न बैठाके !

विनय ने डबलू से पूछा, "क्या ढूँढ़ रहा है ?" डबलू विनय को ऐसे देखने लगा जैसे खुद ही भूल गया हो कि क्या ढूँढ़ रहा था। उसकी आँखें नींद और थकान से सूज-सी रही थीं और मुँह भूख और प्यास से सूख रहा था। विनय ने उसके कंधे पर हाथ रखा और बोला, "चल, स्टेशन चलकर चाय पीकर आते हैं।" दोनों चुपचाप निकल गए। नीचे मुनीमजी हिसाब मिला रहे थे। उनसे स्कूटर की चाभी ले ली।

बाहर देर रात की ठंडी हवा बहुत अच्छी लगी। हाथ-पाँव ठिठुरने-से लगे। स्कूटर डबलू ही चला रहा था। विनय बगलों में हाथ घुसेड़े उसके पीछे दुबका हुआ था।

स्टेशन पर खूब सारी खाने की चीजें और चाय के प्याले लेकर दोनों सूने प्लेटफार्म की एक खाली बेंच पर बैठ गए।

"तुझे याद है बड़े भाई साहब की शादी में हाथी आया था !" विनय ने पूछा। फिर खुद ही बोला, "नहीं याद होगा। तू बहुत छोटा था। हम जिद पकड़ गए कि बड़े भाई साहब के साथ हाथी पर ही बैठेंगे। शहबाला बनेंगे। और सबके मना करने के बावजूद बैठकर रहे। पर जैसे ही हाथी खड़ा हुआ और चला ··· हम दहाड़ें मार-मारकर रोने लगे। बाबा रे ! इतना डर लगा कि पूछ मत ! दोबारा हाथी को रोककर बैठाकर हमें उतारा गया। उफ ! क्या शादी थी ! तीन दिन बारात रुकी थी। तब बहुत कुछ होता था शादी में। बासीभात, कुंवरकलेऊ, गजलख्वानी, कच्ची

रसोई ··· जाने क्या-क्या ! तीन दिनों में दोनों पक्षों के रिश्तेदार एक-दूसरे को अच्छी तरह जान लेते थे। और वर-वधू भी, जो बच्चे ही होते थे, बहानों-बहानों से तीनों दिन एकसाथ खेल में लगाए रखे जाते थे। उनके मन में एक-दूसरे के लिए खूब कुतूहल और उत्कंठा पैदा कर दी जाती थी। क्या शादी होती थी ! लगता था कि हाँ, जश्न मनाया जा रहा है !

"··· एक बात और याद है उस शादी की। शराब तो चल ही रही थी। किसी ने मजाक-मजाक में मँझले भाई साहब को भी दो घूँट पिला दी थी। और इन पर ऐसी चढ़ी कि घंटों बंदर की तरह कूदते रहे थे।"

चाय-नाश्ता खत्म हो गया था। दोनों बैंच की पुश्त पर हाथ पसारे आराम से बैठे थे।

"कुछ भी कहो यार !" डबलू बोला, "कालीमाई अपना ध्यान बहुत रखती थी। ये चली जाएगी तो अपन तो भूखे रह जाएँगे।" और फफककर रो पड़ा।

विनय ने उसे छाती से लगा लिया।

काफी देर बाद उठे। विनय ने पूछा, "सिगरेट पिएगा ?"

डबलू के सामने और डबलू के साथ पहली बार।

एक अपनी एक उसकी ब्रांड ली। चुपचाप सिगरेट पी, और वापस घर आ गए।

नहा-धोकर जब विनय दफ्तर पहुँचा, बरामदे में बैंच पर बैठे चपरासियों और लाइनमैनों को दूर से देखकर ही समझ गया कि अक्सर की तरह एईएन साहब आज भी दफ्तर में नहीं हैं। या तो साइट पर गए हैं या दौरे पर हैं। और सचमुच यही बात थी।

चपरासियों में कोई मजेदार किस्सा चल रहा था और सब उसी में मशगूल थे। किसी एक ने उससे नमस्ते की और पूछा—आ गए ? बगैर यह देखे कि किसने नमस्ते की और किसने 'आ गए' पूछा, विनय 'हाँ' कहकर भीतर चला गया।

सामनेवाले कमरे में दो बाबू एक मरियल-से आदमी को हिलगाए हुए थे। दो खिड़की में खड़े सिगरेट पी रहे थे और बाहर सड़क पर गुजरती एक लड़की को गौर से देखे जा रहे थे। उन्हें भी उपेक्षित करता हुआ विनय भीतर एईएन के कमरे में चला गया। टेबल पर धूल जमी हुई थी और 'टाइप' की ट्रे में लबालब कागज भरे हुए थे। विनय चिक हटाकर इस कमरे से जुड़े अपने कमरे में चला गया जिसमें उसकी टेबल भी बमुश्किल आ पाती थी। उसने डस्टर से कुर्सी-मेज-टाइप झाड़ी

और पैर फैलाकर बैठ गया। मेज पर एक तरफ उसकी अनुपस्थिति में उसके लिए आई चिट्ठियाँ रखी थीं। देखने लगा। कोई खास नहीं। दो पतली-पतली अनियतकालीन पत्रिकाएँ थीं ··· दो पोस्टकार्ड ··· कविता भेजने के लिए अनुरोध ··· एक चारपेजी साप्ताहिक अखबार के कुछ अंक। और एक अल्पपरिचित साहित्यिक मित्र की चिट्ठी—'प्रिय भाई। इधर आपका कोई पत्र नहीं। इधर मैं ये लिख रहा हूँ और इधर मेरी ये-ये रचनाएँ यहाँ-यहाँ छपी हैं। आपने पढ़ी ही होंगी। आपको कैसी लगीं ? इधर आपने क्या लिखा ? और इधर आप कहाँ-कहाँ छप रहे हैं ? आशा है स्वस्थ-सानंद होंगे। आपका ··· । इधर मैं अपने पहले कविता-संग्रह की पाण्डुलिपि तैयार कर रहा हूँ। कोई प्रकाशक बताइए।

विनय ने आँखें मसलीं, उँगलियाँ चटखाईं। काम का ढेर अपने आगे किया। टाइपराइटर के नीचे कुर्सी खींची। कागज-कार्बन चढ़ाया और टाइप करने लगा।

कोई आधे घंटे वह टाइप करता रहा। बहुत दिन बाद टाइप पर बैठा था। उँगलियाँ शिथिल-सी लग रही थीं। उन्हें कल से रोज जुतने के लिए आज ही तैयार करना जरूरी था। एक नई लाइन खींचे जाने के दरम्यान एक किसान ने अपने खेत में खंभा खड़ा करने से विभागवालों को रोका था, मार-पीटकर भगा दिया था, खंभा तीन बार उखाड़कर फेंक दिया था और पुलिस बल के साथ आदमी भेजने पर धमकी दी थी कि यदि उसके खेत के बीच खंभा रोपा गया तो वह सबके सामने खुद पर घासलेट डालकर जल मरेगा। इसी बारे में एईएन की रिपोर्ट थी जिसे विनय टाइप कर रहा था और उसे मजा आ रहा था।

अचानक उसे एईएन के कमरे में कुछ हलचल महसूस हुई। उसने उँगलियाँ रोकीं और नजर उठाकर उधर देखा। कोई पाँच-छह चपरासी और लाइनमैन उसके कमरे में आए और फँस-फँसाकर उसकी मेज को घेरकर खड़े हो गए।

विनय विस्मय से उन्हें देखने लगा।

"परणा दिया बाइसा नै ?" बूढ़े लाइनमैन हेमागंगाजी ने अपनी घनी मूँछों में मुस्कराते हुए करारी आवाज में पूछा।

"हाँ।"

"देखा ? मैं तुमको केता था के नईं ? विनय बाबूजी चिश्टर की शादी कराने गए हैं। तुम तो मेरी बात मानते ही नहीं थे।" रूपसिंह ने शर्त जीतने के अंदाज में गेपर नाई से कहा।

गेपर नाई ने मूंडकी हिलाई।

सब चुप हो गए।

"राजी-खुसी निपट गया सारा काम ? अब तो बाइसा सासरे से वापस भी आ

गई होंगी। क्यों ?" हेमागंगाजी बोले।

"हाँ, निपट गया। नहीं, वापस अभी नहीं आई। आएगी। दरअसल ··· इतनी जल्दी-जल्दी में सब तय हुआ ··· मुझे खुद दो रोज पहले ही खबर मिली, और जैसे ही खबर मिली, मैं भाग गया। आप लोगों को न बता सका, न इन्वाइट कर सका।" विनय ने सफाई दी।

"खैर !" हेमागंगाजी बड़ी ऊँची आवाज में 'खैर' बोले, बहुत नाराजी से, मानो कहते हों गलती तो तुमने की ही है, अब सफाई देने से क्या फायदा ?

"अपन ज्यादा पढ़े-लिखे तो हैं नहीं बाउजी, क्या ?" हेमागंगा कुछ देर बाद बोले—"पर इतना जरूर जानते हैं कि बेटी तो बेटी होती है और बहन, बहन ! जैसे आपकी वैसे मेरी बेटी। तो जोड़ीदारों में, स्टाफवालों में किसी की बहन-बेटी परणाए तो अपणा भी कोई फर्ज बनता है। क्या ? भई बेटी के ब्याव में तो जिससे जितना बन पड़े वह करे। पड़ोसी ही कर दे। रास्ता चलता आदमी भी कर दे। क्या ?"

विनय का सिर झुक गया।

"क्या काम करते हैं कँवरसा ? नौकरी, के बिजनेस ?" किसी ने पूछा।

"सेल्स ऑफीसर हैं एक कंपनी में। अच्छे खाते-पीते लोग हैं।"

"चलो। बहन-भाई ?"

"एक बहन, एक भाई।"

"वा। तब तो राज करेगी बाइसा। सास-ससुर ?"

"हैं। ससुर रिटायर्ड एक्जीक्यूटिव इंजीनियर हैं।"

"वा-ह !" पूछनेवालों ने जैसे राहत और संतोष की साँस ली।

फिर सब चुप हो गए। विनय सिर झुकाए अपने मैले नाखूनों को देख रहा था। कुछ देर थूँ बोल, थूँ बोल होती रही। फिर रूपसिंह ने हेमागंगा से कहा, "बोलो सा।" और हेमागंगा अपनी करारी आवाज में बोले, "वैसे तो सबको अपने भाग का मिलता है। और देनेवाले ने तो आपको खूब दिया होगा। बाइसा को भी इत्ता अच्छा घर मिल गया। भगवान उन्हें सोरा-सुखी रखे, पर जो होती आई है वो आपको बता रहे हैं। हममें से कोई आ तो नहीं सक्या, इसके लिए माफी चाहते हैं। पण सब स्टाफवालों ने दस-दस रुपए भेले करके बाइसा के लिए ये बिजली की उस्त्री खरीदी है, जो आप रख लो और हमारे सबके आशीर्वाद के साथ बाइसा को पहुँचा देना।"

किसी ने एक लाल पतंगी कागज में बँधा डिब्बा हाथ-हाथ बढ़ाकर मेज पर रखा।

विनय कुछ नहीं बोल सका।

"आपकी कब हो रही है बाउजी ?" किसी ने पूछा।

"मेरी ? पता नहीं।" विनय ने कहा।

"बाउजी तो अपनी परसंद से करेंगे। लौ-मैरिज।" किसी ने कहा। सब हँस पड़े।

"चिस्टर की मैरिज में तो भूल गए, अपनी बरात में ले जाना मत भूलना।" कोई और बोला। सब हँस पड़े।

"भूल गए तो भूल गए यार ! जल्दी-जल्दी में ध्यान नहीं रहा होगा। चलो अब।" हेमागंगा बोले। सब खिसकने लगे। जाते-जाते पीछे मुड़कर हेमागंगा बोले, "पर अब ये मत कहना कि स्टाफ के लिए मिठाई लाना भी भूल गया।"

सब हँसते हुए और धौल-धप्पा हँसी-मजाक करते हुए चले गए।

विनय का सिर अब भी झुका हुआ ही था।

"आपको ऐसा नहीं करना चाहिए था !" पीठ-पीछे हाथ बाँधकर सावधान की मुद्रा में खड़े प्रिंसिपल ने कहा।

"क्या ?" भुवनेश कुछ समझ ही नहीं पाए।

"जानते हैं कितनी जिम्मेदारी होती है हमारी ? किस विश्वास, किस भरोसे पर गार्जियन अपने बच्चे-बच्चियों को हमारे पास भेजते हैं ?"

"आप किसकी बात कर रहे हैं ?"

"आप अच्छी तरह जानते हैं मैं किसकी बात कर रहा हूँ। चतुर्वेदीजी, ये शहर नहीं है, कस्बा है कस्बा। यहाँ बात का बतंगड़ बनते देर नहीं लगती। इतने घटिया लोग हैं यहाँ के कि आप उसका अंदाजा नहीं लगा सकते।"

"अगर आप पिकनिक की बात कर रहे हैं तो उसमें जो भी गया, अपने माँ-बाप की इजाजत लेकर गया या अपने माँ-बाप के साथ ही गया। इसके अलावा वह पिकनिक हम लोगों ने अलग से आयोजित की थी। कॉलेज का उससे कोई लेना-देना नहीं था।"

"कॉलेज का लेना-देना है, बहुत है। मिस्टर चतुर्वेदी, आप कॉलेज का स्टाफ ले गए थे, कॉलेज के चपरासी ले गए थे। कॉलेज की बस ले गए थे और कॉलेज के बच्चों को ले गए थे। ··· और साथ में कुछ बाहर के लोग भी थे !"

"बाहर के लोग भी इसी देश के नागरिक थे। पढ़े-लिखे शरीफ लोग थे। समाज से निष्कासित नहीं थे, नशेड़ी-भंगेड़ी नहीं थे, अपराधी नहीं थे। मेरी बेटी भी थी।"

"चतुर्वेदीजी, आप इस तरह के कामों में छिपे खतरों को नहीं देख पा रहे हैं।

मैं बूढ़ा आदमी क्यों फिकर कर रहा हूँ आप लोगों की इतनी ? घना जंगल है। मैंने सुना है जंगली जानवर भी घूमते रहते हैं वहाँ। पिछले साल एक लड़की को लकड़बग्घा उठाकर ले गया था। मैं कहता हूँ मान लीजिए रास्ते में बस ही खराब हो जाती ··· और कोई ··· मान लीजिए भालू ही आ जाता ··· तो ? बोलिए। तो क्या करते आप लोग ?"

मन-ही-मन मुस्कराते हुए भुवनेश धीरे-से बोले, "हम आग जला लेते।"

"आग ? क्या जला लेते ? बस ?"

"नहीं, आग।"

"हाँ आग। पर आग में क्या ?"

भुवनेश ठहाका लगाकर हँस पड़े और निहायत बेतकल्लुफी के साथ एक कुर्सी में धँस गए, प्रिंसिपल भी बैठ गए।

"सर, आप इस जमाने के बच्चों को बिलकुल नहीं पहचानते। इनकी रगों में जोश है। बाजुओं में ताकत और दिल में वलवले। यूरोप में तो कमाने लगते हैं इस उम्र में बच्चे। उन्हें शर्म लगती है अपनी पढ़ाई के लिए माँ-बाप पर आश्रित होने में। और वहीं क्यों, जापान में देखिए, यू.एस.ए. में देखिए, आपके यू.के. में देखिए ··· समाजवादी देशों में देखिए। लंबी-लंबी हिचहाइकिंग करते हैं वहाँ के बच्चे। माउंटेनियरिंग करते हैं, सर्फिंग करते, रोइंग और स्केटिंग करते हैं ··· दो जोड़ी कपड़े 'हवरसैक' में डाल निकल पड़ते हैं ··· समन्दर पार किसी मुल्क के लिए। उन्हें तो भालू से नहीं डराया जाता। मैं समझता हूँ कोई एडवेंचर का जज्बा पैदा करने की कोशिश की जाती है। ··· खोज करने की ··· अपनी धरती ··· अपना देश, अपनी वनस्पतियाँ, अपना पर्यावरण ··· कैसे समझेंगे ये लोग ? बगैर खुद देखे ? अगर ऐसे सैर-सपाटे होते हैं तो आपको तो उन्हें प्रोत्साहित करना चाहिए। मैं तो कहता हूँ अगले महीने कॉलेज की तरफ से करवाइए। एक कमेटी बना दीजिए। बाबूसिंहजी को उसका इंचार्ज बना दीजिए। हम लोग और भी बड़ी चीज मैनेज कर लेंगे। आबू की तरफ अरावली में किस तरह जंगल कट रहे हैं और सैंड ड्यून्स बन रहे हैं ··· रेगिस्तान बन रहा है ··· बच्चे देखेंगे और इस पर रिपोर्ट लिखेंगे। आप भी साथ चलिए। हम वो रिपोर्ट डायरेक्टर के साथ-साथ विश्वविद्यालय अनुदान आयोग और पर्यावरण विकास मंत्रालय को भेज सकते हैं। बाद में योजना आयोग को भी।

प्रिंसिपल फटी-फटी आँखों से पूरे दो मिनट भुवनेश को देखते रहे। फिर ठंडे स्वर में बोले, "चतुर्वेदीजी, हो सकता है मैं इस जमाने के बच्चों को नहीं जानता। लेकिन मैं आपको एक बात बता दूँ। आप इस कस्बे को नहीं जानते। ··· ये लीजिए,

आपकी चिट्ठी है। किसी कॉलेज में आपको बुलाया है। लिख दीजिए कि यहाँ अंग्रेजी में एक ही लेक्चरर है, नहीं आ पाऊँगा।" लिफाफा खुला हुआ था।

कॉलेज छोटा-सा था, लेकिन वहाँ गुटबाजी और राजनीति किसी भी कॉलेज से कम नहीं थी, बल्कि ज्यादा ही थी। क्योंकि आपस में लड़ने के सिवा और काम क्या था ? सिर्फ बी.ए., बी.कॉम. तक की कक्षाएँ थीं। किसी क्लास में तीस विद्यार्थी, किसी में चालीस। उनमें से भी अधिकांश ऐसे जिन्हें पढ़ना नहीं था, सिर्फ डिग्री चाहिए थी। वह भी मिल जाए तो। आप देंगे तो वे ले लेंगे। कोई आग्रह नहीं है। क्योंकि बाद में तो दुकान पर बैठना ही है, यानी बाप के धंधे में लगना है। उनका जीवन-दर्शन यह था कि कॉलेज-लाइफ मौज मारने के लिए होती है, खटने के लिए नहीं।

अगर विद्यार्थियों को पढ़ना नहीं था तो अध्यापकों को भी पढ़ाना नहीं था। वे सब जबर्दस्ती यहाँ भेजे गए थे। तबादले की कोशिश में लगे रहते थे और हर रोज की डाक में अपने स्थानांतरण आदेश की प्रतीक्षा करते थे। दो-चार टैंपरेरी थे, जिन्होंने यहीं ज्वाइन किया था। वे बैंक से लेकर आइ.ए.एस. तक न जाने कौन-सी प्रतियोगी परीक्षाओं की तैयारी में लगे रहते थे, और अच्छी तरह जानते थे कि कहीं सिलेक्शन नहीं भी हुआ तो भी अगले साल तो यहाँ आना नहीं है। वे विद्यार्थियों के साथ दोस्तों जैसा व्यवहार करते थे और उनमें से कुछ गाहे-बगाहे विद्यार्थियों के साथ बैठकर दारू-शारू भी पी लेते थे। जिम्मेदारी का अहसास किसी में नहीं था।

मंगतरामजी को छोड़कर।

मंगतरामजी संस्कृत के प्राध्यापक थे, सीनियर थे। भुवनेश के आने से पहले तक प्रिंसिपल की अनुपस्थिति में—जोकि कभी-कभी काफी लंबी होती थी—प्रिंसिपल को ऑफिशिएट करते थे। और उनका घर कॉलेज की किताबों, कॉलेज की क्रॉकरी, कॉलेज के फर्नीचर और कॉलेज की 'बच्चियों' से भरा रहता था। ऐसे अवसरों पर उनकी पत्नी की तबीयत अचूक तरीके से खराब हो जाती थी और खाना बनाने से बच्चों को सम्हालने तक का काम कॉलेज के दो चपरासी करते थे। मंगतरामजी छोटा-मोटा सट्टा भी लगाते थे और ब्याज पर पैसे भी चलाते थे। कॉलेज के किस काम के लिए कब कितनी ग्रांट आती है और कहाँ जाती है, इसे उनके सिवा और कोई नहीं जानता था। उन्होंने कस्बे के उत्तरी छोर पर एक प्लॉट भी खरीद लिया था और शीघ्र ही उस पर मकान का काम चालू होने की बात थी। पैसे के इंतजाम के लिए वह शीघ्र ही अच्छा-सा मुहूर्त देखकर बंबई जानेवाले थे जहाँ उनके कई भूतपूर्व विद्यार्थी—जिन्हें वे 'शिष्य' कहते थे—उनके शब्दों में

काफी चाँदी काट रहे थे।

भुवनेश को मंगतरामजी पहले से जानते थे और नापसंद करते थे। नापसंदगी का मुख्य कारण भुवनेश का शिक्षक संघ था, जिसके मंगतरामजी न सदस्य थे, न हैं, न होंगे। क्योंकि हड़ताल-जुलूस-नारेबाजी ये बातें क्या अध्यापकों को शोभा देती हैं ? अनपढ़ तांगेवालों-ठेलेवालों की तरह 'जिंदाबाद-मुर्दाबाद' चिल्लाना ··· कितनी घटिया बात है। सोचिए अगर हम ही इस कुत्सा में पड़ गए तो क्या संस्कार देंगे देश की भावी पीढ़ी को ? और फिर हममें और एक ··· और एक अनपढ़ मजदूर में फर्क क्या रहा ? आखिर गरिमा और आत्मसम्मान भी कोई चीज है।

और वही भुवनेश जब यहाँ आ गए तो न सिर्फ यह कि दूसरों की तरह उन्होंने मंगतरामजी को प्रणाम नहीं कहा। हाथ बढ़ा दिया मिलाने के लिए। बल्कि, चलो कोई बात नहीं, अपनी-अपनी सभ्यता है ··· अंग्रेजीदाँ हैं ··· इनको यही सिखाया होगा इनके माँ-बाप ने ··· कि गुरुजनों से हाथ मिलाओ। पर खास बात यह थी कि उनका ऑफिशिएटिंग का चांस मारा गया था। उम्र में छोटे होते हुए भी भुवनेश नौकरी में उनसे सीनियर थे क्योंकि सीधे पब्लिक सर्विस कमीशन से सिलेक्ट होकर आए थे। और इस तरह उन्होंने मंगतरामजी के आर्थिक तथा अन्य एतद्संबंधी हितों पर सीधी चोट की थी। चलो चोट भी की थी, पर देखते-ही-देखते छात्रों में उनसे भी ज्यादा लोकप्रिय हो गए थे और इस तरह भुवनेश ने उनकी सामाजिक प्रतिष्ठा और सम्मान को भी ठेस पहुँचाई थी। एक बार तो बाजार में जब किसी ने भुवनेश से पूछा कि आजकल पंडितजी वाइस-प्रिंसिपल नहीं हैं क्या ? तो भुवनेश ने कहा था कि ऐसी तो कोई पोस्ट ही नहीं है यहाँ ! जब प्रिंसिपल नहीं रहते तो कोई भी जो सीनियर हो बैठ जाता है वहाँ और डाक-वाक देख लेता है, बस। बताइए ! क्या उन्हें जनता के बीच ऐसा कहना चाहिए था ? चलो कहा भी था, क्योंकि जवानी है, जवानी में बगैर सोचे भी मुँह से बात निकल जाती है पर जब उसे सबके सामने 'पंडितजी' कहने के बजाय मेरा नाम लेकर बुलाने में, सबके सामने मंगतराम जी कहकर पुकारने में ही शर्म नहीं महसूस होती, तो यह 'हलो' क्या है ? अरे भई ! पंडितजी कहना है, सामान्य आदरसूचक शब्द है, मंदिर के पुजारियों तक को कह दिया जाता है, कोई 'पिताजी' तो कहना नहीं है ··· पर चलो, कोई बात नहीं, पर स्टाफरूम में किचकिच ! वितंडावाद ! रोज की रोज। भाषा को लेकर। धर्म को लेकर। यह तो असहनीय है साहब !

मंगतरामजी हिंदी के प्रबल समर्थक थे, बल्कि कट्टर, जैसे गाय के। क्योंकि हिंदी संस्कृत की बेटी है, और गाय तो हमारी माँ है ही। स्थानीय नगरपालिका में उनके प्रबल प्रभाव के ही प्रताप से कस्बे में चारों तरफ आवारा गाएँ और साँड

छुट्टे घूमते थे, इस-उसके ठेले-छाबड़ी में मुँह घुसाते रहते थे, बच्चों को सींग मार देते थे, आपस में लड़ भी पड़ते थे और साइकिल-रिक्शा-पैदल सवारियों का रास्ता छेंककर जगह-बेजगह पसरे बैठे रहते थे। गोबर और गोमूत्र का तो जिक्र ही बेकार है, क्योंकि इनके पतन-प्लावन से तो कस्बे की धरा पवित्र होती थी !

स्वभावत: मंगतरामजी से अंग्रेजी की कोई चीज बर्दाश्त नहीं होती थी और स्टाफरूम में बैठे-बैठे बीच-बीच में अंग्रेजी पर फिकरे कसे बिना उनसे रहा नहीं जाता था।—पूछिए मामा को क्या कहते हैं ? फूफा को क्या कहते हैं इनकी भाषा में ? जलेबी और कचौड़ी को क्या कहते हैं ? आचमन और प्रदक्षिणा को क्या कहते हैं ? चलिए यही बता दीजिए नमस्कार को क्या कहते हैं ? हैं ही नहीं कोई शब्द। हों भी क्यों ? उन्होंने हम लोगों के लिए तो बनाई नहीं अपनी भाषा। पर हम हैं कि पकड़े हुए हैं। मैं कहता हूँ लोप हो जाएगा। देख लीजिएगा आप। लोप हो जाएगा हमारी सामाजिक मर्यादाओं का, हमारी प्रथा-परंपराओं का, हमारे खानपान का। भूल जाएँगे ये लोग कि हम ऋषियों की संतान हैं। बस अंकल ही अंकल रह जाएँगे चारों तरफ। क्या भई ! कहाँ से उभरेगी प्रतिभा ! वरना कोई मुझे बताए हमें स्वतंत्र हुए इतने वर्ष हो गए ... क्यों पढ़ाई जा रही है अब भी यह भाषा ? और आप तो उसे ऐच्छिक विषय बनाकर देवभाषा के समकक्ष रख रहे हैं। ये ले लो, या ये। संस्कृत या अंग्रेजी। हद है साहब !

इस आखिरी वाक्य पर ध्यान देना जरूरी है। इसी में खास बात छिपी हुई है। बात यह है कि फर्स्ट ईयर में लड़के संस्कृत नहीं लेंगे, अंग्रेजी लेने लगेंगे तो सैकंड ईयर संस्कृत में लड़के कहाँ से आएँगे ? और सैकंड ईयर में नहीं हुए तो थर्ड ईयर में कहाँ से होंगे ? और लड़के ही नहीं होंगे तो वर्कलोड कैसे होगा ? और वर्कलोड ही नहीं हुआ तो मंगतरामजी यहाँ क्या करेंगे ? और स्थानांतरित कर दिए गए तो इस उपाचार्य पद का ऐश्वर्य फिर कहाँ मिलेगा ? जमीन का क्या होगा ? मकान कैसे बनेगा ?

कभी भुवनेश सुन लेते तो वह भी तर्क करते। आपकी लड़ाई किसी भाषा से है या भाषा बोलनेवालों से ? अगर अंग्रेजी की यही गलती है कि वह विदेशी है तो छोड़ दीजिए उसे। लेकिन तब जो कमीज आप पहने हुए हैं, उसे बनाने की पद्धति भी वेदों में नहीं लिखी हुई थी। जो किताब पढ़कर आप संस्कृत का ज्ञान प्राप्त करते हैं, उसे छापने की प्रणाली भी विदेशी है। जो वेतन आपको मिलता है उसके नोट भी इस बार अच्छी तरह देख लीजिएगा कि कहीं उन पर अंग्रेजी में तो कुछ नहीं लिखा हुआ है ! जो दवाएँ आप केमिस्ट से खरीदकर ले जाते हैं उन पर भी अंग्रेजी में ही कुछ लिखा होगा। मत इस्तेमाल कीजिएगा उन्हें। मेरी समझ

में नहीं आता भाषा के सवाल पर इतना भावुक होने की क्या जरूरत है ? ठीक है, हमारे देश में अंग्रेजी को प्रशासन और न्याय का माध्यम नहीं होना चाहिए। शिक्षा का भी नहीं। लेकिन माध्यम और भाषा में तो अन्तर कीजिए। भाषा ने किसी का क्या बिगाड़ा है ? आप जैसे लोग भाषा का सवाल सामने करके हमेशा रोटी का सवाल पीछे कर देते हैं। एक अंतर्राष्ट्रीय भाषा के मुकाबले आप संस्कृत को खड़ा कर रहे हैं, जो एक मृत भाषा है !

"आप हमारी भाषा को मृतभाषा कह रहे हैं !"

"आप सिद्ध कर दीजिए कि घर-बाजार में, अस्पताल-बैंक में, रेल-बस में संस्कृत में ही बोलते हैं सबसे। मैं अपने शब्द वापस ले लूँगा।"

"आज नहीं बोलते यह कुप्रभाव किसका है ?"

"पहले भी कब बोलते थे ? क्या कोल-किरात, किन्नर-भील, वानर-निषाद, हरिजन-गिरिजन संस्कृत बोलते थे ? मेरे ख्याल से वे प्राकृत बोलते थे। या उनकी अपनी-अपनी बोलियाँ थीं। संस्कृत तो तब भी सिर्फ मुट्ठी-भर श्रेष्ठिजन की, 'इलीट' की भाषा थी। जिसमें, माफ कीजिएगा, आप और हम भी नहीं आते।"

"यह विदेशी विद्वानों का दिया हुआ कुतर्क है।"

"अगर यह कुतर्क है विदेशी विद्वानों का दिया हुआ, तो चलिए इसे छोड़ देते हैं। तुलसीदास तो विदेशी विद्वान नहीं थे ! उन्होंने क्यों रामायण लोकभाषा में लिखी, अगर संस्कृत सब समझते और बोलते थे तो ?"

"आपसे बहस करना बेकार है, क्योंकि आप जिज्ञासु नहीं हैं, सुपात्र नहीं हैं। अरे ! जब ब्राह्मणपुत्र होकर आपने शिखा-यज्ञोपवीत छोड़ दिया, याग-यज्ञ छोड़ दिया, पूजा-पाठ छोड़ दिया, सनातन धर्म और ईश्वर में श्रद्धा-आस्था तक छोड़ दी, तो अपनी भाषा तो आप छोड़ ही देंगे। इसमें आश्चर्य की क्या बात है ! और अपने आचरण के समर्थन में सौ तर्क भी ढूँढ़ लाएँगे।"

"ठीक है। तो मत कीजिए बहस। झा साहब से कीजिए। ये बड़े आस्थावान ब्राह्मण हैं। वैसे भी मेरा पीरियड होनेवाला है। लाओ यार झा साहब, सिगरेट निकालो एक, और भिड़ो पूज्य मंगतरामजी से।"

स्टाफ के अधिकतर सदस्य मंगतरामजी को कूपमंडूक समझते थे, उनसे बहस करने की बजाय उनका 'मजा' लेते और पीठ पीछे सामूहिक रूप से उन पर हँसते थे। वे मंगतरामजी के सामने एकदम भोले बनकर कोई छोटी-सी जिज्ञासा सरकाकर उन्हें चालू कर देते, फिर कनखियों से एक-दूसरे को देखते और शाम को अपने

डेरे पर आकर उनकी बातों पर जोर-जोर से हँसते। मंगतरामजी की बातें होती भी इसी लायक थीं। वे एटलांटिक को 'अतलांत' और हर्क्यूलिस को 'हरि कुल ईश' कहते थे। उनका विचार था कि क्राइस्ट दरअसल कृष्ण का ही अपभ्रंश है और शेक्सपीयर—जिसके बल पर ये अंग्रेजीवाले इतना इतराते हैं—दरअसल कश्मीर का एक मुसलमान गडरिया शेख पीर था। भाषाविज्ञान की उनकी समझ इस कदर रोचक थी कि शायद ही कोई ऐसा अंग्रेजी शब्द होगा जिसे वह संस्कृत के अमुक शब्द का भ्रष्ट रूप नहीं बता देते। शाम को इसी सबकी वेजीटेरियन-नॉनवेजीटेरियन नकलें होतीं और उनके नाम मंगतराम और उनके बेटे के नाम अनिरुद्ध को भी नहीं बख्शा जाता।

सामने उनके कोई इसलिए नहीं बोलता कि एक तो स्थानीय विधायक उनका भक्त था। वह इधर-उधर के छोटे-मोटे कार्यक्रमों में मंगतरामजी को अध्यक्ष या मुख्य अतिथि बनवाने की जुगाड़ में रहता था। आजकल के जमाने में सबसे ज्यादा महत्व तो मूर्खता का ही है। डायरेक्टर से अमुक लेक्चरर की शिकायत करने में एम.एल.ए. का क्या जाएगा ? क्या उसे इसके लिए कुछ सोचना भी पड़ेगा ? क्या उसे यह तक भी सोचना पड़ेगा कि वह जिसकी शिकायत कर रहा है उसे जानता भी है या नहीं ? क्या जरूरत है ? जब पंडिज्जी कह रहे हैं तो गलत थोड़े ही कह रहे होंगे !

दूसरे कस्बे के व्यापारियों के छँटे हुए लड़के मंगतरामजी के इशारे पर किसी को भी भरे बाजार बेइज्जत करने को कभी भी तैयार हो सकते थे। एकाध घटना ऐसी हो चुकी थी पहले। हालाँकि कॉलेज में उनसे ज्यादा बड़ी संख्या में वे लड़के थे जो नौकरीपेशा लोगों के थे या गाँवों के थे या अनुसूचित जातियों के थे ··· लेकिन वे किसी भी आधार पर संगठित नहीं थे, और स्थानीय नहीं थे।

तो आजकल लड़कों को उचकाकर किसी की क्लास में हुल्लड़ करवाने में कितनी देर लगती है ? फिर तीसरी और छोटी-सी बात यह भी थी कि संभव है कभी इनसे ही काम पड़ जाए ! कभी मकान दूसरा देखना पड़े या घर पैसे-वैसे की जरूरत पड़ जाए ··· या हारी-बीमारी भी कहकर तो आती नहीं। आखिर वह सबसे लंबे समय से यहाँ हैं। इसलिए सब सिर बचाए किसी तरह समय बिता रहे थे और अपने तबादले की कोशिश में लगे थे। इसलिए पंडितजी का हौसला बुलंद था और प्रिंसिपल भी उनसे दबते थे। प्रिंसिपल को मकान तक उन्होंने दिलवाया था, नाममात्र के किराए में, जब वह डाकबँगले में रहते-रहते बुरी तरह उकता चुके थे।

प्रिंसिपल दर्शनशास्त्र के सीधे-सादे प्राध्यापक रहे थे। उनकी निरीहता, निर्वीर्यता

और निरापदता से भरी लंबी सेवा के पुरस्कारस्वरूप उन्हें सेवानिवृत्ति के कुछ समय पहले इस छोटे-से कॉलेज का प्रिंसिपल बनाकर भेज दिया गया था। यहाँ आने में उन्हें कोई आर्थिक लाभ नहीं था, न अब सत्ता की हौंस थी। बस इसी भोली खुशी में आ गए थे कि चार रोज बाद रिटायर होंगे तो रिटायर्ड लेक्चरर नहीं, रिटायर्ड प्रिंसिपल कहलाएँगे। उनकी प्रशासनिक दक्षता का यह हाल था कि अपना टी. ए. बिल भी उनसे खुद नहीं भरा जाता था। इसलिए कॉलेज के प्रशासनिक कार्यों के लिए वह क्लर्कों पर बुरी तरह आश्रित थे और क्लर्क मंगतरामजी के पट्ठे थे। वे प्रिंसिपल से इधर-उधर गलती करवाकर उन्हें ब्लैकमेल करते थे। लायब्रेरी के लिए पुस्तकों की खरीद से लेकर कॉलेज की वस्तुएँ चुपके-चुपके बेचते रहने तक की हेराफेरियाँ खूब मजे से की जा रही थीं। यह सब प्रिंसिपल जानते थे। और वह ये भी जानते थे कि मंगतरामजी भी जानते हैं, इसलिए उनकी और मंगतरामजी की आपसी बातचीत कभी वेदों-उपनिषदों से नीचे नहीं उतरती थी और वे परस्पर एक-दूसरे की विद्वत्ता पर मुग्ध व विनम्र 'अहो अहो' करते रहते थे।

भुवनेश को भी चाहिए था कि वह मंगतरामजी को गंभीरता से नहीं लें और जैसे दूसरे उनका मज़ा लेते हैं, वह भी लें। और मस्त रहें। लेकिन उनमें कहीं एक गंभीर संवेदनशीलता और मानवीय ईमानदारी थी जो उन्हें ऐसा नहीं करने देती थी। मंगतरामजी जैसे न जाने कितने व्यक्ति इस धराधाम को सुशोभित करते हैं और आसपास के लोगों द्वारा निरंतर उपहासित होते हैं। लेकिन भुवनेश जैसे लोगों की भी कमी नहीं, जो इन लोगों का मजा लेने को चतुरता और धूर्तता नहीं, क्षुद्रता समझते हैं। इसलिए भुवनेश बहस करते थे। वह विचारधारा की लड़ाई लड़ते थे। उन्होंने कभी कहीं अपने किसी विरोधी व्यक्ति के लिए कोई अपशब्द नहीं कहा। लेकिन कभी कहीं किसी गलत विचार को धज्जी उड़ाए बगैर नहीं छोड़ा।

फिर भी भुवनेश और मंगतरामज़ी में नहीं ठनती, अगर कुछ घटनाएँ ऐसी नहीं हो जातीं जैसी कि वे हुईं।

उदाहरण के लिए इस घटना को लिया जा सकता है—

जिस सेठ के नाम पर कॉलेज बना था, उसके लड़के की शादी थी। सेठ लोग रहें चाहे बंबई में, चाहे बंगलौर में, बच्चों के शादी-ब्याह वगैरह 'देस' में ही करते थे, यानी यहीं आकर करते थे। यह सेठ बंबई से किराये की कारों का काफिला लाया था। उसने अपने तिमंजिला मकान को ही नहीं, पूरी गली को बिजली के लट्टुओं से ढँक दिया था। और रिसेप्शन के समय मेहमानों के मनोरंजन के लिए अहमदाबाद से कांति पटेल की प्रसिद्ध ऑरकेस्ट्रा पार्टी को बुलाया था। खबर गर्म थी कि बंबई से शहनाज और मरीना नाम की दो कैबरे नर्तकियों को भी बुलवाया गया है। सारे

शहर को रिसेप्शन का न्यौता था, और कॉलेज स्टाफ को तो था ही। बल्कि उनसे तो यह उम्मीद की जाती थी कि दो दिन पहले आकर पूछेंगे, सेठजी कोई काम हो तो बताइए।

और तो कोई नहीं, लेकिन मंगतरामजी जरूर पहुँच गए थे वहाँ दो दिन पहले। सेठजी के, उनके शब्दों में 'दर्शन करने'। और सितम यह कि वह अपने साथ प्रिंसिपल साहब को भी घसीट ले गए थे।

घर में शादी का भभ्भड़ था। कोई भीतर आ रहा था, कोई बाहर जा रहा था। अस्त-व्यस्त-से कमरे में एक बेहद महँगे, लेकिन निहायत बेकद्री से पड़े सोफे पर सेठ बैठा हुआ था। मंगतरामजी ने नमस्ते की और प्रिंसिपल साहब का परिचय दिया। जवाब में सेठ ने बगल के सोफे की तरफ इशारा कर दिया। दोनों बैठ गए।

"और सुणाओ पंडज्जी ?" सेठ अपनी खरखरी आवाज में बोला और मुस्कराया। पंडज्जी शुरू हो गए। पहले पुत्र के विवाह की बधाई। फिर आमंत्रण के लिए आभार। फिर शास्त्रों में इस पुनीत कार्य को संपन्न करने से मिलनेवाले पुण्य का वर्णन। फिर सेठजी के प्रताप से क्षेत्र के बच्चों तक पहुँचनेवाले ज्ञानदान का वर्णन। फिर शास्त्रों में वर्णित दान की महिमा। फिर ...

सेठ एक लंबा-चौड़ा और काला-कलूटा आदमी था। उसके नाक-नक्श एकदम राक्षसों जैसे थे। नथुने के छेद कलदार रुपए के बराबर और आँखें बड़ी-बड़ी और लाल-लाल। बाल सूअर के बालों की तरह घने, मजबूत और खड़े हुए। वह रेशमी कुर्ता और रेशमी लुंगी पहने टेढ़े कनस्तर-सा बैठा आँखें मूँदे ट्रिपल फाइव सिगरेट के सुट्टे खींचे जा रहा था। सिगरेट उसने उँगलियों में नहीं, मुट्ठी में पकड़ी हुई थी और बीच-बीच में चुटकी बजाकर वह जमीन पर राख झाड़ देता था। वह मंगतरामजी की मीठी विरुदावली तन्मयता से सुन रहा था और बीच-बीच में नाक से धुएँ के बादल छोड़ता जा रहा था। कभी खुश हो जाता, तो आँखें मूँदे ही झीना-सा मुस्करा देता।

इसी बीच नौकर दो गिलासों में शरबत ले आया और प्रिंसिपल तथा मंगतरामजी को दे गया। दोनों पीने लगे।

अचानक सेठ ने आँखें खोलीं, दोनों के हाथों में शरबत के एक चौथाई खाली गिलास देखे और गाली देकर नौकर को बुलाया। झिड़कते हुए उससे पूछा कि वह ये कौन-सा शरबत उठा लाया ? पागल ! बेवकूफ़ ! गेलसफ़ा ! जा, ले जा। वो ला। एक सौ अस्सी रुपएवाला। जा। भैरजी से कहना, फोरेनवाला मँगा रहे हैं।

नौकर ठिठका-सा खड़ा रहा।

प्रिंसिपल और मंगतरामजी दोनों ने कहा कि नहीं-नहीं ठीक है। बहुत अच्छा

है। सेठ लगभग डाँटकर बोला—दे दो। दे दो साब।

दोनों ने शरबत के आधे पिये गिलास नौकर को दे दिए।

कुछ देर बाद दूसरा शरबत आया। वह लाल था, यह हरा। सेठ खुश हो गया। उसने पहलू बदला और फिर आँखें मूँद लीं। मंगतरामजी तो चालू थे ही। प्रिंसिपल साहब को लगा कि ये शरबत तो उस शरबत से भी खराब है, पर क्या करें।

आखिर सेठ सीधा हुआ, सिगरेट का बचा टुकड़ा उसने फर्श पर डाला, पैर में चप्पल अटकाकर उसे चप्पल से कुचला और बोला, "कैसे आना हुआ पंडिज्जी ? लगन कराने के लिए तो बंबई से आया है पंडत !"

थोड़ा अपमानित जरूर हुए पंडितजी, लेकिन अपनी भावना को छिपाने की कोशिश करते हुए बोले, "प्रिंसिपल साहब का विचार है कि अपने महाविद्यालय में एक अंतर महाविद्यालयीन वाद-विवाद प्रतियोगिता का आयोजन किया जाए। सारे प्रांत के महाविद्यालयों के दल उसमें भाग लें और जीतनेवाले महाविद्यालय को एक चलवैजयंती दी जाए।"

"क्या देना है ?"

"शील्ड। रनिंग शील्ड।" प्रिंसिपल ने स्पष्ट किया।

"अब ये शील्ड आपके नाम से भी हो सकती है और जिसका नाम आप बताएँ उसके नाम से भी। जैसे सुशीलजी के नाम पर। तो समस्या सिर्फ शील्ड की है। और आरंभिक आयोजन की, जिसके मुख्य अतिथि के रूप में किसी मंत्री को भी बुलाया जा सकता है। इससे अपने महाविद्यालय का भी गौरव . . . "

"कितना खर्चा बैठेगा ?"

"यही कोई चार-साढ़े चार हजार।"

सेठ ने कोई जवाब नहीं दिया। बड़ी देर तक कोई जवाब नहीं दिया। कुर्ते में हाथ डालकर तोंद खुजाता रहा।

"दूसरी बात यह थी," मंगतरामजी बोले, "कि सुशीलजी और उनकी पत्नी का हम कॉलेज स्टाफ की ओर से महाविद्यालय प्रांगण में अभिनंदन करना चाहते हैं। छोटी-मोटी चाय पार्टी। जलपान। तो जब सुविधा हो। कब का रख लें ?"

प्रिंसिपल भौंचक भाव से मंगतरामजी का मुँह देखने लगे। इसकी तो कोई बात नहीं हुई थी। मंगतरामजी देख रहे थे कि प्रिंसिपल देख रहे हैं उन्हें टकटकी बाँधे। उन्होंने प्रिंसिपल की तरफ देखा ही नहीं, सेठ पर ही निगाहें गड़ाए रहे।

तिथि और समय तय हो गया।

दोनों उठे। सेठ भी उठा। दोनों ने नमस्ते की। जवाब में सेठ चप्पल पहनने का उपक्रम करने लगा। फिर मुस्कराकर उसने प्रिंसिपल की तरफ इशारा करके

मंगतरामजी से पूछा, "इनको कितनी पगार मिलती है ?" यथासंभव धीरे-से ही पूछा था, पर उसकी आवाज़ इतनी खरखरी थी कि प्रिंसिपल ने भी सुन लिया। सुन लिया तो सुन लिया। सेठ को परवाह भी नहीं थी। मंगतरामजी को भी बुरा तो लगा, पर उन्होंने बता दिया। इससे पहले कि दोनों बाहर आते, सेठ ने एक नौकर से मँगवाकर दोनों को एक-एक महँगा फाउंटेनपैन जबर्दस्ती पकड़ा दिया। दोनों बाहर आ गए। अपने-अपने कारणों से अपने-अपने में गुमसुम।

दूसरे दिन भुवनेश ने स्टाफरूम में हल्ला मचा दिया।

"मंगतरामजी होते कौन हैं हमारी तरफ से किसी को इन्वाइट करनेवाले ? हमें रिप्रेजेंट करने का अधिकार उन्हें किसने दिया ? आप लोगों ने दिया हो तो मैं कह नहीं सकता ··· पर कम-से-कम मैंने तो नहीं दिया।

"··· जरा सोचिए। हम पढ़े-लिखे लोग हैं। और हमसे क्या करने को कहा जा रहा है ? एक अनपढ़, सामाजिक अपराधी को यहाँ बुलाकर हम अपने स्टाफरूम में बैठाएँगे, अपनी बराबरी में ··· और हममें से कोई एक उसे माला पहनाएगा और कोई दूसरा उसके स्वागत में भाषण देगा। लानत है ! किसने इन्हें टीचर बना दिया ! इन्हें तो कहीं शुद्ध घी की दूकान खोलकर बैठना चाहिए था। ऐसे ही लोग पूरे प्रोफेशन को बदनाम करते हैं, मंगतरामजी जैसे लोग। टीचर आज हमारे समाज में हँसने की चीज होकर रह गया है, और दया करने की। क्यों ? ऐसे ही लोगों की बदौलत।"

"बॉस। मंगतरामजी अकेले नहीं हैं। वह भी गए थे साथ में। धृतराष्ट्रपति।"

भुवनेश कुछ नहीं बोले। सिगरेट निकालकर सुलगाई, दो-चार बड़े-बड़े कश खींचे और फिर बोले, "जिसे उन्हें बुलाना हो, जरूर बुलाए। लेकिन अपने घर में बुलाए। कॉलेज में ऐसी बेहूदगी मैं हरगिज नहीं होने दूँगा। उसे अपना पाँव तो यहाँ रखने दीजिए और फिर देखिएगा मैं क्या करता हूँ !"

भुवनेश का यह रुख जब प्रिंसिपल को पता चला तो वे धर्मसंकट में पड़ गए। दिया हुआ आमंत्रण कैसे वापस लें ? और नहीं लें तो ··· भुवनेश जरूर कुछ गड़बड़ करेंगे। हो सकता है सबके सामने उनका अपमान कर दें। उन्हें स्टाफरूम से निकल जाने को कहें। चिल्लाएँ। कोई तमाशा खड़ा कर दें। लेकिन दिया हुआ निमंत्रण कैसे वापस लिया जाए ? वह मन-ही-मन प्रार्थना करने लगे कि हे भगवान, उस दिन पानी बरस जाए, बिजली गिर जाए, बाढ़ आ जाए, भूकंप आ जाए ··· कॉलेज की बिल्डिंग ही गिर जाए या सेठ का ही हार्टफेल हो जाए ··· या वे खुद मर जाएँ या कम-से-कम उनके पैर की हड्डी ही टूट जाए और वह अस्पताल में भर्ती हो जाएँ !

बुरा तो मंगतरामजी को भी लगा, लेकिन उनके पास इसका भी उपाय था। उन्होंने सेठ से कुछ नहीं कहा, उसके बेटे सुशील को पकड़ा, सारी बात समझाई और उस दिन कॉलेज की बजाय नगरपालिका में उसकी पार्टी रखवा दी। लेक्चरर भी आ जाएँगे, जो आना चाहेंगे। एक तरह से अच्छा ही हुआ। कॉलेज में पार्टी होती तो स्टॉफ की तरफ से कोई सम्मिलित गिफ्ट दे दी जाती। या गिफ्ट दी ही नहीं जाती। यहाँ हर एक को अलग-अलग भेंट देने का अवसर मिलेगा। उन्हें तो मिलेगा ही। फिर महीने-दो महीने बाद तो बंबई जाना ही है अपने मकान के मामले में। हो सकता है सुशील ही काम आए।

उन्होंने सेठ के ही घर बैठकर दो चिट्ठियाँ तैयार कीं। एक सुशील की तरफ से पूज्य प्रिंसिपल साहब के नाम कि सहमति दे चुकने और बहुत इच्छा होने के बावजूद उस दिन कॉलेज स्टाफ की पार्टी में शामिल नहीं हो सकूँगा, इसके लिए समस्त गुरुजनवृंद से मैं क्षमाप्रार्थी हूँ। और दूसरी सेठ से डायरेक्टर के नाम कि मिस्टर चतुर्वेदी नाम के व्याख्याता पढ़ाने की बजाय स्थानीय राजनीति में अधिक और सक्रिय रुचि ले रहे हैं। और उनके आने के बाद इस शांत कॉलेज का वातावरण अत्यंत खराब हो गया है, और उनके यहाँ रहने से महाविद्यालय की प्रतिष्ठा ही नहीं, उसके अस्तित्व मात्र को खतरा पैदा हो गया है। इसलिए उन्हें अविलंब यहाँ से हटाया जाए और उनके स्थान पर किसी दूसरे व्याख्याता को भेजने की व्यवस्था की जाए।

ग्यारह

शहर कितना ही बड़ा हो, वह सबका शहर नहीं होता। अपने बोसीदा बाशिंदों का भी पूरी तरह नहीं। उसे जानते हैं अखबार के हॉकर और गश्ती वॉचमैन। भिखारी और जेबकतरे। पुराने कपड़ों की जगह स्टील के बर्तन बेचनेवालियाँ और पीतल के बचे-खुचे बर्तनों पर बची-खुची कलई करनेवाले बचे-खुचे कलईगर। दीवारों पर इश्तिहार लिखनेवाले पेंटर और कूड़ेकचरे से काँच-प्लास्टिक,जस्ता-पीतल बीनने वाले छोकरे। मणियार और धूलधोए। बाकी नौकरी-व्यापार, कामधंधे में लगे लोगों का तो उस अपने शहर में भी एक बहुत छोटा-सा शहर होता है। घर-दूकान, दफ्तर-पार्क, यार-दोस्त, फरीक-मिलनेवाले। दस-बीस-तीस-पचास ! इससे बड़ा दायरा नहीं बना पाता एक औसत आदमी।

दायरा भुवनेश का भी था, विनय का भी, ऋचा का भी और बेशक कॉमरेड का भी। ये दायरे अनवरत एक-दूसरे को छूते-काटते थे और इन्हीं की ख़ामोश तरंगों की हलचल में उनके आपसी संबंध परिभाषित और मुखर होते थे। नहीं भी होते थे। विनय कॉमरेड का कौन था ? न दोस्त, न फॉलोअर, न परिचित, न शुभचिंतक। और वह भुवनेश का कौन था ? दोस्त होने के लिए वह छोटा था, भाई होने के लिए दूर, परिचित होने के लिए पास और विद्यार्थी होने के लिए बड़ा। और ऋचा ! वह कौन थी उसकी ? बहन ? मित्र ? प्रेमिका ? हितू ?

सोचता यह सब विनय, लेकिन संबंधों को परिभाषाओं की संकीर्ण साँकलों में बाँधना उसे आवश्यक नहीं लगता। बल्कि ऐसा करना बड़ा क्रूर काम लगता। जैसे किसी फूल की सुगंध का आनंद लेने की बजाय हम उसकी चीरफाड़ करने लगें और उसके पराग-पुंकेसर आदि पर विद्वत्तापूर्ण संभाषण। ताजा हवा से हमारा क्या संबंध होता है ? और गर्मियों की दोपहर में अमराइयों में छिपकर कुहकती कोयल से ? किसी भी सुन्दर दृश्य से हमारा क्या संबंध होता है ? क्या बस इतना पर्याप्त नहीं है कि हम एक इनसाफी बिरादरी के भले बाशिंदे हैं ? हमख़्याल।

एक-दूसरे को अच्छे लगनेवाले।

लेकिन सामाजिक व्यवस्था और नैतिकता के तकाजे इतने अमूर्त तर्कों को स्वीकार नहीं भी कर पाते कभी-कभी। और तब रिश्तों को परिभाषाओं की बेनाप साँकलों में बाँधना या उन्हें छूट जाने देना आवश्यक हो जाता है।

लेकिन इसकी चर्चा बाद में।

भुवनेश को यहाँ आये चार महीने से भी अधिक हो गए थे और उनके परिचितों का दायरा कॉलेज के विद्यार्थियों-अध्यापकों से आगे बढ़ गया था। ऋचा की भी कुछ सहेलियाँ, कुछ सहपाठी मित्र थे जो कभी उसके घर आ जाते थे, कभी ऋचा उनके घर चली जाती थी। हालाँकि वह किसी के घर कम ही जाती थी। और जब उसके घर कोई आता तो वह उसे लेकर छत पर चली जाती थी और ज्यादातर कोर्स और पढ़ाई की ही बातें करती रहती थी। भाभीजी केवल भुवनेश के ही संग कहीं आती-जाती थीं—सिवाय बाज़ार करने के, जहाँ वह अकेली या ऋचा को साथ लेकर जाती थीं। क्योंकि उनका मकान ऐसी जगह था कि अड़ोस-पड़ोस जैसी कोई चीज थी ही नहीं। घर में आनेवाली सब्जीवाली, दूधवाला, धोबी, भंगन आदि भाभीजी से खूब बातें करते थे। कभी-कभी चाय भी पीते थे।

भुवनेश जो कर रहे थे वह कस्बे के लोगों से, खासकर मंगतरामजी-जैसे लोगों से अधिक दिन छिपा नहीं रह सकता था। विद्यार्थियों में भुवनेश के प्रशंसकों और अनुयायियों की संख्या निरंतर बढ़ रही थी। और जवाब में कस्बे के व्यापारियों के बच्चे मंगतरामजी के एक पट्ट शिष्य के नेतृत्व में पान के गल्लों और रात बंद दूकानों के पटियों पर अनौपचारिक बौद्धिक करने लगे थे। कई बार यह भी हुआ कि सुबह-सुबह एक फड़फड़ाता हुआ खाकी निकर गलियों में आकर किसी महेशजी या रामेश्वरजी को आवाज लगाता, चलिए प्रातःकालीन भ्रमण का समय हो गया।

ताज्जुब इस बात का था कि भुवनेश के संबंध किसी से भी शत्रुतापूर्ण नहीं थे और उनके व्यवहार से सब इतने प्रसन्न रहते थे कि कोई उनसे लड़ना भी चाहे, तो कैसे लड़े ?

ताज्जुब यह भी था कि एक ही दर्शन, एक ही विचारधारा और एक ही राजनीति के माननेवाले होकर भी न कॉमरेड भुवनेश से मिलने की कोशिश कर रहे थे, न भुवनेश कॉमरेड से। दोनों विनय के माध्यम से एक-दूसरे की गतिविधियों की जानकारी लेते रहते थे। लेकिन क्यों ? विनय को 'कामायनी' याद आने लगी—ज्ञान अलग कुछ क्रिया भिन्न है . . . । लेकिन क्यों ?

विनय को लगा उसे भुवनेश के यहाँ जाना चाहिए। भुवनेश के यहाँ आजकल वह हफ्ते में एक-दो बार ही जा पाता है। भुवनेश भी आ जाते हैं कभी-कभी।

घर पहुँचते ही भुवनेश सिगरेट-माचिस उठा, पाँव में चप्पल डाल कहते हैं—चलो ! और वे घूमने निकल पड़ते हैं। लौटते में कभी भुवनेश के घर चाय पी जाती है, तो भाभीजी से नमस्ते हो जाती है। ऋचा घर पर हो तो उससे दो-चार बातें ··· अन्यथा बाहर से ही गुडनाइट हो जाती है।

पहली बार जब भुवनेश विनय के घर आए थे, विनय लुंगी-बनियान पहने कुछ लिख रहा था। उसे लगा था अब झाड़ पड़ेगी—कहाँ रहते हो ? किस तरह रहते हो ? ऐसी जगह रहोगे तो लिखोगे-पढ़ोगे क्या खाक ! चाय पीने की इच्छा हो तो कहाँ जाते हो ? क्यों नहीं एक स्टोव ले आते ? और शक्कर-पत्ती ? जब मन हुआ बनाई और पी ली। तुम्हारी तो हड्डियाँ भी निकल रही हैं। दूध-वूध नहीं पीते ? घर पर स्टोव होगा तो दूध भी गरम करके पी सकते हो। न हुआ दूध-ब्रेड ही खा ली। खाना कौन-से होटल पर खाते हो ? कैसा मिलता है ? सफाई तो रहती है न वहाँ ? होटल खैर कैसा भी हो, होटल तो होटल ही है। घर पर क्यों नहीं बनाना शुरू कर देते ? न हो एक नौकर ही रख लो, आदि-आदि। जो आता है, यही कहता है।

लेकिन भुवनेश ने ऐसा कुछ नहीं कहा। आते ही खटिया पर बैठ गए। सिगरेट जलाई। पूछा—क्या लिख रहे थे ? और उत्तर की प्रतीक्षा किए बगैर पुस्तकें-पत्रिकाएँ पलटकर देखने लगे। बीच-बीच में कमरे की इस-उस चीज को भी देख लेते। "चलें ?" लेकिन भुवनेश ने कहा 'चलें' कि तभी विनय ने भी कहा "चलें !" इस बीच वह फुर्ती से कुर्ता-पाजामा-चप्पल पहन चुका था। उठ गए भुवनेश। विनय ने ताला लगाया और दोनों सीढ़ियाँ उतरकर प्रोल से बाहर आ गए।

एक अजनबी आदमी को सीढ़ियाँ उतरते देख—जैसीकि उसकी आदत थी—'ठाकुर की धा' ने घूरा और गालियाँ दीं। सकपकाकर भुवनेश ने उधर देखा, पर कहा-पूछा कुछ नहीं। बाहर आ गए। और तब तक अन्यमनस्क ही रहे जब तक एक होटल पर बैठकर दो गिलास पानी और एक कड़क चाय नहीं पी ली।

उस दिन विनय को लगा भुवनेश सचमुच सुरुचिपूर्ण हैं। और 'सुरुचिपूर्ण' शब्द को सोचते हुए विनय के मन में प्रशंसा का नहीं, दया का भाव था। शायद कुछ-कुछ हिकारत का भी। बेचारे सुरुचिपूर्ण ! जमीन पर उतरते ही जिन्हें ठेस लगती है। सभ्य हैं इसलिए आपके सामने नाक नहीं दबाते। मन की सारी नाकें तो दबा ही लेते होंगे। बेचारे ! वो यह सब कहाँ झेल सकते हैं ! जिसमें हम हर रोज जीते हैं। वहाँ रंग नहीं हैं। रंगों के खूबसूरत संयोजन नहीं हैं। छाया और प्रकाश की रूमानी अठखेलियाँ नहीं हैं। वहाँ छाया है तो सड़ाँध की और प्रकाश है तो पीलियाया। वहाँ हर चीज धूसर है। मटमैली और उदास। वहाँ प्रकृति नहीं है—स्वच्छ और

सुकुमार ··· वहाँ कुदरत है, अपने सबसे ज्यादा ऊबड़-खाबड़, ऊटपटाँग, कच्चे और कठोर रूप में। भुवनेश शायद नहीं देख पाए हों—विनय ने देखा था कि भुवनेश जब निकले विनय के कमरे से और आगे बढ़े और विनय ताला बंद करने लगा ··· मामी भुवनेश को ललचाई नजरों से देख रही थीं—जैसे अपने किसी संभावित ग्राहक को।

और ताज्जुब कि विनय को अब भी चिढ़ नहीं छूटती अपने वहाँ के माहौल से। भाग जाने की तबीयत नहीं होती। स्वच्छ, सजे हुए, सुवासित, सुसज्जित घर की कल्पना ललचाती नहीं। सजावट और करीना और नफ़ासत और लताफ़त और भाप-भाप कोमलता और धुआँ-धुआँ रूमानियत अच्छी तो लगती है, लेकिन सिर्फ दूसरों के यहाँ—जैसे भुवनेश के। वह नहीं सोचता कि कभी वह भी अपने लिए एक ऐसा ही घर बनाना चाहेगा। बल्कि कभी-कभी उसे भुवनेश के घर का सुखद, स्वच्छ और सुरुचिपूर्ण माहौल अश्लील और असंगत तक लगता है। उनके गावतकिए और अंग्रेजी किताबें, उनकी फिल्टर सिगरेटें और खूबसूरत क्रॉकरी, उनकी जैली और उनके कस्टर्ड। उनके इजिप्शियन कॉटन और उनके खादी सिल्क। उनकी साड़ियों के कलफ़ और उनके रवाँ-रवाँ मुहावरे। उनके शेक्सपीयर और इलियट। उनके लतीफ मजाक और इंटेलीजेंट तंज और चमकदार मुस्कराहट और पॉलिशदार अंग्रेजी। जैसे किसी कीड़े ने रेत और काई और दलदल और कचरे और बदबू और गंदगी के बीच अपना घोंघा बड़ी शान से सजा रखा हो। जैसे बाढ़ में बहती फूली-सड़ी लाशों के बीच कोई बजरा या शिकारा बड़े इत्मीनान से लंगर डाले खड़ा हो और उसमें रविशंकर अपने कीमती सितार पर राग तिलक कामोद बजा रहे हों। जैसे कोई खूबसूरत संगमरमरी इमारत दलदल में नरकुल की, सरकंडों की खपच्चियों पर खड़ी हो।

लेकिन भुवनेश बंधु हैं। हितू हैं। जैसे भी हैं, अपने हैं।

लगभग ऐसा ही अनुभव विनय को तब हुआ था जब वह और भुवनेश एक शाम घूमते-घूमते पुलिया से भी आगे निकल गए थे और लौटते समय बत्तियाँ जल गई थीं। और हवा में ठंडक बढ़ गई थी और भुवनेश ने विनय से घर चलकर बढ़िया-सी ब्लैक कॉफी पीने का आग्रह किया था, पर्कोलेटरवाली, बिना चिकोरी की, घर की पिसी और ऊपर से ढेर सारी क्रीम ··· और विनय ने कहा था कि ठीक है, पर क्यों न वे रास्ते में होटल पर खाना भी खा लें, क्योंकि बाद में लौटकर आते-आते होटल बंद हो जाएगा और होटलवाले मगजी और उनकी बेटी उसके लिए खाना लेकर बैठे रहेंगे और जगे रहेंगे और रास्ता देखते रहेंगे। तो क्यों न आज भुवनेश भी उसके साथ ही खाना खा लें !

वे अक्तूबर के दिन थे और शहर पर जाड़ा सहमे हुए पंछियों की तरह उतर रहा था।

भुवनेश को अपने साथ खाना खाने की दावत देने के पीछे विनय के मन में यह भी था कि वह तीन-चार बार उनके यहाँ खा चुका है तो उसे भी चाहिए कि ··· लेकिन भाभी और ऋचा को तो यहाँ नहीं खिला सकता, पर भुवनेश को तो खिला ही सकता है। और ताज्जुब कि उसके मन में यह भी था कि भुवनेश कहेंगे कि नहीं, चलो, तुम भी हमारे साथ ही खा लेना। लेकिन भुवनेश राजी हो गए।

तब तक भुवनेश ने विनय का होटल देखा नहीं था।

एक कच्चे मकान के बाहर सड़क-किनारे रेत में लाइन से आठ-दस मूँज के झँगोले माचे पड़े थे। उनमें से कुछ पर मैली हरी रजाइयाँ ओढ़े कुछ देहाती लेटे हुए थे या बीड़ियाँ पीते बैठे गपिया रहे थे। तीन-चार खुजियल कुत्ते आसपास घूम रहे थे और एक कुत्ता कोने में रखी टंकी के नीचे पड़े जूठे बर्तनों को चाट रहा था। जूठी कटोरियों में भरा पानी चपचप पी रहा था।

भुवनेश और विनय दो माचों पर आमने-सामने बैठे। मूँछोंवाले मगजी ने पोतिया कसते हुए मुस्कराकर उनका अभिवादन किया और बेटी को फुर्ती से बाउजी की थाली लगाने को कहकर दो पटिये लाकर इनकी खटिया पर जमा दिए। दो पानी के गिलास भर लाया। विनय ने अपना गिलास उठाया और हाथ धोने एक तरफ बढ़ गया। मकान के बरामदे में बाईं तरफ चूल्हा जल रहा था, जहाँ बैठी मगजी की बेटी फूली रोटियाँ सेक रही थी। फूली का चेहरा चूल्हे के ताप और प्रकाश से दीप्त होकर ललछौंहाँ हो रहा था। उसके चेहरे पर एक मोटी-सी लट झूल रही थी जिसे वह उल्टे हाथ से थोड़ी-थोड़ी देर में पीछे फेंककर आँचल को आगे खींच लेती थी। उसकी बैठने की मुद्रा कुछ ऐसी थी मानो सारी रसोई को अपनी गोदी में रचकर बैठी हो। विनय ने उसकी तरफ देखते हुए भी उसे नहीं देखा और कहा, "प्याज काट देना और दही हो तो उसमें शक्कर डाल देना। अपने एक गेस्ट भी हैं। रोटी आकरी सेंकना।"

फूली चाहती थी कि विनय उसकी तरफ ही नहीं, उसे भी देखे। कितनी अपेक्षा से मुस्कराई, कितनी गंभीरता से उसके अनुदेश ग्रहण किए। वह ऐसा ही करती है। यों चीखती-चिल्लाती रहेगी, पर विनय के आ जाने पर जिससे जो कहेगी, फुसफुसाकर। विनय की रोटियाँ खूब करारी सेंकेगी। खूब तबीयत से उन पर घी चुपड़ेगी। विनय की थाली होटल के कपड़े से नहीं, अपनी ओढ़नी से पोंछेगी। विनय खा चुकेगा तो फुसफुसाकर एक रोटी और लेने का आग्रह करेगी। एक-दो बार

उसने विनय का ध्यान अपनी ओर खींचकर एक रोटी और लेने का आग्रह करने के लिए टिचकारी भी मारी और लजाते हुए मुस्कराई। बड़ी गदराहट भरी मुस्कराहट। और जब विनय खा चुका तो कपड़े झाड़ती हुई खड़ी हो गई और उसे जाते हुए एकटक देखती रही।

विनय उसे अच्छा लगता है, क्योंकि वह एक अच्छा ग्राहक है। सब्जियों के स्वाद को लेकर झगड़ा नहीं करता, रोटी के टुकड़े कुत्तों को नहीं फेंकता। राक्षसों की तरह भकोसता नहीं। चार रोटियाँ खाता है और सो भी धीरे और तमीज से। खाकर थाली में हाथ नहीं धोता। खटिया पर बैठे-बैठे पीने के पानी से कुल्लियाँ नहीं करता। अशिष्ट डकारें नहीं लेता। तीली से दाँत कुरेदकर खटिया पर अन्नकण नहीं थूकता। बीड़ी नहीं पीता। पैसे नगद देता है, और नियम से। ऐसे और कितने ग्राहक हैं उसके पिता के होटल में ? जबकि अब तो टेबल-कुर्सी-पंखे-ट्यूबलाइट वाली कितने ही होटल चारों तरफ खुल गए हैं, और उसके बूढ़े कमजोर बाप का धंधा ही अधरझूल हो रहा है !

जब तक खाना आया विनय भुवनेश को होटलवालों के बारे में बताता रहा। मगजी को चूल्हा फूँकते और राख फाँकते-फाँकते दमा हो गया है। मशक्कत का काम कर नहीं सकते। बेटी विधवा है और ससुरालवाले उसे इन्हीं के पास छोड़ गए हैं, शायद हमेशा के लिए। लड़की मेहनती है, मेहनती और मजेदार। बड़ा मीठा मुस्कराती है और होली पर सहेलियों के साथ 'गैर' नाचती है। जाँगर खटती है। हाड़कों में बड़ा जोर है। हाथ पकड़ ले तो अच्छे-अच्छों से छुड़ाए न छुटे। एक आँख में फूला है। शायद इसी से उसका नाम फूली है। मगजी का एक ही बेटा है। उसने मैकेनिकल इंजीनियरिंग में डिप्लोमा किया है। लेकिन पढ़कर और फँस गया। नौकरी मिलती नहीं, और साफ कमीज-पतलून पहनकर यहाँ खाना खिलाए या गिलास धोए तो लोग भाषण झाड़ना और नसीहतें देना और रास्ते बताना और मूरख सिद्ध करना शुरू कर देते हैं। इसलिए यहाँ कम ही आता है, और आता भी है तो इधर-उधर भटकता रहता है, बाप का हाथ नहीं बँटाता।

खाना आया तो पहले तो भुवनेश थाली को गोदी में रखने लगे। फिर टेढ़े होकर पटिए पर थाली रखकर खाने की कोशिश की और अंत में विनय की तरह चप्पल उतारकर माचे पर चौकड़ी मारकर बैठ गए और शुरू हो गए। विनय को लगा थाली अच्छी तरह साफ नहीं की हुई है। दाल ठंडी है, सब्जी में मिर्च बहुत ज्यादा है, दही खट्टा है और रोटी में ढेर सारी राख लगी हुई है। पानी का गिलास चिकना है और पानी पर भी शायद चिकनाई तैर रही है। मानो यह सब उसकी गलती हो।

सब्जी में मिर्च सचमुच ज्यादा थी। भुवनेश ने छींकते-खाँसते, सिसकारियाँ भरते

किसी तरह एक रोटी खाई और दूसरी बगैर घी की लाने को कहा। अब विनय को ध्यान आया कि रोटी पर जो घी लगा है, वह डालडा है। और दूसरी रोटी की किनारियाँ तोड़-तोड़कर जब भुवनेश ने किनारे रखीं तब उसे पता चला कि शायद रोटी ठीक से सिंकी हुई भी नहीं है। बीच में से जली हुई और किनारे-किनारे कच्ची है। उठ गए चुपचाप भुवनेश। विनय ने भी बेमन से जल्दी-जल्दी खाना खत्म किया। मगजी चीनी की एक मैली-सी प्याली में सौंफ ले आए। एकदम वी.आई.पी. ट्रीटमेंट। लेकिन इस डर से कि सौंफ में जरूर कंकड़ होंगे, विनय ने भुवनेश से कहा—आइए, पान खाएँगे।

उस दिन के बाद विनय को रात के खाने के लिए अक्सर भुवनेश के यहाँ रोका जाने लगा। और भाभीजी अक्सर पूछने लगीं कि शादी के बारे में वह क्या सोचता है ? और झा साहब अपने विद्यार्थियों से कोई कम किराए का, पर अच्छा-सा कमरा बताने को कहने लगे—विनय के लिए।

उस दिन के बाद भुवनेश कभी विनय के कमरे पर नहीं आए। आते, नीचे से ही आवाज लगाते-विनय ! विनय खिड़की से झाँकता और फटाफट तैयार हो, ताला लगा, चप्पल फटफटाता हुआ बाहर आ जाता।

सुरुचिपूर्ण !

नगरपालिका एक महापुरुष की जन्मशताब्दी के वर्ष में लबेसड़क उन लोगों को दूकान के प्लॉट दे रही थी जिनकी आय का दूसरा कोई स्रोत नहीं है, या जो पंजीकृत बेरोजगार हैं, या सभी साधनों से जिनके परिवार की आमदनी सौ रुपए से ज्यादा नहीं है, या जो विकलांग हैं, या जो कुष्ठ रोग से पीड़ित हैं, या जो अनुसूचित जाति या जनजाति के भूमिहीन हैं, या जो ··· आदि आदि। इन प्लॉटों की पगड़ी पाँच-पाँच हजार थी और इन पर कई सेठों के दाँत थे। देखते-ही-देखते ऐसे लोगों की जमात निकल आई थी जो सारी अर्हताएँ पूरी करते थे और अनपढ़ होते हुए भी जिनके सारे कागजात आश्चर्यजनक तरीके से पूरे थे, जिन्हें पहले बहुत कम लोगों ने कस्बे में देखा था और जिन्हें प्लॉट-आवंटन के बाद अपना हिस्सा लेकर फिर कहीं बिला जाना था।

कॉमरेड की अर्जियों में भी ऐसे कई नाम थे, और इसी को लेकर उनकी और विनय की बहस हो गई।

"क्या मुसलमानों में भी एस.सी.एस.टी. (अनुसूचित जाति-जनजाति) होते हैं ?"

"क्यों ? वहाँ क्या सारे सैयद ही होते हैं ? भंगी भी होते हैं, चमार भी होते हैं, नाई भी होते हैं, चूड़ीगर भी होते हैं।"

"लेकिन क्या वे एस.सी. एस.टी. होते हैं ?"

"नहीं, पर वे अपने काम के होते हैं।"

"और कॉमरेड ! ये काशीराम ! ये तो छँटा हुआ बदमाश है !"

"उसकी आमदनी कुछ नहीं है।"

"वो दारू का धंधा करता है कॉमरेड, सबको पता है।"

"उसमें कोई निश्चित आमदनी नहीं है। सौ रुपए महीने तो हर्गिज नहीं।"

"और ये हमारे डिपार्टमेंट का ड्रायवर घीसासिंह रावत ?"

"देखो कॉमरेड, इस मसले पर हमें व्यावहारिक रुख लेना चाहिए। आदमी हमारे, पार्टी के काम का हो, तो हमें उसकी किसी भी तरह मदद करनी चाहिए। इसी तरह आपका आधार बनता है।"

"लेकिन कॉमरेड · · · "

"आखिर आप क्या करेंगे ? आप जानते हैं कितने फर्जी एप्लीकेंट हैं ! सेठ लोग पाँच-पाँच हजार देकर पट्टे रखेंगे अपनी तिजोरी में और पाँच-पाँच हजार पगड़ी लेकर किराए पर चलाएँगे ये दूकानें। और लेंगे उन्हें ग़रज़मंद ! इसे आप कैसे रोकेंगे ? राज उनका, पुलिस उनकी, फौज-फाटा उनका। अपना एक कॉमरेड था काँकरिया में। हाथ कट गया। ये साले तो मुआवजा भी पी-पा जाते हैं। और वह भी कितना था पहले? पहले तो बिलकुल भी नहीं था। अनफिट हुआ, दूसरा आएगा, चलो छुट्टी। हमने कहा कि भई ये तो नहीं चलेगा। बाकायदा पी.एफ. (प्रोविडेंट फंड) होना चाहिए, और मुआवजा भी आपको 'फैक्ट्री एक्ट' के हिसाब से देना पड़ेगा। तो अब उस कॉमरेड की भैरू चोटे पर चाय की दूकान है। लाल झंडा लगता है। पार्टी का अखबार आता है। हम लोग भी बैठते हैं कभी-कभार जाकर। तो ये तो करना ही पड़ता है। इसमें क्या है ?"

चमचे बोले, "जी हाँ-जी हाँ, ठीक बात है।"

"लेकिन बेईमानी से बेईमानी को कैसे काटेंगे कॉमरेड ?" विनय को तसल्ली नहीं हुई। बोला, "फिर हममें और उनमें फर्क ही क्या रहा ?"

कॉमरेड चुप हो गए और दूर कहीं कुछ देखने लगे। फिर अचानक पलटकर बोले, "एक बात बताओ। ईमानदारी क्या है ? कॉमरेड लेनिन ने एक बार कहा था—समझदारी ही ईमानदारी है। इसीलिए उन्होंने इंटेलीजेंट और इंटेलीजेंट वर्कर में फर्क किया था। एक अपने काम को समझदारी से करता है। दूसरा काम को समझदारी से करने का नतीजा भी समझता है।"

हँसे कॉमरेड। बाकी भी। चाय आ गई। यह एक चाय की गुमटी थी काँकरिया रोड पर और कपासिए की गाड़ियाँ आ रही थीं चूँ-चर्र ··· और इन लोगों के बीच एक गरमास देती सिगड़ी रखी थी।

विनय चुप हो गया। चुप और अनमना। लेकिन ज्यादा देर चुप नहीं रह पाया।

"कॉमरेड मैं सोचता हूँ ···"

कॉमरेड किसी से कुछ कह रहे थे। रुक गए। उसकी तरफ देखने लगे। कॉमरेड की सफेद दाढ़ी के खूँटे केबिन की मरियल रोशनी में चमक रहे थे। कॉमरेड ने वही चिर-परिचित कोट पहना हुआ था। कॉमरेड की भावशून्य बिल्लौरी आँखें विनय को लगातार देख रही थीं।

"मैं सोचता हूँ कि" ··· विनय ने अपनी बात रखी ··· "अगर व्यवस्था का विरोध गुंडागर्दी से ही करना है तो यह एक खतरनाक खेल नहीं है क्या ? क्योंकि फिर गुंडातत्व तो उधर भी सक्रिय हो सकते हैं।"

"हैं।"

"हैं। और अगर गुंडों को गुंडों से ही लड़ना है तो सच क्या और झूठ क्या ? फिर सिद्धांत की क्या जगह है इस लड़ाई में ? और क्या सच को भी अपने अस्तित्व की रक्षा के लिए बाहुबल की ···"

"काहे की ?"

"बाहुबल की, बाजुओं की ताक़त की ज़रूरत हो सच को भी अपना वजूद कायम रखने के लिए, तो कॉमरेड, इतनी बड़ी-बड़ी बातों की क्या ज़रूरत है ? सीधे अखाड़े ही क्यों नहीं चलाए जाएँ ?"

कॉमरेड ने एक साँस में चाय का गिलास खाली कर उसे नीचे रखा और हथेली से होंठ पोंछते हुए बोले, "झगड़ा तो झगड़े की ही तरह होगा साहब ! लाठी तो सिद्धांतवाले के सिर पर भी उतनी ही जोर से पड़ेगी, जितनी दूसरे पर। अब हाथापाई न हो, लाठी न चले, इसके लिए पंचायत है, नगरपालिका है, कोर्ट है, डेमोक्रेसी है। पर जनतंत्र हो गया धनतंत्र। वहाँ वही होगा, जो वे लोग चाहेंगे। तो आप कहाँ जाएँगे ? आजादी तो है अपनी बात कहने की, पर साधन नहीं हैं। तो हमारा आदमी क्या करे ? आप उसे पंचायत में घुसने नहीं दोगे, बिजनेस में बैठने नहीं दोगे, अदालत में बैठने नहीं दोगे, पुलिस में घुसने नहीं दोगे ··· मजदूरी, खेती, हम्माली कराओगे, उसमें भी वाजिब उजरत नहीं दोगे। तो क्या करेगा वह ? फिर उसे सिद्धांत सिखाओगे। कुछ बोलेगा तो उसे गुंडा बोलोगे। ऐसा कैसे चलेगा कॉमरेड ? उसका भी कुछ हक है कि नईं ? अगर वो अपना हक माँगने की बजाय छीन लेता है तो आपको तो खुश होना चाहिए। जिसको आप गुंडागर्दी बोलते हो, मैं उसे मिलिटेन्सी बोलता

हूँ। तब ? देखना ये पड़ेगा कि सही कौन है और गलत कौन है ? युद्ध है कि शांति, वो जाने दो। युद्ध उचित है कि अनुचित ? शांति उचित है कि अनुचित ? बस, ये ही देखना है।"

अब चमचे चुप थे। बात उनकी समझ से बाहर निकल गई थी।

"नहीं कॉमरेड !" विनय बोला, "आपने तो सारे मानवीय मूल्यों को एक ही शब्द में समेट दिया। जबकि ··· "

"किसको ?"

"वैल्यूज ! मानवीय मूल्य। इनसानी कद्रें।" विनय ने स्पष्ट करने की कोशिश की। पर कॉमरेड को देखकर लगा कि उनके अब भी कुछ पल्ले नहीं पड़ा है।

"बात सिर्फ साध्य की ही नहीं, साधन की भी है। क्योंकि जिसे आप मिलिटेंसी कहते हैं वह थोड़ी ताकतवर होते ही असंगठित, अनुशासनहीन और दिशाहीन भी हो सकती है। और फिर हो सकता है कि उनकी माँगों को उचित और अनुचित का भी होश न रहे।"

कॉमरेड शायद सुन नहीं रहे थे। विनय चुप हो गया।

कॉमरेड उठे। पैसे दिए। सबने साइकिलें उठाईं और साइकिलें लिए-लिए पैदल ही चल पड़े। कुछ ही देर में विनय और कॉमरेड आगे और अलग हो गए, बाकी लोग पीछे रह गए।

"देखो कॉमरेड।" कॉमरेड गला साफ कर धीमे सुर में बोले, "मैं तो पढ़ा-लिखा आदमी हूँ नहीं। मैं तो फील्ड का वर्कर हूँ। और कम्युनिस्ट को हमेशा गलतियाँ सुधारने के लिए अपने को खुला रखना चाहिए, जोकि मैं समझता हूँ कि मैं भी हूँ। बल्कि शायद कम्युनिस्ट ही हैं जहाँ आप महासचिव को भी आत्मालोचना के लिए कह सकते हैं। और वह करता है भी। सिर्फ कम्युनिस्ट हैं जिन्होंने खुले तौर पर अपनी ऐतिहासिक भूलें स्वीकार की हैं, खुले दिल से, बगैर लीपापोती के। तो ये तो होता है। और मुझे भी यार दिन-भर तो इन साले जाहिल लोगों में रहना पड़ता है। कोई बात-बहस किसी से हो, तो कुछ सुलझे। ठीक है न ! पर जहाँ तक कद्रों की बात है ··· तो मुझे तो लगता है कॉमरेड, कि एक खास वर्ग ने अपने वर्गीय हितों की हिफाजत के लिए कुछ खास कद्रें बनाईं और चला दीं। वो उन्हीं के लिए मुफ़ीद हैं। गरीब अवाम के लिए नहीं। और उनके लिए भी तब जब अवाम उन कद्रों को माने और उस हिसाब से अमल करने लगे। मिसाल के लिए अहिंसा। अब कौन किससे अहिंसा करने के लिए कह रहा है ? जिसे डर है कि तमाम तरह की हिंसा से जो माल वह डकारकर बैठा है, सामनेवाली पार्टी अगर हिंसा कर देगी तो वो सब बाहर आ जाएगा। इसलिए कहता है अहिंसा करो। या मिसाल के लिए

दया। कौन किससे दया करने को कह रहा है ? जो साला सूद की वसूली के लिए हल-बैल तक खोलकर ले जाता है गरीब के। उस वक्त दया याद नहीं आती उसको। या वह क्या कहते हैं उसे ··· हाँ, अपरिग्रह ! बचाओ मत । जोड़ो मत। कौन कह रहा है, और किससे कह रहा है, और क्यों कह रहा है ?"

दोनों को हँसी आ गई।

"तो मुझे तो लगता है कॉमरेड, कि हर चीज़ के पीछे एक वर्ग का स्वार्थ है। क्या ? इस नज़रिये से भी सोचकर देखना। फिर असहमति होगी तो बात करेंगे। मैं भी तुम्हारी बात पर सोचूँगा। ··· और जहाँ तक गरीब की मिलिटेंसी का सवाल है, तो कॉमरेड वो तो लड़ेगा। तुम्हें अच्छा लगे या तुम उसे गुंडा कहो, कुछ भी कहो। एक हद तक सब्र भी करेगा। फिर हथियार उठा लेगा। भटक भी सकता है। पर इसीलिए तो हम-तुम हैं कि उसे भटकने न दें। वरना हम हैं किस मर्ज़ की दवा ? क्या ?"

दोनों मुस्कराए और अपनी-अपनी साइकिलों पर चढ़कर अपने-अपने रास्ते पर बढ़ गए।

घर में घुसते ही ऋचा बोली, "आओ कविराज, आओ !"

विनय बगैर उस पर ध्यान दिए बाथरूम में घुस गया। वहाँ से बाहर आ, हाथ धो, परिंडे पर टँगा डुबका उठाकर मटके में से पानी निकाला और डुबके को हवा में पकड़ गर्दन ऊँची कर ऊँट की तरह गटगट सारा पानी पी गया।

"आज तो बहुत दिन बाद प्रगट भये गोपाला।" ऋचा ने कहा।

"कहाँ थे भई गोप ··· ?" बोलते-बोलते भाभीजी भी हँस पड़ीं और दोनों एक-दूसरे पर गिरने लगीं।

दोनों आँगन में खटिया पर बैठी ऊन की लच्छियाँ बना रही थीं।

"आप बकबक बाद में कीजिएगा, पहले उठिए और 'चाह' का पानी चढ़ाइए।" विनय ने ऋचा से कहा और 'उई उई माँ' करती ऋचा को हाथ पकड़कर खटिया से उठा दिया और उसकी जगह खुद खटिया पर बैठकर हीरामन की एक्टिंग करता भाभीजी से बोला, "जी भाभीजी ··· हम कुँवारे हैं न ? इसलिए चाह बहुत पीते हैं !" भाभीजी हँसीं। विनय ऊन का मुआयना करते हुए बोला, "किसके लिए बना रही हैं स्वेटर ?"

"मैं कहाँ बना रही हूँ ? मैं तो ऊन के गोले बना रही हूँ। स्वेटर तो ये बना रही है मरी।" फिर हँसीं।

"किसके लिए ?"

"उसी से पूछो ।" फिर हँसीं।

"ऐई गबड़ू प्रशाद! ये फँदेबाजी किसके लिए की जा रही है ?" विनय ने वहीं से पुकारकर पूछा।

ऋचा चाय का पानी चढ़ाकर किचन के दरवाजे पर आ खड़ी हुई और दोनों हाथ चौखट पर फैलाकर गर्दन एक तरफ झुकाते हुए बोली, "हैं हमारे एक कोई। तुम्हें क्यों बताएँ ?"

विनय सहसा डर गया। उसने भाभीजी की तरफ देखा। वह ऊन को देख रही थीं। विनय ने फिर ऋचा की तरफ देखा। हिरन ! वही काले-भूरे हिरन ··· चौकड़ी भरते ··· ऋचा की आँखों से झाँक रहे थे। विनय घबरा गया। क्या भाभीजी उसकी इस चोरी को जान गई हैं ? ऋचा के दुस्साहस पर उसे हैरानी हुई। तुरंत बात को ढँकता हुआ बोला, "अच्छा-अच्छा, ठीक है। मत बताओ। हाँ भाभीजी, पिक्चर कैसी रही ? गाँव के ओपन एयर थिएटर में पिक्चर देखने का प्रथम अनुभव कैसा रहा ? खटमल तो काटे होंगे ? कुछ साथ में नहीं आ गए ? फ्री मिलते हैं।"

"ओफ्फोह विनय! याद मत दिलाओ। याद करने से ही खुजली चलने लगती है।"

"पता है, मम्मी ने वहाँ से आकर सबसे पहला काम क्या किया ? सबके कपड़े उतरवाकर गरम पानी में डाले।" ऋचा बोली।

यह सुरक्षित क्षेत्र था। विनय आश्वस्त हुआ।

इसी तरह काफी देर गपियाते रहे।

ऋचा चूड़ीदार पाजामा और कमीज पहने हुए थी। कंधों पर काले रंग का शॉल डाल रखा था। एक चोटी की थी। शैम्पू किए बाल खूब फूले-फूले लग रहे थे। इससे उसका चेहरा कुछ ज्यादा गोरा, ज्यादा सुतवाँ, ज्यादा छोटा, ज्यादा प्यारा लग रहा था।

"कविताएँ ज़ोरदार थीं विनय।" चाय पीते हुए ऋचा बोली।

"हाँ, वाकई। मुझे भी अच्छी लगीं। हालाँकि कविताएँ मुझे कम ही अच्छी लगती हैं।"

"तुमने टाइम तो खूब लगाया, लेकिन अनुवाद बढ़िया किया ।" भाभीजी बोलीं।

"तुम यार विनय, बच्चों के ही लिए लिख मारो मेरी मानो तो।" ऋचा बोली।

"अच्छा ? क्या वाकई अच्छा हो गया? तब तो मैं और ट्राई करूँगा ।" विनय खुश होकर बोला।

"अरे हाँ, ऋचा, इसे डिजाइन बुक तो लाकर दिखा। इसकी एक सहेली ने भेजी

है दिल्ली से।"

ऋचा उठ गई और स्वेटरों की एक डिजाइन बुक उठा लाई।

विनय देखने लगा। सुन्दर चेहरे। स्वस्थ शरीर। तोंदहीन जिस्म। चिकनी मुस्कराहटें। रंग-बिरंगे स्वेटर-जर्सी-जैकेट-पुलओवर ··· ऊन की नरम जमीन पर फुदकती चिड़ियाएँ ··· चूज़े ··· फूल ··· बेलबूटे ··· ।

"कौन-सा ठीक रहेगा ?" भाभीजी की आवाज आई। अब अहसास हुआ कि दोनों उसके कंधों के पीछे से किताब में झाँक रही हैं।

"किसके लिए ?" विनय ने पूछा।

"जिसके लिए बना रहे हैं उसके लिए, बस।" ऋचा पटापट बोली।

"उसके रूप-रंग का आइडिया हो तो बताएँ क्या सूट करेगा !" विनय ने कुछ-कुछ बात समझते हुए कहा।

ऋचा बताने की कोशिश करने लगी—"रंग ··· कैसा बताएँ ? समझ लो ··· बस जैसा समझो तुम्हारा है ··· और ··· "

"तो तुमने कौन-सा पसंद किया ?" विनय ने पूछा।

"बताएँ ? नहीं, पहले तुम बताओ।"

और दोनों ने लगभग एकसाथ एक पृष्ठ पर उँगली रखकर कहा, "यह।"

किताब छोड़कर विनय खड़ा हो गया। दीवार को देखते हुए बोला, "लेकिन पहले पूछ लेना तुम्हारे उस कोई से ··· कि ऐसे उपहार लेना उसे पसंद भी है या नहीं ? कहीं ऐसा न हो कि बाद में लगे सारी मेहनत बेकार गई !"

जाने क्या हुआ विनय को कि जाने को हुआ। दोनों अवाक् ! और इसी समय दरवाजे की घंटी बजी।

भुवनेश थे। क्रीम कलर का सूट और चारकोल ब्लैक टाई। जँच रहे थे। विनय और चिढ़ गया। लोग जँचना क्यों चाहते हैं ? किसके लिए ? क्यों अच्छा लगता है जँचना लोगों को ?

भुवनेश तपाक से मुस्कराए। "वेलडन ! तुम तो यार ··· टैलेंट है तुममें। आज स्टाफरूम में ··· "

"सुनाई पापा ?"

"हाँ। जानती हो ? किसी को विश्वास ही नहीं हो रहा था कि इतना सुंदर अनुवाद विनय का किया हुआ है ! बल्कि वो तो समझ रहे थे कि ये मौलिक कविताएँ ही हैं।"

"वहाँ क्यों सुनाईं आपने ? वो तो बच्चों के लिए हैं !"

"बच्चे ही हैं यार वो भी। चाय पिलाओ भई। आओ विनय। एक पत्रिका आई

है बिहार से। तुम्हें दिखाने के लिए रख रखी है।"

दोनों ड्राइंगरूम में चले गए। विनय ने पत्रिका देखी। साहित्य-संबंधी कुछ बातें कीं। फिर चाय पी। फिर दोनों घूमने निकल गए।

"आप टाई क्यों बाँधते हैं ?" घर से कुछ दूर निकलते ही विनय ने बगैर किसी भूमिका के पूछा। उसके मन में अभी भी खुंदक भरी हुई थी।

भुवनेश अचकचा-से गए। फिर मुस्कराकर पूछा, "क्यों ? क्या हुआ ?"

"नहीं, पूछ रहा हूँ।"

"नहीं बाँधना चाहिए क्या ?"

"पता नहीं।"

"तुम क्या सोचते हो ?"

"आप क्यों बाँधते हैं ?"

"अच्छा लगता है।" ··· कुछ रुककर भुवनेश बोल पाए। मानो टोह रहे हों कि यह प्रश्न अचानक विनय के लिए इतना उत्तेजक और जरूरी क्यों हो गया ?

कुछ देर दोनों चुपचाप चलते रहे, जोकि एक असामान्य बात थी।

"मैं सोचता हूँ ··· " आखिर विनय से चुप नहीं रहा गया। उसने सोचा अपना आशय खोल देने में कोई हर्ज नहीं है। खासकर जब इसके बगैर सामनेवाला फूट ही नहीं रहा हो।

"मैं सोचता हूँ जैसे ही आप टाई बाँधते हैं आप मास्टर्स के, मालिकों के वर्ग के साथ खड़े हो जाते हैं, मानसिक रूप से। और सर्वहारा से आपका तादात्म्य एकदम बेमुरव्वती के साथ खत्म हो जाता है।"

भुवनेश ने इस पर सोचा। फिर बोले, "शायद तुम्हारा मतलब यह है कि सूट-टाई पहने आदमी को गरीब किसान-मजदूर आदमी कभी अपना आदमी नहीं समझेगा। और जब कोई उनके हितों को समझनेवाला या उनके हितों का समर्थक ऐसी पोशाक धारण कर लेगा, तो यह 'धारणा' सिर्फ पोशाक तक ही सीमित नहीं रहेगी, मानसिकता तक भी ज़रूर पहुँचेगी।"

"बेशक ! मैं यही सोचता हूँ।" विनय ने तत्काल कहा।

"अर्थात् जनता के बीच काम करने के लिए यह आवश्यक है कि उन्हीं में से एक दिखे। पूरी तरह उन्हीं में से एक न भी दिखे, कम-से-कम इतना अलग भी न दिखे कि लोग सहम जाएँ या वहम में पड़ जाएँ और अपने दिलों के दरवाजे उसके लिए बंद कर दें !"

"बिलकुल ठीक ! और यहीं से शुरुआत है। न सिर्फ यह कि हमें उनका विश्वास और अपनापा प्राप्त करना है, बल्कि एक आदर्श रहन-सहन की मिसाल भी अपने

आचरण से पेश करनी है। वरना तो सब ··· बात-बहादुरी है।"

"इसका मतलब तो यह भी हुआ," भुवनेश संतुलित धीरज से अपनी बात आगे बढ़ाते हुए बोले, "कि जो धोती पहनकर घूमते हैं वे जनता के सच्चे हमदर्द होते हैं, क्योंकि न सिर्फ उनका आचरण बल्कि विचार और धारणाएँ भी जनता जैसी ही होती हैं।"

विनय समझ नहीं पाया भुवनेश क्या कह रहे हैं।

"यानी जनता के हितू होने की शर्त न सिर्फ उनके जैसा रहना-सहना है, बल्कि उनके जैसा बनना भी है। अर्थात् मुझे कभी-कभी मंदिर में जाकर घंटी भी बजा लेनी चाहिए, भले ही जनता का दिल जीतने के लिए। क्यों ?"

"आप बात को पलट रहे हैं।"

"नहीं विनय ! ऐसे भी आदमी हैं जो लाल झंडे को बजरंगबली से जोड़ने की सलाह देते हैं। कभी मिथकों के प्रगतिशील उपयोग के नाम पर और कभी रणनीति के नाम पर। और कहा जाता रहा है कि अगर कम्युनिस्ट आंदोलन को भारत में जड़ें जमाना है तो उसे भारतीय संस्कृति और परिवेश से जोड़ना होगा। बल्कि कम्युनिस्ट पार्टी की स्थापना के ही दिन यह विवाद शुरू हो गया था कि नाम पार्टी का भारत की कम्युनिस्ट पार्टी हो या भारतीय कम्युनिस्ट पार्टी। तुम तो जानते ही हो।"

विनय अब भी चुप ही रहा। क्या कहता ? भुवनेश के तर्कों की उसके पास काट नहीं थी, लेकिन सहमत वह अब भी नहीं हो पा रहा था। बल्कि उसे यह भी लग रहा था कि तर्क एक ऐसी चीज है जिसका आप अपनी सुविधा के अनुरूप कभी भी, कैसा भी इस्तेमाल करके सामनेवाले को लाजवाब कर सकते हैं। हाँ, लाजवाब ··· लेकिन प्रश्नातीत नहीं।

यह बहस उस दिन पूरी नहीं हो सकी। रास्ते में झा साहब और बाबूसिंहजी मिल गए। और विनय ने सोचा, कल इतवार है, कल भुवनेश के घर जाकर बात आगे बढ़ाएँगे। ठीक इसी समय भुवनेश बोले, "विनय, अपना चैप्टर कल के लिए रखते हैं। कल दोपहर हमारे साथ ही खाना खाओ। कढ़ी-चावल बनवाएँगे।"

दूसरे दिन दरवाजा ऋचा ने खोला और अपनी आदत के बरक्स मुस्कराई नहीं। विनय का हाथ पकड़कर भीतर खींचा, दरवाजा बंद किया और आगे-आगे चल पड़ी। तनाव उसके चेहरे पर ही नहीं, मानो घर की हवा में भी घुला हुआ था। 'क्या कोई गृहयुद्ध हुआ है ?' ··· विनय कहते-कहते रह गया।

ड्राइंगरूम में कॉमरेड और भुवनेश आमने-सामने बैठे हुए थे, आरामकुर्सियों पर, जबकि छुट्टी के दिन भुवनेश की 'धूनी' तखत पर ही लगी रहती है। तखत पर मार्क्स, लेनिन, एंगल्स, प्लेखानोव, स्तालिन, लूनाचार्स्की आदि-आदि महानुभावों ने कब्जा जमा रखा था। मोटी-मोटी और बहुत बार पढ़ी हुई किताबें। ढेर-के-ढेर बुकमार्क। पैंसिल के निशान। नोट्स की पर्चियाँ ··· कुछ उलटी, कुछ सीधी, कुछ खुली, कुछ बंद। कुछ पार्टी पंफ्लेट्स, कुछ पुराने पार्टी अखबार। कमरे में धुआँ। खिड़कियाँ बंद। टेबल पर चाय के कम-से-कम दस जूठे गिलास। ऐशट्रे लबालब।

"आओ !" दोनों ने लगभग एकसाथ कहा। इसके अलावा किसी ने कुछ नहीं कहा, इसीलिए विनय कमरे की स्थिति का जायजा ले पाया।

और विनय ने अभिवादन-स्वागत का उत्तर इस तरह दिया कि घुसते ही सारी खिड़कियाँ खोल दीं। सारे गिलास होटल के वाचाल छोकरे की तरह बाआवाज उँगलियों में फँसाकर बाहर ले जाकर सिंक में रख दिए और ऐशट्रे डस्टबिन में खाली करके पुनः यथास्थान रख दी। वे दोनों उसे ऐसा करते चुपचाप देखते रहे। और विनय अंदाजा लगाता रहा कि यह शिखर-वार्ता कितनी देर से चल रही होगी ! और किन-किन प्रिय-अप्रिय मुकामों से गुजर चुकी होगी !

"देखिए ! कॉमरेड ने आते ही सारी खिड़कियाँ खोल दीं।" कॉमरेड ने अपनी भारी आवाज में भुवनेश से कहा। दोनों हँसे। पर इस हँसी में न वह शरारत थी जो भुवनेश की हँसी में होती है, न वह खुलापन जो कॉमरेड की हँसी का अनिवार्य हिस्सा है। शायद दोनों में से किसी ने हँसने के लिए जरूरी पूरा मुँह नहीं खोला था।

"यार विनय ! प्लीज एक काम करोगे ?" भुवनेश बड़े संकोच के साथ बोले, "सिगरेटें बीत गई हैं। जरा कोने की दुकान से भगा लाओगे थोड़ी-सी ?"

"होओ !" विनय ने कहा और फुर्ती से बाहर निकल गया। एक क्षण के लिए उसने सोचा कि क्या उसे इस बात का बुरा मानना चाहिए कि उससे सिगरेट मँगवाई जा रही है ? लेकिन मन बुरा मानने के लिए तैयार ही नहीं था। उलटे मगन हो रहा था। पता नहीं क्यों !

सिगरेट की दूकान घर से ज्यादा दूर नहीं थी। विनय चला भी जल्दी-जल्दी था, लेकिन लौटा तो बाहर कॉमरेड की साइकिल नहीं थी। भुवनेश भीतर अकेले बैठे थे, ठीक वैसे ही जैसा विनय उन्हें छोड़कर गया था। मानो कॉमरेड को छोड़ने बाहर तक भी नहीं गए हों।

"क्या हुआ ? गए कॉमरेड ?" आश्चर्य से विनय ने पूछा।

"हाँ।" भुवनेश बोले। और इससे पहले कि विनय कुछ और पूछ पाए, भुवनेश

ने ऋचा को बुलाकर कहा, "सुनो ! नीबू हो तो जरा नीबू-पानी पिलवाओ, और 'कॉमरेड' विनय के लिए चाय।" 'कॉमरेड' जरा व्यंग्य से कहा। फिर सहज होते हुए बोले, "विनय, यार तुम बैठो, मैं जरा निपट-निपटाकर आता हूँ, फिर बातें करेंगे। ठीक है ?" और चप्पल में पैर फँसाते बाहर आँगन में चले गए।

"क्या हुआ गबडूप्रशाद ?" विनय ने आँगन में नीबू-पानी बनाती ऋचा के पास जाकर धीरे से पूछा।

ऋचा ने गंभीर ही रहते हुए विनय की आँखों में आँखें डालकर देखा और नाराजी से, लगभग क्रोध से कहा, "ईगो क्लैश !"

इसे पचाने में विनय को समय लग गया। उसकी नजर कुछ देर ऋचा की मूँछों के बारीक-बारीक रोयों पर टिकी रही, फिर उँगलियों पर कूदकर गिलास में गिरी और उसे लगा कि ऋचा ने नीबू इतना कसकर निचोड़ा है, और बीज बगैर निकाले, कि नीबू-पानी भुवनेश को यकीनन कड़वा लगेगा।

"क्या कह रहे थे कॉमरेड ?" छत पर खुली धूप में आते ही विनय ने भुवनेश से पूछा।

"उन्हें बड़ा तजुर्बा है यूनियन और पार्टी-वर्क का, और वह सोचते हैं कि तजुर्बे ने उन्हें वह सब सिखा दिया है जो कोई भी सिखा सकता है। मार्क्स, लेनिन सब। खासकर मार्क्सवाद और क्रांति के बारे में।"

विनय जानता था यह बात सच नहीं हो सकती। कॉमरेड अपनी अल्पज्ञता को लेकर अतिरिक्त सजग रहते हैं। अपने ज्ञान और अनुभव की धौंस जमाना उनके स्वभाव में ही नहीं। विनय तक से वह कह देते हैं यार क्या करें, कोई बहस करनेवाला हो तो चीजें कुछ साफ हों ! लेकिन यह सब विनय ने कहा नहीं। फिर जब भुवनेश चुप ही रहे तो विनय ने पूछा, "आपसे क्या चाहते थे ?"

"चाहते थे कि जब मैं भी यहीं हूँ, और जब तक मैं यहाँ हूँ, आंदोलन चलाने में और उसे मजबूत बनाने में उन्हें सहयोग दूँ।"

"यह तो कोई गैरवाजिब बात नहीं। खासकर जब हमारी तरह सोचनेवाले गिने-चुने ही हों। मिलकर काम करना तो अच्छी बात है।" विनय बोला।

"मिलकर काम करना अच्छी बात है। इससे आंदोलन मजबूत होगा और क्रांति हो जाएगी।"

"क्रांति तो नहीं हो जाएगी पर ···"

"सामाजिक परिवर्तन के लिए वातावरण बनाने में मदद मिलेगी।"

"बेशक !"

"और न सिर्फ आंदोलन को सही दिशा दी जा सकेगी, बल्कि दुश्मनों का हौसला

भी पस्त होगा।"

"इसमें क्या गलत है ?"

"और जैसे तुम उनकी चिट्ठियाँ टाइप कर सकते हो, मैं भी कई उपयोगी कार्य कर सकता हूँ। मसलन गेट मीटिंगों में भाषण देना, पोस्टर चिपकाना, ताँगे में माइक लगाकर सभाओं का ऐलान करना और जुलूस में नारे लगवाना · · · "

"ऐसा कहा उन्होंने ?" विनय को बुरा लगा कि भुवनेश न सिर्फ कॉमरेड पर झूठी तोहमतें धर रहे हैं, बल्कि खामखाह उसे भी उसकी औकात बता रहे हैं।

"नहीं, ऐसा तो नहीं कहा। कम-से-कम आज तो नहीं। लेकिन उनकी तैयारी छह महीने बाद मुझसे यही कहने की है।"

विनय पूछना चाहता था आपको कैसे पता ? लेकिन उसने पूछा, "आप क्या कह रहे थे ?"

भुवनेश कुछ देर चुप रहे। फिर बोले, "क्रांति का एक नायाब प्लान है तुम्हारे कॉमरेड के पास। चाहते थे कि मैं कॉलेज में स्टूडेंट्स फेडरेशन बनाऊँ और भारत-सोवियत मैत्री संघ का गठन करूँ, जिसकी अध्यक्षता भूतपूर्व कांग्रेसी एम. एल. ए. ऊखचंदजी करने को राजी हो गए हैं। और मैं उसका महामंत्री बन जाऊँ।"

विनय को इस प्रस्ताव में भी कुछ खास गड़बड़ नजर नहीं आई। वह सोच में पड़ गया कि आखिर इसमें इतना नाराज होने की क्या बात है ? काफी देर दोनों चुपचाप रहे। ऋचा चाय ले आई। चाय भी चुपचाप ही पी गई।

विनय को लगा अब तक भुवनेश कुछ संयत हो गए होंगे। वह दिमाग में अपना प्रश्न सजाने लगा। तभी अचानक भुवनेश बोले, "तुम सोचते होगे मैं कॉमरेड को और उनके काम को छोटा और हीन समझ रहा हूँ। या कॉमरेड को अपना लीडर मानने में मेरी हेठी हो रही है। या मैं कॉमरेड का भी लीडर हो जाना चाहता हूँ। या स्टूडेंट फेडरेशन और इस्कस से मुझे चिढ़ है। या गेट मीटिंग में भाषण देना मैं कोई घटिया काम समझता हूँ। या ये सिर्फ हमारी मध्यवर्गीय कुंठाएँ और अहं हैं जो इस तरह के गैरदोस्ताना व्यवहार में प्रकट होते हैं · · · लेकिन ऐसा कुछ नहीं है विनय ! सवाल इससे बड़ा है। और सवाल सिर्फ भुवनेश या सिर्फ विनय या सिर्फ लक्ष्मण माधव का भी नहीं है। सवाल अपने कार्यकर्ताओं और हमदर्दों के प्रति पार्टी का या पार्टी लीडरशिप के नजरिए का है। लक्ष्मण माधव छह महीने पहले भी मुझसे मिल सकते थे, जब मैं इस कस्बे में आया था। मेरी मदद कर सकते थे, जब मैं मकान के लिए परेशान हो रहा था। परिवार और सारा सामान लिए गेस्ट हाउस के एक कमरे में पड़ा था पी. डब्ल्यू. डी. के। और रोज वहाँ के चपरासियों की बातें सुन रहा था कि तीन रोज से ज्यादा रुकने की परमीशन नहीं है। कल

खाली कर दीजिए, एक्स. इएन. (एक्जक्यूटिव इंजिनियर) साहब आनेवाले हैं, फलाँ आनेवाले हैं, फलाँ आनेवाले हैं ! कॉमरेड उन्हीं दिनों यूनिट की बैठक कर सकते थे और उसमें अपने सभी साथियों से मेरा परिचय करा सकते थे। और कुछ नहीं तो एक बार किसी से खबर ही भिजवा सकते थे कि मिलना चाहते हैं, मैं खुद जाकर मिल लेता। कभी इस रास्ते से निकलते-निकलते दो घड़ी मिजाज-पुर्सी के लिए ही आ सकते थे। तब लगता कि कॉमरेड हैं। विश्व-बिरादरी की बातें हम करते हैं और जुड़ना चाहते हैं किस लेवल पर ? एक-दूसरे के परिवारों से अनभिज्ञ, एक-दूसरे की पारिवारिक-मानसिक समस्याओं से अनजान। एक-दूसरे की मानसिक, पारिवारिक, आर्थिक समस्याओं से बेखबर। एक-दूसरे की पृष्ठभूमि और तैयारी से बेखबर ··· ये किस तरह के रिश्ते हैं ? जैसे दफ्तर में होते हैं दो कर्मचारियों के बीच ! या शायद दफ्तर में भी नहीं। ये इस्तेमाल करने और इस्तेमाल होने के रिश्ते हैं। ये शोषण के रिश्ते हैं। ये इनसान को उपभोक्ता वस्तु समझने के रिश्ते हैं। चतुर्वेदी उच्छृंखल आदमी है। चतुर्वेदी किसी भी तरह के पार्टी-अनुशासन को नहीं स्वीकारनेवाला आदमी है। चतुर्वेदी शिक्षक संघ के उस सचिव के खिलाफ खड़ा होकर बोलता है जो पार्टी मेंबर है। यानी पार्टी मेंबर कोई गलती नहीं करता है। करता भी है तो उसके बारे में सार्वजनिक रूप से कुछ नहीं कहा जाना चाहिए। बाहर उसकी गलत बात का भी समर्थन करना चाहिए। उसकी बदमाशियों को भी 'डिफेंड' करना चाहिए। चतुर्वेदी इस आचार-संहिता में बँधने के लिए तैयार नहीं। उसे विचारों का अनुशासन तो स्वीकार है, लेकिन वह एक स्वायत्त संगठन को पार्टी का उपनिवेश बनाए जाने का विरोध करता है। इसलिए लक्ष्मण माधव उससे तभी मिलेंगे जब पार्टी इसके लिए अनुमति तथा निर्देश देगी। यह क्या है ?"

"समझ की सीमा हो सकती है, पर इसके बावजूद क्या साथ काम करना बुरी बात है ?" विनय बोला।

"तुम शायद सुन नहीं रहे हो" ··· भुवनेश की गर्दन की नसें तन गईं, "मैं पार्टी और कार्यकर्ता या हमदर्द और पार्टी-नेतृत्व के आपसी रिश्तों की बात कर रहा था। अच्छा लीडर कौन होता है ? जो अपने अनुयायियों में से हर एक की क्षमताओं और सीमाओं से परिचित होता है, और हर एक को उसकी रुचि और क्षमता के अनुसार कार्य देकर उसके विकास की संभावनाएँ भी प्रशस्त करता है, और पार्टी को भी समग्र रूप में आगे बढ़ाता है। यहाँ क्या हो रहा है ? ठठेरा टेलीफोन ऑपरेटर का काम करे और सुनार घन चलाए ! क्या तुम एक ऐसी मशीन की कल्पना कर सकते हो जिसके सारे पुर्जे एक से एक बेहतरीन हों और फिर भी जो एक इंच चलकर नहीं दे रही हो, क्योंकि उसके सारे पुर्जे मिसफिट हैं ! और यही हो रहा

है। और मिस्त्री इस कोशिश में हैं कि हर पुर्जा, हर पुर्जे की जगह फिट हो सके। गीयर, गीयर भी हो और बुश भी। पिस्टन, पिस्टन भी हो और पिनिअन भी। मैंने कहा चलिए हम कक्षाएँ चलाते हैं। मैं शिक्षक हूँ। आपके यूनियन ऑफिस में एक टाइम मुकर्रर कीजिए। हम साम्यवाद की कक्षाएँ चलाते हैं। आपके अशिक्षित कर्मचारियों के लिए मेरी पत्नी और बेटी साक्षरता का काम शुरू करती हैं। और विनय को एक कमरा दिलवा दीजिए, वहाँ रात को हम स्टडी सर्कल चलाते हैं। बाकी इस्कस-फिस्कस में क्या रखा है ? उन साले ऊखचंदजी की बगल में बैठना उनको मुफ्त में प्रतिष्ठा दिलाना है, जबकि सब जानते हैं कि वह चोर हैं।"

"यह तो ठीक बात है।"

"ठीक बात है हमारे-तुम्हारे लिए, कॉमरेड लक्ष्मण माधव के लिए नहीं। क्योंकि इसमें जय-जयकार नहीं है। क्योंकि इसमें बड़े पैमाने पर पार्टी के झंडाबरदार बनाना नहीं है। क्योंकि यह पार्टी का प्रोग्राम नहीं है। क्योंकि यह पार्टी की प्राथमिकता भी नहीं है। और क्योंकि इस मामले में उनके पुराने अनुभव अच्छे नहीं रहे हैं !"

"क्या मतलब ?"

"पढ़ गए तो प्रश्न पूछेंगे लोग। और उन प्रश्नों के जवाब देने पड़ेंगे। और चतुर्वेदीजी तो चले जाएँगे ट्रांसफर होकर। विनय भी चला जाएगा। लेकिन लक्ष्मण माधव को तो यहीं रहना है। वह ऐसे लोग नहीं चाहते जो प्रश्न पूछें। बहस करें। वे पिछलगुए चाहते हैं, साथी नहीं।"

"भुवनेशजी, मैं भी कुछ जानता हूँ कॉमरेड लक्ष्मण माधव को। मुझे कभी नहीं लगा कि वह पढ़ने के लिए किसी को हतोत्साहित करते हों या पढ़ने को फालतू की चीज समझते हों। या बहस करने को। हाँ, वह फील्ड में आकर काम करने को अधिक महत्व देते हैं और मानते हैं कि आदमी संघर्ष करता हुआ ही सीखता है, और ऐसा सोचना उनके जैसे आदमी के लिए स्वाभाविक भी है। इस मामले में दर्शन को लेकर मतभेद हो सकता है, लेकिन रणनीति ··· "

"रणनीति !" दाँत पीसकर भुवनेश बोले। और फिर विनय का हाथ भींचकर, "विनय ! सोचो, सोचो ! अभी या अगले साल क्रांति नहीं हो रही है, युद्ध नहीं हो रहा है, बम नहीं फूट रहा है ··· रणनीति शब्द का किस भयानक तरीके से दुरुपयोग हो रहा है ! रणनीति—इस एक शब्द की आड़ में कहाँ-कहाँ, कैसे-कैसे समझौते हम करते चले जा रहे हैं ! बगैर सोचे इस अपराध में भागीदार मत बनो विनय ! सोचो। प्लीज !"

दोनों चुप हो गए।

काफी देर बाद भुवनेश फिर बोले, "हमने कहा, चलिए हम अखबार निकालते

हैं। पार्टी अखबार नहीं, स्थानीय अखबार, साप्ताहिक, स्थानीय समाचार छापनेवाला। यहाँ के लोगों के सुख-दुख, अभाव-अभियोग, चिंताएँ-परेशानियाँ मुखरित करनेवाला। और कम्युनिस्टों की नहीं, सबकी ··· सारी जनता की बात कहनेवाला। क्योंकि वह सब न तो राष्ट्रीय समाचारपत्रों में आता है, न प्रांतीय समाचारपत्रों में। लेकिन उन्हें लगता है कि यह अपने साधनों का अपव्यय है। पार्टी अखबार आ ही रहा है। वही काफी है। यानी वही करो जो करवाने के लिए उनसे कहा गया है। बुर्जुआ पार्टी के तरीकों में और इसमें ज्यादा फर्क नहीं है विनय। ये ठीक है कि हमारा तबादला हो जाएगा और हम चले जाएँगे। फिर अखबार का क्या होगा ? वैसे दाल-रोटी दे दोगे तो नहीं भी जाएँगे। हमें कौन-से ताजमहल बनवाने हैं नौकरी की कमाई से ? ऐसा क्यों नहीं हो सकता कि अखबार कालांतर में एक बड़ा अखबार बने और भुवनेश-विनय को रोटी दे सके। इस तरह क्यों नहीं सोचा जाना चाहिए ? ··· लेकिन कुल मिलाकर देखें तो होता यह है कि कल्पनाशील और रचनात्मक दिमागों को हर जगह चुनौती समझकर दबाया जाता है। उन्हें खब्ती कहा जाता है। और साधारण ऊपर आ जाते हैं। हम कुछ-कुछ मूर्ख होते तो शायद उन्हें बहुत अच्छे लगते।"

··· बातें अभी अधूरी थीं और आवेशपूर्ण थीं और बहसतलब तो थी हीं, बीसियों प्रश्नों को उकसानेवाली भी थीं। लेकिन नीचे से ऋचा आवाज लगा रही थी कि खाना तैयार है और भाभीजी उन्हें जरा भी मोहलत देने को तैयार नहीं थीं।

शाम को विनय कॉमरेड के कमरे पर गया तो पता चला नौ की बस से जयपुर जा रहे हैं। विनय एक-दो पल सोच में पड़ा रहा फिर बस स्टैंड ही चला गया। कॉमरेड बस स्टैंड के एक ढाबे पर खाना खाने जा रहे थे। साथ में तीन-चार लोग और थे।

विनय को कॉमरेड ने अपने पास ही बैठा लिया। अखबारी खबरों पर मशगला चल रहा था। हँसी-मजाक भी। किसी से कुछ कहना नहीं पड़ा। छोकरा और लोगों के साथ विनय के आगे भी प्लेट रख गया। खाना परोसा जा चुका और सब लोग खाने लगे। तड़केवाली चने की दाल और तंदूरी रोटी। साथ में कच्ची प्याज और हरी मिर्च। खाने के बाद डबल कड़क मीठी चाय। खाने के बाद जब और लोग पान की दूकान पर पान लगवा रहे थे, विनय ने पूछा, "चतुर्वेदीजी ने आपके साथ आने से इनकार क्यों किया ?"

"इनकार तो नहीं किया, पर उसके सोचने का तरीका थोड़ा अलहदा है। खैर

ठीक है। वो भी अच्छा काम कर रहे हैं पढ़े-लिखों में। पर पढ़े-लिखे हैं कितने ? और सब मिडिल क्लास ! स्टूडेंट्स ! दो-चार साल चतुर्वेदीजी का भाषण सुनेंगे फिर घोड़ी पर चढ़कर बाप की बताई लड़की से ब्याह करने चले जाएँगे। और डटकर दहेज लेंगे। आदमी बातों से नहीं बदलता कॉमरेड, काम से बदलता है। जब आप किसी संगठन को मानोगे नहीं, संगठन के अनुशासन को मानोगे नहीं, तो फिर अकेले आप करते रहो। फिर आप संगठन के लिए किस काम के ? फिर संगठन आपके लिए क्या करेगा ? और आप संगठन के लिए क्या करेंगे ? संगठन को जरूरी मानते हो के नहीं ? हमारा गलत है तो सहीवाले में चले जाओ। सारे आपको गलत लगते हैं तो नया बनाओ। पर संगठन चाहिए भी और उसमें किसी अनुशासन को मानेंगे भी नहीं। हर जगह अपना किताबी लट्ठ चलाते रहेंगे, तो ऐसा कैसे चलेगा ? ये तो नहीं चल सकता। ··· भई इस कस्बे को समझो, कस्बे की जरूरत को समझो, इसके मिजाज को समझो। लोगों के पास पहनने को कपड़ा नहीं है और वह इनका भाषण सुनेगा भौतिकवाद पर। और वह भी किस भाषा में ? दिन-भर जाँगर खटेगा जानवर की तरह तो शाम को पिरियाते पैर पकड़कर लेट लगाएगा या अक्षर-ज्ञान सीखेगा ? करके देख लो आप। शुरू-शुरू में आएँगे। सात दिन बाद कभी चार आएँगे, कभी पाँच। फिर आप बोलोगे कॉमरेड, लोग क्यों नहीं आते ?"

"अखबार में क्या प्रॉब्लम है ?"

"अखबार का तो ऐसा है कि प्रेस लगानी पड़ेगी, पूँजी लगानी पड़ेगी। तो हमने कहा कि एक बोर्ड ऑफ ट्रस्टी बना लेते हैं और ··· " तभी बस का हॉर्न बजा। ड्रायवर और कंडक्टर आ गए। बात अधूरी छूट गई। कॉमरेड हाथ मिलाकर बस में चढ़ गए।

बारह

प्रिंसिपल छुट्टी गए थे। भुवनेश ऑफिशिएट कर रहे थे। भुवनेश उन्हीं के दफ्तर में उन्हीं की कुर्सी पर बैठकर डाक देखते थे और चिट्ठियाँ लिखाते थे। जबकि मंगतरामजी ऐसा नहीं करते थे। मंगतरामजी किसी अधिकारी की अनुपस्थिति में उसके कार्यालय में प्रवेश करना तक असभ्यता समझते थे। उसकी कुर्सी पर बैठना तो उनके लिए अकल्पनीय उद्दंडता थी। लेकिन उनके इस नैतिक आग्रह के कारण चपरासियों-लिपिकों की दुगुनी दौड़ हो जाती थी। क्योंकि मंगतरामजी प्राचार्य का काम कुछ अपने कमरे में करते थे, कुछ स्टाफरूम में और शेष—जोकि काफी बड़ा शेष होता था—अपने घर पर। और जाहिर है कि संस्कृत के दो पीरियड प्रतिदिन लेने के बाद इतना समय तो बचता नहीं था कि यह अतिरिक्त कार्यभार भी कॉलेज में ही निपटाया जा सके। इसलिए घर। इसलिए घर पर मेज-कुर्सी, फाइल केबीनेट-बुक रैक, पेपर-ट्रे और पेपर नाइफ और पेपर क्लिप, टेबल कैलेंडर और पैन सैट। क्लर्क और चपरासी। जितनी देर प्राचार्यत्व का उत्तरदायित्व पूरा करेंगे मंगतरामजी, चपरासी सिगड़ी जला देंगे, आटा गूँध देंगे, झाड़ू लगा देंगे, बरतन साफ कर देंगे। और क्लर्क बच्चों को खिलाएगा या उन्हें बाजार घुमा लाएगा। साथ ही गेहूँ भी पिसा लाएगा या सब्जी भी खरीद लाएगा। पैसे लिखता जाएगा, बाद में हिसाब हो जाएगा कभी। किसी तरह। करवा देंगे। प्रकाशकों और स्टेशनरी आपूर्तिकर्ताओं और फर्नीचर विक्रेताओं के प्रतिनिधि भी घर पर ही आकर मिल लेंगे, शाम को। सरस्वती के मंदिर में विद्या-अध्ययन के मूल्यवान समय को व्यापार इत्यादि की बातों में नष्ट करना न उचित है, न न्यायसम्मत। अस्तु !

भुवनेश के आने के बाद यह 'सुचारु' व्यवस्था बंद हो गई। मंगतरामजी कष्ट में थे।

उस दिन भी भुवनेश डाक देख रहे थे। निदेशालय के एक अतिसामान्य चक्रांकित

परिपत्र पर ठहर गए। कोई भी इसे बगैर पढ़े बाबू को मार्क करके ट्रे में फेंक देता। भुवनेश उसी पर ठहर गये। घंटी बजाकर सहायक लिपिक भँवरलाल को बुलाया। परिपत्र में महाविद्यालय की चल संपत्ति और पुस्तकों के भौतिक सत्यापन का वार्षिक कार्यक्रम दिया गया था। और प्राचार्यों से अनुरोध किया गया था कि इस कार्य को स्वयं अपनी देखरेख में कराएँ और गंभीरता से लें, क्योंकि देखा गया है कि अक्सर इसे पर्याप्त गंभीरता से नहीं लिया जाता और खानापूरी-भर कर दी जाती है। भुवनेश ने प्राचार्यों को दिए गए अनुदेशों को लाल स्याही से रेखांकित किया और भँवरलाल से असैट रजिस्टर लाने तथा पुस्तकालयाध्यक्ष को बुलाने को कहकर परिपत्र पर नीचे नोट लगाया कि सर्दियों की छुट्टियों में पुस्तकालय का भौतिक सत्यापन किया जाए। कृपया राय दें। जब तक दोनों-तीनों राय देते, भुवनेश के हाथ में असैट रजिस्टर था जिसका हर पृष्ठ उन्हें हैरानी में डाल रहा था। इतने बुकशेल्फ गोदरेज के ! कहाँ हैं ? मैंने तो नहीं देखे ! इतने बुकशेल्फ लकड़ी के ! ये कहाँ छिपे हैं ? इतनी मेजें ! हमारे यहाँ तो रोज मेजों की कमी का रोना रोया जाता है। इतनी कुर्सियाँ! लकड़ी की ! कुशनवाली ! कॉन्फ्रेंस हॉल की ! कहाँ कईं ? वहाँ तो क्लासरूम में से खींच-खींचकर लाते हैं। इतने सोफे ! कहाँ हैं ? स्टाफरूम में तो दो ही हैं। और प्रिंसिपल कार्यालय में तो एक भी नहीं। और स्टील के जग व ग्लास ! ये भी हैं क्या ? टी सैट ? और ये क्या है ? रेकॉर्ड प्लेयर ? ये कब आया था ? चार साल पहले ? कहाँ गया ? फिर तो रिकॉर्ड भी होंगे ! हमारे पास ब्रिटिश काउंसिल से आए 'इंग्लिश लैंग्वेज टीचिंग' के कितने ही रिकॉर्ड बेकार पड़े हैं। शेक्सपीयर के ड्रामों के एल.पी. हैं। रिकॉर्ड प्लेयर होता तो विद्यार्थियों को कितना लाभ होता ! क्या सोलह एम. एम. का प्रोजेक्टर भी है ? और यह क्या है ? घड़ी ! छतरी ! बरसाती ! साइकिल ! ओफ ! कहाँ हैं ये सब ? चलिए बुलाइए मेनारियाजी को। अभी चलकर देखते हैं स्टोररूम।

जाहिर है मेनारियाजी तो उस दिन थे, लेकिन स्टोररूम की चाभी उस दिन घर पर ही भूल आए थे। और दूसरे दिन मेनारियाजी छुट्टी पर थे और तीसरे दिन ··· पर अंत में इन सबको भुवनेश के आगे आत्मसमर्पण करना पड़ा। स्टोररूम में धूल और जाले इस कदर थे कि भीतर घुसना भी मुश्किल था। बल्ब फ्यूज था और स्विच उखड़ा हुआ। टूटे फर्नीचर के ढेर में सीमेंट की खाली बोरियों के नीचे प्रोजेक्टर दबा हुआ था और जब सारे दिन सारा सामान निकालकर साफ करके अंदर जमाया गया तो कई ऐसी चीजें भी मिलीं जो असैट रजिस्टर में दर्ज ही नहीं थीं, और ऐसी कई महँगी चीजें भी जिन्हें थोड़ा-सा पैसा खर्च करके ठीक कराया जा सकता था और काम में लाया जा सकता था। कई काम की चीजें बगैर किसी वजह

के लिस्ट से हटा दी गई थीं, और फिर भी पड़ी थीं। और जो चीजें कम थीं, उनका तो जिक्र ही क्या !

जाहिर है अनेकानेक वस्तुएँ जिन्हें स्टोर में होना चाहिए था, नहीं थीं। कहाँ गईं ? मंगतरामजी ले गए। कैसे ले गए ? क्या इशू कराकर ले गए ? कुछ इशू कराकर, शेष ऐसे ही। मेनारिया पाँव पकड़ने लगा कि सर, मैं तो छोटा-सा, अदना-सा आदमी हूँ, मेरे छोटे-छोटे बाल-बच्चे हैं, दो साल प्रिंसिपल रहके रहे, मैं उनका कहना न मानता तो क्या करता ? मना करता तो मुझे रहने नहीं देते यहाँ। आप उन्हें जानते नहीं। खतरनाक आदमी हैं। ...

फिर सबने भुवनेश के सामने मंगतरामजी का कच्चा चिट्ठा खोलना शुरू किया।

शाम को भुवनेश विनय को लेकर मंगतरामजी के घर गए। रास्ते में से बाबूसिंहजी और झा साहब को भी ले लिया।

मंगतरामजी इतने लोगों के अप्रत्याशित आगमन से पहले तो सकपकाए, फिर बौखलाए। फिर इस पसोपेश में पड़ गए कि विद्वत्ता और शत्रुता का तालमेल कैसे बिठाकर रखें। अतः अंत में खिसियाने लगे।

बातें विद्वत्तापूर्ण ही हुईं। अधिकांश समय मंगतरामजी ही बोले और दूसरों ने सुना। बीच-बीच में अपनी-अपनी छोटी-छोटी जिज्ञासाएँ सरकाते हुए। मंगतरामजी आवेस्ता और वेदों के तुलनात्मक अध्ययन में लगे थे और फिलहाल यह सिद्ध करने की कोशिश कर रहे थे कि आवेस्ता वेदों के घटिया अनुकरण और नकल के अतिरिक्त कुछ विशेष नहीं। श्रोताओं ने न वेद पढ़ रखे थे, न आवेस्ता, न उन्हें इनमें कोई खास दिलचस्पी थी। वे तो बाद में हँसने के लिए सामग्री जुटा रहे थे। और उनमें से भी किसी को यह पता नहीं था कि इस बीच भुवनेश क्या कर रहे हैं और क्यों अचानक उन्हें घेरकर यहाँ लाए हैं ? बहरहाल, नाश्ता शानदार था। मंगतरामजी के कमरे की तीन दीवारें छत तक किताबों के रैकों से भरी हुई थीं और कमरे का शेष फर्नीचर भी ड्राइंगरूम का नहीं, किसी कार्यालय का मालूम होता था। अंदर कोई बच्चा निरंतर रोता रहा था और ढसे सम्हालने के लिए मंगतरामजी निरंतर बीच-बीच में भीतर जाते रहे थे। हालाँकि बच्चे के रोने से वेद और आवेस्ता की चर्चा में जरा-सा भी फर्क नहीं पड़ रहा था। हर बार जब मंगतरामजी भीतर जाते शेष लोग उनके मजाक में व्यस्त हो जाते। और भुवनेश फर्नीचर, किताबों आदि पर कॉलेज की मोहरें देख लेते। फिर भी यह न मानना ठीक बात नहीं होगी कि और लोगों ने जो भी सोचा हो, भुवनेश मंगतरामजी की अध्ययनप्रियता से कुछ हद तक प्रभावित भी होने से खुद को नहीं रोक पाए थे।

अगले दिन प्रिंसिपल भुवनेश ने मंगतरामजी को चिट्ठी पकड़ा दी—ज्ञात हुआ

है कि आपके पास महाविद्यालय का काफी सामान (सूची संलग्न) काफी लंबे समय से पड़ा हुआ है। इसमें से मद-संख्या एक से मद-संख्या इतने तक इशू करवाकर और शेष बगैर कहीं दर्ज कराये आप ले गए हैं। चूँकि महाविद्यालय की चल संपत्ति का भौतिक सत्यापन होना है, अतः आपसे अनुरोध किया जाता है कि · · ·

पत्र पाकर मंगतरामजी क्रोध से काँपने लगे। इस छोकरे की ये हिम्मत ! यानी कल जासूसी करने आया था। इन कम्युनिस्टों की तो · · ·

और इस बीच भुवनेश पुस्तकालयाध्यक्ष से उन पुस्तकों की सूची बनवा रहे थे जो छह महीने से अधिक समय से मंगतरामजी के नाम पर इशू हैं, और जिनके बल पर वह कस्बे में महर्षि बने हुए हैं। सूची बनने में समय लग रहा था।

दो रोज बाद भुवनेश ने भँवरलाल को बुलाकर पूछा कि मंगतरामजी ने कुछ सामान जमा कराया या नहीं ?

"नहीं सर।"

"क्यों ?"

"कराएँगे कैसे सर ? उनके पास होता तो शायद करा भी देते।"

"क्या मतलब ?"

"मेज़-कुर्सियाँ तो योग्य और प्रिय विद्यार्थियों को दी हुई हैं। सिवा उन कुछ के जो उनके डाइंगरूम में रखी हैं। वापस मँगाएँ भी तो आने में समय लगेगा। और घर पर भी बैठने के लिए कुछ तो इंतजाम करना ही पड़ेगा पहले।"

"और रिकॉर्ड-प्लेयर ?"

"पहले तो मंगतरामजी के घर पर रखा रहता था। वहाँ बच्चों ने खराब कर दिया तो उनका एक शिष्य ले गया और उसने ठीक कराकर अपने होटल पर रख लिया। वहाँ दो बार मैं खुद गया। वह कहता है मरम्मत कराई मैंने, उसके पैसे दे जाओ और ले जाओ।"

"कितने पैसे थे मरम्मत के ?"

"बत्तीस रुपये कुछ पैसे।"

"बत्तीस रुपयों के लिए कॉलेज का रिकॉर्ड-प्लेयर होटल में पड़ा है ?"

"जी।"

"तुम मुझसे ले जाओ बत्तीस रुपये और उठा लाओ।"

"पर अब तो वहाँ नहीं है।"

"कहाँ गया ?"

"पूछना पड़ेगा।"

"सीधी तरह नहीं देगा तो कहना चतुर्वेदी पुलिस में रिपोर्ट करेंगे कि कॉलेज

से चोरी हो गया। ठीक है ?"

उस दिन स्टाफरूम में मंगतरामजी का प्रवचन अहर्निश जारी रहा, पीरियड तक छोड़कर—देखिए क्या हो रहा है सरस्वती के मंदिर में ! हम, जिनसे यह अपेक्षा की जाती है कि ज्ञान के दीप जलाएँगे, मनों में एक-दूसरे को चोर बता रहे हैं, पुलिस में रिपोर्ट लिखा रहे हैं। सोचिए, क्या धूल उड़ेगी महाविद्यालय की प्रतिष्ठा की ? नहीं समझेंगे आप। आप तो कल आए हैं। इसकी पीड़ा हमसे पूछिए। हम—जिन्होंने अपने स्वेद और रक्त से इस महाविद्यालय को खड़ा किया है। गाँवों से, घरों से बटोरकर लाए हैं विद्यार्थियों को। दिन-दिन-भर पानी तक नहीं मिलता था यहाँ पीने को। शासन ने नहीं खुदवाया है यह कुआँ महाविद्यालय परिसर में। हमने खुदवाया है जिला प्रशासन से लड़कर। वरना आज प्यास से मर रहे होते आप ! हमारे संघर्ष का यही प्रतिदान दे रही है नई पीढ़ी ? विद्या विमुक्त करती है। ये पुलिस में रिपोर्ट लिखवाकर हथकड़ी पहनाएँगे ! कहाँ से मान लें इन्हें विद्वान, जबकि इनमें विनय तक नहीं ! अरे, एक बार कह ही देते कि पंडितजी, ऐसी-ऐसी बात है, ऐसी-ऐसी चिट्ठी आई है, बताइये क्या किया जाए ? वरीयता से क्या होता है साहब ? उम्र ली है हमने। आप इस तरह वरिष्ठ व्याख्याताओं को अपमानित करेंगे, तो आपको भी इसका परिणाम तो भोगना ही पड़ेगा, जान लीजिए · · ·

कुछ सुन रहे थे, कुछ हँस रहे थे, कुछ चढ़ा रहे थे, कुछ आ या जा रहे थे।

तीन रोज़ बाद प्रिंसिपल आ गए और उन्होंने आते ही सारे मामले को प्रत्यक्षदर्शियों की भाषा में 'हश अप' कर दिया। मंगतरामजी से भुवनेश के पत्र का उत्तर लिखवाया गया जिसमें यथाशीघ्र इशू सामान लौटाने और बाकी अपने पास नहीं होने की बात कही गई थी। उनसे कुछ चीजें—जिनका पता चल गया है—लौटाने को कहा गया, और वे लौट भी गईं। भुवनेश को बुलाकर समझाया गया कि उन्हें प्रशासनिक विषयों में कम और अध्यापन में अधिक रुचि लेनी चाहिए। भौतिक सत्यापन के लिए दो अलग-अलग समितियों का गठन कर दिया गया और भुवनेश को दोनों में से किसी में नहीं रखा गया।

भुवनेश जानते थे यही होगा। उन्हें ज्यादा परवाह भी नहीं थी। सिवा थोड़े पंगे लेने के उनका कोई खास मकसद भी नहीं था। हालाँकि वह प्रिंसिपल से कह आए थे कि वह कुछ लोगों द्वारा मिलीभगत से महाविद्यालय की संपत्ति के दुरुपयोग की शिकायत निदेशक को कर रहे हैं, पर ऐसा करने का भी उनका कोई इरादा नहीं था। भुवनेश की इस धमकी को प्रिंसिपल और मंगतरामजी ने सच समझा और जवाबी कार्यवाई के रूप में एक स्थानीय नेता के दस्तखतों से निदेशक को एक शिकायत भिजवा दी कि भुवनेश पढ़ाने से ज्यादा स्थानीय राजनीति में दिलचस्पी

लेते हैं और 'राष्ट्र-विरोधी' राजनैतिक विचारों का प्रचार करते हैं। इसकी खबर भुवनेश को तत्काल मिल गई। इसकी भी उन्हें कोई परवाह नहीं थी। बीसियों बार ऐसा ही हो चुका है। यहाँ नहीं होता तो उन्हें आश्चर्य होता। निदेशक कार्यालय में भुवनेश को सब जानते थे। और उनमें कइयों की दिलचस्पी इसमें थी कि भुवनेश की शिकायत हो। वे नहीं चाहते थे कि कल भुवनेश पहले वाइस प्रिंसिपल, फिर प्रिंसिपल फिर ज्वाइंट डायरेक्टर और फिर डायरेक्टर बनकर उनकी छाती पर आ बैठें। ऐसे कम ही लोग थे जिनके मामले में यह एक संभावना थी, दूरस्थ ही सही, पर थी, और उनमें से सबसे ज्यादा असुविधाजनक भुवनेश ही थे। जबकि सच्चाई यह थी कि भुवनेश निदेशक तो क्या, प्राचार्य बनने की भी कोई खास इच्छा नहीं रखते थे। वह तो मौका देख रहे थे कि कब ऋचा की पढ़ाई खत्म हो और उनकी नौकरी के पच्चीस साल पूरे हों और वह स्वैच्छिक अवकाश ग्रहण कर वह सब करें, जो नौकरी करते हुए कर पाना संभव नहीं है।

लेकिन इस घटना का एक परिणाम यह भी हुआ कि सारे कस्बे में अफवाह फैल गई कि मंगतरामजी ने कॉलेज की चीजें 'उड़ाईं' और आखिर में चोरी पकड़ी गई। तो वे जो हर रास्ते से प्रणाम स्वीकार करते निकलते थे, विनम्रता से मुस्कराकर झुकते हुए, अब सफाइयाँ देने के कगार पर पहुँच गए।

और आश्चर्य कि कल तक जो तोंद खुजाते हुए गुड़ का सट्टा लगा रहे थे या मिलावटी बेसन तोल रहे थे, अचानक पवित्र भारतीय संस्कृति की चिंता करने लगे और उसकी रक्षा के लिए कटिबद्ध और उग्र होने लगे। इस 'फ्लैगमार्च' को लक्षित किया गया और इसकी प्रतिक्रियास्वरूप भुवनेश के घर के बाहर भी देहाती लड़कों का जमावड़ा लगने लगा और वे 'रणनीति' की भाषा में बातें करने लगे। कल तक जहाँ गोष्ठियाँ थीं, आज शिविर हो गए। पुस्तकों के उद्धरण पृष्ठभूमि में चले गए। संघर्ष के परचम आसमान में सिर उठाने लगे। समाज के चरित्र की दार्शनिक चर्चा का स्थान व्यक्तियों की सच्चरित्रता या दुश्चरित्रता की सामाजिक चर्चा ने ले लिया। और इस तरह की बातों में सबसे अधिक फजीहत किसी की हुई तो महिलाओं की।

गलती भुवनेश से ही हुई। बातचीत के दौरान उनके मुँह से निकल गया कि मंगतरामजी की पत्नी तो उम्र में उनसे काफी छोटी लगती हैं।

एक विद्यार्थी बोला, "दूसरी हैं न !"

भुवनेश ने पूछा, "क्या मतलब ?"

"आपको नहीं मालूम सर ? ये इनकी दूसरी पत्नी हैं। बंगालन हैं। इनकी स्टूडैंट थीं। संस्कृत में एम. ए. कर रही थीं और मंगतरामजी इन्हें पढ़ाने इनके घर जाते

थे। फिर ऐसा हुआ कि दो-चार रोज नहीं जा पाए, इससे वो इतनी परेशान हुईं कि खुद इनके घर आ गईं किताबें लेकर। और एक बार आईं तो रोज आने लगीं। और वहाँ पूज्य मंगतरामजी ने इनके साथ कुछ ऐसी महान भारतीय संस्कृति की कि · · · "

हँसे। दबी हँसी हँसे बहुत-से विद्यार्थी।

"अनिरुद्ध नाम की व्युत्पत्ति आप्को मालूम है न सर ?" किसी और न पूछा।

भुवनेश मुस्कराए।

"उसी ने गड़बड़ की।" पहलेवाला बोला। "उसके विश्वप्रवेश को सुगम बनाने के लिए और गाँव-भर के जूते खाने से बचने के लिए मंगतरामजी को उनसे प्रेम-विवाह करना पड़ा।"

"गंदर्भ विवाह।" दूसरा बोला, "मंदिर में माला पहनाकर।"

"असुर विवाह। अपहरण का भी सीन था।" कोई और बोला।

लड़के बताते जाते और हँसते जाते। भुवनेश जैसे सुरुचिसंपन्न व्यक्ति को ऐसी गर्हित बातें सुनने से भी इनकार कर देना चाहिए था। पर वह चुपचाप सुनते रहे। फिर पूछा, "और पहली पत्नी कहाँ गईं ?"

इस पर लड़के चुप हो गए। उनके चेहरों की मुस्कराहटें गायब हो गईं।

एक विद्यार्थी बोला, "ये इनकी पत्नी नहीं हैं सर।"

"क्या मतलब ?" भुवनेश के मुँह से निकला।

अब मंगतरामजी को कॉलेज से घर और घर से कॉलेज पहुँचने में एक घंटा लग जाता। कोई भी परिचित दिखाई देता तो साइकिल से उतरकर उससे बातें करने लगते—नमस्कार लाभचन्दजी, कैसे हैं ? पाँव में क्या हो गया ? कुत्ते ने काट लिया ? ड्रेसिंग कराई ? कहाँ, अस्पताल से आ रहे हैं ? इंजेक्शन नहीं मिला ? यही होगा अब। देखिए क्या जमाना आ गया है ! सारे कस्बे की हवा प्रदूषित हो गई है। आचार-विचार रसातल में जा रहा है। प्रकृति तक ने अपना व्यवहार बदल दिया है। वरना ये निरीह और स्वामिभक्त पशु, जिन्हें हम सुबह-सुबह चुपड़ी रोटी खिलाते हैं, भला हमें ही काटते ? आप इंजेक्शन जरूर लगवा लीजिएगा। वैसे प्राकृतिक चिकित्सा में भी है इसका उपचार। लेकिन क्या बताएँ साहब ! आयुर्वेद को कौन पूछता है ? और वैद्यराज भी क्या करें ? न वन हैं न औषधियाँ। सामान्य जड़ी-बूटियाँ तक उपलब्ध नहीं हैं। और हैं भी तो उनका ज्ञान किसे है ? पश्चिम का अंधानुकरण चल रहा है। अरे भई, अपना जन्म इसी धरती पर हुआ, यहीं आपका

शरीर भस्मीभूत होगा। लेकिन बोलेंगे तो आंग्ल भाषा ! पढ़ेंगे तो अंग्रेजी। बताइए साहब, कोई बात है ! ब्राह्मणों ने यज्ञोपवीत तक पहनना छोड़ दिया। एक आए हैं न हमारे यहाँ अंग्रेजी में। नाम है चतुर्वेदी, और चारों वेदों के नाम पूछिए तो बगलें झाँकेंगे। और बात करते हैं कम्युनिज्म की। और वहाँ क्या होता है ? कोई किसी का बच्चा नहीं, कोई किसी की पत्नी नहीं। जो है, सब सार्वजनिक। सबकी संपत्ति छीन लो, और कोई कुछ कहे तो उसे बंदी बनाकर साइबेरिया भेज दो। बताइए, कोई बात है ? और यही यहाँ भी करना चाहते हैं। मैं तो कहता हूँ ··· कोई बात नहीं, आप जल्दी में हैं तो ··· आइए कभी चर्चा होगी। मंगलवार को आइएगा भोलाराम चिरंजीलाल के यहाँ। मानस पाठ है और कुछ धर्मचर्चा। स्वास्थ्य ठीक रहे तो अवश्य आइएगा। यही साथ जाएगा। अच्छा नमस्कार !

पंचर ठीक कराने के लिए साइकिल को चौराहेवाले सत्तारभाई की दूकान पर डालकर विनय अपना झोला कंधे पर डाले पैदल घर लौट रहा था। धर लौट रहा था माने रास्ता घर जाने का ही था। जा भी वह घर की तरफ ही रहा था, लेकिन कुछ कहा नहीं जा सकता था कि घर जाएगा ही। घर जाने की इच्छा नहीं हो रही थी। घर जाने का खयाल डरा रहा था। वहाँ सामान रखने या कपड़े बदलने या सोने या पढ़ने के अलावा उसे कुछ नहीं करना होता था। इसलिए वह अपने-आपसे बहाने बनाकर कभी चप्पल पर पॉलिश करवा रहा था तो कभी सिगरेट खरीदने के लिए रुक रहा था। कभी सड़क-किनारे के किसी पेड़ को ध्यान से देख रहा था। कभी इधर से उधर गुजरते लोगों में किसी परिचित चेहरे को खोज रहा था जिसके साथ कुछ देर गपशप की जा सके, किसी चायघर में बैठकर चाय पी जा सके और घर जाने से कुछ देर और बचा जा सके।

लेकिन अक्सर ऐसा ही होता है कि जब किसी का साथ चाहो तो कोई नहीं मिलता। किसी के घर भी जाओ तो या तो वहाँ ताला मिलेगा या अगला किसी के साथ व्यस्त। वैसे भी दफ्तर से सीधा विनय किसी के घर नहीं जाता। उस समय सब बीवी-बच्चों से घिरे रहते हैं और विनय को लगता है उसकी उपस्थिति अप्रिय व्यवधान जैसी हो रही है। विनय को थकान-सी लगी और वह सड़क-किनारे के एक होटल में घुस गया। घुस गया माने उस झोंपड़ीनुमा चाय की दूकान के बाहर रेत में पड़ी दो टुटही बेंचों में से एक पर बैठ गया और बोला—पानी। कड़क चाय, शक्कर कम। और सुबह के नुचे-मुचे अखबार को खोलकर उसमें उठावणे और रेडीमेड कपड़ों की सेल और युवा कांग्रेस के जिला सचिव बनने पर अमुकजी को

हार्दिक बधाईनुमा चीजें बेमन से पढ़ने लगा। चायवाले ने गोदी का नाक सुड़कता बच्चा भीतर घरवाली को पकड़ाया और अपने चीकट पट्टेदार जाँघिए पर दोनों हाथ रगड़ भगोनी में पानी-दूध-शक्कर-पत्ती डाल, सिगड़ी में कोयले भरे और उस पर भगोनी चढ़ा दी। और एक टाँग बाजू में पड़े पत्थर पर चढ़ा धमनी का हैंडल घुमाने लगा। चटख-चटख की आवाज के साथ राख और चिंगारियाँ उड़ने लगीं।

हवा में अजीब-सी सिहरन थी और पेड़ों की छायाएँ अभी से लंबी हो चली थीं। बोरियत में धँसता जा रहा था विनय। कैसे कभी-कभी पूरा-पूरा दिन बगैर कोई अर्थ छोड़े बीत जाता है। सुबह की दोपहर और दोपहर की शाम होती है। और न कुछ खुशनुमा होता है, न कुछ महत्त्वपूर्ण। होता सिर्फ यह है कि हम कुछ और बूढ़े हो जाते हैं, हमारी जिंदगी में से एक दिन और कम हो जाता है।

विनय जिस समय यह सब सोच रहा था, ठीक उसी समय उसे चौराहे की तरफ से दो लड़कियाँ आती हुई दिखाई दीं। इनमें से एक कुछ लंबी थी। उसने बसंती पीले रंग का चूड़ीदार कमीज-कार्डिगन पहन रखा था और सफेद चुन्नी को सिर पर ऐसे लपेट रखा था जैसे गाँववाले सिर पर गमछा लपेटते हैं, और फिर भी जिसका एक छोर हवा में उड़ रहा था और साथ में कुछ लटें भी उड़ रही थीं जिन्हें वह सम्हाल नहीं पा रही थी, क्योंकि दोनों हाथों में कोई मोटा-सा पैकेट उठाए थी, बल्कि उसे छाती से चिपकाए हुए थी। इस लड़की की कद-काठी विनय को कुछ पहचानी-सी लगी। और इससे पहले कि वह इस पहचान को साफ कर पाता, लड़कियाँ इतने पास आ गईं कि उनके चेहरे साफ दिखाई देने लगे और विनय ने पहचाना कि ये तो अपने गबडूप्रशाद हैं। और कि उसके भीतर की उदासियाँ दूर-दूर भागने लगीं और उनके स्थान पर पुलक की रंगीन चकरियाँ घूमने लगीं। और उसे एहसास हुआ कि वह कहाँ बैठा है और क्या कर रहा है। और उसने जल्दी-जल्दी चाय खत्म की, खड़ा हो गया, जेब से रूमाल निकालकर मुँह पोंछा, लड़कियों की तरफ पीठ करके बालों में कंघी फेरी और घूमकर उनसे मुखातिब होने के लिए एक चुस्त मुस्कान से लैस हो गया।

लड़कियों ने उसे देख लिया था और मुस्करा रही थीं और शायद आपस में उसके बारे में ही बातें कर रही थीं।

पास आकर ऋचा ने पहले होटलवाले को देखा और फिर विनय को और फिर शर्माते-मुस्कराते हुए धीरे से बोली—हलो ! जैसे छोटे बच्चे नमस्ते करते हुए शरमा जाते हैं।

लेकिन विनय की झिझक और झेंप ऐसे मौकों पर गायब हो जाती है। वह एक आत्मविश्वासपूर्ण सहजता से भर उठा और उसने पूछा, "कहाँ से आ रही

हो ? चायवाले से क्या और क्यों छिपाना कि हम पूर्वपरिचित हैं !"

"बताएँ हैं न···" ऋचा ने कहा और अपनी सहेली की तरफ देखकर हँसी। "एक जरूरी काम से गए थे।" सहेली ने बात पूरी की। उसके शब्द जैसे अटेन्शन में थे, पर बात कहकर वह भी शरारत से मुस्कराने लगी। वह एक ठिगनी लड़की थी जिसने मोटे काँच का चश्मा लगाया हुआ था और जिसकी बड़ी-बड़ी आँखें उस चश्मे के पार से ऐसी लगती थीं जैसे एक्वेरियम में दो मछलियाँ, और जिसके दाँत कुछ ऊबड़-खाबड़ होने के बावजूद बहुत साफ और चमकदार थे। विनय को याद आया कि इस लड़की को उसने पहले भी कहीं देखा है। हाँ, पिकनिक में।

"चलो, मत बताओ। चाय पियोगी ?" विनय ने पूछा।

"पानी पिएँगे।" सहेली ने कहा।

"बनाओ पंडिज्जी, तीन बढ़िया चाय और तीन गिलास पानी। आओ, बैठो।" विनय बैंच पर बैठकर उसे एक तरफ थपथपाता हुआ बोला। बैंच पर उतरती धूप थी।

लड़कियाँ संकोच में पड़ी रहीं। सहेली बोली, "भीतर नहीं है जगह ?"

विनय ने फौरन डाँटा, "क्यों ? यहाँ शरम लगती है ? कोई देख लेगा ? चाय पीना क्या चोरी है ? बैठो।"

दोनों सिटपिटाती हुई बैठ गईं। लेकिन आपस में ही खुसर-पुसर करती रहीं।

चाय पीने के बाद जब विनय पैसे देकर मुड़ा तो देखा सहेली टाटा करके जा रही है।

"अरे, यह कहाँ चली ?"

"जाने दीजिए, मम्मी वेट कर रही होंगी।" ऋचा बोली।

"रुक जा ना !" ऋचा इतने बेमन से बोली कि कोई भी इसका अर्थ 'चली जा ना' ही लगाता।

"नहीं यार। कबाब में हड्डी कौन बने ? अच्छा बाय !" दोनों को टाटा करके वह चली गई।

"उसे क्यों भगा दिया ?" दो-चार कदम बाद विनय ने पूछा। मानो घबरा रहा हो।

"सुनो ! घर पर तो ताला लगा होगा। मम्मी-पापा एक जगह गए हैं। सात बजे तक लौटेंगे। मैं इसके घर जा रही थी। पर ये तो गई। अब क्या करें ?"

विनय ने सोचा कि सहेली का घर तो उधर है जिधर वह गई। और ये 'उधर' से 'इधर' आ रही थीं, लेकिन यह कहती है कि सहेली के घर जा रही थी ! माजरा क्या है ?

"तुम्हारे घर चलें ?" विनय को चुप देख ऋचा ने कहा।

तो ये माजरा है।

"मुझे कुछ काम भी है।"

"क्या काम है ? बोलो !"

"यहाँ ? सड़क पर ?"

"कपड़े बदलने हैं ?"

"हट !" ऋचा शरमाते हुए मुस्कराई।

"सूसू करनी है ?"

"हट !!" इस बार एक मुक्की पड़ी। गनीमत थी कि किसी ने देखा नहीं। विनय हँसा। फिर गंभीर होकर बोला, "ऋचा, मैं बहुत ⋯ अजीब तरह के मकान में रहता हूँ। तुम्हें पसंद नहीं आएगा।"

"कोई बात नहीं।"

"भुवनेशजी तो पाँच मिनिट उसे झेल नहीं पाए।"

"तब तो मैं जरूर चलूँगी।" गर्दन तानकर ऋचा बोली।

कुछ पल सोचकर विनय ने कहा, "अच्छा चलो।"

सारे रास्ते दोनों लगभग चुपचाप चलते रहे। मानो कोई तनाव हो दोनों के बीच। तनाव कई थे। ऋचा पहली बार मम्मी से झूठ बोलकर कहीं जा रही थी। विनय को अपने कमरे पर और कमरे की हालत पर और अपने आप पर और अपनी नौकरी पर गुस्सा आ रहा था। राह चलते लोग उन्हें घूर रहे थे और दो-चार लावारिस-से बच्चे उनके पीछे-पीछे चलने लगे थे। गनीमत थी कि 'ठाकुर की धा' प्रोल में थी, पर सो रही थी, ट्रांसपोर्ट कंपनी के दफ्तर में कोई नहीं था और मामी के कमरे का दरवाजा बंद था। शायद वह भी भीतर सो रही थी।

विनय ने ताला खोला, खटिया पर से कपड़े हटाए, खिड़की खोली और बोला—आओ। ऋचा कमरे का मुआयना करती हुई खटिया की पाटी पर टिक-भर गई।

"पानी पियोगी ?" विनय ने पूछा और बाल्टी उठाने लगा।

"कुएँ से लाओगे ?" ऋचा ने पूछा।

"नीचे हैंडपंप है।"

"नहीं। कहीं मत जाओ। बैठो।"

विनय कुर्सी पर बैठ गया। कुछ पल दोनों चुप रहे। ऋचा आले में सजी किताबें देखने लगी।

"सिगरेट पी लूँ ?" विनय ने पूछा।

"शौक से।" ऋचा विनय के पूछने की 'शिष्टता' का 'शिष्टता" से जवाब देते हुए बोली और मुस्करा दी।

"तुम सब लोगों के यहाँ वही की वही किताबें क्यों होती हैं ? जहाँ जाओ, वही।" कुछ देर बाद ऋचा ने पूछा।

"इधर-उधर से माँगी हुई हैं। अपन तो' · · · 'खरीद नहीं पाते' को विनय खा गया।

"पता है हमें कैसी किताबें अच्छी लगती हैं ? जिनमें खूब सारे फोटो हों। या खूब कॉमेडी हो। पढ़कर खूब हँसी आए।"

"जैसे ?"

"पीजी वुडहाउस। हिंदी में पता नहीं कौन हास्य लेखक है !"

"क्यों ? शरद जोशी, के.पी. सक्सेना, गोपालप्रसाद व्यास · · · "

"एक तो हमें लगता है हिंदीवाले किसी बात को लाइट मूड में कर ही नहीं सकते। फौरन दर्शन बघारना शुरू कर देते हैं। अरे भई मरो, करो, कुछ जीवन-मृत्यु का संघर्ष हो, उसके बाद उसे दर्शन का रूप दो तो कुछ ठीक भी लगे। मुझे तो रूसी किताबों में भी सबसे ज्यादा कोई बात अखरती है तो यही कि कंबख्त हँसते नहीं।"

"क्यों ? गोगोल · · · शोलोखोव · · · "

"ठीक है गोगोल। पर उसके बाद ?"

तभी पास के कमरे से खटिया के चरमराने की आवाज आई और एक औरत का कराहना और डकार लेना सुनाई दिया।

ऋचा चुप हो गई। फिर कुछ देर बाद बोली, "सुनो। जरा कमीज उतारो।" वह शरमाई।

"क्यों ?" विनय चक्कर में पड़ गया।

"वो वाली पहन लो, चैक की। उस पर खूब खिलेगा।"

"क्या खिलेगा ?"

"उतारो तो सही।"

"पहले बताओ।"

"नाराज तो नहीं होओगे ? बोलो प्रॉमिस ?"

"प्रॉमिस।"

"पक्का ?"

"पक्का।"

"तो उतारो।"

"पर क्यों ?"

ऋचा ने पैकेट खोला। पैकेट में से एक रंग-बिरंगा पुलओवर निकला। वही डिजाइन जो दोनों को एक दिन डिजाइन-बुक के उस पृष्ठ पर पसंद आया था।

"तुम्हारे लिए बनाया है।" ऋचा गद्गद मुस्कराहट से बोली, "पहनकर दिखाओ।"

"पर तुम . . ." कमीज उठाता हुआ विनय बोला।

"मैं बाहर चली जाऊँ ?" ऋचा ने पूछा।

पास के कमरे से किसी के गटगट पानी पीने की और ओम् ओम् करने की आवाज आई।

"नहीं-नहीं, यहीं बैठी रहो।"

विनय ने ऋचा की तरफ पीठ करके 'ये' वाली कमीज उतारकर 'वो' वाली कमीज पहनी और ऊपर से पुलओवर। उँगली से बाल ठीक किए और ऋचा की तरफ देखकर पूछा, "कैसा लग रहा है ?"

"हाय !" ऋचा प्रसन्नता से पुलकित होती हुई बोली और हथेली पर बोसा चटखाकर विनय को लाड़ से देखने लगी।

विनय घबराकर मामी की तरफ की दीवार को देखने लगा और फिर पुलओवर उतारने लगा।

"नहीं, उतारो नहीं, पहने रहो।" ऋचा ने रोका।

विनय वैसे ही कुर्सी पर बैठ गया। वह अनमना हो गया था। हिम्मत बाँधकर बोला, "तुमने इतने प्यार और मेहनत से मेरे लिए यह स्वेटर बनाया, कैसे क्या कहूँ ? थैंक्स वगैरह। मुझे जरूरत भी थी। लेकिन . . ."

"तुमने भी तो मुझे कविताएँ ट्रांसलेट करके दी थीं।"

"हाँ ! पर ऋचा, सच बताना . . ." ऋचा के दोनों हाथ अपने हाथ में लेकर बोला, "तुम लोगों को भुवनेशजी के सूट के आगे मेरा फुटपाथ से खरीदा बीस रुपए का ब्लेझर खराब लगता था न ? और तुम्हें मुझ पर दया आई थी न ! तुम्हें और भाभीजी को ! और तुम लोगों ने सोचा होगा कि इस बेचारे के लिए कौन बनाने वाला है ? और रेडीमेड यह खरीद नहीं सकता। इसलिए चलो अपन ही बना देते हैं बेचारे के लिए। लेकिन ऋचा, तुम कहाँ-कहाँ दया करोगी ? मेरी तो सारी जिंदगी ही फटेहाल है। घर, परिवार, पढ़ाई, कैरियर . . . मैं तो रास्ते में पड़ा एक पत्थर हूँ जिसकी कोई मंजिल नहीं, महत्वाकांक्षा भी नहीं, जिसे हर कोई ठोकर मारकर चला जाता है। पत्थर को अच्छा-बुरा कुछ थोड़ी लगता है। मुझे पहली बार तुम लोगों से इतना अपनापा, इतना प्यार मिला है कि मैं खुद कई बार अपनी बदनसीबियाँ,

अपना आपा तक भूल जाता हूँ। जानती हो अब होता क्या है ? अक्सर सपने में देखता हूँ कि भुवनेशजी का ट्रांसफर हो गया है और तुम लोग चले गए हो। और तुम्हारा मकान खाली पड़ा है। दरवाजे-खिड़की खुले पड़े हैं। और हवा से हिल रहे हैं भड़-भड़ । और खाली कमरों के फ़र्श पर सिवा कुछ रद्दी कागजों और फटी चिट्ठियों के कुछ नहीं है · · · और मैं उसी कचरे में कुछ ऐसा ढूँढ़ रहा हूँ जो एक बार फिर पलभर के लिए मुझे तुमसे जोड़ दे और मुझे एक चूड़ी का टुकड़ा मिल जाता है · · · और वह चूड़ी तुम्हारी है · · · तुमने उसे अपने हाथ में पहना था · · · और मैं वह टुकड़ा उठाकर अपनी जेब में रख लेता हूँ। · · · हँसना मुझे भी बहुत अच्छा लगता है गबडूप्रशाद · · · !!"

विनय रुआँसा हो गया। ऋचा उसे कबसे खामोश तक रही थी। विनय ने अपना सिर ऋचा के हाथों पर टिका दिया। कुछ पल बाद ऋचा को अपने हाथों पर गीलेपन का एहसास हुआ। क्या रो रहा है विनय ? हथेलियाँ कसमसाईं। विनय ने सिर उठाकर देखा। ऋचा मुस्कराने की कोशिश कर रही थी और उसकी आँखें डबडबा रही थीं। विनय ने फिर ऋचा की हथेलियों पर सिर टिका लिया और दोनों बड़ी देर चुपचाप रोते रहे और चुपचाप एक-दूसरे को चुप कराते रहे।

ट्रासपोर्ट कंपनी के दफ्तर में अब कुछ लोग जोर-जोर से बातें कर रहे थे। कमरे के सन्नाटे में उनकी आवाजें आती रहीं।

कुछ देर बाद किसी ने दरवाजा खटखटाया।

विनय ने आँखें पोंछ दरवाजा खोला। सजी-धजी मामी मुँह में पान ठूँसे सिर पर पल्ला डाले खड़ी थी।

"क्या हुआ ? बुखार आ गया क्या ? किसी के रोने की आवाज आई। मैं साड़ी नहीं पहने थी। खाली पेटीकोट-ब्लाउज पहने थी। जल्दी-जल्दी साड़ी पहनकर आई। कौन-रो · · · अरे, ये तो कोई बैठा है · · · कौन हो बाई ? नमस्ते।"

विनय दरवाजे पर अड़कर खड़ा था। पर जब मामी ने झाँककर ऋचा को देख ही लिया तो विनय को एक तरफ हटना पड़ा था। ऋचा सकपकाई और नमस्ते करके खड़ी हो गई।

"ये मामी हैं। पासवाले कमरे में रहती हैं।" विनय बोला।

मामी बड़े ध्यान से ऋचा का मुआयना कर रही थी। ऋचा से ही उसने पूछा, "कौन हो बाई ? तुम्हारे घर से आई हैं क्या बाबू ?"

"यहीं कॉलेज में पढ़ती हैं।"

"अच्छा ! कॉलेज में पढ़ती हैं। कॉलेज की छोरियों में बहोत को मैं जानती। वो मेरे पास आतीं।"

विनय डाँटकर कहना चाहता था कि यह वैसी लड़की नहीं है जैसे मामी समझ रही है। उसे मामी का यों बाहर खड़े-खड़े जोर-जोर से बातें करना भी पसंद नहीं आ रहा था, पर वह उसे भीतर आने को भी नहीं कह सकता था। चुप रहा। कुछ देर बोलकर मामी भी चुप हो गई। फिर धीरे-से सिर पर पल्ला खींचते हुए बोली, "चाय बनाऊँ ?"

मामी के प्रति अबूझ गुस्से और चिड़चिड़ेपन से भरे रहने के बावजूद उसके इस प्रस्ताव से विनय कुछ कृतज्ञ-सा हो आया और नरमाई से बोला, "नहीं मामी, थैंक्यू।"

मामी खिलकर हँस पड़ी। पीक-सने सारे दाँत उजागर करते हुए। "थैंक्यू, अच्छा मैं जाती हूँ। कोई चीज की जरूरत हो तो बोल देना। मेरी तरफ आवाज आती है। अच्छा बाई, मैं जाती।" और चली गई। अपने दरवाजे में घुसते-घुसते एक बार फिर बोली, "थैंक्यू!"

ऋचा अपनी रुमलिया से चेहरा पोंछ रही थी और अपना थैला व्यवस्थित कर रही थी। विनय ने पूछा, "चलें ?"

ऋचा ने कलाई पर लगी घड़ी में समय देखा। अभी सिर्फ साढ़े छह बजे थे। फिर भी सिर हिलाकर इशारे से कहा, "चलो।"

दोनों के निकलते-निकलते ट्रांसपोर्ट क़ंपनी के दफ्तर में शायद दो ड्रायवरों में कोई बहस छिड़ गयी थी। तू-तू-मैं-मैं हो रही थी और गंदी-गंदी गालियाँ खूब खुले गले से उलीची जा रही थीं। ऋचा की उपस्थिति के प्रति सजग विनय के कानों की लवें जलने लगीं। ताला लगाते समय देखा कि मामी सामने ही खड़ी है। बड़े ध्यान से ट्रासपोर्ट कंपनी में चल रहे झगड़े को झाँक रही है और मुँह पर पल्ला रखे हर गाली के बाद स्वाद लेकर हँस रही है। विनय और ऋचा पास से गुजरे तो अचानक उसके मुँह से निकला, "देखो, क्या बोला · · · मा · · ·" और मुँह पर पल्ला रखे-रखे ही हँसी।

नीचे प्रोल में 'ठाकुर की धा' बैठी हुई थी। उसने इन दोनों को घूरकर देखा और पास खड़ी टेलीफोनवाले की बकरी पर जोर से डंडा फटकारते हुए बोली, "मुंडा बले थारो ! राँडकी नै गरमी चढ़रई है · · · गरमी चढ़रई है · · · राँडकी नै · · · !!"

दोनों जल्दी-जल्दी बाहर निकल आए।

काफी देर चुपचाप चलते रहे। ऋचा के घर तक आ गए। ताला खुला हुआ था। दरवाजा अंदर से बंद था। भीतर लता अपनी सुरीली आवाज में ग़ालिब गा रही थी—

रोने से और इश्क़ में बेबाक़ हो गए।
धोए गए हम ऐसे के बस पाक हो गए।।

ऋचा ने दरवाजा खटखटाने के लिए हाथ उठाया ही था कि विनय बोला, "जा रहा हूँ।" ऋचा ने पूछा नहीं कि क्या, क्यों, अच्छा । सिर्फ बड़ी तकलीफ और शर्मिंदगी के साथ सायास मुस्कराते हुए उसे देखा।

विनय ने एक भर नज़र ऋचा को देखा और चल पड़ा। मुड़कर भी नहीं देखा।

तेरह

कॉलेज की बाउंड्री-वाल पर चार-पाँच जगह गेरू से बड़े-बड़े अक्षरों में लिखा था—'मंगतराम चोर है' और एक किनारे छोटे-छोटे अक्षरों में यह भी लिखा था—ज्वॉइन एस.एफ.। अंग्रेजी में।

भुवनेश ने कॉलेज में घुसते समय ही यह देखा और बौखला गए। यह क्या है ? क्या हो रहा है ? किसने किया है ? उन्हीं के महाविद्यालय में हो रहा है और उन्हीं को खबर तक नहीं ! उन्हें लगा उनकी अनभिज्ञता तो अक्षम्य है ही, चीज़ों को इस हद तक विकृत होने देने का कुछ दोष उनके सिर पर भी है।

स्टाफरूम का वातावरण तनावपूर्ण था। रोज की-सी गुडमॉर्निंग और खुशगप्पियाँ नहीं थीं। मंगतरामजी नहीं आए थे। सब मानो किसी जल्दी में थे और जल्दी से जल्दी रजिस्टर-किताबें उठाकर कक्षाओं में जाने की हड़बड़ी में। और हों न हों, भुवनेश जरूर हड़बड़ी में थे। उनके पीरियड का समय हो चुका था। समय के मामले में भुवनेश अंग्रेज हैं। सो अपने पाठ के बारे में सोचते हुए उन्होंने लॉकर से डस्टर, रजिस्टर, किताबें निकालीं, डिब्बे में से चॉक उठाए, बैग, चश्मा, पुस्तकालय में जमा कराने के लिए लाई पुस्तकें लॉकर में रखीं; ताला दबाया और कक्षा में लपक लिए।

भुवनेश अच्छे अध्यापक हैं और अंग्रेजी को भी हिन्दी की तरह पढ़ाते हैं। लैक्चर के दौरान कक्षा के हर विद्यार्थी से उनका सीधा तार जुड़ा होता है। और किसी की भी ज़रा-सी भी बेध्यानी उन्हें फौरन नज़र आ जाती है। चूँकि भुवनेश वहीं से शुरू करते हैं जहाँ विद्यार्थी और उनकी जिंदगियाँ हैं, इसलिए छात्रों को भी उनके लैक्चर में मजा आता है। उदाहरण वे ऐसे देते हैं कि पूरी क्लास में ठहाके लगें। बैठते एक पल को भी नहीं। सवाल-जवाब करते जाते हैं। एक पाठ के बहाने भाषा और साहित्य संबंधी ढेरों बातें उठती हैं, कहीं लाजवाब नहीं होते, हकलाने नहीं लगते, प्रश्नों को टालते नहीं। अतः उन्हें अनुशासन का महत्व नहीं बताना पड़ता, इसलिए

वह एक लोकप्रिय अध्यापक हैं। इसलिए अंग्रेजी कठिन विषय होने के बावजूद उनके छात्र खुश हैं कि उन्होंने अंग्रेजी ली। इसलिए उनकी कक्षा में लड़के पूरी संख्या में और समय से पहुँचते हैं और इसलिए प्रिंसिपल भी मन-ही-मन उनकी कद्र करते हैं, शायद ईर्ष्या भी।

'किंग लीयर' चल रहा था। कुछ ही देर में भुवनेश सैट हो गए। 'किंग लीयर' काफी अच्छा चल रहा था कि तभी पास की कक्षा से शोरगुल और बैंचें पटकने की आवाजें सुनाई दीं। दो मिनट भुवनेश चुपचाप सुनते रहे और फिर बाहर निकले कि देखें माजरा क्या है ? यहाँ भूगोलवाले गर्ग साहब की क्लास थी। प्रिंसिपल भी थे। और लड़के उन्हें घेरे हुए चिल्ला रहे थे कि टेबल टेनिस की टेबल कहाँ गई ? वाटरकूलर कहाँ गया ? कुछ छात्र पीछे के दरवाजे से बाहर निकल गए थे, कुछ बैंचों पर खड़े हो गए थे और लड़कियाँ बाहर बरामदे में अलग झुंड बनाए खड़ी थीं। गर्ग साहब और प्रिंसिपल लड़कों को चुप नहीं करा पा रहे थे। किसी को किसी की कोई बात समझ में नहीं आ रही थी। बहुत सारे लोग एकसाथ बोल रह थे। कुछ ही देर में नारेबाजी शुरू हो गई। 'गली गली में शोर है, मंगतराम चोर है।' लड़के उत्साह और उत्तेजना के अतिरेक में फुदकने लगे। भुवनेश के निकलते ही उनकी कक्षा के छात्र भी बाहर आ गए। आसपास की कक्षाओं के भी। और भुवनेश के डाँटने के बावजूद दो-चार को छोड़कर कोई कक्षा में वापस नहीं गया। अब भुवनेश हड़बड़ा गए। उन्होंने रजिस्टर, डस्टर, कॉपी, किताब उठाई और स्टाफरूम की तरफ चल पड़े। लेकिन इस तरह 'भागने' का मन भी नहीं हो रहा था। लड़कों को समझाने लगे कि इस तरह पढ़ाई छोड़कर अपना ही नुकसान करने से क्या फायदा ? लेकिन किसी ने उनकी बात नहीं सुनी और हारकर उन्हें स्टाफरूम की तरफ चल देना पड़ा। अब लड़के वहीं बरामदे में इकट्ठे होकर नारे लगा रहे थे—इस चोरी करनेवालों को। जूते मारो सालों को। ··· कुछ नाचने भी लगे। लड़कियों को मजा आने लगा। कुछ लड़के जो कर रहे थे, वह इसीलिए कि लड़कियों को मजा आ जाए। स्टाफरूम में सारा स्टाफ था और सन्न था। भुवनेश को सबने कुछ ऐसी निगाह से देखा मानो भुवनेश ने ही यह सब करवाया हो और मानो आज उन्हें भुवनेश की वास्तविक शक्ति का पता चला हो।

झा साहब एकमात्र ऐसे अध्यापक थे जो खुलेआम खुश थे। बल्कि हँस रहे थे। उन्होंने हँसते हुए भुवनेश से कहा, "मान गए गुरू। क्या जनतांत्रिक चेतना का उदय करवाया है इस तपोवन में !"

भुवनेश ने लॉकर खोलते हुए झिड़का, "इसमें इतना खुश होने की तो कोई बात नहीं है झा साहब !"

"क्यों नहीं है ? जरूर है। अब पता चलेगा महाप्रभु को।" झा साहब खुशी के कठघोड़े से उतरने को तैयार ही नहीं थे।

"हैं कहाँ महाप्रभु ?" किसी और ने पूछा।

"प्रिंसिपल साहब के दफ्तर में।" किसी और ने सूचना दी।

इस बीच भुवनेश अपना सामान लॉकर में बंद कर हाथ झाड़ चुके थे और जेब से माचिस-सिगरेट निकाल एक बीचवाली कुर्सी पर बैठ चुके थे। बोले, "झा साहब ! आप इसकी प्रतिक्रिया क्या होगी यह नहीं समझ रहे। अभी तक कुछ साबित नहीं हुआ है कि क्या वाकई चोरी जैसी कोई चीज हुई है ? और अगर हुई है तो किसने की या करवाई ? क्योंकि कागजों में कुछ और है। और हर अनियमितता को चोरी कहना वैसे भी गलत है। और अगर मान लो कुछ है भी या हुआ भी है, तो इसका मतलब ये तो नहीं कि लड़के क्लास छोड़कर निकल आएँ और नारेबाजी करने लगें। ये कॉलेज है या क्या है ?"

"भाई साहब, पानी में बैठके हगोगे तो ऊपर तो आएगा ही।" कोई और बोला।

"यार, तुम लोग यह भी तो सोचो कि यह कॉलेज है। महाविद्यालय है। इसकी भी कोई गरिमा है। आपके स्टूडेंट्स ताँगेवालों की तरह बिहेव कर रहे हैं और आप खुश हो रहे हैं। भई, मुझे तो यह सब बड़ा खराब लगता है।"

लोग एक-दूसरे की तरफ कनखियों से देखकर मुस्कराने लगे।

कुछ देर बाद हिंदीवाले मक्खनलालजी मानो कुछ बोलने के ही लिए बोले, "ठीक है, जन-प्रतिरोध की शैली ऐसी हो सकती है जिससे हम सैद्धांतिक रूप से असहमत हों। पर यह तो आप भी मानेंगे ही चतुर्वेदीजी, कि बात गलत नहीं है। इतने वर्षों से छात्रों के लाभ के लिए आई वस्तुओं का व्यक्तिगत और व्यावसायिक हितों के लिए दुरुपयोग हो रहा है, तो आखिर कब तक वह चुप रहते ? अब यह मात्र एक संयोग है कि इसे सामने लाने का श्रेय तो आपको ही दिया जाएगा।"

"लेकिन मक्खनलालजी, जो भी हो, हैं तो वह भी एक अध्यापक ही। एक वरिष्ठ अध्यापक। हमारे स्टाफ के ही एक सदस्य। साली कोई बात है ? जूते मारो सालों को ! कोई स्तर है ? आज उन पर पड़ रही है, कल को आप पर या हम पर भी पड़ सकती है। मेरे विचार से हमें इसे हल्के से नहीं लेना चाहिए और इस तरह की हरकतों को प्रोत्साहन भी नहीं देना चाहिए। कम-से-कम इस मुद्दे पर मैं अपने और मंगतरामजी के बीच कोई फर्क नहीं समझता।"

अब लोग चौंके। तो भुवनेश ने नहीं कराया ? क्या ऐसा हो सकता है ? और किसकी हिम्मत है ? क्या ये सचमुच उनका पक्ष ले रहे हैं ? या हमें बुद्धू बना रहे हैं ? चक्कर क्या है ? इतने सीधे तो नहीं लगते यह भी।

भुवनेश के दिमाग में चक्की चल रही थी। कौन हो सकता है इस सबके पीछे? हुल्लड़ करते लड़कों की अगुआई कर रहे थे भार्गव और महेश—अच्छे-खासे खाते-पीते घरों के लड़के, जो उनके साथ पिकनिक पर भी गए थे। लेकिन भीड़ में पीछे-पीछे उन्होंने शायद श्योपतसिंह और रामविलास को भी देखा था। उन देहाती लड़कों में से दो जो शुरू-शुरू में काफी दिनों तक उनके घर आते रहे थे और उनसे किताबें भी माँगकर ले जाते रहे थे। वे कैसे इस चक्कर में पड़ गए ? भुवनेश को पूरी खोजबीन करनी पड़ेगी। और जल्दी ही।

इस समय भुवनेश मंगतरामजी के लिए सचमुच सहानुभूति महसूस कर रहे थे। कुछ-कुछ अपराधबोध भी। जो भी हो, विद्याव्यसनी हैं। अध्यापकों में भी आज कितने प्रतिशत हैं जो पढ़ने में रुचि रखते हैं ? अगर पुस्तकालय की पुस्तकें वह घर ले गए तो ऐसा क्या गजब हो गया ! क्या वह खुद पुस्तकालय से तीस-तीस, चालीस-चालीस पुस्तकें एकसाथ घर नहीं ले जाते ? क्या यह अनियमितता नहीं है ? लेकिन पुस्तकें होतीं किसलिए हैं ? पुस्तकालय में धूल खाने और दीमक का भोजन बनने के लिए या पढ़ी जाने के लिए ? दूसरी चीज़ें भी ले गए, लौटा भी दीं। नहीं लौटाईं तो लौटा देंगे। उनके विरुद्ध अनुशासन की कार्रवाई हो, जो भी हो, पर इस तरह दीवार पर नारे लिखना तो अशोभनीय है। अभद्रता है। कुरुचिपूर्ण है। यह तो लड़ाई का कोई तरीका नहीं है ! किसने ऐसा रास्ता दिखाया होगा विद्यार्थियों को ? दीवार पर एक कोने में लिखा था ज्वॉइन एस.एफ.। तो क्या ... भुवनेश की कनपटियाँ जलने लगीं। एक और सिगरेट सुलगाकर बाहर आ गए। महाविद्यालय की इमारत से भी बाहर निकल आए। बरामदों में नारेबाजी चल रही थी। बैंचें उठाई-पटकी जा रही थीं। कैंटीन में भीड़ थी। साइकिल-स्टैंड आधा खाली हो चुका था। कई छात्राएँ चार-चार, पाँच-पाँच के झुंड में खड़ी बतिया रही थीं। या वापस घर जाने के मन्सूबे बना रही थीं। भुवनेश की नजरें ऋचा को ढूँढ़ने लगीं। वह अलग साइकिल से आती है। आई भी है आज या नहीं ? देर से सोकर उठी थी। उन्हें ऋचा कहीं नज़र नहीं आई। टहलते हुए लॉन को पार कर बाउंड्री-वाल तक आ गए।

अन्यमनस्क-से टहलने लगे। अचानक उनकी निगाह महाविद्यालय की इमारत की तरफ गई और वहीं पर ठहर गई, मानो इमारत के स्थापत्य की समीक्षा कर रहे हों। सोचने लगे यही वह जगह है जहाँ से उन्हें जीविका प्राप्त होती है। जहाँ वह हर रोज़ आते हैं। कोमल-कच्चे चेहरेवाले युवाओं को बायरन-कीट्स, मिल्टन, टेनीसन, शेक्सपीयर, शेली आदि के रचना-संसारों की झलक दिखाने। महान कवियों, लेखकों, नाटककारों के कालजयी कल्पना-संसारों की सैर कराने ... व्याकरण-

उच्चारण और भाषा-प्रकारों की बारीकियाँ समझाने ··· कर्ता और क्रियापद ··· विशेषण और वाक्य-विन्यास ··· मुहावरे और लोकोक्तियाँ ··· कथन की भंगिमाएँ ··· और कहन के अंदाज ! मनुष्य सभ्यता और संस्कृति की उच्चतर उपलब्धियों के बौद्धिक आलोक में हर साल मासूम, अल्हड़, उत्सुक और अभीप्सु बालकों को लाने की कोशिश में ! चमकदार आँखों और घने काले बालोंवाले दूधिया चेहरों, भीगती मसों, भरती आवाजों और फूलते रग-पुट्ठोंवाले अल्हड़ और जोशीले ऊर्जा के झरनों को एक बेहतर और समृद्धतर संसार की महानदी में धीरे से, सम्हाल के, हिफाजत से, प्रशिक्षण से उतारने के प्रयत्न में रत। आते रहे हैं वह। और पाठ को समझकर, गुत्थी को सुलझाकर, खुद जान पाने और ठीक कर पाने में समर्थ हो जाने पर जो पुलक और तृप्ति-भरी निश्छल मुस्कराहट छात्रों के चेहरों पर आ जाती है। ··· और जब वे पढ़ाई पूरी करके जाते हैं तो किस तरह आभार-भाव से ··· विनयी होकर, श्रद्धानत-से होकर जाते हैं। ··· और जब भुवनेश उन्हें शुभकामना देते हुए हाथ मिलाते हैं ··· कैसा लगता है उन जवान हाथों का स्पर्श ··· कितना ऊष्म, कितना जीवंत ··· कितना अपनापे-भरा ··· कैसे थोड़ा-थोड़ा झिझकता हुआ। गद्गद हो जाते हैं भुवनेश। अपना जीवन, अपना कर्म सार्थक लगता है, परितोष देता है, सुख और शांति देता है, पारितोषिक-जैसा लगता है।

इस इमारत को ··· जिसे देखते हुए उन्हें अभी साल-भर भी नहीं हुआ है ··· इसे देखते हुए भुवनेश को इमारत से लगाव-सा महसूस हुआ। जैसे अपने पेशे को ही देख रहे हों। और उनकी छाती में एक कील-सी चुभी, जब उन्हें याद आया कि इसी इमारत की बाउंड्री-वाल पर आज कुछ उजड्ड और अभद्र नारे लिखे हुए हैं ··· और इसके पीछे जाने-अनजाने कुछ जिम्मेदारी उनकी भी है।

एक भारी साँस लेकर खड़े रहे। विचारशून्य-से हो आए।

कॉलेज की तरफ से साइकिल पर सवार चपरासी भूराराम आ रहा था। उन्हीं की तरफ देखे जा रहा था। पास आने पर साइकिल से उतरकर नमस्ते करके खड़ा हो गया।

"कहाँ जा रहा है ?" ऐसे ही पूछ लिया भुवनेश ने।

"तार करने। अर्जेंट। साब ने बोला अबी के अबी करके आओ और किसी को बताना मत।" और खुद जेब से कुछ कागज निकालकर भुवनेश को दिखाने लगा।

भुवनेश ने कागज की तह खोली। प्राचार्य की ओर से निदेशक महाविद्यालयीन शिक्षा के नाम अर्जेंट तार था—

"प्रो. चतुर्वेदी इंस्टीगेटेड स्ट्राइक। सिचुएशन गोइंग आउट ऑफ कंट्रोल। डिस्ट्रिक्ट एडमिनिस्ट्रेशन अलर्टेड। प्रे इशू ट्रान्सफर ऑर्डर्स ऑफ प्रो. चतुर्वेदी

इमीजिएटली एज़ डिस्कस्ड। वार्निंग इशूड टु हिम। प्रिंसिपल ।" (हड़ताल प्रो. चतुर्वेदी ने भड़काई है। स्थिति नियंत्रण से बाहर हो रही है। जिला प्रशासन को सतर्क कर दिया गया है। निवेदन है कि प्रो. चतुर्वेदी का स्थानांतरण आदेश तुरंत जारी करें जैसी कि बातचीत हुई थी। उन्हें चेतावनी दे दी गई है। प्रिंसिपल।)

भुवनेश के चेहरे पर एक व्यंग्य-भरी मुस्कराहट आकर ठहर गई। कानों में अपनी ही आवाज बजी—चलो बेगम ! बाँधो बिस्तर ! कागज चपरासी को लौटा दिया और वापस कॉलेज की तरफ चल पड़े। क्या एक बार फिर उन्हें एक बेस्वाद, बेसूद, बेमजा और बेमकसद लड़ाई में झोंका जा रहा है ? कितनी ही ऐसी लड़ाइयाँ उन्होंने लड़ी हैं। कइयों में जीते हैं, कुछ में हारे भी हैं। हार-जीत से अपने उत्साह और स्वभाव में अंतर नहीं आने दिया है। न जीत में इतराए, न हार में घबड़ाए। जानते थे कि ये एक निम्न मध्यवर्ग के आंतरिक अंतर्विरोध ही हैं—इन्हें जनचेतना के उभार की प्रक्रिया का एक हिस्सा ही समझा जाना चाहिए। न इससे कुछ कम, न इससे कुछ ज्यादा। असली लड़ाई तो अभी शुरू ही कहाँ हुई है ?

लेकिन यह दी हुई लड़ाई जो और जैसी है, लड़नी भी जरूरी है। न दैन्यं, न पलायनं। इसी से सीखकर, निखरकर सर्वहारा को मिलेंगे अपने दोस्त, और भुवनेश को अपने साथी, मित्र, बंधु, हितू, सगे, अपनी बिरादरी।

सोचने लगे भुवनेश। अठारह साल की अपनी नौकरी में आठ तबादलों के बाद आज कितने हितू, कितने बंधु, कितने मित्र हैं उनके पास ? जब जहाँ थे, एक प्रभामंडल था ··· बल्कि प्रभावमंडल। एक फुरफुरी कुछ कर गुजरने की ··· एक ललक कुछ सीखने की ··· एक नई जीवन-शैली ··· अपने आसपास की टुच्चाइयों से ऊपर उठकर कुछ बड़े प्रश्नों पर विचार करने की। शुरू-शुरू में लगता था यही बनेंगे हिरावल व्यवस्था-परिवर्तन के महासमर में। ज्योतिरथ के दक्ष सारथी। ··· कहाँ गए वे सारे लोग ? उनमें से कितने अब भी पढ़ते हैं ? कितने ट्रेड यूनियन या पार्टियों को मिले ? कितनों के परिवारों में महिलाओं को बराबरी का दर्जा मिला ? कितने सुरुचिसंपन्न हो गए ? कितनों के संस्कार परिमार्जित हुए ? कहाँ हैं ? अगर हैं कहीं तो दिखाई क्यों नहीं देते ? सुनाई क्यों नहीं देते ? समय की जमीन पर उनकी पदचाप बजती क्यों नहीं ? किस जंगल में गुम हो गए वे नन्हे पौधे ? क्या उन्हें तब तक ही नए विचार अच्छे लगते थे जब तक भुवनेश का सतत संपर्क था ? जारी उत्तेजना थी, दैनिक सत्कार था, मुफ्त की किताबें थीं ? कितने मित्र कमाए भुवनेश ने पिछले अठारह साल की ऐसी मुठभेड़ों में व्यक्तिगत रूप से भी ? सिवाय कुख्यात होने और अपनी सी.आर. (कॉन्फिडेंशियल रिपोर्ट) लाल करवाने के उन्हें क्या मिला ? अब भी कहाँ जा सकता है उनका परिवार छुट्टियों में ? सिवाय उनके

कुछ वत्सल अध्यापकों और कॉलेज के दिनों के दोस्तों के घर के ? कौन रह जाएगा यहाँ भी उनके जाने के बाद, जिसके पास भुवनेश फिर आना चाहेंगे ? सिवाय · · · सिवाय · · · सिवाय · · · कौन सिवाय · · · ? संभवतः विनय के ? हाँ, बशर्ते वह सैट हो जाए और उनके जाने के बाद भी यहीं रहे। अपने उजाड़ अकेलेपन में विनय की स्मृति भुवनेश के मन में विनय के प्रति बहुत सारा लाड़ जगा गई। मानो · · · जैसे कि · · · पता नहीं · · · पर शायद ऐसा ही एक बड़े भाई को छोटे भाई के लिए कभी महसूस होता होगा। शायद !

दोपहर तक कॉलेज खाली हो गया। माने सारे लड़के-लड़कियाँ चले गए। स्टाफ रह गया। स्टाफरूम में फिल्मों से, अखबारों से, लड़कियों से लेकर भूतों तक की चलताऊ बातें हुईं और होकर खत्म हो चुकीं। कुछ ऊँघ गए, कुछ उबासियाँ लेने लगे। दो-तीन बार चाय बन गई। फिर दूध खत्म हो गया। घर कोई जा नहीं सकता है, सब जानते थे। पीरियड नहीं हो तो भी। शाम पाँच बजे तक रुकना ही था। मंगतरामजी सुबह से प्रिंसिपल के कमरे में ही थे। गर्ग साहब भी। हालाँकि बीच में वह एक बार स्टाफरूम में आए थे सिगरेट पीने, और सहकर्मियों ने उन्हें घेर लिया कि कैसे शुरू हुआ सब, बताएँ। क्योंकि वह इस हलचल के शुभारंभ के एकमात्र चशमदीद गवाह थे और वह दो-तीन बार सारा आँखोंदेखा हाल सूक्ष्मता और विस्तार से सुना चुके थे। सूक्ष्मता ऐसी कि 'जब मैंने रुमाल निकालने के लिए अपना ये वाला हाथ इस जेब में डाला, तभी · · · ' और विस्तार ऐसा कि 'बॉस, मैं शुरू से मार्क कर रहा था कि आत्माराम भार्गव को कुछ इशारा कर रहा है और महेश रेखा बंसल को नहीं देख रहा जैसे कि हमेशा देखता रहता है। देख ही नहीं रहा, तभी मुझे डाउट हो गया था कि · · · ।'

भुवनेश लायब्रेरी में जा बैठे थे और तमाम प्रगतिशील समीक्षक-आलोचक भी अपनी बात कहते-कहते बीच में बीस बार उनसे पूछ चूके थे कि ज्वॉइन एस.एफ. का क्या मतलब होता है ?

बीच में चपरासी उन्हें प्रिंसिपल का एक प्रेरणादायक प्रेमपत्र दे गया था जिसमें चेतावनी दी गई थी कि · · · और जो उन्होंने प्यूनबुक में हस्ताक्षर कर बगैर हील-हुज्जत किए ले लिया था और उस पर सिर्फ सरसरी नज़र डालकर उसे जेब में रख लिया था और फिर उसी किताब में आँखें गड़ा ली थीं जिसे पढ़ रहे थे। प्रिंसिपल उनकी यह प्रतिक्रिया देखते तो माथा कूट लेते। जिस पत्र को ड्राफ्ट करने में उन्हें दो घंटे लगे और जिसे चार बार टाइप करवाया गया, सो भी टाइपिस्ट को मय टाइपराइटर अपने कमरे में बुलवाकर और दरवाजा बंद करके · · · उसे भुवनेश ने ठीक से पढ़ना भी जरूरी नहीं समझा और मोड़कर जेब में रख लिया, और आलोचना की किताब

पढ़ने लगे। ये तो हद है।

लेकिन पढ़ते-पढ़ते फिर सचमुच रम गए भुवनेश पुस्तक में। और इसलिए लायब्रेरियन ने जब उनसे कहा, 'सर ! सब लोग गए।' तो उन्होंने घड़ी देखी। पाँच पाँच। और उठ खड़े हुए और मुस्कराकर लायब्रेरियन को देखा, मानो आभार-सा व्यक्त कर रहे हों और उठकर बाहर आ गए। स्टाफरूम खाली पड़ा था। लाइटें जल रही थीं, पंखे चल रहे थे। भुवनेश ने अपना सामान उठाया, स्विच ऑफ किए और बाहर आ गए। सूने साइकिल स्टैंड पर खड़ी उनकी अकेली साइकिल ऐसी लग रही थी जैसे मेले में कोई पीछे छूट गया बच्चा। भुवनेश को अच्छा भी लगा कि सब लोग जा चुके हैं। अब वह दूसरों की ओछी बकबक और 'मान गए साहब' नुमा से बरी रहते घर जा सकेंगे।

लौटते समय भुवनेश को बाजार में एक पगली नजर आई। अधेड़ उम्र, अस्त-व्यस्त कपड़े, सूखे-उलझे बाल, कुरूप-सा चेहरा ··· एक पाँव में स्पंज की चप्पल ··· होंठों के कोनों में झाग या गंदगी ··· और बच्चे उसे छेड़ रहे हैं ··· और वह गालियाँ दे रही है ··· और राह चलते लोग या दोनों तरफ दूकानों में बैठे व्यापारी हँस रहे हैं। पागलों पर हँसना, हकलों की नकल बनाना, अंधे की लाठी छीनकर भाग जाना, कुत्ते की पूँछ में पटाखा बाँध देना, गाय की पीठ पर लकड़ी जमा देना, टिड्डे को रस्सी में बाँधकर उछालना, गिरगिट को पत्थर मार-मारकर लहूलुहान कर देना, तोते को शीशे की चमक दिखाकर पेड़ से नीचे गिरा देना, चिड़ियों पर गुलेल से निशाना साधना ··· क्रूरता में कितना मजा आता है हमें ! पेशाबघरों में लिखी गालियाँ याद आईं भुवनेश को ··· और ऐतिहासिक इमारतों पर खरोंचकर लिखे गए नाम ··· और सर्कस में अपने स्वभाव की हत्या से पीड़ित बकरी की तरह मिमियाता शेर ··· गिनीपिग ··· हाथ-पाँव में पिन गड़ाए ट्रे में पड़ा मेंढक ··· सूली पर लटके ईसा ··· व्यभिचारिणी स्त्रियों पर की जा रही मध्यकालीन संगबारी ··· ।

ये सारे बेसिर पैर और अमूर्त भाव थे जो भुवनेश के डूबते हुए मन पर से तैरते हुए निकलते जा रहे थे। संवेदनशील लोग अक्सर ऐसे प्लावन में से गुजरते हैं। इस पर सजग-सचेत होकर भुवनेश एक पल भी नहीं सोचते अगर उनके कानों में पगली का यह फिकरा नहीं पड़ता कि वह मंगतराम की माँ का ऐसा-ऐसा कर देगी।

भुवनेश चौंक गए। लेकिन एक पल पीछे मुड़कर देखने के अतिरिक्त कुछ नहीं कर पाए, क्योंकि साइकिल आगे निकल चुकी थी। एक अधनंगी पगली को देखने या उसकी गालियाँ सुनने के लिए मुड़ जाना या रुक जाना शोभनीय नहीं

होता, और इसकी ज़रूरत भी उन्हें इतनी नहीं लगी।

लेकिन अपने घर जाते-जाते वह विनय के घर की तरफ मुड़ गए। शायद विनय इस गुत्थी को सुलझा सकता है। एस.एफ. वाली और पगलीवाली भी। न भी सुलझा पाए, उन्हें इस समय विनय के साथ की ज़रूरत है।

विनय का मकान दिखाई दिया और साथ ही फत्तू खान बैंडमास्टर की क्लैरेनेट सुनाई दी, जैसे फिल्म में किसी दृश्य-विशेष के साथ ध्वनिप्रभाव का संयोजन किया गया हो। बैण्डमास्टर फत्तू खान शहर के बैंडों में रोजनदारियाँ करते-करते थककर कई रोज बाद लौटे थे। और शायद अनगिनत बार उन्होंने सोचा था कि दूसरों के लिए खटने की बजाय वह खुद अपना बैंड खड़ा करेंगे और इसलिए आदत और अभ्यास के विरुद्ध दिन में ही बजाने बैठ गए थे। भुवनेश को यह सब नहीं मालूम था, लेकिन उन्हें इस बेवक्त की पीं-पीं से चिढ़ ज़रूर हुई। वैसे भी संगीत से वह बहुत घबराते हैं कि उनके अनुसार संगीत चेतना को कुंद करता है। यह और बात है कि वह स्वयं शीघ्र ही उसमें अपने आपको भी बहता पाते हैं। एक अल्पपारदर्शी कुहरे में घिरता-सा ... मानो सारा दृश्यमान वस्तुजगत किसी वाशपेंटिंग में तब्दील होता जा रहा हो।

प्रोल में उन्होंने साइकिल खड़ी की। वहाँ 'ठाकुर की धा' लकड़ी हाथ में लिए बैठी थी और लोककथाओं की किसी चुड़ैल की तरह उन्हें लगातार घूरे जा रही थी। कोई और अवसर होता तो वह उसे 'राम राम मासा' जैसा कुछ कहते। इस समय उन्होंने उसकी ओर ध्यान नहीं दिया और कैरियर से अपना सामान निकाल सीढ़ियों की तरफ बढ़ गए। ठीक इसी समय 'ठाकुर की धा' ने किसी बकरे की पीठ पर लाठी जमाई और चिल्लाकर बोली, "गूखानो ! सम्हाल के नी राखे छोर्‍या नै।"

भुवनेश ने कोई ध्यान नहीं दिया।

विनय का कमरा खुला हुआ था। विनय कुर्सी पर और ऋचा पलँग पर बैठी थी। दोनों किसी बात पर हँस रहे थे। भुवनेश को देखते ही दोनों सकपकाकर खड़े हो गए, हालाँकि सकपकाने जैसी कोई बात नहीं थी। ऋचा को विनय के घर देखकर भुवनेश भी चौंक गए और उनके चेहरे की स्वाभाविक कोमल मुस्कराहट एकदम गायब हो गई। फिर संयत हुए, शब्दों को खींचकर 'हलोऽओ' कहा, पलँग पर पसर गए और बोले, "क्या चल रहा है ? पानी पिलाओ यार !"—किसी की तरफ बगैर देखे विनय ने फुर्ती से गिलास भरा—आज पानी था, नया मटका भी था—और भुवनेश को दिया। पानी पीते हुए भुवनेश ने मार्क किया कि आज कमरा काफी व्यवस्थित लग रहा है, बल्कि एक हद तक सँवरा हुआ-सा भी। पानी पीकर भुवनेश ने कहा,

"विनय, मुझे तुमसे कुछ ज़रूरी बातें करनी हैं। कॉलेज में आज क्या हुआ, ऋचा ने बताया ही होगा। उसी सबके बारे में।" सहसा ऋचा के मुँह से निकला, "कॉलेज में ?" भुवनेश उसे देखते रह गए। फिर बोले, "अच्छा मैं चलूँ। शायद तुम लोग कुछ प्रायवेट बातें कर रहे थे, मैंने डिस्टर्ब कर दिया।" उठने लगे।

दोनों फिर हड़बड़ा गए। विनय बोला, "अरे नहीं साहब ! कोई प्रायवेट नहीं।" भुवनेश भी प्रायवेट कहना नहीं चाहते थे। मुँह से निकल गया।

"तो चलो। घर चलकर चाय पीते हैं फस्सक्लास।" भुवनेश खड़े हो गए। किताबें उठा लीं। बोले, "ठीक है ?" ऋचा और विनय ने एक-दूसरे की तरफ देखा। भुवनेश ही फिर बोले, "ठीक है तो। मैं चलता हूँ साइकिल से। कपड़े-वपड़े बदलता हूँ, पानी चढ़वाता हूँ, तुम दोनों पैदल-पैदल आओ।" और कमरे से निकल गए।

भुवनेश की कनपटी की हड्डियाँ कदमताल कर रही थीं। जबड़ा भिंचा जा रहा था। कबसे चल रहा है यह सब ? क्या बनना है इस लड़की को जिंदगी में ? दिमाग भचभच करने लगा। एक अमूर्त गुस्सा मन में उफनने लगा। लगा, कुछ हो जिसे जोर से फेंककर चकनाचूर कर डालें।

घर में घुसते ही पत्नी से पूछा, "ऋचा कहाँ है ?"

"आज इतनी देर कैसे लग गई ? मैं फिकर कर रही थी।" बोलते-बोलते पत्नी पीछे-पीछे ड्राइंगरूम तक आ गईं।

"ऋचा कहाँ है ?" एक-एक शब्द पर जोर देते हुए भुवनेश ने पूछा।

"निशा के घर गई है नोट्स लेने। कहकर तो गई थी कि ···"

"कॉलेज गई थी ?"

"कॉलेज से आकर ही तो गई थी निशा के यहाँ। खाना भी नहीं खाया अच्छी तरह।"

"वह कॉलेज नहीं गई।"

"हैं ?"

"और निशा के घर भी नहीं गई।"

"हाय राम !"

"वह गई है विनय के यहाँ। मैं खुद देखकर आ रहा हूँ।"

भाभीजी जड़वत् हो गईं। यह क्या सुन रही हैं वह ? क्या ऋचा उनसे झूठ बोलती है ? विनय के घर ही जाना था तो कहकर भी तो जा सकती थी ! क्या वह मना करतीं ? ऐसी कौन-सी बात हो गई जो उसे माँ से भी झूठ बोलना पड़ा ! धक्का लगा। बैठ गईं सिर पकड़कर। एक ही औलाद ! और वह भी माँ-बाप से झूठ बोले ! इसकी क्या ज़रूरत थी ?

दोनों बड़ी देर चुपचाप बैठे रहे। चाय-पानी का भी ध्यान नहीं रहा श्रीमती भुवनेश को। न भुवनेश को जूते-कपड़े बदलने की सुध रही। क्या बोलें ? परस्पर आँखें भी नहीं मिला पा रहे थे। अचानक जब दरवाजे की घंटी बजी, तब दोनों चौंके। भुवनेश बोले, "मैं खोलता हूँ, तुम चाय का पानी चढ़ाओ तीन-चार कप। और सुनो ··· कुछ पूछने-करने की ज़रूरत नहीं है अभी। न ऋचा से, न विनय से। ठंडे दिमाग से सोचकर बात करेंगे।"

लेकिन दरवाजा खोला तो झा साहब और मक्खनलालजी।

"प्रिंसिपल ने अर्जेंट कॉल लगाया है डायरेक्टर को। आपके ट्रांसफर के लिए। हम आर. एस. ए. शर्मा से बात करके आ रहे हैं। वह जयपुर-लाइन खराब कर देगा। कल सुबह से पहले बात नहीं हो पाएगी। अपन को संघवालों से बात करनी चाहिए।"

ऋचा की स्मृति में घर में पहली बार तनाव और अबोला था। भुवनेश छत पर चले गए थे। टहल रहे थे और सिगरेट पर सिगरेट धूँके जा रहे थे। श्रीमती भुवनेश सिर पर बाम लगाकर लेटी थीं और अब मुहावरे की भाषा में 'बरतन पटक रही थीं' और ऋचा अपने कमरे में बैठी खिड़की के बाहर पसरे सूनेपन में न जाने क्या देख रही थी—एकटक, अपलक, गुमसुम।

भुवनेश समझ नहीं पा रहे थे कि यह सब क्या और कैसे हो रहा है ? लगता था जैसे कहीं किसी गुस्सैल सूत्रधार की प्रच्छन्न उपस्थिति एक नाराज बच्चे की तरह सारे खिलौने तोड़ने पर आमादा हो गई है। क्यों प्रिंसिपल—जो मूलतः एक शरीफ और विद्वान आदमी हैं—पूरी तरह मंगतरामजी के हाथों में खेल रहे हैं ? प्रिंसिपल से तो भुवनेश का कभी कोई झगड़ा भी नहीं हुआ ! झगड़ा तो वैसे मंगतरामजी से भी कब हुआ ? लेकिन चलो, उनके न्यस्त हितों को भुवनेश के कारण चोट पहुँच रही थी और विचारधारागत विरोध भी था ही। लेकिन प्रिंसिपल ? उनके शत्रुतापूर्ण व्यवहार के पीछे क्या हो सकता है ? कहीं ये सारे मिलकर उन्हें ब्लैकमेल तो नहीं कर रहे ? ऐसा हो सकता है। होता है। एक व्यक्ति जिसने जीवन-भर मनोयोगपूर्वक दर्शन या संस्कृत या भूगोल पढ़ाया है, सेवा के आखिरी पहर में प्रशासनिक अधिकारी बना दिया जाता है और उसे प्रशासन का कोई अनुभव नहीं होता। तब बाबू उसे नचाते हैं, शरीफ हुए तो हँसते हैं, बदमाश हुए तो ब्लैकमेल करते हैं।

अगर ऐसा ही है तो प्रिंसिपल के पास जाना चाहिए और पता लगाना चाहिए।

लेकिन अभी ? नहीं। अभी वह शत्रु-शिविर में हैं और अभी भुवनेश के वहाँ जाने को याचना मान लिया जा सकता है कि इनकी भी दुम दबी निकली। कि ये भी डरते हैं तबादले से। जोकि जाहिर है कि कहीं से भी सच नहीं है। इस कस्बे में ऐसा है क्या जो वह यहाँ रुकना चाहें ? तत्काल प्रभाव हुआ तो बीच सत्र में जाने से ऋचा की पढ़ाई पर प्रतिकूल प्रभाव पड़ सकता है ··· लेकिन पढ़ाई में उसका ध्यान ही कहाँ है ? वह तो ···

सिर पकड़कर बैठ गए। एक और सिगरेट सुलगा ली। क्या विनय शत्रु है ? या हो सकता है ? लेकिन वह चमकता सितारा नहीं, डबरे में पड़नेवाली चमकते सितारे की परछाईं है। एक औसत दर्जे का कवि और गरीब टाइपिस्ट के रूप में बूढ़ा होकर नष्ट हो जाने को अभिशप्त। क्या उन्हें विनय को अपने इतने भीतर तक नहीं आने देना चाहिए था ? विनय के बारे में इस भाषा में सोचते हुए भुवनेश को अपनी ही अनुदारता खली। यह तो अपने ही शरीर पर कोड़े मारने जैसा है। अपनी ही आत्मा पर प्रहार करने के समान। क्या भुवनेश नहीं जानते थे कि एक दिन यह होगा ही ऋचा के जीवन में ? और क्या ऋचा के पास बहुत सारे विकल्प थे ? और क्या वह खुद मन के बहुत भीतर इसी की प्रतीक्षा नहीं कर रहे थे ? तो क्या अब विनय उनकी लायबिलिटी है ? नहीं, उन्हें इस तरह नहीं सोचना चाहिए। विनय दोस्त है। और दोस्त, दोस्त होता है। सब कुछ के बावजूद।

भुवनेश ने चाहा विनय अभी इसी वक्त जादू के जोर से यहाँ छत पर प्रकट हो जाए और वह उससे लिपट जाएँ। झा साहब वगैरह के बाद कुछ लड़के भी आ गए थे और इस बात का संकेत दे गए थे कि शहर में भारी हंगामा होने की आशंका है। बात कॉलेज तक ही सीमित नहीं रह गई है। एस. एफ. का सारा नाटक महेश और भार्गव ने कॉमरेड के कहने से किया है। मंगतरामजी और प्रिंसिपल भूतपूर्व एम. एल. ए. की बैठक में अपने दसियों समर्थकों से घिरे आगामी प्रहार की योजना बना रहे हैं। जिस समय ये बातें हो रही थीं, भुवनेश पचास प्रतिशत उपस्थित थे, पचास प्रतिशत अनुपस्थित। इसी बीच विनय और ऋचा भी आ गए थे। ऋचा आते ही दो ब्रेडस्लाइसों के बीच अचार रख, फ्रिज से पानी की बोतल निकाल अपने कमरे में घुस गई थी। विनय और ऋचा का इतनी देर से आना और विनय का इस सारी बातचीत में सोत्साह शामिल हो जाना—मानो कुछ हुआ ही न हो—भुवनेश को हद दर्जे की ढीठता लग रहा था। चाय श्रीमती भुवनेश बना रही थीं और पिला रही थीं, जबकि उनके सिर में दर्द था, और न ऋचा उनकी कोई मदद कर रही थी हमेशा की तरह, न विनय। और भुवनेश सोच रहे थे कि क्या वह ठग लिए गए हैं ? अपने ही घर में ? अपने ही बच्चों द्वारा ? इसलिए अनुपस्थित।

इसलिए अंत में कोई दस बजे, जब सबके साथ विनय भी निकलने लगा तो आज उसे किसी ने नहीं रोका। किसी ने नहीं कहा—रुको। चले जाना। अभी रिव्यू करते हैं सारी शाम को। या रुको, यहीं खाकर जाना, कहाँ ढाबे जाओगे ! और वह भी बगैर पीछे मुड़कर देखे चला ही गया। वह पूरी शाम में एक बार भी ऋचा के कमरे में नहीं गया, न ऋचा ही बाहर निकली। लेकिन अब इसक़ी क्या ज़रूरत है ··· लेकिन विनय ···

भुवनेश झुँझलाने लगे। फिर सिगरेट सुलगा ली। सारी चीजें एकसाथ ही क्यों होती हैं ?

विनय की आज उन्हें सबसे ज्यादा ज़रूरत है। विनय ही जानता है कॉमरेड कहाँ रहते हैं। विनय ही बता सकता है कि वह पगली कौन थी ? और विनय से ही वह पूछ सकते हैं कि ऋचा को लेकर वह क्या सोचता है ? और आज ही विनय नहीं है।

भुवनेश सोच ही रहे थे कि क्या खाना खाने के बाद विनय के घर जाया जा सकता है कि इतने में श्रीमती भुवनेश सीढ़ियाँ चढ़कर छत पर आ गईं। भुवनेश को लगा अभी वह पूछेंगी क्या बात है ? छत पर कैसे बैठे हो ? सिर दुख रहा है क्या ? चलो, खाना खा लो ··· आदि ··· लेकिन वह पल्ले से मुँह पोंछतीं छत पर पड़ी झँगोली खटिया पर लेट गईं और लेटी ही रहीं। फिर करवट ली और बाँहों से सिर छिपा लिया।

भुवनेश पास जाकर खटिया की पाटी पर बैठ गए और पत्नी का कंधा छूकर बोले, "अभी भी दुख रहा है ?" सहसा भुवनेश को लगा पत्नी का कंधा थरथरा रहा है, पत्नी रो रही है। "क्या हुआ ? ऐ सुनो, क्या हुआ ? क्या बात है ? क्या हो गया ? बताओ तो ! कमॉन ! बी अ ब्रेव गर्ल। क्या हुआ ?"

पत्नी ने बाँहें पसारकर भुवनेश को अपने ऊपर लगभग लिटा लिया और रोते-रोते बोलीं, "तुम ट्रांसफर करा लो। चलो यहाँ से। मुझे अच्छा नहीं लग रहा। बस चलो। कहीं भी।"

भुवनेश पिघलने लगे। ये औरत ! कितने झगड़े सहे और देखे हैं इस औरत ने ! और कितनी बहादुरी से इसने उनका साथ दिया है ! क्या उनकी तरह यह भी अब थक गई है ? और युद्ध आरम्भ होने से पहले ही ससम्मान उन्हें युद्धक्षेत्र से बाहर ले जाना चाहती है ? क्या इसे आभास हो गया है कि चाहे कोई भी जीते, कोई भी हारे, नतीजा फिर वही होगा—एक अज्ञात स्थान पर तबादला ! और उन्हें एक बार फिर शरणार्थियों की तरह सिर पर गृहस्थी उठाए, बच्ची का हाथ पकड़े, नए बसेरे की खोज में निकल पड़ना होगा ? और क्या भरोसा कि वह जगह इस

जगह से भी बुरी नहीं होगी ?

लेकिन बात एक और थी। और वही प्रमुख थी।

"··· मैं तो बच्चे की तरह समझ रही थी उसे। और देखो ! कैसे बहका रहा है ! घर बुलाने का क्या मतलब है ? ये तो चलो छोटी है, नादान है, पर उसको भी तो सोचना चाहिए था कुछ या नहीं ? सारा शरम-लिहाज घोलकर पी गया। छोटी-सी जगह है, बात फैलते देर थोड़ी लगती है। कल को लोग उँगली उठाएँगे तो हम क्या करेंगे ? लड़कों का क्या जाता है ? आफत तो इन्हीं की होनी है, महारानीजी की। घर से निकलना मुश्किल हो जाएगा। कोई अच्छी नौकरी-शौकरी होती तो चलो ··· कुछ उस तरह भी सोचते। मुझे क्या पता इतनी कपट भरी है इसमें ? भाभीजी ··· भाभीजी। साथ खेलते, मस्ती करते तो ऐसा लगता जैसे बहन-भाई। और इसकी भी अकल पर पत्थर पड़े हैं। बताओ कोई उम्र है यह सब करने की ? पता नहीं क्या मुँह काला कराके आई है। अब मैं कुछ कहूँ तो ···"

भुवनेश बोले, "अरे छोड़ो यार ! तुम जरा ज्यादा ही सोच लेती हो। विनय ऐसा लड़का नहीं है। अब उसके घर चली गई तो ऐसी क्या आफत आ गई ?"

"झूठ बोलकर क्यों गई ?" पत्नी फिर रो पड़ीं। गुस्से से। अपमान से। पीड़ा से।

भुवनेश को लगा हाँ, यह बात तो ठीक है। ऋचा को झूठ नहीं बोलना चाहिए था। सांत्वना देते हुए बोले, "अब यार, तुम कोई चौबीस घंटे तो उसकी थानेदारी कर नहीं सकती हो। लड़की बड़ी हो गई है। मनमर्जी की भी करेगी।"

जाहिर है इस सफाई से न पत्नी संतुष्ट हुईं, न खुद भुवनेश। दोनों चुप हो गए। बीच-बीच में पत्नी सिसकती रहीं और चुप होती रहीं। भुवनेश खामोश ही रहे। सोचते रहे कि क्या उन्हें ऋचा से बात करनी चाहिए ?

"चलो, नीचे चलते हैं, खाना खाते हैं। फिर सोचेंगे।" भुवनेश बोले।

भुवनेश बोले और ठीक उसी समय सीढ़ियों पर अँधेरे में खड़ी, उन दोनों की बातें सुनती ऋचा जल्दी-जल्दी, पर दबे पाँव नीचे उतरी और फिर से अपने कमरे में घुस गई।

ऋचा गुस्से से भन्ना रही थी। उसका जी कर रहा था, फाड़कर फेंक दे सारी किताबें। चिंदी-चिंदी कर दे तकिया-चादर। तहस-नहस कर दे सारा कमरा। लिबरल। डेमोक्रेटिक। मॉडर्न। प्रोग्रेसिव। हुँह ! कोई फर्क नहीं है गाँव के उजड्ड दकियानूस लोगों में और इनमें। बल्कि वे ज्यादा अच्छे हैं। कम-से-कम छिपाते तो नहीं ! पढ़ाई-लिखाई ने इन्हें सिर्फ पॉलिश दी है। मैनर्स। एपीयरेन्स। मन से

तो वैसे ही हैं। जरा-सा चली गई विनय के यहाँ तो जासूसी करने आ गए। और आ गए तो बैठना था, शामिल होना था हमारी बातों और हमारी कंपनी में। नहीं, फौरन उठकर आना भी जरूरी था। अपमानित करना भी जरूरी था ! प्रायवेट बातें ! छिः ! कितना बुरा लगा होगा वीनू को। कितने गंदे तरीके से सोचते हैं। इन्हें न खुद पर कॉन्फिडेंस है न मुझ पर। न विनय पर। झूठ बोलकर क्यों गई ? इसमें क्या झूठ है ? मैं गई थी निशा के घर। वह नहीं मिली तो विनय के घर चली गई। पूछतीं कि कहाँ गई थी तो बता भी देती। इसमें क्या झूठ है ? और क्यों नहीं जाऊँ? क्या कुछ बातें ऐसी नहीं हो सकतीं जो हम आपकी उपस्थिति में न करना चाहें ? क्या घर में एक भी ऐसा कमरा है जहाँ मैं और वीनू बैठकर शांति से बातें कर सकें ? जहाँ मेरी सहेलियाँ ही मुझसे खुलकर कुछ कह सकें ? जहाँ देखो साथ में, जब देखो हाजिर। कपड़े बदल रही हूँ तो, पढ़ रही हूँ तो, मेरी कोई फ्रैंड्स आई हैं तो। आपको जरूरत क्या है हम लोगों में घुसे रहने की ? क्या मेरी उम्र की लड़कियों को कोई प्रायवेसी नहीं मिलनी चाहिए ? छोटी-छोटी बातों में बीस सवाल। क्लास में कितने लड़के हैं ? फलाँ क्या कह रही थी ? ढिकाँ क्या कह रहा था ? कहाँ गई थीं ? कब गई थीं ? वीनू, देखना मैं एक दिन ताव में आकर वही कर डालूँगी, जिससे ये लोग इतना डरते हैं !

"खाना खा ले।" मम्मी ने कहा और चली गईं।

ऋचा ने बाहर जाकर देखा कि पापा अपनी थाली ड्राइंगरूम में ले गए हैं। यानी सब साथ बैठकर नहीं खाएँगे आज। उसने भी सोचा अपनी थाली लेकर कमरे में चली जाए। फिर पता नहीं क्या सोचकर आँगन में ही खाट पर बैठ गई। मम्मी पुरानी ताइजियों की तरह चौके के फर्श पर ही थाली लेकर बैठ गईं। भुवनेश उन लोगों के खाना खत्म होने से पहले ही कपड़े बदलकर बाहर निकल गए। जाते-जाते कह गए—दरवाजा बंद कर लेना। कुत्ता आ जाएगा।

एक पल को ऋचा का कौर हाथ का हाथ में ही रह गया। किसे कहा ? किसके लिए ? किसे सुनाकर ? फिर खुद को आश्वस्त किया—नहीं, इतना नहीं हो सकता ! ऐसा तो हुआ भी क्या है ? और फिर खाने लगी। पर पापा गए कहाँ हैं ? विनू के घर ? उससे जवाबतलब करने ? या चेतावनी देने कि आगे से इधर कदम रखा तो ठीक नहीं होगा ? या कॉलेज की झंझट में ? सोचा मम्मी से पूछे, शायद इन्हें बताकर गए हों। फिर टाल गई। चुपचाप खाती रही।

चौदह

कॉमरेड का ठिकाना रामविलास को भी नहीं मालूम था। समाज कल्याण विभाग के खँडहर छात्रावास में सर्दियों में भी बनियान-जाँघिया पहने लड़के गाँव-घर-जहान की बातें कर रहे थे। होस्टल में लाइट नहीं थी। बाहर अहाते में एक कुएँ की जगत पर कुछ पैर लटकाए, कुछ उकड़ूँ बैठे थे, शेष खड़े थे—कंधे पर गमछा डाले या एक-दूसरे की कमर में हाथ डाले। एक-दो बीड़ी भी पी रहे थे। चाँदनी की मरियल रोशनी में इन छायाओं को देखकर भुवनेश मुख्य द्वार पर ही ठिठक गए और वहीं से आवाज लगाई, "रामविलास !"

बीड़ियाँ बुझ गईं। बैठे लोग धीरे-धीरे खड़े हो गए। किसी ने पूछा, "कौन है ?" किसी ने कहा, "चतुर्वेदी सर हैं।" एक-दो भीतर सरक गए। रामविलास पास खड़े लड़के से चप्पल उतरवा उनमें पैर घुसाता, नमस्ते की मुद्रा में हाथ जोड़े साश्चर्य उनकी तरफ बढ़ा।

"रामविलास !" इस बार धीरे-से बोले।

"यस सर !" रामविलास ही था।

"क्या कर रहे हो ? लाइट नहीं है क्या ?"

और उसी वक्त लाइट आ गई। सारे कमरे एकसाथ दमक उठे। एक साथ सारे इलाके में चहल-पहल-जैसी हो गई। कोई ऊपर किसी कमरे में किसी फिल्मी गीत की एक पंक्ति जोर से दहाड़ा। इस पर किसी दूसरे ने रावण की तरह अट्टहास किया। लड़के अपने-अपने कमरों में जाने लगे।

"तुम्हें टाइम है क्या ? कपड़े पहनो। जरा एक जगह चलना है। अभी वापस आ जाएँगे आधे घंटे में।"

"ठीक है। अंदर आइए न सर !"

"नहीं, ठीक है। तुम कपड़े पहनकर आओ। मैं यहीं इंतजार कर रहा हूँ।" भुवनेश

ने सिगरेट निकालते हुए कहा। रामविलास कपड़े पहनने चला गया।

लौटा तो कमीज पर स्वेटर चढ़ाते हुए। भुवनेश ने पूछा, "कॉमरेड का घर जानते हो ? कॉमरेड लक्ष्मण माधव। वह कहाँ रहते हैं, जानते हो ?"

रामविलास चलते-चलते रुक गया। बोला, "घर तो मैं नहीं जानता सर। पर मोहनसिंह जानता है। उसकी मालनियों के चोटे पर चाय की दूकान है। वहाँ से पूछ लेंगे। नहीं तो काँकरिया भी चल सकते हैं सर। वहाँ यूनियन ऑफिस में तो कोई न कोई बता ही देगा।"

"चलो। तुम्हारी एस. एफ. का ऑफिस कहाँ है ?"

रामविलास फिर चौंका। क्या सर उसे एस. एफ. में जाने के लिए डाँट रहे हैं ? या यह सोच रहे हैं कि वह जानबूझकर कॉमरेड का घर नहीं जानने का नाटक कर रहा है ? उसने भरोसे से जवाब दिया, "अभी तो स्थापना हुई है सर। ऑफिस बनाने में तो टाइम लगेगा। टेम्परेरी तो कॉलेज कैंटीन में ही समझ लीजिए। कुछ छोरे बोल रहे थे कि पार्टी-ऑफिस में ही एस. एफ. का बोर्ड लगा देते हैं, पर काफी छोरों को ये बात पसंद नहीं आई।"

भुवनेश को रामविलास के स्वर में एक नयापन नजर आया। एक नया आत्मविश्वास। जिसके साथ बराबरी के लोगों के साथ बात की जाती है। आव-आदर की कमी नहीं थी, लेकिन एक समान कदवाले की दृढ़ता जरूर थी। भुवनेश प्रभावित हुए। रामविलास एस. एफ. के, कॉलेज के, होस्टल के, और भुवनेश के पूछने पर अपने गाँव-घर के बारे में भी बहुत-सी बातें बताता रहा।

पूछते-पूछते, अँधेरी गलियों में कादे-कीचड़ में सम्हल-सम्हलकर पाँव रखते-रखते अंत में जब कॉमरेड के घर पहुँचे, उस झोंपड़ीनुमा कमरे के सामने जहाँ लक्ष्मण माधव नाम का आदमी रहता है, तो पहली प्रतिक्रिया भुवनेश पर अविश्वास की हुई। उन्होंने नहीं सोचा था कि कॉमरेड लक्ष्मण माधव ऐसे मोहल्ले में, ऐसे माहौल में, ऐसे मकान में रहते होंगे। और यह सब शहरों में उनकी देखी ट्रेड यूनियन लीडरों की रिहाइशों से इस कदर अलग होगा।

"आइए, आइए, चतुर्वेदीजी !"

झुककर भीतर जाना पड़ा। साठ वाट के लट्टू की रोशनी बीड़ी के धुएँ में और पीलिया गई थी। खादी की बनियान पर बगैर आस्तीन का स्वेटर चढ़ाए और पट्टे का जाँघिया पहने कॉमरेड अपने पलँग पर पैर पर पैर चढ़ाए बैठे थे और माचिस पर बीड़ी ठोक रहे थे। मूढ़ों पर अनेक अपरिचित चेहरे। उन्हें देख एक बूढ़े-से व्यक्ति ने मूढ़ा खाली कर दिया और जमीन पर बैठ गया। भुवनेश बैठ गए। रामविलास खड़ा रहा।

कॉमरेड के एकदम पासवाले मूढ़े पर विनय बैठा था।

"ऐ, राजाराम भाय ! जरा देखो चाय मिलती है क्या ?" कॉमरेड बोले।

एक व्यक्ति 'राजाराम भाय' उठकर चला गया।

"घर ढूँढ़ने में तकलीफ हुई होगी कॉमरेड ! पर विनय, तुम तो शाम को चतुर्वेदीजी के घर ही थे ! तो इनको आना था तो साथ में ही क्यों नहीं आए तुम लोग ?" कॉमरेड ने कभी विनय को और कभी भुवनेश को देखते हुए पूछा और विनय के चेहरे पर निगाहें गड़ा दीं।

विनय भुवनेश की तरफ देखने लगा। भुवनेश बोले, "मेरा कार्यक्रम बाद में बना यहाँ आने का, अचानक !"

कॉमरेड ने भुवनेश को देखा, फिर विनय को, फिर भुवनेश को और फिर मुँह में बीड़ी दबाकर फिर निकालते हुए बोले, "एक बार कॉमरेड अधिकारी कह रहे थे कि ज्यादा दिन साथ रहने से कॉमरेडों के संबंध पति-पत्नी जैसे हो जाते हैं !" हँसे कॉमरेड। "कोई फिर एक दूसरे को स्वतंत्र फैसला नहीं करने देता।" फिर हँसे। "इसलिए थोड़े-थोड़े दिन बाद फील्ड बदलते रहना चाहिए।"

कॉमरेड की बात पर कोई नहीं हँसा। शायद वह एक अच्छा मेजबान होने की कठिन और असफल कोशिश कर रहे थे। वह स्वयं भी इससे ऊब गए। उन्होंने बीड़ी सुलगाई और एक भरपूर कश खींचकर आगे झुकते हुए पूछा, "सुनाइए कॉमरेड ! कैसे तकलीफ की ?" यह दूसरी बार पूछा था उन्होंने। भुवनेश भी खाली गप्पें मारने नहीं आए थे। उन्होंने एक लंबी साँस खींची और बोले, "कॉमरेड लक्ष्मण माधव ! मैं सोचता था आप सिर्फ विनय को बहका सकते हैं, लेकिन आप तो सारे लड़कों को बहका सकते हैं। बहुत योग्यता है आपमें। लेकिन मैं आपको सिर्फ यह याद दिलाने आया हूँ कि इनमें से ज्यादातर के माँ-बाप गरीब हैं और वे एक-एक दिन गिन रहे हैं कि कब उनका बच्चा पढ़ाई पूरी करके आएगा और गृहस्थी की गाड़ी खींचने में अपना कंधा उनके साथ लगाएगा। मैं जानता हूँ इतने साल से जिन्हें कॉलेज की प्रॉपर्टी का होश नहीं था अब अचानक उसके लिए इतने फिक्रमंद नहीं हो सकते कि हड़ताल करने पर आमादा हो जाएँ। चक्कर कुछ और है। और चक्कर यह है कि आपको अपनी नेतागिरी चलाने के लिए नए चेले चाहिए। लेकिन कामरेड, इन लोगों का एक-एक पीरियड जो मिस होगा, इनके कैरियर की एक-एक ईंट खींचने जैसा है। जमाना कैसी प्रतिस्पर्धा का है, आप शायद नहीं जानते। आपको ऐसा नहीं करना चाहिए था। कम-से-कम हमसे आपने सलाह की होती। एक प्रोफेसर के खिलाफ बेहूदा नारेबाजी करवाकर परोक्ष रूप से आप उनको सजा दे रहे हैं जो पढ़ना चाहते हैं, और पढ़ाना चाहते हैं। प्लीज, इसे रोक दीजिए। खत्म कीजिए।

किसी ने चोरी की है तो उसे बख्शा नहीं जाएगा। यह मेरी जिम्मेदारी है। प्लीज।"

कॉमरेड मूर्तिवत् बैठे भुवनेश को अपलक सुन रहे थे। भुवनेश के चुप हो जाने पर भी उन्होंने पलक नहीं झपकी। फिर चुपचाप बीड़ी मुँह तक लाए। वह बुझ गई थी। उसे फर्श पर फेंक दिया। टकटकी लगाकर भुवनेश को देखते हुए लगभग फुसफुसाकर बोले, "आप कैसी बातें कर रहे हैं कॉमरेड ! आप तो बहुत परेशान लगते हैं ! किसी ने कुछ बोला क्या ? किसी ने धमकी वगैरह दी हो तो बताइए, हम हैं।"

भुवनेश की त्यौरियाँ चढ़ गईं। बोले, "आपको लगता है मैं डर के मारे आपसे ऐसा कहने आया हूँ ?"

कॉमरेड अस्त-व्यस्त होते हुए बोले, "नहीं, आप क्यों डरेंगे ? वैसे पोजीशन ऐसी है कि कुछ भी हो सकता है। यहाँ चाकू-छुरी चलाने में किसी को जोर नहीं लगता है। पर नहीं है तो जाने दीजिए। मैं आपसे क्या बोलूँ ? आप तो विद्वान आदमी हैं। पर आप ही बताइए, आज के जमाने में कोई किसी को बहका सकता है क्या ? ये लोग सब अपना अच्छा-बुरा समझते हैं कॉमरेड। कोई जबर्दस्ती भी किसी से कोई काम नहीं करा सकता। इन लोगों के पैर में हमारा जूता आता है। बोलिए तो, क्या हम इनसे कोई गलत काम करने को बोलेंगे तो ये कर लेंगे ? हाँ, मैं मानता हूँ आज कॉलेज में जो कुछ हुआ उससे आप जैसे पढ़ने-लिखनेवाले लोगों को तकलीफ हुई होगी, अच्छा नहीं लगा होगा। पर कॉमरेड ! आप उस मंगतरामजी का पक्ष क्यों ले रहे हैं ? वो क्या हैं आपके ? दोस्त ? रिश्तेदार ? साथी ? हमदर्द ? उनको आप जानते हैं क्या ? उनकी हिस्ट्री मालूम है क्या आपको ? वो टीचर हैं क्या ? वो टीचर नहीं हैं साहब। और अगर आप नहीं मानते तो अभी इसी वक्त जाकर देख लीजिए, रामेश्वरलाल वकील के घर मीटिंग चल रही होगी। वहाँ वो क्या बोल रहा होगा ? आप उससे हमदर्दी करते हैं जिसको इंसानियत नाम की चीज का पता नहीं। वो आपको बरबाद कर देगा चतुर्वेदीजी और आप देखते रह जाएँगे। हमको करने दीजिए जो हम कर रहे हैं।"

चाय आ गई।

"··· बाकी आपका ये बोलना तो ठीक नहीं है कि हम किसी को बहका रहे हैं। मैं आपको जानता नहीं होता तो सोचता आपको प्रिंसिपल ने भेजा है करके। बहकाना ···। नहीं, ये भाषा ठीक नहीं है कॉमरेड ! अच्छा आप ही बताओ, एस. एफ. गलत चीज है क्या ? इन लोगों को वोट देना चाहिए, लेकिन किसी पार्टी का मेनीफेस्टो मालूम नहीं होना चाहिए ! यही बात है क्या ? पार्टियों को स्टूडेंट्स फ्रंट नहीं लगाना चाहिए क्या ? आप ही बोलो। और इस काम के लिए भी मैं पहले

आप ही के पास नहीं आया था क्या ? हम तो कहते हैं अभी भी आइए आप। चलाइए आप। आप हमसे बेहतर चलाएँगे। आप स्टूडेंट्स को बेहतर समझते हैं। लेकिन आप चुप रहने के लिए क्यों बोलते हैं ? आप मेरे को बोलिए, कॉलेज में चूड़ीबाजा जरूरी है क्या ? सिनेमा मशीन जरूरी है क्या ? इस कॉमरेड से पूछिए"—रामविलास की तरफ इशारा करते हुए—"कैसी जगह में रहकर पढ़ते हैं ये लोग ? कब से पुताई नहीं हुई इनके कमरे में ? कैसा खाना खाते हैं ? कैसे पढ़ते हैं ? टेबल-कुर्सी इन लोगों को नहीं दी मंगतराम ने। मंगतराम ने टेबल-कुर्सी दी बनियों के लौंडों को। आप इनको गरीब बोले। मैं भी वोई बोलता हूँ। लेकिन क्यों ? क्यों कोई गरीब ? बोलिए कॉमरेड !"

"आप चीजों को उलझा देते हैं कॉमरेड।" भुवनेश का स्वर कुछ पटरी पर आया। शायद उन्हें अंदाजा नहीं होगा कि कॉमरेड इतनी बराबरी की टक्कर देंगे। फिर भी बहस अभी बाकी थी, बल्कि खुल गई थी। क्योंकि इस बात का अंदाजा हो गया था कि दोनों एक-दूसरे की भाषा समझ लेंगे। और एक-दूसरे की उत्तेजक टिप्पणियों से भी भड़केंगे नहीं।

"आप चीजों को उलझा देते हैं।" चाय का गिलास एक घूँट में खाली कर नीचे रखते हुए भुवनेश बोले। "···किसी आदमी ने चोरी की। हालाँकि अभी यह सिद्ध होना बाकी है कि किसी व्यक्ति ने गबन या चोरी की भी है या नहीं। फिर भी मान लीजिए कि चोरी की। तो इसका क्या ये जवाब है कि कॉलेज में हड़ताल करा दी जाए ? इससे तो उनका केस उल्टा मजबूत होता है। प्रिंसिपल आसानी से उनके विरोधियों को फँसा सकते हैं। लड़कों को सस्पैंड कर सकते हैं। कानून-व्यवस्था बताकर कॉलेज बंद कर सकते हैं। कुछ दिनों के लिए। तब ? तब किसका नुकसान होगा ? हम लोग इधर-उधर फेंक दिए जाएँगे और उनको और खुला मैदान मिल जाएगा। और भुगतेंगे लड़के। क्योंकि यूनिवर्सिटी की परीक्षा में ये तो कोई नहीं देखेगा कि आपके यहाँ लेक्चरर था या नहीं। फिर ? आप समझ नहीं रहे हैं। एस.एफ. तो होनी चाहिए भी। होगी भी। पर उसके लिए हमने बुनियादी काम क्या किया है ? क्या मानसिक और वैचारिक रूप से लड़के उसके लिए तैयार हैं ? क्या ऐसा नहीं हो सकता कि जब तक आपके यहाँ उत्तेजना है, भावावेग है, लड़कियों पर प्रभाव डालने का मौका है तब तक वे आपके साथ हैं, और कल नजर आएँगे यूथ कांग्रेस में। या युवा जनता में। बल्कि इसी की ज्यादा संभावना है। क्या इस मुद्दे पर आपने सोचा ?"

कॉमरेड चौड़ा-सा मुस्कराए। बोले, "आप तो अनुमान कर रहे हैं कॉमरेड। संघर्ष करेगा तो हमारे साथ उठेगा-बैठेगा कि नहीं ? हमारे मजदूर साथियों का जीवन

नजदीक से देखेगा कि नहीं ? इसका कुछ असर लेगा कि नहीं ? और कल कोई भगोड़ा हो जाएगा इसलिए आज भी उसको साथ मत लो, ये तो क्या बात हुई कॉमरेड !"

"नहीं, आपने मेरी पूरी बात नहीं सुनी।" भुवनेश का सुर कुछ तेज हो गया। "मैं बात कर रहा हूँ सामाजिक हकीकत की। आज कस्बे में आपकी ताकत क्या है ? और किस वर्ग से आते हैं ये आपके भार्गव और महेश ?"

"मध्य वर्ग से।"

"मध्य वर्ग कौन-सा ? आपकावाला या मंगतरामजीवाला ? या सेठोंवाला ?"

"हम तो सर्वहारा हैं कॉमरेड ! लेकिन वो लोग भी वर्गच्युत हो सकते हैं। आप उनको शुरू से ही दुश्मन मानकर कैसे चल सकते हो ?"

"दुश्मन हैं नहीं, हो जाएँगे। जब कॉलेज से निकलकर बाप के धंधे में लगेंगे। वर्गच्युत होना कोई आसान बात नहीं है। बहुत मुश्किल है। जिंदगी-भर नहीं हो पाते लोग।"

"पर ट्राइ तो करना चाहिए।"

"लेकिन ऐसे नहीं जैसे आप कर रहे हैं। इनकी थ्योरी का क्या हाल है? वर्ग संघर्ष की परिभाषा भी आती है इनको ? आप इनसे क्या उम्मीद रखेंगे ? क्या यही कि हर संघर्ष में दिशा पाने के लिए, सही-गलत का निर्णय करने के लिए ये आपकी तरफ देखें ? या आपकी पार्टी की तरफ ? क्या उन्हें खुद निर्णय करने काबिल बनाने के लिए आपने कुछ किया है ? क्या सिर्फ 'जूते मारो सालों को' जैसे नारे लगाकर कोई वर्ग के प्रति सचेत हो सकता है ? आप मंगतरामजी के केस की पूरी छानबीन करते। अखबार में छपाते। डायरेक्टर से शिकायत करते। सोशल तो हो ही रहा है। रेकॉर्ड्स सब उन्हीं के पास हैं। वे ठीक भी किए जा सकते हैं, और जल भी सकते हैं। कई चीजें जो उनके पास थीं, आ भी गई हैं। आप रेकॉर्ड जब्त करवाते। ये कौन-सा स्तर है कि 'जूते मारो सालों को' ? उन लोगों के बच्चे भी हैं कॉलेज में। तब ठीक है। ये उन्हें जूते मारें, और वे हमें। पढ़ाई गई भाड़ में।" भुवनेश ने एकदम तैश में जेब से सिगरेट निकाली, जैसे चाकू निकाल रहे हों।

कॉमरेड चुप रहे। बैठक बदली। फिर धीमे स्वर में बोले, "बात कुछ चीजों या कई चीजों की नहीं है साहब ! कॉलेज तो सरकारी है। है न ? तो नीति क्या है ? प्राथमिकता क्या है ? स्टूडेंट्स को कौन-सी चीज पहले होना ? टेबल-कुर्सी के चूड़ीबाजा ?"

"कॉमरेड, आप फिर गड्डमड्ड कर रहे हैं। सवाल इस तरह नहीं उठाया जा सकता कि पहले रोटी खाओगे या पहले झाड़ू लगाओगे ! टेबल, टेबल की जगह

है। रेकॉर्ड-प्लेयर, रेकॉर्ड-प्लेयर की जगह। उनकी तुलना नहीं है। दोनों की अपनी-अपनी जगह उपयोगिता है। आप शेक्सपीयर का ड्रामा दुनिया के माने हुए रंगमंच और फिल्म कलाकारों से सुनकर जल्दी सीखेंगे और सही सीखेंगे या नोट्स पढ़कर ? या तो आप पढ़ाइए मत शेक्सपीयर। खेतीबाड़ी करना ही सिखाइए। आप रेकॉर्ड-प्लेयर को फालतू की चीज समझ रहे हैं, प्रोजेक्टर को फालतू की चीज समझ रहे हैं। कल तो कम्प्यूटर भी आएँगे, फोटोस्पेक्ट्रोमीटर भी आएँगे, सोनोमीटर भी आएँगे, कहाँ तक छोड़ेंगे आप ये चीजें ? ये टूटे-फूटे कमरों में घुटनों पर किताब रखकर पढ़नेवाले लड़के कल देश चलाएँगे और इसी के लिए इन्हें तैयार करना है। और कॉमरेड देश दफ्ती-खड़िया से नहीं चलता। उत्पादन के साधनों में इतनी क्रांति हो गई है कि हमें करना पड़ेगा। आप थोड़ा वैज्ञानिक नजरिए से भी तो सोचिए। ये तो फिर गांधीवाद हो गया कि भई, मशीन-वशीन को छोड़ो, अपने को तो गोबर के कंडे और हथकरघा ही ठीक है। यह मार्क्सवाद नहीं है कॉमरेड !"

अब लक्ष्मण माधव को गुस्सा आ गया। उनके होंठ भिंच गए और त्यौरियाँ चढ़ गईं। वे दीवार से टिककर कुछ देर चुपचाप बैठे रहे और फिर बीड़ी सुलगाने लगे।

बाकी सारे लोग जा चुके थे। रामविलास और विनय को छोड़कर। पता नहीं कब। इस बात की तरफ भुवनेश का ध्यान अब गया।

लेकिन इससे पहले कि कॉमरेड कुछ कहते, विनय की आवाज सुनाई दी, "भुवनेशजी, क्या मैं कुछ कह सकता हूँ ? कुछ बोलूँ कॉमरेड ?"

दोनों चुप रहे।

बगैर दोनों में से किसी की अनुमति की प्रतीक्षा किए विनय बोला, "जहाँ तक मेरा ख्याल है हम सब मार्क्सिस्ट हैं। हम सबकी विचारधारा एक है। हम सब का लक्ष्य भी एक है। और हम सबका देशकाल भी एक ही है। एक ही समाज। बल्कि एक ही शहर अभी तो। तो क्या हम लोग आपस में लड़ते रहने की बजाय मिलकर काम नहीं कर सकते ? अपनी जगह कौन कैसा है, इस बात पर टीका-टिप्पणी करने की बजाय क्या हम लोग एक संयुक्त मोर्चा जैसी कोई चीज नहीं बना सकते ? और क्या आज ऐसा करना जरूरी नहीं हो गया है ? बल्कि एकदम जरूरी ? जबकि वो लोग सारे मतभेद ताक पर रखकर हमारे खिलाफ एक हो रहे हैं ! और क्या इसके लिए आज से ज्यादा अच्छा, ज्यादा सही कोई मौका हो सकता है ? एक छोटा ही सही, साझा प्रोग्राम बनाकर हम लोग काम करें तो ? इसमें क्या समस्या है ? कोई हो तो बताइए। आने दीजिए उसे सामने। मेरा ख्याल है हम उसे सुलझा सकते हैं। और मंगतरामजी से बढ़िया साझा प्रोग्राम क्या

हो सकता है ? शुरुआत के लिए ? क्यों भुवनेशजी ? कॉमरेड ?"

"हाँ, ये बढ़िया बात है। बिल्कुल बढ़िया !" अचानक खुश होकर रामविलास बोल पड़ा।

विनय कभी भुवनेश को देखता, कभी कॉमरेड को। दोनों चुप थे और न जाने कहाँ देख रहे थे। विनय की नजर रामविलास पर पड़ी। वह खूब.खुश लग रहा था और मुस्कराकर विनय का समर्थन कर रहा था।

फिर चुप्पी हो गई।

अचानक कॉमरेड भुवनेश से बोले, "आप कानूनी लड़ाई लड़ना चाहते हैं ? तो मैं आपको कानूनी लड़ाई का एक पॉइंट देता हूँ। सरकारी नौकर दो बीवियां तो नहीं रख सकता न ? मतलब मुसलमानों को छोड़कर ? मंगतराम की दो बीवियाँ हैं। एक तो ये बंगालन, जिससे इसने कोर्ट में शादी की, और एक पहलेवाली, जिससे इसको एक बच्ची भी है, और जिसे इन दोनों ने धक्के मारकर घर से निकाल दिया। अब आप लिखो अपने डायरेक्टर को और निकलवाओ इसे नौकरी से।"

"कहीं वह पागल तो नहीं हो गई ?" भुवनेश ने आश्चर्य से पूछा।

"हाँ वही।" रामविलास ने कहा।

"पागल कर दी गई। पीट-पीटकर।" विनय ने बताया।

"क्या वह यहीं है ?" भुवनेश ने फिर पूछा।

"आती है कभी-कभी। बेचारी रेलगाड़ी में भीख माँगती है। और यहाँ आती है तो ये दोनों मियाँ-बीवी . . . "

"कौन ?"

"मंगतराम और बंगालन। दोनों उसे खूब पीटते हैं घर बंद करके। और उस वक्त उनकी गालियाँ सुनो आप तो कान बंद कर लो।" विनय ने बताया।

"खैर। किसी की जाती जिंदगी में झाँकना ठीक नहीं। लेकिन अगर ये कानूनन गलत है, दो बीवियाँ रखना, तो चतुर्वेदीजी उसे नौकरी से निकलवाएँ। और मैं अपनी तरफ से वादा करता हूँ कि ये यदि 'हाँ' भर लें तो बच्चे कल से क्लास में चले जाएँगे।"

"ठीक है। मैं तैयार हूँ।" भुवनेश ने कुछ सोचकर कहा। एक लंबी साँस ली और उठ खड़े हुए।

इसी समय एक लड़का दौड़ता हुआ आया। उसने खबर दी कि सिनेमा में मारपीट हुई है और मंगतरामजी के पट्ठों ने हमारे लड़कों की हॉकियों से पिटाई की है। कई लड़के घायल हुए हैं। कुछ को ज्यादा चोट लगने की वजह से अस्पताल में ही भर्ती कर लिथा गया है। पुलिस को बुलवाया जा रहा है।

कॉमरेड और भुवनेश ने यह खबर सुनकर एक-दूसरे की तरफ देखा—एक-दो पल देखते रहे—और फिर दोनों ने विनय की तरफ।

कॉमरेड ने उस लड़के से पूछा कि कौन-कौन कहाँ-कहाँ है। फिर कुछ हिदायतें दीं, कुछ लोगों को घर से बुला लाने की। और फिर भुवनेश से बोले, "कॉमरेड, कुछ बात नहीं, कुछ नहीं होगा बच्चों को। आप घर जाओ, और ध्यान रखना, क्या वादा किया है। विनय, क्या प्रोग्राम है ? साथ चलोगे या · · · "

"घर जाऊँगा। और भी कुछ है जो अभी सुलझाना जरूरी है।"

"तो ठीक है, प्रोफेसर साहब के साथ ही निकल लो। उनको रास्ता भी ठीक से नहीं मालूम।" हड़बड़ाते हुए कॉमरेड तैयार भी होते जा रहे थे। सब चल पड़े।

विनय को लगा जब उसने और भी कुछ सुलझने की बात कही, कॉमरेड झीनी-सी हँसी होठों-ही-होठों में हँसे थे।

रामविलास को होस्टल छोड़ने तक मंगतरामजी का ही किस्सा चलता रहा।

भुवनेश चाहते थे कि उन लड़कों से मिलने चलें जो घायल हुए हैं, लेकिन होस्टल से उन सबकी सलामती की खबर मिल गई थी और रात इतनी ज्यादा हो चुकी थी कि इस बात की चिंता भी स्वाभाविक थी कि श्रीमती भुवनेश चिंता कर रही होंगी। इसलिए फिलहाल घर ही चलने का निर्णय किया गया।

काफी देर दोनों चुपचाप चलते रहे। फिर विनय ही बोला, "क्या बात है ? आप इतने टेन्स क्यों हैं ? मेरा गुस्सा बेचारे कॉमरेड पर क्यों उतार रहे थे ?"

"कैसा गुस्सा ?"

"ऋचा मेरे घर आ गई, इसलिए नाराज़ हैं ? कमऑन। क्या सोच रहे हैं आप ? हम दोनों के बीच कुछ नहीं है। शी इज़ जस्ट अ गुड फ्रेंड। अ कॉमरेड। अ यंगर सिस्टर टु मी। (वह एक अच्छी दोस्त है, सिर्फ दोस्त। एक कॉमरेड। मेरी छोटी बहन-जैसी।) वैसे मैंने कभी नहीं सोचा था कि मुझे कभी इतना घटिया डॉयलॉग बोलना पड़ेगा। कम-से-कम आपसे।"

"नहीं, घटिया कैसे ?"

"अंग्रेजी में बोला इसलिए घटिया नहीं लगा होगा। जानते हैं, आप लोग जब आए थे तो मैं सोचता था कि आप लोग कुछ और तरह के ही होंगे। लिबरेटेड। वायवी। जमीन से कुछ ऊपर के। लेकिन अब पता लगा कि आप लोग तो बिल्कुल हमारे जैसे ही हैं।"

"ओह कमऑन विनय।"

"मुझे ऋचा बहुत अच्छी लगती है। लेकिन मैं जानता हूँ कि मेरी औकात क्या है।"

"क्या मतलब ?"

"नहीं, गलत बोल गया। दरअसल मकसद। मकसद क्या है मेरी जिंदगी का, यह मैं बोलना चाहता था। और उसके लिए ऋचा जैसी बहुत सारी कॉमरेड चाहिए। और सो तब तक तो होना नहीं, जब तक आप और कॉमरेड लड़ते रहेंगे। बच्चों की तरह।"

"ओह कमऑन। बंद करो।"

"और, जहाँ तक घर आने की बात है तो मैं तो चाहता हूँ कि आप भी मेरे घर आएँ, भाभीजी भी आएँ, पर क्या करें, वो मकान साला ऐसा है कि किसी को बुलाने में भी शरम लगती है। खैर, मैं देख रहा हूँ दूसरा। थोड़ा ज्यादा किराया दे देंगे, और क्या !"

"तुम लोगों को आने में इतनी देरी क्यों लगी थी ?"

"जानबूझकर देर लगाई थी।"

"क्यों ?"

"चोर होते तो फौरन आते।"

भुवनेश अँधेरे में भी मुस्करा दिए। जी चाहा कहें, तुम कितने प्यारे हो विनय ! फिर टाल गए। जिस मोड़ से दोनों को अलग होना था, दोनों एक पल ठिठके। फिर विनय जिद करके भुवनेश को छोड़ने उनके घर तक आ गया। उस समय रात के दो बज रहे थे। बिदा होते समय दोनों ने एक-दूसरे की तरफ देखा। दोनों की आँखों में दोस्ती की चमक थी, और होंठों पर मुस्कराहट। दोनों एकसाथ बोले, "गुडनाइट !"

दरवाजा ऋचा ने खोला और भुवनेश से नजरें मिलाए बगैर पलट गई। श्रीमती भुवनेश सो गई थीं। भुवनेश के जी में आया अभी पत्नी को जगाएँ और कहें ··· लेकिन फिर सोचा, छोड़ो कल ही कहेंगे।

पन्द्रह

जिस समय कॉमरेड कह रहे थे कि जाकर देख लो इस समय भी रामेश्वरलाल वकील के घर मीटिंग चल रही होगी, उस समय रामेश्वरलाल वकील के यहाँ सचमुच मीटिंग चल रही थी। मैले गद्दोंवाला फर्श और अधमैले गावतकियोंवाला कमरा लोगों से भरा हुआ था। कमरे की हवा में जर्दे-किवाम, पुरानी हिना और आयुर्वेदिक दवाओं की-सी मिली-जुली गंध तैर रही थी। पंखा धीमे-धीमे चल रहा था।

बैठक में स्पष्टतया दो तरह के लोग थे। एक नौजवान, जो तैश में बोलने में सुख पाते थे और दूसरे, मोटी तोंदोंवाले या लटके गालोंवाले बुजुर्ग जो दिन-भर के धंधे-पानी के बाद यहाँ थे भी तो इसलिए कि मामला समाज का है। उन्हें सिर्फ उस वक्त का इंतजार था जब सारी बातें तय हो जाने के बाद उनसे आर्थिक सहयोग देने को कहा जाएगा। और उनमें से हर एक पहले से सोचकर आया था कि उन्हें कितने से कितने के बीच आर्थिक सहयोग देना है। बाकी बातों में उनकी कोई खास दिलचस्पी नहीं थी। उनमें से कई धंधे के बारे में सोच रहे थे। एक-दो ऊँघ भी रहे थे।

मंगतरामजी झक सफेद कुर्ता-धोती पहने कव्वालों की तरह पाँव पीछे मोड़े, दोनों हाथ सीने पर बाँधे बैठे थे। उन्होंने सिर में तबियत से तेल थोप रखा था और करीने से माँग काढ़ी हुई थी। 'शिखा' भी व्यवस्थित थी।

वकील साहब गर्मागर्मी की बातों के बीच कुछ चुटकी लेना और सबको हँसाते रहना जरूरी समझ रहे थे।

चूँकि महंतदासजी और पुखराजजी कालानी अभी आए नहीं थे, इसलिए यह बैठक राष्ट्राध्यक्षों की शिखर वार्ता-जैसी नहीं, उनके सचिवों की तैयारी बैठक-जैसी ही थी। वक्ताओं द्वारा यह बताया जा चुका था कि मंगतरामजी जैसे प्रबुद्ध और वरिष्ठ प्राध्यापक का अपमान हुआ है, उन पर झूठे लांछन लगाकर उन्हें मानसिक रूप से प्रताड़ित और सामाजिक रूप से कलंकित करने का प्रयास किया गया है।

और जिस महाविद्यालय के निर्माण के लिए कस्बे के दानवीर व्यापारियों ने दिल खोलकर दान दिया, बल्कि गली-गली घूमकर चंदा किया, बंबई इत्यादि से भी व्यापारी भाइयों से पैसा लाकर लगाया, कि चलो भई, बच्चों को पढ़ने के लिए बाहर नहीं जाना पड़ेगा, उस महाविद्यालय के इतिहास में पहली बार हड़ताल करवाई गई है और दीवारों पर भद्दे और अश्लील नारे लिखे गए हैं।

कुछ वक्ताओं द्वारा इस प्रश्न को व्यापक परिप्रेक्ष्य में देखने का आग्रह भी किया जा चुका था और उदाहरणस्वरूप व्याख्या यह की गई थी कि दरअसल अपमान मंगतरामजी का नहीं हुआ है, एक हिंदू का हुआ है। और हमला केवल मंगतरामजी पर नहीं, पूरी परंपरा पर, पूरी संस्कृति पर यानी हिन्दुत्व पर हुआ है।

एक और वक्ता ने डमरू बजाने की मुद्रा में हाथ नचाते हुए कहा था कि धरम-वरम तो खैर छोकरे-छोकरी क्या जानें, पर असल बात ये है कि वह चतुर्वेदी माश्टर पढ़ाई की आड़ में कौमनिज्म का प्रचार कर रहा है और इस बात की जाँच करवाई जानी चाहिए कि ऐसा करने के लिए उसे पैसा कहाँ से मिल रहा है। क्योंकि इन लोगों को के.जी.बी. (रूसी खुफिया एजेंसी) से पैसा मिलता है और कोई ताज्जुब नहीं अगर इसे भी मिलता हो। जरूरत पड़ने पर प्रधानमंत्री को भी चिट्ठी लिखी जानी चाहिए, क्योंकि सवाल एक कॉलेज का नहीं, पूरे देश की सुरक्षा का हो सकता है।

यह चल ही रहा था कि महंतदासजी और पुखराजजी आ गए। वक्तृता का प्रवाह खंडित हो गया। मंगतरामजी उठकर नमस्कार की मुद्रा में हाथ जोड़कर खड़े हो गए।

दोनों आगन्तुक काफी से ज्यादा मोटे और लहीम-शहीम व्यक्ति थे। महंतदासजी के बाल सफेद झक्क थे और उनके चिकने-चमकदार ललाट पर तिलक शोभित था। पुखराजजी साँवले और थुलथुल व्यक्ति थे, काली टोपी पहनते थे और उनका मुँह, होंठ और दाँत पान के सतत सेवन, बल्कि निवास के कारण लाल नहीं, कत्थई हो गए थे और इस समय काले लग रहे थे। काफी मात्रा में बैठ चुकने के बाद उन्होंने एक-एक को मुस्कराकर देखा, हरेक की कुशलक्षेम पूछी और मूँगफली के तेल में अभी-अभी आए उछाले की लाइटनिंग और सनसनीखेज खुशखबरी सबको दी। कुछ चौंके, कुछ जले, कुछ मुदित हुए। महंतदासजी भी इसी बीच इस-उस से इधर-उधर की संक्षिप्त सूचनाएँ माँगते रहे। इस सबमें पाँच-एक मिनट लगे। फिर खामोशी हो गई।

"काहे की मीटिंग है ?" अचानक महंतदासजी ने वकील साहब से पूछा।

"आरे मीटिंग क्या होंकम ! हमें तो आपके दर्शन करने का और आपको घर

बुलाने का बहाना चाहिए था इसलिए रख ली। वैसे बात यह है कि मंगतरामजी को ···"

"मैं बताता हूँ, मैं बताता हूँ ···" मंगतरामजी ने टोका। सब उनकी तरफ मुखातिब हुए। "आपको तो पता ही है कि महाविद्यालय की स्थापना के लिए अपने यहाँ संभ्रांत नागरिकों ने कितना संघर्ष किया, कितना परिश्रम किया था, और महाविद्यालय का अब तक का इतिहास, यदि हम अतिशयोक्ति न भी करें तो, इस बात का साक्षी है कि संभवतः यह प्रांत में सबसे अधिक सुचारु रूप से और व्यवस्थित ढंग से चल रहा था और एक श्रेष्ठ शैक्षणिक संस्था के रूप में इसने अल्पकाल में ही अपनी प्रतिष्ठा स्थापित कर ली थी। लेकिन इस वर्ष ···"

उनका ध्यान बँटा। दो नौकर ट्रे में नाश्ते की प्लेटें लिए आ गए थे और हरेक को नाश्ता दे रहे थे। सुनते-सुनते महंतदासजी बोले, "पानी पा रे ! हाँ भई ··· फिर ?" फिर कोई बोला, "पानी पिला।" वकील साहब बोले, "इसे रख दे, पहले पानी लेकर आ।" कोई और बोला, "हाथ धोकर लाना।" इस तरह चार-पाँच बार व्यवधान पड़ा। लेकिन मंगतरामजी ने निश्िंचत भाव से सविस्तार सारा किस्सा बयान किया। इसे सुनकर कोई भी समझ जाता कि प्रोफेसर भुवनेश चतुर्वेदी से बड़ा गुण्डा आज तक भारतवर्ष में पैदा नहीं हुआ।

चूँकि दूसरों को भी कुछ बोलने की उत्कट इच्छा हो रही थी, इसलिए सबने अपने-अपने विचार और प्रस्ताव संक्षेप में दोहराए और अंतिम निर्णय के लिए महंतदासजी और पुखराजजी की तरफ प्रतीक्षातुर भाव से देखने लगे। महंतदासजी लोटे को सिर से दो फुट ऊपर पकड़, ऊँट की तरह गरदन उठा, गटगट पानी पी, नाश्तानिमग्न हो रहे थे और ध्यान से सबकी बातें सुन रहे थे। कुछ देर की खामोशी के बाद मंदस्मित के साथ महंतदासजी ने पुखराजजी की तरफ देखा और बोले, "हेंओ पुखजी ? कुण करवाए ये सब ?" अर्थात् कौन है इस सबके पीछे ? पुखराजजी कुतूहल और अनभिज्ञता से मुस्कराते हुए सबको बारी-बारी से देखने लगे। मानो कह रहे हों, 'अब बताओ भाई !'

आखिर बताया किसी ने कि कॉमरेड लक्ष्मण माधव।

काफी देर चुपचाप मिठाई-सेव चुभलने के बाद महंतदासजी बोले, "कामरेड भी साला फंदी आदमी है। भलते काम में फच्चड़ लगाने की आदत है उसकी। अरे, तू तेरी नेतागिरी कर। कालेज के पचड़े से तुझे क्या लेना ? एक बार मुंसीपाल्टी में भी इसने यही किया। आपको तो याद होगा पुखजी ? केसरीमल गमनीराम के आगे मीयों ने झोंपड़े डाल लिए थे। अब वो बापड़ा मकान बनवाए तो कैसे ? और वो बैठा बंबई। और मकान बनवा दिया चतुर्भुजजी ने। और गेलसफा ने दरवाजा

रखा इस तरफ। अब सुबे उठो और मूँ दिखे इन मलेच्छों का।" ··· हँसे, खूब ऊँचे सुर में हँसे महंतदासजी। देखादेखी और सब भी। सबसे ज्यादा उत्साह से वकील साहब। और मंगतरामजी का मुँह लटक गया। महंतदासजी ने भी क्या बेवक्त का किस्सा शुरू कर दिया। आए हैं रणनीति तय करने, और ···

लेकिन महंतदासजी का ध्यान था मंगतरामजी की भी तरफ। अभी हँसी की हिलोर ठंडी भी नहीं पड़ी थी कि उन्होंने गंभीर होकर मंगतरामजी से कहा, "आप फिकर मत करो मंगतरामजी। सारा समाज आपके साथ है। जरवत पड़ी तो हम चीफ मिनिस्टर के पास भी जाएँगे डेलीगेशन लेकर। क्या ? आप तो मस्त रहो।" आँखों में आँखें डाले थे महंतदासजी। मंगतरामजी आश्वस्त और उपकृत भाव से सिर झुकाकर मुस्कराए। सिर उठाया तो पाया महंतदासजी ने अभी उन पर से निगाहें हटाई नहीं हैं। नजरें मिलते ही वे फिर बोले, "क्या ? मस्त रहो आप तो। और आज तो वो भी आई हुई है आपकी। गेली। क्या ? एक तरफ रंभा और दूसरी तरफ लक्ष्मी।" बोलते-बोलते अपने मोटे गद्देदार पंजे को महंतदासजी ने पास बैठे पुखराजजी की जाँघ पर गड़ाया और हँसे। 'मजा आ गया' किस्म की हँसी। बाकी भी कुछ कम परिमाण में वैसा ही हँसे। सप्रयत्न। मंगतरामजी की गरदन फिर झुक गई।

"और चिरंजीलालजी ! तुम्हारी फेक्ट्री का क्या हुआ ?" महंतदासजी फिर गीयर बदलकर गंभीर हुए ···। और लोग भी और लोगों से और-और बातें करने लगे। मानो जो खास बात होनी थी, वह तो हो चुकी। बैठक के आरंभ में जो तनाव था, उठ चुका था। कमरा आपसी बातचीत से भर गया।

"अरे सुणो भाई ··· !" अचानक महंतदासजी ने हाथ उठाकर सबको चुप कराया। सब चुप हो गए तो बोले, "मेंदूरिया चौराहे पर मुंसीपाल्टी दूकानों के प्लॉट काट रही है। सेंटर गवर्नमेंट की स्कीम है कि भूमिहीन, गरीब, आदिवासी और अनुसूचित गरीबों को ही ये दूकानें दी जाएँगी। दूकानों की प्रस्तावित पट्टी के पीछे महाराज के बाड़े की गोल दीवाल है। उससे सटकर ये दूकानें निकलेंगी। अब समस्या ये है कि दीवाल के पीछे है सीतला माता का मंदिर और सामने है जैन लोगों की बस्ती।"

"महावीर कॉलोनी।" कोई बोला।

"हाँ वही। अब साठ दूकानें नाई-धोबी, मोची-भंगी, चमार-ढेड़ लोगों को मिल गईं तो एक तो वहाँ जो गंदीवाड़ा होगा सो तो होगा ही। वहाँ कोई गाली भी देगा, कोई दारू भी पिएगा, कोई प्याज़-लहसुन का बघार भी लगाएगा, कोई औरत को भी पीटगा। और किसी मियाँ भाई ने होटल लगा लिया तो वो अंडे भी फोड़ेगा और बकरे भी काटेगा। ये सब होगा। फिर आप रोक नहीं सकते।"

महंतदासजी चुप हो गए। बाकी सब चिंतित। पुखराजजी ने डिबिया निकालकर पान खाया।

"तो बात ऐसी है कि मैं और पुखराजजी अभी बात कर रहे थे कि भई ! कोई कहीं से आया, और कोई कहीं से। पर हमको तो जीना भी यहीं है और मरना भी यहीं है। तो कुत्ता भी पूँछ से जमीन साफ करके बैठता है। बैठता है कि नहीं ? और आपकी आँखों के सामने ये भ्रष्टवाड़ा हो रहा है तो आपको क्या करना चाहिए इसके लिए ?"

"खुली नीलामबोली करे नगरपालिका। जिसकी मर्जी हो ले दूकान।" वकील साहब बोले।

"नहीं, वो नहीं हो सकता।" बगैर उनकी तरफ देखे महंतदासजी बोले, "वो नहीं हो सकता। कलेक्टर साब के आडर हैं। एस. डी. ओ. साब खुद मौका देखकर गए हैं और कॉमरेड वहाँ अपने आदमियों को दूकानें दिलवाने की कोशिश कर रहा है। और हालत ऐसी है कि उन्हें मिल भी जाएँगी।"

महंतदासजी रुके। सभा में सन्नाटा छा गया।

"अब एक ही रास्ता है कि या तो बापड़े जैन लोगों के घरों के ठीक सामने बकरों की खाल उतरने दो ··· या कुछ और सोचो।"

"हम अपने आदमियों से अर्जी लगवा देते हैं।" कोई बोला।

"उसका टाइम गया।" महंतदासजी बोले। "डमी अर्जियाँ थीं। रिजेक्ट कर दीं कलैक्टर ने।" फिर सन्नाटा छा गया।

"अब रास्ता ये है ···" महंतदासजी फिर ऊँचे सुर में बोले, "के सीतला माता मंदिर बहुत पुराना है। पता नहीं कबका। कोई पानी भी नहीं चढ़ाता वहाँ। तमाम घास-भरुट-सेंवण-आक-गोखरू-चिमगादड़ भरे हैं चारों तरफ। तो उसका तो करवाया जाए जीर्णोद्धार, और उसके आगे की पाँच सौ मीटर जमीन पर कटवा दिए जाएँ रिहाइशी प्लॉट। जमीन है ट्रस्ट की। और ट्रस्टवाले रामदासजी से हमारी बात हो गई है। वो तो बापड़े बस गए गुजरात में, और अब इससे उन्हें कोई खास लेनादेना नहीं है। वाजिब मोल पर दे देंगे। तो पाँच सौ मीटर और दीवाल मिलाकर करीब दस मीटर ये। और दीवाल का तो ऐसा है कि वो स्टेट टाइम की है। कभी महाराज का मगरा हुआ करता था इस जमीन में। पटवारघर के कागजों में दीवार का कोई इन्दराज नहीं है। तो उसे रातोरात तोड़कर प्लॉट काटने पड़ेंगे। और हमारे नौजवानों की टास्क-फोर्स दीवाल हटाने का काम तो कर ही लेगी या नहीं ? समाज के लिए इतना भी नहीं करोगे तो क्या करोगे फिर ? और हम लोगों को बैकडेट में जमीन का नक्शा बनवाकर कोऑपरेटिव हाउसिंग कॉलोनी रजिस्टर करवानी पड़ेगी। अब

आप बताओ आपमें से कौन-कौन आगे आने को तैयार है ? सौदा घाटे का नहीं। आज से दस साल बाद इसी जमीन के भाव लाखों में जाएँगे। जो मेंबर बनेगा कोऑपरेटिव का उसे हजार रुपए रजिस्ट्रेशन फीस देनी पड़ेगी। बाकी प्लॉट की बाद में देखी जाएगी। बोलो, हेमजीबा ! क्या कहते हो ?"

हेमजीबा खिसियाए और जाँघों पर हथेलियाँ रगड़ने लगे, जैसे हाथ गरमा रहे हों। अब पुखराजजी कालानी अपनी भाषा में बोले कि जमीन कितने मौके की और उपयोगी है और किस तरह उसकी कीमत बढ़ती जा रही है। लोग उनसे सब कुछ विस्तार से समझना चाहते थे। वे समझाना भी। उन्होंने जेब से एक बड़ा-सा कागज निकालकर जमीन पर बिछा दिया जिस पर कोऑपरेटिव की कॉलोनी का कच्चा नक्शा पेन से बना हुआ था। बहुत-सारे लोग जो इन लोगों के आने तक ऊँघ रहे थे, इस कागज पर झुक गए। वे सिर खुजाने लगे और उँगलियों पर जोड़-बाकी करने लगे। इस बीच एक बार महंतदासजी बाहर जा आए। जाते-आते समय उन्होंने झीनी सफेद धोती का एक पल्ला हाथ में उठा रखा था जिससे उनकी एक टाँग जाँघ तक अनावृत हो गई थी। उसमें इतना गोश्त था कि बीस कुत्तों का पेट भर जाए !

आश्चर्य कि यह विचार चरम शाकाहारी मंगतरामजी के मन में आया, जिनकी रिहायशी प्लॉटों में कोई दिलचस्पी नहीं थी और जोकि महंतदासजी पर बुरी तरह खफा थे। क्या सोचकर आए थे और क्या हो रहा है ? अच्छा-खासा माहौल बना हुआ था, इन्होंने आते ही सब गुड़-गोबर कर दिया। न सिर्फ मंगतरामजी के अस्तित्व के संकट को फूँक से उड़ा दिया, बल्कि सार्वजनिक रूप से उनकी इज्जत की भी रेड़ मार दी। और वह इन्हीं लोगों को अपना प्रबल समर्थक मान रहे थे ! उन्हें महाभारत के आचार्य याद आए ··· दुर्योधन की चाकरी में कुंठित-लुंठित द्रोण, कृप, भीष्म ··· !!

कुछ ही देर की बातचीत के बाद यह सबको जँच गया कि सहकारी समिति का विचार बुरा नहीं है। नियमित हो गया तो पच्चीस हजार से ज्यादा का एक प्लॉट नहीं पड़ेगा जो चार-आठ साल में एक लाख का हो जाएगा। और न भी हो सका, मान लो, तो जूआ सिर्फ हजार रुपए का है। हरावल पार्टी पुखराज और महंतदासजी जैसे तगड़े आसामी की है। राजनीति और प्रशासन दोनों में इनका प्रभाव है। इन्होंने धार लिया है तो कर ही मरेंगे। नगरपालिका का चेयरमैन सोमतमल तो महंतदासजी की गाय है। डेवलपमेंट उस खाते में हो जाएगा। हालाँकि इसमें कुछ रहस्य जरूर होना चाहिए। वरना ये आगे होकर सोसाइटी बनाने और हमसे मेंबर होने को क्यों कहते ? या तो आगे के प्लॉटों पर जैनियों का कोई उपासरा-

विद्यालय-धर्मशाला बनाना होगा या इन दोनों में से कोई खुद के लिए कोई गुंताड़ा सोच रहा होगा। पर भीतर की बात जो भी हो, मेंबर बनने में नुकसान तो कहीं से भी नहीं है।

"चलो भई, हो गया ?" महंतदासजी कुर्ते की बाँहें चढ़ाते हुए बोले, "हाँ भई, चलो लिखो कौन-कौन मेंबर बन रहा है। वकील साहब, लिखो एक कागज पर। हाँ साब। हेमजीबा के कितने ? चार, कि दो ? एक ही लिखो भई। पहले ऊपर सोसाइटी का नाम लिखो। नाम बताओ भई। मंगतरामजी, कोई अच्छा-सा नाम बताओ भई !"

"सीतला माता गृह निर्माण सहकारी समिति।" कोई बोला। महंतदासजी ने बोलनेवाले की तरफ ध्यान नहीं दिया। बोले, "हाँ भई मंगतरामजी, जल्दी बताओ। खैर छोड़ो। वकील साहब, कल पूछ लेना मंगतरामजी से। अच्छा बताना मंगतरामजी, कोई साहित्यिक नाम। साकेत टाइप। अभी नाम छोड़ दो वकील साहब, समिति लिख लो खाली। सदस्य। लिखो सदस्य। नंबर एक हेमजी श्री कल्याणजी। हाँ भई, नेक्स्ट। जांवतराजजी ? कितने ? दो ? लिखो भई जांवतराजजी के ··· "

इस तरह पंद्रह मिनट में उस सद्यःजात गृह निर्माण समिति के पच्चीस सदस्य बन गए। चुनाव भी हो गया। गुमानमल नाम के एक नौजवान आढ़ती को खजांची बना दिया गया और उसे ताकीद कर दी गयी कि कल शाम तक सबका पैसा आ जाना चाहिए और परसों बैंक में सोसायटी के नाम का खाता खुल जाना चाहिए।

और सभा बर्खास्त हो गई।

किसी ने मंगतरामजी से पूछा भी नहीं कि वह भी प्लॉट लेना चाहते हैं क्या ? संभवतः हजार तो वह भी भर ही देते। किराए के मकान में रहते हैं। पगली आती है तो मकान मालिक टेढ़ी नजर करके देखता है। घर का मकान रहता तो ···

फिर जब 'और ?' 'और भई ?' 'और कोई ?' चल रहा था तो किसी ने शर्माशर्मी मंगतरामजी का भी नाम ले लिया था। महंतदासजी फौरन बोले थे, "इनको छोड़ो। या लोगे ? क्यों भई मंगतरामजी ? ले लो। छोड़ो, इनको तो वैसे ही दे देंगे। मंदिर का जीर्णोद्धार भी तो करवाना है भई ! बताना मंगतरामजी, किस-किसको लिखना पड़ेगा ? पुरातत्व, देवस्थान विभाग ··· कौन-कौन ··· ?"

मंगतरामजी को लगा था कि उनके कान जल रहे हैं। गरदन झुकाए दरी नोचते रहे थे।

अब जबकि संघर्ष का बिगुल बज ही गया था, भुवनेश अपनी आरंभिक ऊहापोह, अरुचि और निस्संगता छोड़कर सक्रिय और सन्नद्ध हो गए थे। श्रीमती भुवनेश भी रोना-धोना छोड़, मानो कमर में पल्लू खोंस पति का साथ देने के लिए तैयार हो गई थीं। अब हर शाम भुवनेश के यहाँ छात्रों का काफी बड़ा जमावड़ा लग रहा था। कस्बे में उनके आरंभिक दिनों से भी बड़ा। और न सिर्फ मार्क्सवाद पर बातें होतीं बल्कि मंगतरामजी के चालचलन और कस्बे की फुटपाथी राजनीति पर भी जमकर और खुलकर चर्चा होती। मंगतरामजी की भाषा-भूषा, आचार-विचार का मखौल भी उड़ाया जाता और पैरोडी भी की जाती। सभ्यता और सुरुचि के संकोच पीछे छूट गए थे। हाथ में ईंट थी और सामने एक काँच की दीवार। इन लड़कों में रामविलास और छोटेराम, सहीराम-जैसे लड़के ही नहीं, महेश और भार्गव-जैसे एस. एफ. के लड़के भी होते। भुवनेश उन्हें बोलने देते खूब। उनके अनुभवों को सुनते, सीखते और आनंदित होते। श्रीमती भुवनेश हर आए-गए से कुशल-क्षेम पूछतीं, चाय-पानी का प्रबंध करतीं और लड़कों की छोटी-छोटी समस्याओं में रुचि लेतीं। लड़के जब जी चाहता किचन तक चले जाते। 'भाभीजी' उन्हें 'सर' से भी ज्यादा आकर्षक लगतीं—खासकर उन्हें जो घर से दूर रहकर पढ़ रहे थे। लड़कियाँ तो घुसी ही रहतीं।

भुवनेश ने यह व्यवस्था कर दी कि आर्या साहब, गर्ग साहब, मलखानसिंहजी आदि रोज आठ से दस घर पर छात्रों को अपने-अपने विषय मुफ्त पढ़ाएँगे। जिसको जो प्रॉब्लम हो, जाए और पूछ ले। भुवनेश ने प्रिंसिपल से भी दो-चार बार घर पर जाकर विस्तार से बात की और उन्हें विश्वास दिला दिया कि मूल रूप से भुवनेश रचनात्मक व्यक्ति हैं। इसलिए उनका मूल्यांकन उनके काम को देखकर किया जाना चाहिए, उनकी ख्याति को देखकर नहीं। भुवनेश ने यह भी स्पष्ट कर दिया कि उनकी लड़ाई मंगतरामजी से है, प्रिंसिपल से नहीं, इसलिए वे उनसे हर समय डरे नहीं रहें। और भुवनेश ने यह भी बता दिया कि डायरेक्टर उसके टीचर रह चुके हैं, इसलिए उसे जानते हैं। और इसलिए प्रिंसिपल के कहने से देर-सबेर उसका ट्रांसफर तो जरूर करेंगे, पर बदतर जगह नहीं, बेहतर जगह, बल्कि मुमकिन हुआ तो भुवनेश की पसंद की जगह, जोकि उन्हें मालूम है।

इन मुलाकातों से—जोकि कॉलेज के बाहर दोनों की पहली थीं—प्रिंसिपल आश्वस्त हुए। उनका मिजाज ठंडा हुआ। उन्हें लगा कि उनकी सेवानिवृत्ति ज्यादा पीड़ादायक नहीं होगी, कि मंगतरामजी से ज्यादा दबने की भी जरूरत नहीं है, क्योंकि यदि उधर से उन पर हमला हुआ तो जवाबी कार्रवाई के लिए इधर भी कोई है, जिसकी शरण वह ले सकते हैं।

प्रिंसिपल इस बात से प्रभावित, बल्कि आभारी जैसे थे कि दूसरे दिन कोई

पचास प्रतिशत लड़के कक्षाओं में आ गए थे और तीन-चार दिनों में तो माहौल इस कदर सामान्य हो चुका था मानो कभी कुछ अप्रिय हुआ ही न हो। और इसमें निहित भुवनेश की पहल और प्रयत्न से वह अनभिज्ञ नहीं थे।

मंगतरामजी एक दिन छोड़कर एक दिन आए थे कॉलेज। छुट्टी की अर्जी देकर वापस चले गए। स्टाफरूम में नहीं आए। अच्छा ही हुआ कि नहीं आए। वहाँ सब मिलकर उनकी धज्जियाँ बखेर रहे थे और खिल्ली उड़ा रहे थे। स्टाफरूम में दो-चार जो उनके समर्थक थे ऐसे में या तो बाहर चले जाते या घुग्घू की तरह कंधों में सिर घुसाए कोने में दुबके रहते, ताकि सबकी बातें सुन सकें और शाम को मंगतरामजी के घर जाकर सारा वृत्तांत सुना सकें। बाकी सब भुवनेश के साथ थे, और खुलकर। कम-से-कम जब तक किसी शारीरिक क्षति या अनुशासनात्मक कार्रवाई का डर नहीं। उनमें से कुछ ने सारी घटना की मीमांसा इस तरह भी की कि यदि चतुर्वेदीजी अँधेरी रात को डेढ़ बजे के सन्नाटे में अकेले जाकर उस गैंगस्टर से बात करने का जोखिम नहीं उठाते तो हड़ताल टूटती नहीं और दूसरे या तीसरे दिन एक या दो लेक्चरर तो पिट ही जाते—खासकर वे जिनसे लड़के पहले से ही नाराज हैं। क्योंकि बॉस ! ये तो साले बंदर हैं ! इनका क्या कर लोगे आप ? बाँसवाड़ा में हुआ ही था पिछले साल ! और पिछले साल क्यों ? इसी साल जालोर में क्या हुआ ? प्रिंसिपल के सिर पर कचरे की टोकरी उल्टी रख दी। अरे साहब ! जब वी. वी. जॉन जैसे वी. सी. (उप-कुलपति) को पेपरवेट खींचकर मारा जा सकता है, तो किसी के भी साथ कुछ भी हो सकता है। आप क्या बात करते हैं ! आदि-आदि।

इसी स्टाफरूम में बैठकर भुवनेश ने मंगतरामजी द्वारा दो शादियाँ किए जाने की शिकायत का मसौदा तैयार किया, उस पर साथियों के साथ विचार-विमर्श किया और इस बात पर दिमाग लड़ाया कि दोनों शादियों के ठोस और पक्के साक्ष्य कहाँ से और कैसे ढूँढ़कर लाए जा सकते हैं।

शिकायत का मसौदा ऐसा था और मसौदे की भाषा ऐसी थी कि क्या कोई वकील लिखेगा। फिर भी शाम को भुवनेश ने अपना मसौदा कॉमरेड को जाकर दिखा दिया। कॉमरेड राज्य समिति की बैठक में भाग लेने जयपुर जा रहे थे। उन्होंने मसौदा लेकर अपने पास ही रख लिया कि न सिर्फ जयपुर में अपने साथियों को दिखा देंगे, बल्कि अपने एक कॉमरेड माने हुए वकील हैं, उनकी राय भी ले लेंगे और तीन-चार जनों से दस्तखत कराकर जहाँ देना है, दे भी देंगे।

भुवनेश को अब भी यह सब करना अच्छा नहीं लग रहा था, उनका जी कर रहा था कि सारे कागज कॉमरेड से वापस ले लें, लेकिन अब यह भी मुमकिन नहीं था। अब वह तेज बहाव में थे, और उन्हें बहाव के साथ ही बहना था।

विनय चार रोज तक भुवनेश के घर नहीं आया। पाँचवें रोज शाम को आया भी तो सिर्फ यह बताने कि पाँच-छह रोज के लिए घर जा रहा है। बाहर-बाहर से ही जाने लगा। श्रीमती भुवनेश ने चाय के लिए कहा, हालाँकि भुवनेश भी कहीं जा रहे थे तो मना कर दिया। बोला, "संडे को वापस आ रहा हूँ, खाना आपके ही घर खाऊँगा। आपके ग्रेट मक्का के ढोकले, गुड़ और मूली की भाजी। याद रहेगा न ?"

विनय के हाथ में एक पैकेट था। भुवनेश ने कहा, "ये क्या है ?" तो बोला, "पतलून। दो। आज ही सिलवाई हैं।" भुवनेश ने कहा, "दिखाओ।" देखीं। फिर बोले, "पर तुम तो इतने फैशनेबल रंग और काट नहीं पहनते !" विनय ने लाड़ से मुस्कराकर कहा, "डबलू पहनता है। उसी के लिए बनवाकर ले जा रहा हूँ। परसों उसका इंटरव्यू है दिल्ली में। और हमारे बाउजी ने पता नहीं उसे किराए के पैसे भी दिए होंगे कि नहीं।" विनय को डूबता देख भुवनेश ने पूछा, "लेकिन उसको फिट आएँगे ?" तो विनय ने कहा, "मेरा-उसका एक ही नाप है।"

फिर भुवनेश ने कहा तुमसे कुछ बातें करनी हैं। ऐसा करते हैं, घूमने चलते हैं, अभी तो टाइम है। वहीं से लौटते समय मैं तुम्हें गाड़ी में बैठा दूँगा। तब यही तय रहा।

दोनों घूमने निकल पड़े। उसी पुराने रास्ते और उसी फुर्तीले अंदाज में। सारे रास्ते भुवनेश विनय को कॉलेज की बातें बताते रहे।

अचानक भुवनेश ने पूछा, "विनय, अपने फादर से तुम्हारे रिलेशन कैसे हैं ? वो तो तुमसे बहुत नाराज रहते हैं शायद, पर क्या तुम भी उनसे नाराज रहते हो ?"

"पहले रहता था।" विनय कुछ सोचकर बोला, "पहले तो रहता था। अब इस बारे में मेरी सोच बदल रही है धीरे-धीरे। ऐसा मुझे लगता है। पहले मैं सोचता था हमारे अच्छे-खासे परिवार को उन्होंने अपनी सनक से बरबाद कर दिया। हमें भी। पर्सनली मुझे और मेरी जिंदगी को बरबाद करने में सबसे बड़ा हाथ उनका है। लेकिन अब मुझे लगता है शायद वह भी परिस्थितियों के शिकार ही हैं। हमारी ही तरह। असली मुजरिम कोई और है। रहने-सहने के लिए वातावरण, सीखने के लिए मौके, दिमाग बनने के लिए जरूरी संस्कार। और अनेक बार सोहबत और दोस्तियाँ भी हमेशा हम अपनी मर्जी के मुताबिक नहीं चुन सकते। हमारे चुनाव वैसे भी बहुत देर से शुरू होते हैं। आरंभ में तो हम दी हुई परिस्थितियों से ही प्रभाव लेने को विवश होते हैं। सुनने में अजीब लगेगा लेकिन बाउजी के पूरे जीवन के बारे में जब मैं तटस्थ होकर सोचने की कोशिश करता हूँ तो बावजूद मेरे मन

के निजी हाहाकार के, उनके लिए अपने मन में मैं एक क्षमाभाव को उदित होता पाता हूँ। और ताज्जुब है कि जैसे-जैसे मैं मार्क्सवाद पढ़ता जा रहा हूँ, अपने पिता के बारे में मेरी मान्यता, धारणा और विचार बदलते जा रहे हैं। क्या यह हैरानी की बात नहीं है ? कोई सुने तो कहे इसमें मार्क्सवाद का क्या लेना-देना ?"

भुवनेश ने कोई प्रतिक्रिया व्यक्त नहीं की। उन्हें अपने पिता याद आ गए जो उन्हें,एक नन्ही-सी जान को—क्रूर चाचाओं-ताउओं के भरोसे छोड़ भगवान के बहाने अपनी मरी हुई पत्नी से लौ लगाने हरिद्वार चले गए थे। मानो उसे सजा दे रहे हों जिसके होते ही माँ मर गई ··· और जिसके जिस्म में अपनी माँ के दूध की एक बूँद भी नहीं। काश ! भुवनेश ने भी विनय की उम्र में ही मार्क्सवाद पढ़ लिया होता ! या मार्क्सवाद ने भुवनेश के साथ भी वैसा ही किया होता, जैसा वह विनय के साथ कर रहा है। एक लंबी उसाँस छोड़कर उन्होंने सिर झटका और कॉलेज की बातें शुरू कर दीं। जो हो चुका, उसका क्या रोना ?

फिर सारे रास्ते कॉलेज की, मंगतरामजी की, लड़कों की ही बातें चलती रहीं।

रेलवे क्रॉसिंग के बाद दोनों चुप हो गए और सन्नाटे में इधर-उधर बसेरा ढूँढ़ती नन्ही चिड़ियाओं को, जाल की झाड़ियों के नीचे रेत में निकलते-दुबकते चूहों को, ग्रीष्म की प्रतीक्षा में अकेले खड़े एक बौने विकृत गुलमोहर को, रेत के ढूहों के पीछे से आँखें मलते हुए निकलते चाँद को और हवा की सरगोशियों को अपनी समस्त इंद्रियों से महसूस करते रहे। पुलिया पर भी बैठे नहीं, एक-दूसरे की तरफ मुँह करके रेलिंग से टिककर खड़े हो गए। विनय को फ़ैज़ की एक ग़ज़ल याद आ गई ··· ग़ज़ल नहीं, नज़्म ··· पहले गुनगुनाने लगा फिर खुलकर गाने लगा—

> ये दाग़ दाग़ उजाला ये शबगजीदा सहर।
> वो इंतज़ार था जिसका ये वो सहर तो नहीं।।

फिर सन्नाटा हो गया।

"पूरी आती है ?" भुवनेश ने पूछा।

"हाँ।"

"सुनाओ।"

विनय तन्मय होकर गाने लगा—

> ये दाग़ दाग़ उजाला ये शबगजीदा सहर।
> वो इंतज़ार था जिसका ये वो सहर तो नहीं।।

अभी गरानिए शब में कमी नहीं आई।
निजाते दीदओ दिल की घड़ी नहीं आई
चले चलो के वो मंज़िल अभी नहीं आई।
वो इंतज़ार था जिसका ये वो सहर तो नहीं।।
ये वो सहर तो नहीं जिसकी आरजू लेकर।
चले थे यार के मिल जाएगी कहीं न कहीं।
वो इंतज़ार था जिसका ये वो सहर तो नहीं।।
बहुत अज़ीज़ थी लेकिन रूखे सहर की लगन।
बहुत करीं था हसीनाने नूर का दामन।
सुबुक सुबुक थी तमन्ना दबी दबी थी थकन।
ये दाग़ दाग़ उजाला ये शबगजीदा सहर।।
वो इंतज़ार था जिसका ये वो सहर तो नहीं।।

नज्म खत्म हो गई। दोनों चुप ही रहे।

"हममें से कौन पहले जाएगा विनय ? यहाँ से ?" कुछ देर बाद भुवनेश ने पूछा।

"पता नहीं। शायद मैं।" विनय धीरे से बोला।

दोनों उदास हो गए। कोई पाँच मिनट यही आलम रहा। कोई कुछ नहीं बोल सका। फिर स्थिरचित्त होते हुए भुवनेश बोले, "अच्छा छोड़ो। मैं तुमसे एक जरूरी बात पूछना चाहता था।"

"अभी ?"

"पूछ लेने दो विनय। पता नहीं फिर मौका मिले, न मिले। हालत ऐसी है कि तुम्हारे लौटने से पहले भी मुझे जाना पड़ सकता है।"

"पूछिए।"

"तुम अपने कैरियर को लेकर क्या सोचते हो ?"

विनय इस बेवक्त की जिज्ञासा से चौंक गया। दिमाग में आया भुवनेश उसकी-ऋचा की उस दिन की बात ही तो नहीं सोच रहे ? लेकिन उसने परवाह नहीं की और बोला, "कैरियर के बारे में क्या सोचना है ? सब कैरियर के बारे में ही तो सोच रहे हैं। दो-चार मेरे-जैसे ना भी सोचें तो क्या नुकसान है ?"

"नहीं, बी सीरियस विनय ! तुमने आधा एम. ए. किया है। तुम्हारे पास उम्र भी है। अभी देर नहीं हुई है। तय कर लो तो कोई-सा भी कैरियर चुन सकते हो। जर्नलिज्म, टीचिंग, पॉलिटिक्स या और कुछ। मैं यह नहीं कह रहा कि अफसरी ही करनी चाहिए लेकिन जिंदगी बहुत बड़ी होती है। कल शादी करोगे, बच्चे होंगे।

फिर बाल सफेद होंगे, नजर कमजोर होगी। हाथ-पाँव में थकान आएगी ··· फिर कुछ नहीं हो सकेगा ··· तब बहुत देर हो चुकेगी। तुम ये मत सोचना कि मैं तुम्हें बच्चा समझकर चिंता कर रहा हूँ या उपदेश दे रहा हूँ लेकिन एक बात तो तय है, टाइपिस्ट तुम मर्जी से नहीं बने हो, और टाइपिस्ट होने के लिए तुम पैदा भी नहीं हुए हो, और टाइपिस्ट तुम रहोगे भी नहीं। ठीक बात है कि नहीं ?"

विनय कुछ देर चुपचाप सोचता रहा, फिर बोला, "अच्छा आप सीरियसली पूछ रहे हैं तो मैं सीरियसली जवाब देने की कोशिश करता हूँ। ओके ?" विनय खुश होकर बोला और गंभीर हो गया। "भुवनेशजी, मेरी कोई खास जिम्मेदारी नहीं है। शादी मुझे करनी नहीं है। मेरा मन है कि कुछ पढ़-लिख लूँ आपकी सोहबत में, फिर एक बच्चों का स्कूल खोलूँगा। यहीं। इसी कस्बे में। लोग सरस्वती निकेतन से शांति निकेतन तक, वनस्थली से विद्यापीठ और गुरुकुल तक क्या-क्या जो खोलते हैं। वे सारे स्वप्नद्रष्टा होते हैं, और उन्हें पता चल चुका होता है कि एक नई तरह का समाज एक नई तरह के विचारों से नहीं, एक नई तरह के इनसानों से बनेगा। और वे इनसान शुरू से, बुनियाद से, कच्ची मिट्टी से ढालने पड़ेंगे। टूटेंगे, तड़केंगे, रौंदे जाएँगे, वक्त लगेगा ··· लेकिन बनेंगे। और वही होंगे सच्चे इनसान। अच्छे और पक्के इनसान। नए समाज की वास्तविक बुनियाद। आप छूते हैं आदमी को बाईस-तेईस-पच्चीस की उम्र में। और आपके ढेर के ढेर विचार सहसा उसकी चेतना पर इतना तेज हमला करते हैं कि वह हड़बड़ा जाता है या बिफर जाता है। ठंडे दिमाग का हुआ तो धीरे-धीरे पच्चीस बरस के सीखे-पढ़े को प्रयत्नपूर्वक, परिश्रमपूर्वक रगड़ता-खुरचता है। क्योंकि वह सब तो गलत साबित हो चुका। और नहीं हुआ इतने ठंडे दिमाग का, तो या तो भाग जाता है पुराने खोखल में—अपनी आस्थाओं के सुरक्षित अरण्य में—या युवा नेता बन जाता है जो अंततः सत्ता और व्यवस्था का दलाल बनने को बाध्य होता है। बल्कि अभिशप्त। इसलिए आप बुरा मानेंगे शायद, पर आप एक दिन इसी रास्ते पर सारी कम्युनिस्ट पार्टियों को कोस रहे थे कि उन्होंने पचास साल में क्या किया। ··· तो मैं सोचता था कि आप गलत हैं और गुस्से में हैं। पर शायद आपकी बात तत्वतः ठीक थी ··· क्योंकि बाद में मुझे लगा—पता नहीं गलत या सही—कि हमारे यहाँ कम्युनिस्ट पार्टियाँ बनाने की कोशिश तो बहुत की गई है, लेकिन कम्युनिस्ट बनाने की कोशिश लगभग नहीं के बराबर की गई है। यह मानकर चला गया है कि कोई कम्युनिस्ट पार्टी में आ गया तो कम्युनिस्ट तो बन ही जाएगा। बल्कि यह तक मानकर चला गया कि जब कोई कम्युनिस्ट पार्टी में आ गया तो अपने आप कम्युनिस्ट बन ही गया। उसमें बनाना क्या है ? अर्थात् मूल रूप से एक साधारण आदमी में और कम्युनिस्ट में

कोई अंतर नहीं है। यह सोच थी और शायद है। और मैं कह रहा हूँ कि यह थीसिस सिरे से गलत है। बात तो छोटे मुँह बड़ी बात जैसी है, लेकिन मैं सोचता हूँ कि कम-से-कम आप तो इसे एकदम से अस्वीकार नहीं करेंगे या बेतुका नहीं समझेंगे। जो बना कम्युनिस्ट, आपके बनाने से नहीं। अपने आप ही बना, जैसा भी बना। और जब तक वह ठीक लगा आपको, आप उसे प्रमोट करते गए और जिस दिन उसकी काया में से पुरानी आत्मा ने झाँका, आपने उसके पर कतर दिए या उसे निष्कासित कर दिया या उसने एक नई पार्टी, एक नया ग्रुप बना लिया। मैं देखना चाहता हूँ एक कम्युनिस्ट। सच्चा और खरा। खुशनुमा और तेजस्वी। कर्मठ और दमकता हुआ। जो बंगाली या हिंदी या पंजाबी नहीं हो, कम्युनिस्ट हो। इसलिए कोई संस्था ऐसी हो—और हो सकती है इस व्यवस्था के भीतर भी—जो क्रांति करने की जल्दी में नहीं हो, जो भविष्य के क्रांतिकारी ढाले। आप कहेंगे इसकी दुनिया में एक भी नजीर नहीं है। लेकिन नजीर रूसी क्रांति की भी कहाँ थी ? और भुवनेशजी, हम बनाएँगे ऐसे कम्युनिस्ट। जब जन्मना न्यायप्रिय और समाजवादी मनुष्य को प्रतिक्रियावादी बनाने का काम बरसों से संस्थाएँ सफलतापूर्वक करती रह सकती हैं, तो हमारा इससे उलट एक प्रयोग करने में क्या हर्ज है ?"

"और यह कैसे होगा ?" भुवनेश ने पूछा। उन्हें विनय की बातों में मजा आ रहा था।

"यह तो अभी नहीं सोचा कि कैसे होगा ? किस तरकीब से, किस क्रम में ? लेकिन क्या-क्या करना है, वही सोचते-सोचते अभी तो दिमाग खराब हो रहा है।"

"क्या-क्या करना है ?"

"पहली बात तो यह है," विनय कुछ रुककर बोला, "कि एक तो हम लोगों के परिवार घोर रूढ़िवादी हैं। पुनर्जन्म, पूजा-पाठ, गंडा-तावीज, शगुन-विचार, भविष्य फल, पोथी-पत्रा। तो पैदा होते ही विचार करते हैं घड़ी-नक्षत्र का। बनवाते हैं जन्मपत्री और नाम रखते हैं पंडित के बताए वर्ण पर। बाँधते हैं काला धागा और पिलाते हैं जन्मघुट्टी। बोलना सीखता नहीं, उससे पहले ही माँ डराना शुरू कर देती है—चुप शेर आया, भूत आया, हाबू आया, डाकण आई। और फिर शिक्षा ··· खास बात यह है संक्षेप में कि मार्क्सवाद सिर्फ कम्युनिज्म नहीं है। और हिंदुस्तानी लोग इसे सिर्फ कम्युनिज्म के रूप में ही जानते हैं।"

"क्या मतलब ?"

"मतलब यह भुवनेशजी, कि कोई भी, कैसा भी राजनैतिक आंदोलन अनंत काल तक चलता नहीं रह सकता। वह खूराक लेता है तात्कालिक मुद्दों से और उन मुद्दों

के निपटने या पुराना पड़ने पर आंदोलन में झोल आना स्वाभाविक है। मार्क्सवाद भारत में मात्र राजनैतिक और कुछ हद तक सांस्कृतिक आंदोलन रहा है। यहाँ मैं आर्थिक की बात छोड़ देता हूँ फिलहाल। उसे रहना है और पनपना है तो एक सामाजिक आंदोलन बनना ही होगा। हमारे पास गांधी की मिसाल है। किस तरकीब से आंदोलन को तीस-चालीस साल जोशो-खरोश के साथ चला गए, जबकि उनके पास तो एक सुचिंतित विचारधारा भी नहीं थी। हमारे पास तो एक वैज्ञानिक दर्शन है। क्यों हम सामाजिक प्रश्नों को इतनी बेरहमी के साथ स्थगित कर देते हैं ?"

"कैसे सामाजिक प्रश्न ?"

"जैसे शिक्षा, जैसे स्त्री-पुरुष संबंध, विवाह, धर्म, नैतिकता, न्याय · · · "

"क्या ये सब राजनीति में नहीं आ जाते ?"

"और वह राजनीति क्या है ? व्यवस्था-परिवर्तन हो जाए तो सब ठीक हो जाएगा।"

"क्या व्यवस्था बदले बगैर कुछ ठीक हो सकता है ?"

"जब तक लोग व्यवस्था बदलना चाहेंगे ही नहीं, व्यवस्था बदलेगी कैसे ?"

"और वे कैसे चाहेंगे ?"

"जब उनके मान-मूल्य, जीवन-पद्धति और सोच-समझ बदलेगी।"

"और उत्पादन के साधन ?"

"उन्हें क्या मार्क्सवाद बदल रहा है ? हम बदल रहे हैं ?"

"तो तुम क्या करोगे ?"

"हम शुरू करेंगे संस्कारों को शुरू से बदलने से। सामंतवादी धारणाओं-मूल्यों, आस्थाओं-विश्वासों, आग्रहों पर बहस हो—स्कूल में और घर-परिवार में। किताब में और किताब से बाहर। फिर पूँजीवाद और जनवाद को समझा जाए। अपने समाज की संरचना को समझा जाए। उसमें अपने कर्तव्य, अपने अधिकार, अपनी भूमिका का निर्धारण हो · · · और यह सब बच्चे के प्रारंभिक वर्षों में हो। और इस तरह एक संभाव्य और संभव सपना लेकर वह इस जीवन के कार्यक्षेत्र में उतरे।"

"तुम्हारा मतलब है कि वह रहे इसी समाज में, लेकिन सोचे समाजवादी समाज के नागरिक की तरह ?"

"क्या हम-आप भी यही नहीं करते ? हम पढ़कर समझे कि स्वतंत्रता अधूरी है, लोकतंत्र मजाक है, बगैर जेल और अदालत के भी दुनिया हो सकती है, मुक्ति किसी की अकेले-अकेले संभव नहीं है आदि। और जिन्हें पढ़ने का मौका नहीं मिला वे अपने अनुभव से सीखे, या नहीं भी सीखे। क्योंकि इतनी आपाधापी, इतनी चूहादौड़, इतनी लिप्सा, इतनी बाजार और रुपये की धौंस ? क्या आपको नहीं लगता

कि जो इसमें हैं, वे इसलिए हैं कि समझ नहीं पाए हैं ? कौन नोट खाता है ? कोई खाता है ? सामाजिक असुरक्षा की भावना हमें-आपको डँसकर क्यों नहीं ताँबे का कीड़ा बनाती ? इसलिए कि हम समझ गए हैं।"

"क्या तुम सर्वोदय और साम्यवाद को मिला रहे हो ?"

"नहीं, मैं एक शुरुआती खाका के चक्कर में हूँ। मकान ऐसे नहीं होने चाहिए। ठीक है, ऐसे नहीं होने चाहिए। फिर कैसे होने चाहिए ? तो एक बनाकर बताइए कि ऐसे। शिक्षा ऐसी नहीं होनी चाहिए। ठीक है। हम भी इससे तंग हैं। फिर कैसी होनी चाहिए ? बनाकर बताइए कि ऐसी। क्या ये हम नहीं कर सकते ? एक आदर्श उद्योग, एक आदर्श गाँव। कक्षा एक से स्नातकोत्तर तक एक आदर्श सिलेबस और एक आदर्श इनसान ! क्या हमारे पास इस काम के लिए पर्याप्त आदमी नहीं हैं ? इतने टीचर्स हैं। क्या एक राष्ट्रीय आयोग नहीं बनाया जा सकता जो शुरुआत से विश्वविद्यालय स्तर तक की शिक्षा का एक आदर्श पाठ्यक्रम तैयार करके दिखाए ? और जनभाषाओं में ? इसमें क्या दिक्कत है ?"

"यह अकेले का काम नहीं है। पार्टी का काम है। और पार्टी की प्राथमिकताएँ बिल्कुल दूसरी हैं।"

"सही बात है। अकेले का काम नहीं है। पर क्या इस देश में आपके-मेरे जैसे सोचनेवाले दो ही होंगे ? मैं छोटी चीज से शुरू करता हूँ। प्राथमिक शिक्षा से। आप बताएँ—जैक एण्ड जिल ··· और लंडन ब्रिज इज फॉलिंग ··· और हम्प्टी-डम्प्टी की हमारे देश में क्या जरूरत है ? है कोई जरूरत ?"

"क्या इससे समाज बदलता है ?"

"बदल ही रहा है, उनके पक्ष में। हम प्रयत्न करते तो थोड़ा हमारे पक्ष में भी बदलता। या कम-से-कम उनके पक्ष में इतनी तेजी और बेशर्मी से नहीं बदलता।"

"तुम सिर्फ शहरी मध्यवर्ग की सोच रहे हो।"

"हाँ। और इसलिए कि सर्वहारा का नेतृत्व आसमान से नहीं टपकेगा। वह जादू से क्रांति का अग्रदूत नहीं बन जाएगा। उसे शिक्षक चाहिए, कभी न थकनेवाला। निःस्वार्थ, कर्मठ और समर्पित, जो उनके साथ बरस के बरस गाँव में रह सके। और ऐसे शिक्षक निम्न मध्यवर्ग से ही आ सकते हैं।"

"यह तो घोड़े के आगे गाड़ी जोतना हुआ !"

"ऐसा है तो ऐसा ही सही। एक बार ऐसा भी करके देख लें। क्योंकि वैसा तो पचास साल से कर ही रहे हैं। हो सकता है अब तक हम जिधर घोड़े का मुँह समझते रहे हों, वह दरअसल उसका पिछाड़ी हो !"

दोनों चुप हो गए। कुछ देर चुपचाप चलते रहे। सोचते हुए।

"यह सब कबसे सोच रहे हो ?" भुवनेश ने पूछा।

मानो भुवनेश का प्रश्न विनय ने सुना ही नहीं। अपनी ही रौ में बोलता गया, "शिक्षा और सामाजिक बदलाव का यह क्रांतिकारी प्रयोग ईश्वरचंद्र विद्यासागर और केशवचंद्र सेन ने किया, महात्मा फुले ने किया, तिलक और गोखले ने किया, मदनमोहन मालवीय ने किया, सर सैयद ने किया, रवि ठाकुर ने किया, वल्लभभाई पटेल और कन्हैयालाल मुंशी ने किया, खुद हमारे यहाँ हीरालाल शास्त्री ने किया। और अगर हम सचमुच समाज को बदलना चाहते हैं तो हमें भी करना होगा। और ऐसे एक-दो नहीं, पचास-सौ हों, हजार-दो हजार हों पूरे देश में। तब इनसे पढ़कर जो लड़के निकलेंगे, उम्मीद है कि वे वस्तुमोही और उपभोक्ता संस्कृति के परजीवी और आत्मकेंद्रित पुर्जे नहीं, सचमुच के इनसान होंगे, इनसान ··· जिसके सीने में इनसान का दिल धड़कता है और जिसके दिल में दूसरे का दर्द व्यापता है।"

भुवनेश चुप ही रहे। विनय को और भी कहना था। बोला, "किसानों में काम करना जरूरी है सर ! और किसानों के बेटे हैं रामविलास, छोटेराम, सहीराम और किशन सिंग ···। और इन्हीं के छोटे भाई, इनके बच्चे, इनके भतीजे, भांजे, भांजियाँ, पड़ौसी ··· इनके बच्चे आएँगे हमारे स्कूल में। और हम उन्हें सिखाएँगे जो हमें आता है, और उनसे सीखेंगे जो उन्हें आता है। चिड़ियाओं के बारे में, फसलों और मौसमों के बारे में, पेड़ों और वनस्पतियों के बारे में, पशु-पक्षियों के व्यवहार के बारे में, लोककथाओं और लोक गीतों के बारे में, कहावतों और मुहावरों के बारे में, जिजीविषा और जातीय स्मृतियों के बारे में। और इस तरह दस साल में बन जाएगा हमारी नई इनसानी शिक्षा का आधार और एक नये इनसान का ढाँचा। इसमें रंग भरेंगे दुनिया के श्रेष्ठतम कवि और कलाकार, चित्रकार और वास्तुविद, प्रारूपकार और वैज्ञानिक ··· और इसे सुरक्षा और स्वस्ति देंगी, सामाजिकता देंगी भविष्य की स्वस्थ माँएँ, और इन्हीं की कोख से जन्म लेगा पहली बार हिन्दुस्तानी कम्युनिस्ट। बलिष्ठ और तेजस्वी। सूरज से आँख मिलानेवाला और बादलों को अपनी पतलून की जेब में ठूँसनेवाला !"

"तुम तो कविता करने लगे !"

"हमें एक ही जीवन जीना है भुवनेशजी। और उसे कविता की ही तरह जीना है। हम पार्टी की पहलकदमी की प्रतीक्षा में बीतते और बुढ़ाते नहीं रह सकते। हमें यह प्रयोग करना ही होगा। अगर यह असफल भी हो गया तो भी यह एक भव्य असफलता होगी, और अंत में हम दरिद्र होकर नहीं, समृद्ध ही होकर निकलेंगे।"

विनय की आँखों में सितारों-जैसी चमक थी और आवाज में एक बारीक-सी लरजिश।

भुवनेश ने विनय को ध्यान से देखा। विनय उन्हें हमेशा की तुलना में कुछ लंबा-सा लगा। उनके मन के बहुत भीतर किसी ने कहा--अगर यह सपना भी है तो इसे तोड़ना नहीं चाहिए। अगर यह बचपना भी है तो किसी फरिश्ते का बचपना है। वह इस नवजात सोते के मुँह पर तर्क की भारी चट्टान लुढ़काकर इसका मुँह बंद नहीं करेंगे, बल्कि इस मासूमियत का माथा चूमेंगे और इन लम्हों को हमेशा के लिए एक सौभाग्य की तरह अपनी स्मृति में सुरक्षित कर लेंगे।

बाकी फिर कोई बात नहीं हुई।

विनय को ट्रेन में बैठाकर घर लौटते समय एक मिनट को भुवनेश के मन में आया कि विनय की बात सही भी तो हो सकती है !

दूसरे दिन की सुबह बड़ी खुशनुमा थी। और भुवनेश के घर बहुत दिनों के बाद। यह शनिवार था और किसी स्थानीय त्यौहार के कारण स्कूल-कॉलेजों की छुट्टी थी। तीनों ने छत पर बैठकर नाश्ता किया और वहीं धूप खाते, गपियाते रहे। ऋचा बड़े दिनों बाद खुश थी, पहले की तरह, और इधर-उधर की ढेरों बातें कर रही थी—रीति-रिवाजों की, सहेलियों की, अपने पिछले शहर और उससे पिछले शहर के अड़ौसियों-पड़ौसियों की। आंटी-अंकल, भैया-दीदी, बच्चे ··· और भुवनेश सोच रहे थे बच्चे कितना याद रखते हैं !

फिर श्रीमती भुवनेश खाना बनाने की चिंता में नीचे चली गईं, और ऋचा और भुवनेश ऊपर रह गए। पत्नी के नीचे जाते ही ऋचा और भुवनेश के बीच जैसे एक पारदर्शी दीवार खड़ी हो गई। ऋचा सिर झुकाए कुछ गुनगुनाती हुई अपनी चोटी बाँधती, खोलती, बाँधती रही। भुवनेश को आसमान में एक पतंग नजर आई। छोटी-सी बसंती पतंग--झूमती ··· लहराती ··· गोते मारती ··· गिरने-गिरने को होकर भी फिर आसमान की ऊँचाई पर पहुँच जाती ···। पतंग पर नजर गड़ाए-गड़ाए भुवनेश बोले, "देख पतंग !"

"कहाँ पापा ?" ऋचा बोली।

"वो उधर।"

ऋचा को अब भी पतंग नहीं दिखाई दी।

"अरे वो क्या रही ?" भुवनेश ने ऋचा की ठुड्डी पकड़कर उसका चेहरा पतंग की दिशा में मोड़ा।

और सिहर-से गए। ऋचा की छुअन। स्वाभाविक नहीं थी यह छुअन। जैसी बच्चों की होती है। वह मानो भुवनेश के स्पर्श को छुड़ा रही थी।

"हाँ-हाँ ··· वाह ! कितनी ऊपर पहुँच गई !"

भुवनेश प्रतीक्षा ही कर रहे थे कि अब सपाटे में ऋचा कहेगी—पापा, अपन भी पतंग लाएँ एक दिन और उड़ाएँ, खूब मजा आएगा। और ताली पीटेगी। लेकिन जब ऋचा ने ऐसा नहीं किया तो भुवनेश फिर निराश-से हो गए।

कुछ देर बाद बोले, "आज आदरणीय झा साहब नहीं आए ?"

दोनों हँसे। झा साहब छुट्टी के दिन सुबह की चाय यहीं पीते हैं।

लेकिन हँस चुकने के बाद जो प्रसन्न दीप्ति कुछ देर चेहरे पर बनी रहती है, ऋचा के चेहरे पर वह नहीं थी। क्या वह सायास हँस रही थी ? पापा को खुश करने के लिए ?

भुवनेश ने ऋचा को ध्यान से देखा और बड़ी शिद्दत और कुछ तकलीफ से उन्हें महसूस हुआ कि ऋचा अब बड़ी हो गई है। अब बच्ची नहीं रही जिसका गाल थपथपा दें या चोटी खींच लें या कान पकड़ लें। या पीठ पर मुक्का मार दें। ऋचा के बड़े होने को उन्होंने पहले भी कई बार कई तरह से महसूस किया है। लेकिन आज मानो ऋचा के भीतर की औरत उन्हें पहली बार दिखाई दी। और वह गुमसुम हो गए। कहते हैं जब बच्चे जवान हो जाते हैं तो बाप का बुढ़ापा शुरू हो जाता है। क्या मैं बूढ़ा हो चला ? इतनी जल्दी ? नहीं-नहीं।

भुवनेश उठे और छत पर चक्कर लगाने लगे। फिर ऋचा से बोले, "यार ऋचा, एक-एक कप चाय और भागकर ला सकती हो नीचे से ?"

"श्योर !" ऋचा ने कहा और उठकर नीचे चली गई। फुर्ती से नहीं गई, आहिस्ता-आहिस्ता गई।

सुबह से निठल्ला बैठा हूँ इसलिए ऐसे ख्याल आ रहे हैं। मुझे कुछ पढ़ना चाहिए था, नाखून भी काटे जा सकते थे—भुवनेश ने सोचा, और ऊपर से ही आवाज लगाई, "ऋचा, नेलकटर भी लेती आना प्लीज।"

"जी पापा।" नीचे से आवाज आई।

भुवनेश इधर-उधर के दृश्य देखने लगे और सोचने लगे कटिंग भी तो करवानी थी। क्या अब नाई के यहाँ जाया जा सकता है ?

ऋचा चाय लाई तो उसे सामने बैठा लिया और चुस्ती से बोले, "ऋचा, मैं तुमसे एक जरूरी बात पूछना चाहता हूँ।"

ऋचा का चेहरा सफेद होने लगा। क्या पूछेंगे ?

चाय का घूँट भरकर भुवनेश बोले, "मैं ये पूछना चाहता हूँ कि तुम अपने कैरियर के बारे में क्या सोचती हो ? क्या बनना चाहती हो ? ग्रेजूएशन के बाद किस लाइन में जाना चाहती हो ? कुछ सोचा तो होगा। मुझे बहुत पहले ही पूछना चाहिए था,

पर जिंदगी तुम्हारी है। निर्णय तुम्हारा है। मैंने सोचा तुम खुद बताओगी। हो सकता है, मैं तुम्हारी कुछ मदद कर सकूँ।"

ऋचा चुप रही। जमीन पर चलती एक चींटी को देखती रही।

कुछ पल ऐसे ही बीत गए।

"हाँ तो ?" भुवनेश बोले।

ऋचा ने अपनी चाय की तरफ ध्यान दिया, पर कोई जवाब नहीं दिया।

भुवनेश ने सिगरेट सुलगाई।

कुछ पल बाद फिर बोले, "हाँ ?"

ऋचा सीधे भुवनेश की आँखों में देखते हुए विनम्रता और प्रसन्नता से बोली, "पापा, आप जानते हैं, मैं कितनी महत्वाकांक्षी हूँ।" फिर चुप हो गई। चाय का प्याला परे रखा और बोली, "पापा, मैं आजकल एक अजीब-सा सपना देख रही हूँ।"

"मैं तो कैरियर के बारे में · · · "

"उसी से संबंधित है। या नहीं भी हो सकता है। खैर ! पापा, मैं सोचती हूँ मैं औरतों के लिए कुछ करूँगी। पापा अपने यहाँ सब हो रहा है—शिक्षा, साक्षरता, अनुसंधान, औषध, विज्ञान, राजनीति, कलाएँ, संस्कृति। यह सब तो हो रहा है, पर औरतों के लिए कुछ नहीं हो रहा है, जबकि उन्हें सबसे ज्यादा जरूरत है। और इन्हें अगर एक बार आप दे दोगे न, तो वे न सिर्फ सम्हालकर रखेंगी बल्कि इसे बाँटते-बाँटते पीढ़ियों तक ले जाएँगी। औरतें हमारी धरती की पचास प्रतिशत जनसंख्या हैं पापा। और वो बहुत · · · बहुत खराब हालत में · · · एकदम रसातल में जी रही हैं। उन्हें समझना तो दूर, कोई उनके पास तक नहीं जाता। दूर से ही दुत्कार देते हैं। कौन ? ये ? अरे इन्हें छोड़ो। इसलिए इतने-इतने सारे पढ़े-लिखे समर्पित और निष्ठावान लोगों की इतनी-इतनी सारी कोशिशें भी अंत में एकदम व्यर्थ हो जाती हैं। और दुनिया वहीं की वहीं रहती है। एक सूत नहीं बदलती।"

"तुम प्रौढ़ शिक्षा की बात कर रही हो ?"

"नहीं पापा, मैं औरतों की बात कर रही हूँ।"

"मतलब ?"

"आपने औरतों की पत्रिकाएँ देखी हैं पापा ? पति को कैसे खुश रखें। आम का अचार कैसे बनाएँ, गोभी के पकौड़े कैसे बनाएँ, चेहरा सुंदर कैसे रखें, बच्चे के जुखाम की देखभाल कैसे करें। फालतू पड़ी चीजों को कैसे काम में लाया जा सकता है · · · क्या ये सब निराशाजनक नहीं है ? कहीं भी उसे स्वतंत्र, प्रतिभासंपन्न 'व्यक्ति' बनाने की बात नहीं है ज़रा-सी भी।"

"संस्थाएँ तो बहुत-सी हैं औरतों की।"

"बेसहाराओं की। पति द्वारा छोड़ी गई, पीटी गई, निकाली गई औरतों की। विधवाओं की। पागलों की। अनाथों की। वे भी आखिर क्या करती हैं ? औरत को वापस पति के पास पहुँचा देंगी। या उसकी शादी करा देंगी। या उसे सिलाई मशीन दिला देंगी। या उससे पापड़ बनाने की कोऑपरेटिव खुलवा देंगी। या उसे कुछ नगद मुआवजा, तथाकथित मुआवजा दिलवा देंगी। क्या यही है हमारी पचास प्रतिशत आबादी का वांछित स्तर जागरूकता का ? अखबार नहीं पढ़ेंगी। यह मर्दों के लिए है। स्पोर्ट्स का पेज नहीं पढ़ेंगी। यह मर्दों के लिए है। जहाँ चार औरतें बात करती हैं ··· जरा सुनिए ··· घंटों वे फालतू के टुच्चे निरर्थक विषयों पर बोलती रह सकती हैं। आम चुनाव के वक्त विभिन्न राजनैतिक दलों के बारे में और उनके उम्मीदवारों के बारे में उनके विचार सुनिए। सोशलिज्म उनके लिए क्या है ? पॉलिटिकल साइंस का एक चैप्टर जो कभी पढ़ा था। कोई उन्हें इस सबमें से निकालता क्यों नहीं ? सब एक-दूसरे का मुँह क्यों देखने लगते हैं ?"

दोनों चुप हो गए।

"क्या आप यकीन करेंगे पापा, आज भी यहाँ गाँव में किसी को टायफायड हो जाए तो उसे दवा नहीं देते, झाड़ा उतरवाते हैं। गाँव में तो बहुत खराब हालत है पापा। और कितने पास हैं हम लोग उनके, फिर भी कितनी दूर। क्या ये शर्म की बात नहीं है ! पता नहीं वहाँ बेचारी औरतें जी कैसे रही हैं ?"

"तू कब गई गाँव ?" भुवनेश ने ऐसे ही पूछ लिया। लेकिन ऋचा ने जैसे उनका प्रश्न सुना ही नहीं।

" ··· डिलीवरी जैसे साधारण केस में कितनी ही औरतें मर जाती हैं। और कितने साल अपनी बीमारियों को छिपाती रहती हैं। तब तक, जब तक कि वे एकदम भयानक और लाइलाज ही न हो जाएँ। और उसमें भी घर-गृहस्थी का काम जारी रखती हैं। अपना तिल-तिल इस तरह गलाकर भी उन्हें क्या मिलता है ? उनकी हैसियत जानवरों से जरा ही ऊपर है।"

फिर चुप हो गई।

"तो तुम क्या करोगी ?"

"पता नहीं। शायद मैं कोई स्कूल खोलूँगी।"

"औरतों के लिए ?"

"भविष्य की औरतों के लिए। जब अपन भरतपुर में थे, मैं और मम्मी जाते थे मजदूरों की बस्ती में औरतों को पढ़ाने। वहाँ की सब औरतें हम पर हँसती थीं। साड़ी की डिजाइनों और फिल्मी हीरोइनों की बातें करती थीं। मम्मी से गंदी-गंदी

बातें करती थीं। शायद उनके लिए बहुत देर हो चुकी थी। वह उम्र निकल चुकी थी जिसमें आदमी कुछ सीखना चाहता है। लेकिन पाँचवीं तक किसी तरह पढ़कर जो बच्चियाँ पढ़ाई छोड़कर माँ के साथ चूल्हा-चक्की में ··· छाँग चराने में, पोटा बीनने में लग जाती हैं। मैं सोचती हूँ उनमें से कम-से-कम हजार-पाँच सौ को तो मैं अपनी दोस्त जरूर बनाना चाहूँगी।"

भुवनेश ऋचा को देखते ही रह गए। क्या यह ऋचा ही है ? उनकी बच्ची ? जो कल तक उनके कंधों में दोनों बाँहें डालकर झूल जाया करती थी ? क्या यह लगभग वही बात नहीं कह रही जो कल विनय कह रहा था ? क्या इन्होंने आपस में विचार-विमर्श किया है ? साथ मिलकर कोई योजना बनाई है ? बना ली है ? बगैर उनकी सलाह की कोई जरूरत महसूस किए ? या उससे बचकर ?

"क्या तुम लोगों ने कोई योजना बनाई है ?"

'लोगों' को सुनकर भी उस पर ध्यान न देते हुए ऋचा मुस्कराकर बोली, "सपना देखा है। योजना के लिए तो सबकुछ तैयार करना पड़ेगा। संभव है कि नहीं ? आर्थिक स्तर पर संभव है कि नहीं ? अपना गुजारा चल जाएगा या नहीं ? क्या-क्या समस्याएँ आएँगी ? आखिरकार इसका क्या रूप होगा। स्कूल होगा, या होस्टल या ट्रेनिंग सेंटर या इंडस्ट्री या टी.सी.पी.सी. या आश्रम या गाँव या क्या ? कल्पना जैसा ही है अभी तो।"

ऋचा बोलते-बोलते बहुत दूर देखने लगी।

इससे पहले कि भुवनेश कुछ उबरते या सोचते या करते, नीचे से झा साहब की आवाज आई।

"भ्राता !!"

ऋचा आँखें मिचमिचाकर हँसते हुए बोली, "आ गए।"

दोनों खुलकर खिलकर हँस पड़े और खड़े हो गए।

सोलह

हुआ सिर्फ यह था कि सुबह मगसिंह अपनी औरत को नियमानुसार पीट रहा था और वह रो रही थी और उसे कोस रही थी। संयोग से उसी समय मामी उधर से गुजर रही थी और अपने निठल्लेपन से बेजार मुँह पर पल्ला रखे कुतूहलवश वहीं खड़ी हो गई थी और इस नियमित गृहकलह को देखने-सुनने लगी थी। और अचानक पत्नी को पीटते-पीटते मगसिंह की नजर मामी पर पड़ गई थी और वह वहीं से चिल्लाया था, "थूँ कई करै अठै ? तमासो देखे ?" उस समय मगसिंह की पत्नी मार से बचने के लिए घोड़ी बनी हुई थी और मगसिंह उस पर सवारी गाँठ रहा था और उसकी पीठ पर मुक्के पर मुक्के मारे जा रहा था। इससे पहले कि मामी कुछ कहती या टलती, मगसिंह की बहू की नजर मामी की नजर से जा मिली थी। उसके कपड़े और बाल अस्त-व्यस्त थे। आँखों से आँसू बह रहे थे, मुँह दर्द के मारे विकृत होकर ऐंठा जा रहा था और दाँतों से खून बह रहा था। मामी एक बेबस अकेली औरत का यूँ कसाइयों की तरह पीटा जाना बर्दाश्त नहीं कर सकी और 'च्च-च्च' करती बोल पड़ी, "मर जाएगी लाइ ! कुछ रहम कर ! वो भी बिचारी आदमी है।" उस पर मगसिंह पत्नी पर से उतर, उसे छोड़ बाहर आ गया था और गुस्से से बोला था, "तू जा। चल।" और पूरे हाथ को हवा में लहराकर चिल्लाया था, "गेट आऊट !!"

मामी 'च्च-च्च' करती चली आई थी।

दोपहर को मगसिंह कहीं गया हुआ था। तब मगसिंह की बहू ऊपर आई थी मामी के पास और बोली थी, "दवाई है क्या कोई ? खून बंद नहीं हो रहा।"

मामी कहाँ से दवा लाती ? उसने कहा, "ठहर, बाबू को पूछती।"

लेकिन मगसिंह की बहू ने उसे हाथ पकड़कर रोक लिया था और लगभग फुसफुसाकर पूछा था, "खेजड़ी के पत्ते बाँध लूँ क्या पीस के ? या जाने दे। अपने

आप ठीक हो जाएगा। सुन। तू नीचे मत आया कर। तेरे दिल में मेरे लिए दर्द है, मेरे लिए इत्ता ही बहुत है। नहीं देख जाए तो आँखें बंद कर लिया कर, पर हमारे घर की बात में बीच में मत बोला कर। इनका गुस्सा भौत खराब है। मेरी भी गलती थी। एक बार में क्यों नहीं उठ गई पानी माँगा था तो। जाती हूँ। अच्छा ! अभी आ जाएँगे।" ··· और हड़बड़ाती हुई चली गई थी, डरते हुए कि इस बीच कहीं मगसिंह आ न गया हो।

बस यही कुल बात थी। लेकिन इसके भयंकर परिणाम निकले।

शाम कोई चार-साढ़े चार बजे मगसिंह पीकर आया था और उसे पता नहीं कैसे पता चल गया था कि उसकी बहू ऊपर मामी के पास गई थी। उसने रोटी खाते-खाते ही अपनी बहू के गाल पर एक सन्नाता हुआ झापड़ मारा था जिससे वह लुढ़ककर एक तरफ गिर गई थी। फिर मगसिंह ने थाली फेंकी थी उसके ऊपर और बाहर आ गया था और मामी की खिड़की की तरफ मुँह उठाकर चिल्लाया था, "ओ कुतिया ! ओ हरामजादी ! ओ गूखानी गधेड़ी ! तेरी हिम्मत कैसे हुई मेरी घरवाली को ऊपर बुलाने की ? राँड ! दूसरों का घर बिगाड़ती है, रंडी ! खालेड़! तू नीचे उतर, मैं तेरी टाँगें चीरकर फेंक दूँगा।" आदि-आदि।

मामी सो रही थी। शोर सुनकर उठी, खिड़की खोली और उनींदी आवाज में पूछा, "क्या हुआ ? क्यों चिल्ला रहा है ?"

मगसिंह चीखा, "पूछती है क्या हुआ ? अभी तो कुछ नहीं हुआ साली ! अभी तो होगा। कुतिया साली ! नीचे उतर ! तेरी टाँगड़ी चीरकर हाथ में दे दूँगा।"

"मैंने क्या किया ?" मामी ने आश्चर्य से पूछा, बगैर किसी गाली का तनिक भी बुरा माने।

"पूछती है मैंने क्या किया ? साली, सारे मोहल्ले की औरतों को बिगाड़ रही है और पूछती है मैंने क्या किया। साली रंडी दो टके की, नीचे आ, तुझे अपना मूत नहीं पिलाया तो मैं असल बाप का नहीं।"

"रंडी हूँ तो तेरा क्या लेती हूँ ?"मामी मुस्कराकर बोली।

मामी के मुस्कराने से मगसिंह को मानो मिर्चें लग गईं। दो-चार वजनदार गालियाँ देकर उसने एक पत्थर उठाया और चीखा, "साली जान से मार डालूँगा मेरी घरवाली से आइंदा बात की तो।" आदि-आदि।

मामी मच्छर-सा उड़ाते हुए बोली, "जा-जा ! जान से मारेगा। हिंजड़ा कहीं का।"

"क्या बोली ?" मगसिंह चीखा।

"फिर से सुनना है ?" पान-सने होंठों से मामी ने कहा, "फिर से सुनना है

तो ऊपर आ जा। मैं फिर से सुनाती। आ जा।" पुचकारा। हाथ से इशारा किया।

मगसिंह का खून खौलने लगा। पत्थर फेंककर वह प्रोल में दौड़ा और पीछे-पीछे 'अरे-अरे, मगजी-मगजी' कहते रह गए हेमजीबा, कि मामी के कमरे तक पहुँच गया मगसिंह। मामी ठंडे स्वर में उसकी खिल्ली-सी उड़ाती हुई बोली, "आ जा। मइ हिजड़ा बोली तेरे को। गलत बोली क्या ?"

मगसिंह जोर से चीखा, "साली ! हाथ लगाती है ! कुतिया ! रंडी ! साली!" मामी के चीखने की आवाज आई··· कुछ मरदानी गालियाँ उसके मुँह से निकलीं और फिर गों-गों ··· जैसे मगसिंह मामी का गला दबा रहा हो। तभी यकायक कुछ गिरा ··· मगसिंह 'अरे बा' रेए' करके चीखा ··· मानो मामी ने किसी भारी चीज से उस पर प्रहार किया हो ··· और फिर मामी चिल्लाई, "औरत को मारता है ! औरत पर हाथ उठाता है ! साला मेरा गला दबाएगा ? मइ बताती तेरे को··· " और भागा मगसिंह वापस नीचे··· गुस्से और डर के मारे बिलबिलाता और बड़बड़ाता और दाँत किचकिचाता।

ऋचा इस समय विनय के कमरे में ही थी। विनय के साथ। झगड़ा शुरू होते ही विनय ने खिड़की बंद कर दी थी और अब दोनों साँस रोके सारे झगड़े को कानों से पी रहे थे। जब मामी के कमरे से हाथापाई और मामी के चीखने की और 'गों-गों' करने की आवाज आई तो विनय एकदम दरवाजे की तरफ लपका। लेकिन ऋचा ने उसका हाथ पकड़ लिया, "नहीं विन्नू, नहीं, प्लीज !"

जब मगसिंह नीचे उतरा तो ऋचा उठी और अपना पर्स-किताबें वगैरह समेटने लगी। बोली, "मैं जाती हूँ।"

विनय बोला, "रुको ! उसको जाने तो दो ! पिए हुए है। तुम्हें देखेगा तो तुम्हारे बारे में भी कुछ अंटशंट बोलेगा।"

ऋचा असमंजस में पड़ गई।

"रुको, खिड़की से देखते हैं।" विनय ने कहा और खिड़की का पल्ला जरा-सा खोला। सामने हेमजीबा और उनका असिस्टेंट गोम्या खड़ा था। और कोई नहीं था। अभी विनय कहने ही वाला था कि 'चलो, तुम उतरो, मैं आता हूँ' कि उसने देखा मगसिंह चार-पाँच किराएदारों को निकाल लाया है और चिल्ला-चिल्लाकर हेमजीबा को बता रहा है कि कैसे उस चुड़ैल-बिगड़ैल ने उसकी घरवाली को ऊपर बुलाया और कैसे उसने मना किया तो उसे कपड़े धोने की मोगरी से सिर पर मारा। देखते ही देखते चार-छह लोग दस-बीस हो गए और कुछ ही देर में घर के नीचे एक छोटी-मोटी भीड़ इकट्ठा हो गई। इधर-उधर खेलते छोरे भी किसी नए मजेदार तमाशे की आशा में भाग-भागकर आ गए। मगसिंह का दुबला-पतला बदन आगे-पीछे

झूल रहा था और बड़ी-बड़ी मूँछें बोलने के साथ उठ-गिर रही थीं। वह हरेक को यह किस्सा सुना रहा था कि कैसे मामी उसकी 'फेमिली' को रोज ऊपर बुलाती है और उससे भी धंधा करवाना चाहती है। हर बार उसका बयान कुछ और बढ़-चढ़ जाता था। शोरगुल सुनकर रास्ता चलते हुए लोग भी इकट्ठा हो गए और जैसे जादू के जोर से अच्छी-खासी भीड़ मामी की खिड़की के नीचे जमा हो गई। इनमें पेश-पेश कुछ जवान लड़के थे, जिनमें से कुछ को विनय जानता भी था। करते-करते कुछ ही देर में मगसिंह ने जमा भीड़ को अपने पक्ष में कर लिया और सब चिल्लाने लगे, "बाहर निकालो साली को ! भगाओ साली को ! गंदगी फैला रखी है साली ने ! हमारी भी औरतों को बिगाड़ेगी !" आदि-आदि। यह चल ही रहा था कि अचानक किसी ने पत्थर फेंका। पत्थर बंद खिड़की से टकराकर आवाज पर लौट गया।

विनय चटखनी चढ़ा फौरन खिड़की से दूर हट गया और बोला, "पत्थर मार रहे हैं !" दोनों 'क्या करें' की मुद्रा में एक-दूसरे की तरफ देखते खड़े-के-खड़े रह गए।

लेकिन विनय की खिड़की बंद हुई और मामी की खिड़की खुली।

मामी को देखकर भीड़ में सन्नाटा फैल गया।

मगसिंह चीखा, "ये रही ! पूछो ! पूछो साली से ! क्यों मेरी फेमिली को ऊपर बुलाया था इसने ?"

मामी, जो थोड़ा डर तो गई थी, लेकिन हिम्मत छोड़ने को तैयार नहीं थी, खिड़की से ही बोली, "साला हलकट ! तेरा जोर चिल्लाने में ही चलता क्या ? अउरत लोग को मारने में ही चलता क्या ? और कुच्छ होता नहीं तेरे से ? साला मेरे को एकली समझा क्या ? आके मेरा गला दबाता ? और अपनी औरत को कैसे मारता ? ऐसे तो कोई जानवर को भी नहीं मारेगा बाप ! और मई बोली मर जाएगी, इतना मत मार तो इसको मिर्ची लग गई ! इत्ती बड़ी-बड़ी मूँछाँ रखता, मरद कमाकर खिलाएगा तो औरत कायको इदर-उदर जाएगी ?"

मामी पूरी खुली आवाज में बोल रही थी, लेकिन फिर भी उसकी पूरी बात किसी ने नहीं सुनी। मगसिंह ने सुनने नहीं दी। वह बीच में ही फिर चीखने-चिल्लाने लगा। दो-चार और लोग भी उसका साथ देने लगे।

एक लड़का बोला, "शरीफ घर की औरतों को बिगाड़ती है साली ! निकालो इसे !"

एक पल को चुप्पी जो हुई उसमें मामी मानो एक चुनौती फेंकती हुई बोली, "मेरे पास कौन-कौन छोकरी आती, बोलूँ क्या ? तेरे घर का बात भी बोलूँ क्या?"

मामी की इस बात पर भीड़ सन्न रह गई। अभी पता नहीं किस-किसको नंगा करेगी। कुछ सरकने भी लगे पीछे से। कुछ सोचने लगे कि इन लोगों को उसके मुँह लगने की जरूरत ही क्या थी ? लेकिन छोकरे जोश और गुस्से में फटने लगे।

"साली बदनाम करती है ! शरीफ घर की औरतों को बदनाम करती है ! जूते मारो साली को नीचे लाके !"

"शरीफ !" मामी व्यंग्य से बोली, "कौन शरीफ ? तू ? के तेरा बाप ? जाके पूछ अपने बाप से। शरीफ है तो इदर मेरे पास कायको आता है गू खाने ?"

"अबे चोप्प ! साली को जान से मार डालूँगा। हरामजादी छिनाल !" बहुत-से एकसाथ बोले। साथ ही एक-दो पत्थर भी फेंके गए। एक पत्थर मामी के हाथ पर लगा।

मामी का स्वर रुआँसा हो गया। वह गुस्से में उफनती हुई बोली, "किस शरीफ की औरत क्या करती, मेरे को सब मालूम। अबी बताएगी तो मिर्ची लगेगी तुम लोग कू। मामी तो रंडी है, छिनाल है, हलकट है, और साला तुम शरीफ लोग के घर में औरत लोग क्या करती, बताऊँ क्या ? ये साला लाल कमीजवाले का मम्मी मेरे पास कायको आई बताऊँ क्या ? इसका बहन का बच्चा गिरवाने। पूछ घर पे जाके।"

मामी का इतना कहना था कि नीचे से उस पर अश्लील गालियों और पत्थरों की बौछार शुरू हो गई। मामी ने झपटकर खिड़की बंद कर दी और आर्त स्वर में बोली, "बाबू! ओ बाबू ! मेरे को मारने आते लोग ! बाबू !"

विनय दरवाजे की तरफ झपटा लेकिन ऋचा उससे कसकर चिपट गई। दोनों में खींचातानी होने लगी। विनय की त्यौरियाँ तनी हुईं और मुट्ठियाँ भिंची हुई थीं, वह दरवाजा खोलने जा रहा था और ऋचा उसके दोनों पाँवों से लिपटी घिसट रही थी और फुसफुसा रही थी, "नहीं विन्नू, नहीं प्लीज ! प्लीज डोन्ट ! विन्नू प्लीज!"

अब विनय से नहीं रहा गया। उसने ऋचा को झिड़कते हुए कहा, "क्या बेवकूफों की तरह बात कर रही हो। शर्म आनी चाहिए तुम्हें। वो उसे मारने आ रहे हैं और हम चुपचाप देखते रहेंगे ?"

भड़ से उसने दरवाजा खोल दिया और सीढ़ियों के आगे नीचे से आती भीड़ का रास्ता रोककर खड़ा हो गया। ट्रांसपोर्ट कंपनी में भी जो एक-दो जन थे, वे भी बाहर निकल आए।

"क्या बात है ? क्या चाहिए ?" नीचे से हॉकी-स्टिक हाथ में लिए चढ़े आते छोकरों को रोककर विनय ने पूछा।

"हट बे।" कोई बोला और उसने विनय को धक्का दिया। विनय लुढ़का, लेकिन फिर खड़ा हो गया। इस बीच पाँच-छह छोकरे कूदकर मामी के कमरे की तरफ

निकल गए। विनय ने उनकी तरफ देखा, इस बीच दो-चार और कूदकर निकल गए।

कोई बोला, "ये कौन है ?"

कोई दूसरा बोला ,"तू कौन है बे ? मामी का ? भड़वा ?"

विनय बोला, "भाईसाहब, जबान सम्हालकर बात कीजिए। ये कौन-सा तरीका है ? ये कौन-सा तरीका है ?"

लेकिन ट्रांसपोर्टवाले और वह खुद चार-छह से ज्यादा लोगों को नहीं रोक पाए। मामी का दरवाजा चौपट खुला था। भीतर कोई नहीं था। "कहाँ गई ?" कोई चिल्लाया। "साली भाग गई।" कोई दूसरा बोला। "अबे देख कहीं छिपी होगी।" किसी और ने किलकारी भरी। इधर-उधर की कोठरियों के दरवाजे भड़भड़ाए जाने लगे। "इधर कौन रहता है ?" किसी ने विनय के कमरे में झाँककर पूछा। दूसरी तरफ कोई किसी खाली कोठरी का दरवाजा पीटते हुए चिल्ला रहा था, "मामी, बाहर निकल। तेरी ··· "

इधर विनय और ट्रांसपोर्टवाले नीचे से आते लोगों से उलझने में लगे थे कि उधर मामी के कमरे से कुछ उठाने-फेंकने की आवाजें आईं। विनय उधर लपका। वहाँ एक से हाथापाई हो गई। उधर खाली कोठरियों में मामी की ढूँढ़ हो रही थी, कि इधर कुछ लोगों ने मामी के कमरे का सारा सामान तोड़फोड़कर कमरे के बीचोबीच इकट्ठा किया और उस पर मामी के ही स्टोव का तेल उलटकर मामी की ही माचिस से आग लगा दी। मामी के कमरे से काला गाढ़ा धुआँ निकलने लगा। "भाग रेऐ ··· चल बेऐ ··· " की चीख-पुकार मच गई। विनय से गुत्थमगुत्था लड़का भी कॉलर छुड़ाकर भागा। भगदड़ में एक क्षण के लिए विनय के मन में ख्याल आया कि ऋचा कहाँ है ? और उसके कमरे का क्या हाल है ? लेकिन सामने मामी का कमरा जल रहा था। धुआँ इतना था कि भीतर जाते नहीं बन रहा था। फिर भी विनय भीतर घुसा और सबसे पहले हाथ में आई एक जलती हुई कुर्सी खींचकर बाहर गैलरी में लाया और खाँसने लगा और वहीं बैठ गया।

नीचे 'ठाकुर की धा' का चीखना-चिल्लाना और मगसिंह की बहू का रोना ऊँची आवाज में चालू था।

कुछ ही देर में विनय ने पाया कि हेमजीबा नीचे आँगन में जल्दी-जल्दी भचड़-भचड़ हैंडपंप खींच रहे हैं और गोम्या दो भरी बाल्टियाँ लिए सीढ़ियाँ चढ़कर उसकी तरफ आ रहा है। विनय उठ खड़ा हुआ और दोनों ने भीतर पानी फेंककर आग बुझाने का प्रयत्न शुरू किया। लगा, पानी डालने से आग और भड़क उठी है। पानी जितना चाहिए उतना जल्दी-जल्दी ऊपर नहीं लाया जा पा रहा। विनय

ने आँगन में झाँका। ऋचा भरी बाल्टी उठाए सीढ़ियों की तरफ भाग रही थी। दालान की तरफ से फत्तू खान बैंडमास्टर प्लास्टिक की एक टुटही बाल्टी और एक जर्मन सिल्वर की भगोनी लिए हैंडपंप की तरफ लपक रहे थे।

आखिर आग बुझ गई।

मामी कहाँ है ?

ऋचा के सारे कपड़े गीले हो गए थे। बुरी तरह। विनय की हालत तो खराब थी ही। मुँह काला, सिर में राख, हाथ-पाँव में खरोंच, कपड़े गीले और अस्तव्यस्त और हथेलियाँ झुलसी हुईं। लेकिन आग बुझते ही दोनों जैसे थे, कमरे में ताला लगाकर नीचे उतर गए।

विनय की अपेक्षा के विपरीत मकान के बाहर अब भी काफी आदमी थे, वे बगलों में हाथ घुसेड़े सारा तमाशा देख रहे थे। विनय-ऋचा को साथ उतरता देखकर चीखती-चिल्लाती 'ठाकुर की धा' एकदम चुप हो गई।

सारे आदमियों की निगाहें उन्हीं पर थीं। लगातार। चुपचाप।

जब वे उनके सामने से गुजर चुके तो किसी ने किसी से धीरे-से पूछा, "ये आदमी कौन है ?" कोई दूसरा बोला, "और छोकरी किसकी है ?"

विनय-ऋचा ने कोई ध्यान नहीं दिया। चुपचाप सिर झुकाए सड़क तक आ गए।

रात को पुलिस आई। मामी अपने बदहाल कमरे और जले सामान के आगे सिर पकड़कर बैठी थी। उसके कमरे में था क्या ? लकड़ी का एक बड़ा-सा पलँग ··· और पुराने जमाने के सोफे की दो टूटी कुर्सियाँ ··· एक आजीविका का सहारा, दूसरी अपने चाहनेवाले की आखिरी निशानी। और थोड़े-से कपड़े और खाने-पीने का सामान। कुछ काँच में जड़ी तस्वीरें। सब जल गया। मामी सिर पकड़कर बैठी थी। रो नहीं रही थी। जिंदगी में वह पहले ही इतना रो चुकी थी कि अब किसी के लिए भी उसकी आँखों में आँसू नहीं बचे थे। स्मृतियों के लिए भी नहीं। आत्मा के लिए भी नहीं। अस्तित्व के लिए भी नहीं।

पुलिस मामी को थाने ले गई। बयान लेकर थोड़ी देर बाद छोड़ दी गई।

मामी अपने अँधेरे कमरे की चौखट पर सिर पकड़कर बैठी रही। नीचे फत्तू खान बैंडमास्टर ने क्लैरेनेट बजाना शुरू कर दिया। अहीर भैरव किसके लिए रोती है ? सारी बिल्डिग अँधेरे में डूबी हुई थी। शायद वायरिंग भी जलकर शॉर्ट हो गई थी।

रात कोई दस बजे ठकठक लाठी ठकठकाती अँधेरे में रास्ता टटोलती 'ठाकुर की धा' सीढ़ियाँ चढ़कर ऊपर आई ··· शायद बरसों बाद और मामी के कमरे के

आगे आकर खड़ी हो गई। हाँफती आवाज में बोली, "कुण ? साबितरी ?" और धम्म से जमीन पर बैठ गई और रोने लगी। फिर कोसने लगी, "नासपीटे, मसान जाएँ, कीड़े पड़ें इनकी देह में, कुत्ते खाएँ इन्हें, माँ-बाप मरें इनके, बेटे-पोते मरें इनके, पानी ना मिले इनको। हराम के मूत नरक में बलें, चढ़ाई करके गए हैं बहादुर। ऐकली लुगाई का घर फूँककर बड़ी बहादुरी बताई हराम के मूतों ने। ···" फिर थक गई। चुप हो गई। अचानक फिर रोने लगी। फिर कुछ स्थिरचित्त होकर दुखी स्वर में बोली, "लुगाई मर्जीऊँ छिनालपणो करे कईं ? जद मजबूरी हो जावे लाइ तो पछै कईं करै ? काया तो माँगे जीणो ··· अर जीव तो माँगे अन्न ··· जर पछै कठै सूँ लावाँ ?" ··· मानो किसी अदालत में मामी की पैरोकारी कर रही हो।

मामी कुछ नहीं बोली। वैसे ही बैठी रही, जैसे जड़ हो गई हो।

कुछ देर बाद अपने काँपते हाथों से 'ठाकुर की धा' ने अपनी कमर से एक पोटली निकाली और उसे वहीं खोलकर मामी के आगे बिछा दिया। प्यार से मामी के सिर पर हाथ फेरते हुए बोली, "साबितरी ! थोड़ा घणा खाय ले। म्हूँ रोटी बणार लाई हूँ। जित्तो थरे जँचे खाय ले। जीव रौ धरम तो करणाइज पड़ैला।"

"भूख नहीं है धा। मेरे को बिल्कुल खाते नहीं बनेगा। क्या खाऊँ ऐसे बखत में ?" मामी बोली, और उठकर भीतर चली गई। अँधेरे कमरे में इस-उस सामान से टकराती कीचड़ में ये-वो टटोलती-पलटती। आखिर कहीं से वह अपना पानदान ढूँढ़ लाई और वापस आकर 'धां' के सामने बैठ गई। पान लगाया, खाया। पैर फैलाकर सिर चौखट से टिका दिया। आँखें मूँद लीं और बोली, "तू जा धा। खाके सो जा। सुबे सफाई करती मैं।"

'धा' को कुछ समझ में नहीं आया। कुछ देर मामी को चुपचाप देखती रही, फिर बगैर कुछ कहे उठी और लाठी ठकठकाती नीचे आ गई।

सत्रह

तीसरे दिन कस्बे की दीवारों पर एक नई तरह के पोस्टर चिपके हुए थे। ऊपर बड़े-बड़े अक्षरों में 'लैला मजनूँ रँगे हाथों पकड़े गए' और नीचे छोटे अक्षरों में 'नौजवान सरकारी करमचारी कॉलेज की छात्रा के साथ संदिग्धावस्था में पकड़ा गया'। फिर और छोटे अक्षरों में 'विश्वस्त सूत्रों से ज्ञात हुआ है कि मजनूँ बिजली विभाग में काम करता है और लैला एक प्रगतिशील प्रोफेसर की बेटी है। दोनों ने नगर के कुख्यात मामी महाविद्यालय में व्यभिचार की ट्रेनिंग ली है। घटना के बाद से लैला-मजनूँ दोनों फरार हैं। पुलिस-प्रशासन होश में आओ। नगर को नैतिक गंदगी से बचाओ।' नीचे एक कोने में लिखा था, 'निवेदक-नवयुवक जागरण समिति'। नीचे प्रेस का नाम भी था, 'श्री दुर्गा प्रिंटिंग प्रेस।'

सुबह कोई पाँच बजे बाबूसिंहजी ने भुवनेश के घर की घंटी बजाई थी। वे कहीं से एक पोस्टर ले आए थे और भुवनेश को दिखा रहे थे।

उस समय ऋचा अपने पर आई मुसीबत से एकदम बेखबर मीठी नींद सो रही थी।

भुवनेश को कुछ समझ में नहीं आया यह सब क्या है, किसने किया है और क्यों किया है, और अब उन्हें क्या करना चाहिए ? सिर झुकाए बैठे रहे। सिगरेट पीना तक भूल गए। कनपटी की हड्डी ऊपर-नीचे कदमताल करती रही।

दोनों कुछ देर गुमसुम बैठे रहे। फिर भुवनेश की जाँघ पर हाथ रखकर बाबूसिंहजी सधे स्वर में बोले, "घबराने की बात नहीं है। तुम ऐसा करो, दिमाग तो रखो सही, और कपड़े पहनकर अभी चले जाओ डीवाय. एस. पी. साहब भँवरसिंहजी के पास। स्टेशन के सामने ही रहते हैं। जानते हो न ? मेरा नाम लेना जरूरत हो तो। साथ में बैठते हैं, क्लब में। साथ टेनिस खेलते हैं, साथ बैठकर खाते-पीते हैं, अपनी जरूरत के टाइम काम नहीं आएँगे ? वह दो सिपाही भेजकर

उस तरफ के पोस्टर उखड़वा देंगे। तफतीश बाद में होती रहेगी। मेरे घूमने के रास्ते में जितने आए वो तो मैंने उखाड़ ही दिए, पर अभी हैं। अपने अकेले से तो होगा नहीं। जाओ। और मैं जाता हूँ होस्टल। रामविलास वगैरह को उठाकर लाता हूँ। वो उस तरफ के उखाड़ेंगे। ये अभी करना जरूरी है। अभी तो लेई भी गीली है। लगता है ज्यादा देर पहले नहीं लगाए गए हैं, और हड़बड़ी में लगाए गए हैं। भागते-भागते। कहीं चिपके, कहीं नहीं चिपके। प्रोफेशनल आदमी का काम नहीं है। खैर, वो तो बाद में पता चल जाएगा, अभी तो जाओ। फिर अपन आठ बजे मिलते हैं। भाभी, ऋचा को अभी कुछ मत बताना। ये लोग बेकार में परेशान होंगे। ऋचा को आज कॉलेज भी मत जाने देना। ठीक है ? तो उठो फिर।" और बाबूसिंहजी उठ गए।

भुवनेश ने कपड़े पहने, पत्नी को उठाया। बोले, "एक जरूरी काम से जा रहा हूँ, दरवाजा बंद कर लो," साइकिल निकाली और बाहर आ गए। पत्नी ने पूछा, "क्या बात है", तो बोले, "बाद में बताऊँगा," और निकल गए।

आठ बजते-बजते शहर में एक भी पोस्टर बाकी नहीं रह गया था।

लेकिन कॉलेज की दीवार पर डामर से लिखा था—विनय + ऋचा = ? और एक अश्लील रेखाचित्र बना हुआ था उसी दीवार पर जहाँ किसी दिन लिखा था—मंगतराम चोर है। ज्वॉइन एस. एफ. !

इसलिए कॉलेज में और शहर में सनसनी थी।

कॉलेज उस दिन न बाबूसिंहजी गए, न भुवनेश, न झा साहब, न ऋचा।

पर वहाँ से खबरें आती रहीं। प्रिंसिपल खुद खड़े होकर चपरासियों से दीवार खुरचवा रहे हैं। और मंगतरामजी स्टाफरूम में बैठकर पिशाचों की तरह हँस रहे हैं।

इस घटना ने विनय और ऋचा दोनों का जीना दूभर कर दिया। भुवनेश भी विचलित हो गए। दिन-भर वे लोग झा साहब के कमरे पर विचार-विमर्श करते रहे कि अब क्या करना है। कोई कह रहा था जवाबी पोस्टर निकालो। कोई कह रहा था एफ. आइ. आर. दर्ज कराओ। कोई कह रहा था उस प्रेस को पकड़ो जहाँ यह पोस्टर छपा है। कोई कह रहा था मंगतराम को घर में घुसकर पीटो। एक कह रहा था भुवनेश को कुछ दिनों के लिए सपरिवार शहर से बाहर चले जाना चाहिए, तो किसी दूसरे का विचार था कि भुवनेश को जयपुर जाकर सीधे डायरेक्टर से बात करनी चाहिए। साथ में नमूने के लिए एक पोस्टर भी ले जाना चाहिए। बहस जारी थी।

तय कुछ नहीं हो पा रहा था। भुवनेश विचलित थे। आज तक उनके आचरण की सजा किसी ने उनके परिवार को नहीं दी थी। और राजनैतिक मतभेदों को इस हद तक उतार लाना उनकी कल्पना से परे था। होता है, जानते थे कि होता है। पर यह कल्पना से परे था कि एक दिन यह उनके साथ भी होगा। वे सिर भी फोड़ सकते हैं। रात-बिरात चाकू भी घोंप सकते हैं। मामी की तरह उनके घर में घुसकर बलवा भी कर सकते हैं। तो उनकी हैसियत आखिर एक बेटी के बाप की हो ही गई ! भुवनेश जानते थे कि उन्हें पुलिस का संरक्षण लेना चाहिए। कॉमरेड लक्ष्मण माधव के पास जाना चाहिए। भुवनेश जानते थे कि यही दो शक्तियाँ ऐसे वक्त में किसी हद तक उनकी और उनके परिवार की रक्षा कर सकती हैं · · · लेकिन दुर्भाग्य से दोनों रास्ते वह खुद अभी-अभी बंद कर चुके थे। एस. एफ. के मामले में कॉमरेड से झड़प हो चुकी थी। और उस दिन वह कॉमरेड को काफी खरी-खोटी सुना आए थे। और जिस डीवाय. एस. पी. भँवरसिंह के पास वह सुबह गए और जिसने चुपचाप दो सिपाहियों को पोस्टर उखड़वाने भेज दिया, उससे वह परसों ही इस बात पर आधा घंटा उलझकर आए थे कि मामी के मकान में आग लगानेवालों का पता लगाकर उन्हें गिरफ्तार क्यों नहीं किया जा रहा ? सुबह भँवरसिंह की आँखों में जो ठंडापन था, वह नींद या नशे की खुमारी का उतना नहीं, जितना संदेह और व्यक्तिगत नापसंदगी का था। शायद ठीक यही होगा कि वह परिवार को लेकर कुछ रोज के लिए कहीं चले जाएँ। लेकिन कहाँ जाएँ ? भुवनेश को लगा काश ! अभी दरवाजा खुले और कॉमरेड लक्ष्मण माधव सामने खड़े दिखाई दें और कहें 'कॉमरेड ! फिकर नहीं। हम इन लोगों के दाँत तोड़ देंगे।'

लेकिन चमत्कार आजकल कहाँ होते हैं ?

श्रीमती भुवनेश ऋचा से मिलने आनेवाली हर सहेली को नीचे से ही लौटा चुकी थीं। उसकी तबीयत ठीक नहीं है। सो रही है। जबकि वह छत पर पढ़ रही थी। और एक सहेली जब नीचे भाभी को बता रही थी कि कॉलेज में और शहर में आज क्या हुआ है, तो ऋचा अपना और खासकर विनय का नाम सुनकर सारी बात सुनने के लिए खड़ी हो गई थी। और उसे छत पर खड़ी देख साइकिल पर सवार एक सड़क-चलते मनचले ने आवाज मारी थी—लैला ! आय हाय मेरी लैला। मजनूँ को किधर छिपा रखा है मेरी जान। अपना भी नंबर लगा दो मेरी लैला !—तो वह पाँव पटकती हुई नीचे आ गई थी और जिद करके माँ से सारी बात जानकर बिस्तर पर पड़ गई थी और तकिए में मुँह गड़ाकर बस रोए जा रही थी, रोए जा रही थी।

विनय को कुछ पता ही नहीं था शहर में क्या हो रहा है। वह नहा-धोकर

दफ्तर के लिए निकला तो उसे यह जरूर महसूस हुआ कि लोग उसे घूर रहे हैं। रास्ते में शायद किसी ने आवाज भी लगाई—ओ मजनूँ ! लेकिन उसे लगा ही नहीं कि किसी ने उसे ही मजनूँ कहा होगा। किसी और ने किसी और के लिए, किसी और से कहा होगा।

लेकिन दफ्तर में मानो सारा स्टाफ उसी की प्रतीक्षा कर रहा था। रूपसिंह, गेपर नाई और हेमागंगाजी उसकी टेबल के पास आकर चुपचाप खड़े हो गए। विनय टाइप-मशीन पर कागज चढ़ा रहा था, सिर उठाकर बोला, "कहिए ?" हेमागंगा जोर से खँखारे, रूपसिंह और गेपर नाई से कहा, "जाओ, भागो, हवा आणे दो।" और कुर्सी खींचकर पास बैठ गए और चेहरा पास लाकर कहा, "ये सब कैसे हुआ बाउजी ?"

"क्या कैसे हुआ ?"

"आपको कुछ नहीं मालूम ?"

"क्या ? क्या हुआ ?"

"आपने रास्ते में कुछ नहीं देखा ?"

विनय याद करने लगा कि क्या उसने रास्ते में कोई असामान्य बात देखी थी। उसे कुछ याद नहीं आया।

हेमागंगा उसे कुछ देर तौलते रहे। जब यकीन हो गया कि इसे सचमुच अभी कुछ पता नहीं चला है, तो जेब से एक चौतहा पीला पतंगिया कागज निकाला और खोलकर विनय के आगे फैला दिया। बोले, "अपना गेपरिया लाया है कहीं से।"

पोस्टर पढ़कर विनय की आँखों के आगे तारे नाचने लगे। फिर पढ़ा। फिर पढ़ा। पूछा, "ये कहाँ मिला गेपर को ?"

"सब दूर लगे थे सुबह। पुलिसवाले फाड़ गए। अपने ऑफिस के बाहर भी लगा था एक। साहब ने आते ही पानी-कपड़े से साफ करवाया।"

विनय जैसा था, वैसा ही जड़ हो गया। तो ये बात है। इस हद तक कमीनगी कर सकते हैं ये लोग !

"सुणा है कॉलेज की दीवार पर तो और भी गंदी-गंदी बातें लिखी हैं।"

विनय से आगे कुछ सुनना मुश्किल हो गया। वह उठ खड़ा हुआ और सामान समेट बाहर आ गया। बाहर आते-आते कह गया, "हेमजी, सब झूठ बात है। आप तो मुझे जानते हैं, क्या मैं ऐसा आदमी हूँ ? आपको लगता है कि क्या मैं ऐसा कर सकता हूँ ?

हेमागंगा दो मिनट अपने शब्दों को मुँह में ही रोके रहे और फिर चेहरे को सख्त और आवाज को करारी रखते हुए बोले, "अब कौण कैसा है इसकी तो बात

अलग है। पण चीज ऐसी है कि अच्छे-अच्छों का भी पग फिसलते कितनी देर लगती है ?"

हेमागंगा के शब्द विनय को चाबुक की तरह लगे। उसे लगा यदि वह यहाँ खड़ा रहेगा तो इनसे ही उलझ जाएगा या लड़ पड़ेगा। तेज कदमों से निकल पड़ा। साइकिल उठाने लगा तो केबलड्रम से टिके रूपसिंह ने पूछा, "जा रहे हो क्या बाउजी ?"

'तबियत ठीक नहीं है। घर जा रहा हूँ। साब आएँ तो बता देना।' यह विनय ने कहा। नहीं, कहा नहीं। कहना चाहिए था उसे लेकिन वह रूपसिंह की बात पर कोई ध्यान दिए बगैर साइकिल पर चढ़ गया। उसकी नजर इधर-उधर दीवारों पर वे पोस्टर ढूँढ़ रही थीं जो अब कहीं नहीं थे। अच्छा, तो ये बात है ! इस कदर कमीनगी भी कर सकते हैं ये लोग ! लेकिन मैंने उनका क्या बिगाड़ा था ? मैंने किसी का भी क्या बिगाड़ा था ? और मैं तो,ठीक है, यह भी सहन कर लूँगा, लेकिन ऋचा ने किसी का क्या बिगाड़ा था ? प्रगतिशील प्रोफेसर की बेटी ! बिजली विभाग का बाबू। मामी महाविद्यालय। कौन-कौन था उस दिन उस भीड़ में ? कौन करवा रहा है यह सब ? क्या मंगतरामजी ? लेकिन क्यों ? मेरा क्या झगड़ा है उनके साथ ?

अचानक उसे ध्यान आया कि वह जा कहाँ रहा है ? पता नहीं कहाँ जा रहा है। उसने पाया कि वह उस चौराहे तक पहुँच गया है जहाँ से जरा आगे चलकर एक सड़क उसके घर की तरफ जाती है, दूसरी ऋचा के घर की तरफ। क्या वह अपने घर जा रहा है ? लेकिन क्या करने ? क्या ऋचा के घर ? लेकिन क्या अभी वहाँ जाया जा सकता है ?

चौराहे से उसने साइकिल वापस पीछे मोड़ ली और कॉलेज रोड की तरफ निकल गया। हेमागंगाजी के शब्द कानों में बजे—'सुणा है कॉलेज की दीवार पर और भी गंदी-गंदी बातें लिखी हुई हैं।' क्या लिखा होगा ? उसकी इच्छा हुई इसी समय कॉलेज जाकर देखे वहाँ क्या लिखा हुआ है ? लेकिन कुछ ही देर में पैडल धीमे हो गए। लगभग सारे प्राध्यापक उसे जानते हैं। बहुत सारे लड़के भी। और कई लड़कियाँ भी। भुवनेश के संदर्भ से। और बेशक, ऋचा के संदर्भ से। इतनी सारी घूरती आँखों का सामना वह किस तरह करेगा ? फिर यह भी तो हो सकता है कि रास्ते में मंगतरामजी ही मिल जाएँ और वह उन पर साइकिल चढ़ा दे और उनकी जमकर पिटाई कर दे। इच्छा हुई कि ऐसा ही हो। फिर खुद से कहा—रुको। बेवकूफी मत करो। ठंडे दिमाग से सोचो ! अचानक दफ्तर आते समय किसी की लगाई आवाज याद आई, 'ओ मजनूँ !' बेशक, यह उसी के लिए था। और कॉलेज

के रास्ते में इसी तरह किसी नादान छोकरे ने छेड़ दिया तो ?

रुक गया। एक गंदे चायघर के आगे। बैठ गया। पानी पिया। सिगरेट सुलगाई। चाय के लिए कहा। सौभाग्य से वहाँ कोई जान-पहचानवाला नहीं था। कुछ मैले-से दूधवाले बैठे थे जो शहर में दूध बाँटकर अब गाँव लौट रहे थे। वे अपनी भाषा में आपस में गप्पें कर रहे थे। हँसी-मजाक कर रहे थे।

कहाँ जा सकता है विनय ? ऐसे में कहाँ जाना चाहिए उसे ? क्या इस शहर में कोई ऐसा नहीं जो इस समय उसके कंधे पर हाथ रखकर कह सके—चिंता मत करो विनय ! मैं जानता हूँ तुम और ऋचा निर्दोष हो। कहने दो लोगों को कुछ भी। उनके कहने से क्या होता है ? वे नासमझ हैं। लेकिन मूर्ख नहीं। समझ जाएँगे। दरअसल उनका माहौल ऐसा है कि वे कुछ और सोच भी नहीं सकते थे। लेकिन आखिर जीत सच की ही होती है।

अचानक विनय ने पाया कि दूधवाले किसी पोस्टर की बात कर रहे हैं। वह ध्यान से सुनने लगा। हाँ, वे उसी पोस्टर की बात कर रहे हैं जिसे उन्होंने सुबह-सुबह शहर की दीवारों पर लगा देखा था। और उसके मजमून के आधार पर उन्होंने व्यभिचार का एक रसीला किस्सा गढ़ लिया है और उसमें एक गर्हित किस्म का सुख प्राप्त कर रहे हैं।

बेशक कॉमरेड ! उसे इस समय कॉमरेड के पास ही जाना चाहिए।

कॉमरेड के घर की तरफ साइकिल मोड़ दी और प्रयत्न किया कि रास्ते में किसी बात पर ध्यान ही न दे। सोचता रहा कि उस दिन ऐसा होता या ऐसा न होकर ऐसा होता तो क्या होता !

कॉमरेड के घर दूर से ही भीड़भाड़ दिखाई दी। अनेक लोग वहाँ कॉमरेड के घर के बाहर चबूतरे पर धूप में यहाँ-वहाँ बैठे-खड़े बातें कर रहे थे। अंदर सबके एकसाथ बातें करने का कोलाहल भरा लगता था। यहाँ विनय को जाननेवाले बहुत लोग थे। सबने उसका सलाम और मुस्कराहट के साथ स्वागत किया, मानो उन्हें पोस्टर की घटना का कुछ पता ही नहीं हो, या उसकी परवाह ही नहीं हो। विनय एक तरफ साइकिल टिकाकर घर के भीतर घुसा तो देखा कॉमरेड साफ कुर्ता-पाजामा पहने और लोगों के साथ कहीं बाहर निकलने की तैयारी में हैं। विनय को देखकर कॉमरेड हमेशा की तरह बोले, "लो, आ गए विनयजी। मालूम है विनय, क्या कर रहे हैं ये लोग ? इन्होंने बैकडेट में एक कोऑपरेटिव सोसायटी रजिस्टर करा ली है, और मजदूरों की जमीन हड़पकर उस पर बनियों के रिहायशी प्लॉट काटने की तैयारी कर रहे हैं। कॉमरेड कटारिया और कॉमरेड गाडगिल आ रहे हैं शाम को। हम लोगों ने सोचा है कि कलेक्टर ऑफिस के आगे धरना देंगे सारे मजदूर, और

इस बोगस सोसायटी का रजिस्ट्रेशन कैंसल करवाएँगे। तुम आज रात को क्या कर रहे हो ? अपने को कुछ पोस्टर बनाने पड़ेंगे। ... " बोलते भी जा रहे थे कॉमरेड और काम भी करते जा रहे थे। झोला कंधे पर टाँगा, उसमें जरूरी कागज, डायरी, चश्मा, अखबार रखा। पैन जेब में ठूँसा। बीड़ी-बंडल और माचिस नीचे की जेब में, घड़ी बाँधी ... एक नजर कमरे पर डाली और बाहर आ गए।

"टेलीफोन करने को बोला था कॉमरेड।" कोई बोला।

"हाँ, हो गया है ?"

"हाँ, बोला, दो बजे आएगा।"

"रामअवतार आ गया ?"

"वहीं आएगा।"

"प्रेस कौन जा रहा है ?"

"विट्ठल।"

"अच्छा, तुम लोग चलो, मैं आता हूँ।"

सब लोग साइकिलें उठाकर या पैदल चल पड़े। पता नहीं कहाँ। पता नहीं क्या करने। विनय को अजीब लगा। पहले तो ऐसा नहीं होता था कि उसे यह सब पता ही न होता हो !

सबके आगे निकलने के बाद कॉमरेड ने साइकिल उठाई और विनय ने भी। अचानक इधर-उधर देखकर कॉमरेड धीरे-से बोले, "तुम भी कहाँ लौंडिया के चक्कर में पड़ गए यार ।"

विनय कॉमरेड को देखता रह गया। तो क्या ये भी ? ये भी यही समझते हैं?

लेकिन कॉमरेड के पास सोचने का क्या, विनय की भावनाओं को समझने तक का वक्त नहीं था। बोले, "खैर छोड़ो, चलता है। तुम ऐसा करना, रात को कुद्दूस के यहाँ आ जाना खा-पीकर। या काँकरिया। फिर वहीं बात करेंगे। ठीक ?" और साइकिल पर बैठकर अपने आगे जाते साथियों की तरफ बढ़ लिए। विनय वहीं छूट गया। हकबकाया-सा। दिशाहारा-सा।

और वहाँ से जो चला तो बेध्यानी में कॉलेज रोड की तरफ निकल गया। सड़क पर कोई नहीं था, गाय-भैंसों और इक्का-दुक्का बैलगाड़ियों के अलावा। आगे खेत थे जिनमें गेहूँ की हरी-पीली-सुनहरी बालियाँ झूम रही थीं। कुछ सब्जी की बाड़ियाँ और अनेक गन्ने के अधिकांशतः कटे खेत भी।

कॉलेज की दीवार पर भी अब कुछ नहीं था। मानो सबने मिलकर सारी बात विनय से ही छिपाने का षड्यंत्र किया हो। कॉलेज कंपाउंड में एक-दो लड़कों के अलावा कोई दिखाई नहीं दे रहा था। साइकिल स्टैंड साइकिलों से भरा हुआ था।

साइकिलों के हैंडल धूप में चमक रहे थे। विनय रुका नहीं, चलता ही गया। आगे एक छोटे-से गाँव का एक छोटा-सा बसस्टैंड था। एक बूढ़ा बरगद का पेड़ और उसकी छाया में एक चाय की झोंपड़ी। पेड़ के नीचे चबूतरा। वहीं रुक गया विनय।

विनय की छाती में रुलाई घुट रही थी। क्या करे वह ? उससे सबसे ज्यादा प्यार करनेवाला परिवार आज उसके कारण बदनामी की कीचड़ में है। क्या वह कहीं भाग जाए ? जहाँ उसे कोई जानता तक नहीं हो ? या मुकाबला करे ? बेशर्म होकर ? लेकिन क़िससे मुकाबला करे ? और किन हथियारों से ? कॉमरेड को तो फुर्सत ही नहीं है। और भुवनेश ··· क्या वह भुवनेश से निगाहें मिला सकता है ? कभी उसने भुवनेश को आश्वस्त करते हुए ऋचा के बारे में कहा था, 'शी इज जस्ट लाइक अ फ्रेण्ड । अ कॉमरेड। अ यंगर सिस्टर।' और वह आश्वस्त हो भी गए थे। क्या उस समय भी विनय उन्हें छल नहीं रहा था ? क्या वह शुरू से ही उन लोगों को धोखे में नहीं रख रहा है ? क्या वाकई वह ऋचा को अपनी बहन समझता है ? जैसे वंदू ? क्या ऋचा की छुअन एक बहन की छुअन है ? क्या बहन इस तरह देखती है ? चूमती है ? कौन है ऋचा उसकी ? क्या प्रेमिका नहीं ? क्यों वह इसे स्वीकार नहीं करने की जिद कर रहा है ? क्या यह कोई असंभाव्यता है ? यदि अपनी सामाजिक हैसियत की उसे इतनी ही चिंता थी तो ऋचा से इस तरह के अपरिभाषित संबंधों को उसने निरंतर बढ़ने क्यों दिया ? क्या अच्छे, चिकने-कोमल, ललित माहौल की आड़ में वह ऋचा से वही नहीं कर रहा था, जिसे चालू भाषा में 'फुसलाना' कहते हैं ?

लेकिन क्या उसने कभी भी ऋचा को एक स्त्री के रूप में देखा ? एक शरीर के रूप में सोचा ? उसे लेकर घर-गृहस्थी बसाने का ख्याल क्या सपने में भी कभी आया ? क्या कभी उसने ऋचा का उस तरह फायदा उठाने की कोशिश की ? नहीं, कभी नहीं। अपने कमरे के अकेले और अँधेरे एकांत में भी नहीं। क्या प्रेमी-प्रेमिका ऐसी ही बौद्धिक बहसों और किताबों की बातें करते रहते हैं ? यदि वाकई वैसा ही भाव उसके मन में होता तो क्या आँखों में नहीं होता ? होता तो क्या श्रीमती भुवनेश को नजर नहीं आ जाता ? नजर आता तो क्या वह उसे बाहर जाने का रास्ता नहीं बता देतीं ? उसके लिए अपने दिल के और घर के द्वार बंद नहीं कर देतीं ?

लेकिन तुम बड़े थे। और चौकन्ने थे। तुम आत्मसंयम से काम ले रहे थे। लेकिन ऋचा ? वह तो बह रही थी। और तुमने उसे बहने दिया ! बल्कि इसका आनंद लिया। कहीं इससे तुम्हारा पुरुष अहं तुष्ट होता था। मुझ पर मरती है। अच्छा लगना क्या होता है ? इस तरह के संभ्रमों का क्या अर्थ है ? जो कहना है सीधे-सीधे

क्यों नहीं कहते ? भाई ? या प्रेमी ? भाई हो तो उसका हाथ पकड़कर ले आओ बाहर और कहो सबसे—ये मेरी छोटी बहन है। और प्रेमी हो तो जाकर शादी का प्रस्ताव करो।

और मित्र ? क्या लड़का-लड़की सिर्फ मित्र नहीं हो सकते ? कॉमरेड नहीं हो सकते ? सहकर्मी नहीं हो सकते ?

हो सकते हैं। लेकिन इस कस्बे में नहीं।

क्यों नहीं ? क्यों हम एक दकियानूस कीचड़ में रपट जाएँ सिर्फ इन सड़े दिमागों को तुष्ट करने के लिए ? तो भुगतो। 'मजनूँ' की पुकार सुनो। वह 'लैला' की सुनेगी।

लेकिन अगर यहीं और अभी ही और उसी बात पर रूढ़िवादियों के सामने आत्मसमर्पण कर देना है तो फिर सारे पढ़ने-लिखने का, सोच-संघर्ष का अर्थ ही क्या है ?

तो अड़े रहो। जलाओ ऋचा को। कल कोई उसे पत्थर भी मारेगा। और भुवनेश को चाकू। और बाकी सब तो यही मान रहे हैं कि जरूर तुमने कोई चक्कर चलाया है। कम्युनिज्म की आड़ में छोकरी फँसाई है। कम्युनिस्ट होते ही ऐसे हैं। उनकी नैतिकता का यही स्तर होता है ! तुम्हारा उदाहरण देकर वर्षों कस्बे में यह बात कही जाती रहेगी। कम्युनिस्ट ? देखे हैं साहब ! थे एक यहाँ बिजली विभाग में। अपने एक दोस्त की बेटी को फँसा लिया। कॉमरेड-कॉमरेड करते। बेचारी की जिंदगी बरबाद कर दी।

विनय के दिमाग ने काम करना बंद कर दिया। उस दिन पहली बार, जीवन में पहली बार उसे लगा कि कभी-कभी आत्महत्या भी एक विकल्प हो सकती है।

अठारह

शाम को लाल चौक पर एक विराट आमसभा हुई जिसमें राष्ट्रीय नेताओं ने अंतर्राष्ट्रीय स्तर की, प्रांतीय नेताओं ने राष्ट्रीय स्तर की और स्थानीय नेताओं ने सब तरह की चिंताएँ प्रकट कीं। दुनिया के मजदूरों को एक बार फिर एक होने के लिए ललकारा गया, पुचकारा गया। प्रशासन और पूँजीपतियों को आगाह किया गया कि मजदूरों का हक किसी को मारने नहीं दिया जाएगा। मजदूर अपने अधिकारों के लिए संघर्ष करेंगे और जरूरी हुआ तो उसके लिए जान की बाजी भी लगा देंगे। मजदूरों का हौसला बुलंद था। जनता भी उनके साथ थी। और प्रस्तुत प्रश्न पर तो लगता था कि प्रशासन भी उनके साथ है। कॉमरेड लक्ष्मण माधव ने उस सभा में ऐलान किया कि वह फर्जी हाउसिंग सोसायटी का रजिस्ट्रेशन रद्द करवाने और दूकानों के आबंटन की कार्रवाई शुरू करने के लिए प्रशासन को तीन रोज का समय दे रहे हैं। यदि तीन रोज में कुछ नहीं हुआ तो चौथे रोज वह जिलाधीश कार्यालय के सामने अपने कुछ साथियों के साथ आमरण अनशन पर बैठेंगे। इस पर खूब तालियाँ बजीं और नारे लगे। श्रोताओं का उत्साह देखने लायक था।

लेकिन अगली सुबह उस कस्बे के लोगों ने एक विचित्र दृश्य देखा।

महाराज के नोहरे की दीवार गिरा दी गई थी। सारी जमीन के झाड़-झंखाड़ को साफ कर डाला गया था और चूने की मोटी लकीरें खींचकर प्लॉट भी काट दिए गए थे। दीवार इतनी सफाई से गिराई गई थी मानो वह वहाँ कभी थी ही नहीं। उसका मलबा तक कहीं नजर नहीं आता था। उस जमीन को मिट्टी डालकर अच्छी तरह पाट दिया गया था, जहाँ दीवार की जड़ें थीं। सारा नोहरा जो कल तक ऊँची घास, कँटीली झाड़ियों, कूड़ा-करकट और साँप-बिच्छुओं के कारण अच्छी तरह नजर भी नहीं आ रहा था, मानो बुलडोजर या टेरेक्स चलाकर सफाचट मैदान बना दिया गया था।

और उस सद्यःजात मैदान में एक पानी का टैंकर खड़ा था, और उस टैंकर से टेंट हाउस की बाल्टियों में पानी भर-भरकर दस-बारह औरतें सीतला माता के जीर्ण मंदिर को नई झाडुओं से रगड़-रगड़कर धो रही थीं। दो मजदूर मंदिर की पुश्त पर चूने से पुताई कर रहे थे। और वहीं कहीं लाउडस्पीकर पर आरती बज रही थी—ओऽऽ म् ··· जय जगदीश हरे !!

सड़क के पास एक नया-नया पुता बोर्ड लगा था—'नंदन कानन।'

दूसरे दिन कस्बे में सनसनी थी। जाने कहाँ से ढेरों मैले-कुचैले लोग अपनी टुटही साइकिलों पर दो-दो, तीन-तीन बैठकर कस्बे में आ गए थे, और सारी साइकिलें काँकरिया की तरफ भाग रही थीं। और काँकरिया का मुख्यद्वार, जो हमेशा खुला रहता है—तब भी जब कपास का मौसम नहीं होता और फैक्ट्री नहीं चल रही होती—आज बंद था। और वहाँ एक मूँछोंवाला चौकीदार बंदूक लिए खड़ा था। और उसने अपने गले में एक कारतूसों का पट्टा भी पहन रखा था।

मुख्यद्वार के इधर ढेरों साइकिलें थीं। और भीतर ढेरों आदमी। भीड़ की भीड़। कई साइकिलों पर कपड़े के छोटे-छोटे लाल झंडे लगे हुए थे।

यूनियन ऑफिस के सामने दो खटारा जीपें खड़ी थीं।

कुछ ठेलेवाले भी आ गए थे। बीड़ी-सिगरेट। चना-मूँगफली।

मुख्यद्वार के बाहर एक पेड़ की छाँव में पुलिस के दो-तीन सिपाही लाठी लिए खड़े थे। खिसियाते-से। अपनी-अपनी टोपी सिर पर पीछे की तरफ सरकाए।

आखिर कॉमरेड लक्ष्मण माधव ऑफिस से बाहर निकले अपने साथियों के साथ और जीप में बैठ गए। दोनों जीपें ठसाठस भर गईं। लोग बाहर निकलने लगे। कुछ पैदलवाले सँकरे रास्ते से, बाकी दरवाजे पर चढ़कर इस तरफ कूदकर। तब तक जीपें घूमकर दरवाजे तक आ गईं। उन्हें बाहर निकालने के लिए चौकीदार को दरवाजा खोलना पड़ा। फिर सब बाहर निकले और अपनी-अपनी साइकिलें उठाकर कोलाहल करते जीपों के पीछे भाग लिए। सबसे पीछे तीनों पुलिसवाले। चौकीदार बैठ गया।

मजदूरों ने तय किया था कि जब उन्हें आबंटित की जानेवाली जमीन पर सेठों ने अनधिकृत कब्जा जमाने की मुहिम शुरू कर ही दी है तो अब यही रास्ता बचा है कि इससे पहले कि वह निर्माण भी शुरू कर दें जोकि बाद में नियमित हो जाए, हमें खुद जाकर अपनी जमीन पर कब्जा कर लेना चाहिए।

यह कोई जुलूस नहीं था, इसमें कोई नारा नहीं था, कोई प्रकट आक्रामकता नहीं थी, न गर्हित उल्लास। बस, सबको जैसे किसी एक काम पर जाना था, और सब एक काम पर जा रहे थे। लेकिन इतनी सारी साइकिलों का एकसाथ एक दिशा

में भागे जाना किसी भी रास्ता चलते को ठिठका देने के लिए काफी था। इसलिए इनके पहुँचने के साथ-साथ वहाँ कस्बे के कई सारे ठलुए ही नहीं, कामधंधे से लगे लोग भी कामधंधा छोड़कर पहुँच गए। कई तो पहले से ही वहाँ थे। तमाशाइयों का अच्छा-खासा हुजूम था। शायद वे कोई खूनी संघर्ष या बर्बर गोलीकांड देखने की तमन्ना मन में सँजोए आए थे। कइयों को सहज उत्सुकता ही खींच लाई थी। वे आपस में चहमगोइयाँ और कयास आराइयाँ कर रहे थे।

जीपों के पहुँचते ही आरती बंद हो गई। मंदिर की सफाई करनेवाली औरतें सहमकर एक तरफ दुबक गईं। पुताईवाले पुताई छोड़कर एक तरफ उकड़ूँ बैठ गए और बीड़ियाँ पीने लगे।

देखते-देखते एक पेड़ की छाँव में एक जाजम बिछा दी गई और उस पर कॉमरेड अपने कुछ साथियों के साथ चौकड़ी मारकर बैठ गए। बीस-पच्चीस लोग आसपास। बाकी लोग घूम-घूमकर मंदिर और नोहरे की समतल जमीन देखने लगे। सामने की कॉलोनी की बालकनियों-छज्जों, खिड़कियों, झरोखों से महिलाएँ देख रही थीं कि अब ये क्या हो रहा है ? पीछे-पीछे स्कूटर पर एक-दो पत्रकार भी आ गए और कॉमरेड से सवाल-जवाब करने लगे। इसी बीच एक-दो लड़के टेपफीते से नापकर जमीन पर निशान लगाने लगे। पीछे-पीछे कुछ सब्बलें-गेंतियाँ भी आ गईं। दो ठेले भी आ गए जिन पर बाँस-बल्लियाँ लदी हुई थीं। लोग जा रहे थे और आ रहे थे। सामान मँगा रहे थे और सामान ला रहे थे। जिसका जहाँ से जैसा सुभीता हुआ। ऐसा लग रहा था जैसे आज रात से यहाँ गाँव का कोई मेला लगनेवाला है और उसके लिए हलवाई-मणिहार, लखारे-चूड़ीगर और खिलौनेवाले अपनी-अपनी दूकानें लगा रहे हैं।

कुछ लोगों ने चार बल्लियाँ गाड़कर कॉमरेड की जाजम पर भी एक चँदोवा तान दिया। पीछे एक पर्दा तान दिया। एक पेंटर दो-चार बैनर लिखकर ले आया था। कुछ पुराने बैनर भी थे। एक कॉमरेड यूनियन ऑफिस से एक बड़ा-सा लाल झंडा ले आए थे जिसे एक बड़े-से बाँस पर लगाकर खड़ा कर दिया गया।

तीन-चार लोगों ने 'नंदन कानन' वाला बोर्ड उखाड़कर एक तरफ फेंक दिया।

कुछ झगड़ा-फसाद न होता देख कई तमाशाई ऊबकर चले गए। लेकिन उनकी जगह नए आ गए। आते रहे, जाते रहे। जैसे बाढ़ देखने या टूटा पुल देखने या जली हुई झुग्गियाँ देखने।

जीपें सरटि से चक्कर लगाती रहीं। पुलिस की, प्रशासन की और व्यापारियों की।

एक कॉमरेड कहीं से एक चाय की छोटी-सी टंकी और एक बाल्टी में दस-बीस

कप ले आए। जो टैंकर मंदिर की धुलाई के लिए मँगवाया गया था, पता नहीं किसके द्वारा, उसी टैंकर के पानी से कप धुले। उसी से सबने पानी पिया, उसी से अपनी-अपनी निर्माणाधीन दूकानों की जमीन पर छिड़काव करवाया, मिट्टी को ठोक-ठोककर जमाया ···। टैंकर का ड्राइवर कइयों का दोस्त हो गया। उसे भी चाय पिलवाई गई। यहाँ तक कि मंदिर की पुताई करनेवालों और सफाई करनेवालियों को भी, जो समझ नहीं पा रहे थे कि अब हम क्या करें ? टैंकरवाले ने टैंकर पास में लाकर खड़ा कर दिया ताकि लोगों को पानी के लिए बार-बार इतनी दूर नहीं जाना पड़े।

कॉमरेड को दम मारने की फुरसत नहीं थी। वह चिट्ठियों पर चिट्ठियाँ लिखवाए जा रहे थे। कलेक्टर को सूचित करना आवश्यक था कि वे विरोध-प्रदर्शन के लिए यह कार्रवाई कर रहे हैं, सरकारी या किसी की निजी जमीन पर नाजायज कब्जा जमाने के लिए नहीं। जैसे ही फर्जी कोआपरेटिव सोसायटी का रजिस्ट्रेशन रद्द कर दिया जाएगा, वह और उनके साथी इस जमीन से हट जाएँगे। पुलिस को सूचित करना जरूरी था कि माहौल में तनाव है और इस स्थिति को देखते हुए उनकी और उनके साथियों की सुरक्षा का पूरा बंदोबस्त किया जाए। क्योंकि उनके शांतिपूर्ण प्रदर्शन पर यदि हमला किया गया या विरोध पक्ष द्वारा भड़कानेवाली कार्रवाई की गई तो शांति भंग होने की जवाबदारी उनकी नहीं होगी। नगरपालिका को लिखना था कि ··· एस.डी.ओ. को लिखना था कि ··· स्टेट लीडरशिप को लिखना था कि ··· मुख्यमंत्री को तार भेजना था कि ··· पुलिस मंत्री ··· स्थानीय सांसद ··· स्थानीय विधायक ··· प्रांतीय समाचारपत्र ··· पार्टी दफ्तर, दिल्ली ··· कॉमरेड को बार-बार विनय की याद आ रही थी। उसकी कमी महसूस हो रही थी। इस समय कितनी जरूरत थी उसकी ! तीन बार विनय को बुलाने के लिए आदमी भेजा जा चुका था। लेकिन उसका कुछ अता-पता नहीं चल रहा था। न घर पर था, न दफ्तर में। इससे कॉमरेड की चिंता और बढ़ गई थी। गधापचीसी की उमर है। न लड़का है, न आदमी। बीच की अवस्था है। लौंडिया के पीछे बगैर सोचे-समझे कुछ कर बैठा तो गजब हो जाएगा। खैर इस मंगतराम को तो वह चुटकियों में ठीक कर देंगे। लेकिन वह तो बाद की बात है। विनय विचलित लग रहा था कल। जरा-से पोस्टर से विचलित हो जाना ! अरे हमें देखो यार, क्या-क्या इल्जाम नहीं लगाए गए हम पर ! पर डटे हुए हैं। ··· हो सकता है घर चला गया हो। फोन होता ··· एक्स.ईएन. से पूछें क्या ? पर यह भी तो हो सकता है कि ···

नहीं। बस, यही वह नहीं चाहते थे। वह विनय को बुलाने के लिए किसी को भुवनेश के घर नहीं भेजना चाहते थे। अगर विनय को वहाँ अच्छा लगता है तो विनय वहाँ जरूर जाए। वह उसे वहाँ से नहीं बुलाएँगे। शायद इसमें कुछ तुक भी

नहीं है। भुवनेश डायरेक्टर से मिलने जयपुर गए हुए हैं। और जब भुवनेश यहाँ नहीं होते तो विनय वहाँ जाता भी है तो ज्यादा देर नहीं बैठता, कॉमरेड जानते थे।

एक वकील साहब थे पार्टी के हमदर्द ··· जब भी संघर्ष का अवसर होता, फौरन हाजिर हो जाते थे। लेकिन वह भी साली की शादी के सिलसिले में जोधपुर गए हुए थे। कुछ बैंक कर्मचारी भी थे। यूनियन के लोग। काम जो बताओ कर देते थे। पर जाजम पर आकर नहीं बैठ सकते थे। और वैसे देखा जाए तो भुवनेश भी होते ··· यहीं इसी जाजम पर ··· तो कितना अच्छा होता ! उनका आधा काम कम हो जाता।

भुवनेश के अपने साथ होने का ख्याल कॉमरेड को सिर्फ पल-भर को आया था, लेकिन घटनाएँ जिस तरह घटीं, बाद में कॉमरेड ने कम-से-कम पचास बार सोचा और तड़पकर सोचा कि काश ! तब भुवनेश अपने साथ होते ! वही कर सकते थे। और वही नहीं थे।

एस. एफ. के लड़के दौड़-भाग कर रहे थे। थानेदार आकर आधे घंटे बैठकर कॉमरेड से बातें कर सारी वस्तुस्थिति का जायजा लेकर चला गया था। सी.आई. डी. के दो-तीन जवान सुबह से ही इन लोगों के इर्द-गिर्द थे। बाद में चार-छह सिपाही और आ गए। उनके लिए सड़क के उस पार कहीं से एक टेबल और कुछ कुर्सियाँ आ गईं।

शाम होते-होते वहाँ अच्छा-खासा बाजार जैसा लग गया। ज्यादातर दूकानें बाँस और टाट की ही थीं, लेकिन उनमें से कुछेक ने टीन की पुरानी चादरें खड़ी कर ली थीं या कनात तान लिए थे और लोहे की कुर्सियाँ, भट्टियाँ, बैंच आदि-आदि सामान भी आ गया था। सौभाग्य से चौराहे से कुछ दूर एक सार्वजनिक नल भी था, जिसकी टोंटी कोई खोलकर ले गया था और जो ढलान पर होने के कारण दिन-रात टपकता रहता था। टैंकर के जाने के बाद सब वहीं से पानी लेकर काम चला रहे थे।

दो दूकानें नाइयों की थीं, तीन चाँय के होटल, एक भोजनालय, एक स्टोव, ताला-चाभी, लाइटर आदि ठीक करनेवाला, दो दर्जी, एक मोची, एक घड़ीसाज़, दो किरानेवाले, दो पानवाले और एक पेंटर। कुछ और जिनका अभी पता नहीं कि उनमें क्या बेचा जाएगा।

इतनी दूकानें तो अपना ढबढर्रा जमा चुकी थीं, बाकी की जमीन खाली थी। कुछ लोग डर के मारे जमीन रोकने के अलावा अभी कोई कार्रवाई नहीं करना चाहते थे।

दूकानें हुईं तो उनके नाम भी रखने जरूरी हो गए। कस्बे के ठाठिया सिनेमाघर

के पोस्टर लिखनेवाला पेंटर भी यहीं था। उसकी बोहनी इस तरह हुई कि रेस्टोरेंटवाले ने कॉमरेड से पूछा—कामरेट। अपन का नई दूकान का कोई नाम बताओ। कॉमरेड तो चुप रहे, लेकिन बाकी लोगों ने सुझावों की झड़ी लगा दी। अस्सी प्रतिशत नाम देवी-देवताओंवाले, जो रेस्टोरेंटवाले को जमे ही नहीं। कोई बोला—इंकलाब होटल ! तो बस, सबको एकदम पसंद आ गया। और इस तरह वह इंकलाब होटल हो गया। कुछ ने अपने-अपने बच्चों के, अपनी घरवाली के नाम पर अपनीदूकानों के नाम रखे। एक दर्जी ने तो जिद ठान ली कि उसकी दूकान का नाम तो 'लक्ष्मण माधव टेलरिंग शॉप' ही होगा। बस। बहुत समझाने पर वह इस बात पर राजी हुआ कि चलो, लक्ष्मण टेलर कर देते हैं। कॉमरेड बीच-बीच में समझाते जा रहे थे कि देखो ! अभी कोई जमीन या दूकान किसी की नहीं हुई है। दो-चार रोज में यहाँ से हटना पड़ सकता है, क्यों नाम-शाम कर रहे हो ? लेकिन लोगों का कहना था कि दफ्ती पर मिट्टी के रंगों से ही तो लिख रहे हैं, इसमें हर्ज ही क्या है ? जाएँगे तो साथ में इस 'सैनबोर्ड' को भी ले जाएँगे।

इस तरह वहाँ इंकलाब होटल, मजदूर एकता पान भंडार, गणेश टेलर्स, नया सबेरा पेंटर, गीता बीटल हाउस, इंकबाल हाउस, विष्णु भोजनालय, तूफान किराना भंडार, लक्ष्मण टेलरिंग शॉप, जमाल बीटल हाउस, श्रीदेवी रेस्टोरेंट, सकीना लेदर्स, साँवरिया बूट हाउस आदि-आदि का एक साथ जन्म हो गया। सबने सबको गुड़-चने खिलाए और सबको वहीं आपस में ग्राहक भी मिल गए। गाँव से दूधवाले वहीं दूध ले आए। सड़क की दूसरी तरफ कुछ ठेले भी आ खड़े हुए। कहीं से एक गुब्बारेवाला भी आ गया।

पता नहीं कहाँ से शाम को एक ताँगा आ गया। ताँगे पर एक माइक लगा था, और उससे 'नागरिक भाइयों' के लिए एक खुशखबरी प्रसारित की जा रही थी। 'नागरिक भाइयों' को यह जानकर प्रसन्नता होगी कि परसों फलाँ पंचमी तदनुसार दिनांक इतने को इतने बजे फलाँ चौराहे पर महाराज के नोहरे में स्थित सीतला माता के मंदिर का जीर्णोद्धार संपन्न होगा। इसके लिए हरिद्वार से पूज्यपाद श्री एक हजार आठ स्वामी तीर्थानंदजी ब्रह्मचारी अपने शिष्यों सहित पधार रहे हैं। रेलवे स्टेशन से उनकी शोभायात्रा इतने बजे प्रारंभ होगी और नगर के प्रमुख मार्गों से होती हुई अमुक स्थान पर समाप्त होगी। सभी धर्मप्राण सज्जनों और माताओं-बहनों से प्रार्थना है कि वे शोभायात्रा और मंदिर के जीर्णोद्धार पर आयोजित फलाँ-फलाँ यज्ञ और भजन-कीर्तन आदि कार्यक्रमों में उत्साह के साथ भाग लेकर इस अवसर का लाभ उठाएँ।

यह उद्घोषणा सुनने के बाद वहाँ सन्नाटा छा गया था। शायद उन्हें सुनाने

के लिए ही ताँगे ने वहाँ खड़े होकर दो बार ऐलान दोहराया था। ऐलान करनेवाला पता नहीं कौन था। उसकी बगल में बालचंद नाम का एक लड़का बैठा था जिसका एक हाथ टेढ़ा था और एक आँख खराब थी और जिसके टेढ़े मुँह से हर समय लार टपकती रहती थी। वह एक सेठ का लड़का था और सारा कस्बा जानता था कि अधपगला है। उसका यही काम था कि किसी भी बस, ताँगे, स्कूटर में बैठकर कहीं भी चले जाना, दिन-भर रबड़ते फिरना और रात को घर पहुँच जाना।

ऐलान के बाद जब मजदूरों में सन्नाटा पसर गया तो बालचंद ने किलकारी भरी और माइक के पास मुँह ले जाकर चिल्लाया, "सुन लिया हरामियो ! अब दफा हो जाओ। भागो ! बाप का माल समझ रखा है क्या ? स्वामीजी आवावाला है। हुण्यो के ? भसम कर देंगे सबको।"

बस ! इतना सुनना था कि कुछ लोग भड़क गए और लपके ताँगे की तरफ और कॉमरेड के रोकते-रोकते उन्होंने ताँगे में से बालचंद और ऐलान करनेवाले को खींचकर बाहर निकाल लिया और कॉमरेड पहुँचें-पहुँचें कि उनकी पिटाई कर दी। माइक के तार तोड़ दिए और ऐलान का पर्चा चिंदी-चिंदी करके फेंक दिया। एक थप्पड़ खाते ही बालचन्द सिर पकड़कर जमीन पर बैठ गया और 'अरे बा · · · रेए · · · ' करके चीखकर रोने लगा। किसी की लात पड़ी तो गठरी होकर लुढ़क गया। ताँगेवाले के लिए घोड़े को काबू में रखना मुश्किल हो गया। कॉमरेड एक तरह से डाँटकर अपने उत्तेजित साथियों को खींचते हुए वापस लाए।

इन्होंने—जो उत्तेजित हो गए—यह तक नहीं सोचा कि बालचंद है कौन ? और उसके बोलने से होता क्या है ?

और यह तो कॉमरेड भी नहीं सोच पाए कि एक अधपगले को माइक पर यह सब बोलने क्यों दिया गया ? और यह तो वहाँ उपस्थित लोगों में से कोई भी नहीं सोच सकता था कि यह सब कहने के लिए बालचंद को सिखा-पढ़ाकर जानबूझकर झगड़ा करवाने के लिए ताँगे में भेजा जा सकता था ! यहाँ यह सब · · · और इसका असर न हो तो · · · और भी बहुत कुछ कहने के लिए।

दिन में करीब दो बजे वकील रामेश्वरलाल आ गए—"कॉमरेडजी, हें हें · · · ये तो क्या कहते हैं इललीगल जैसा नहीं हो गया है क्या ? आप तो क्या कहते हैं कि इतने तपे हुए आदमी हैं, आपसे तो ऐसी आशा नहीं थी, हें हें · · · लीजिए, पान खाइए · · · क्योंकि लीगल पोजीशन तो ये है कि · · · खैर मेरा फर्ज था बताना · · · बाकी सोमतमलजी की नहीं कह रहा। महंतदासजी की कह रहा हूँ, व्यापार संघवाले, हाँ जी। उन्होंने 'स्टे' ले लिया है कॉमरेडजी ! जैन साहब मुंसिफ के कोर्ट से। मैं भी वहीं तो था कॉमरेडजी। अब जब तक अदालत फैसला नहीं

देती, न सोसायटीवाले कुछ कर सकते हैं, न नगरपालिका दूकानों के लिए आबंटन कर सकती है। हें हें, कामरेडजी, शांति भंग होने की आशंका हो तो आप तो जानते हैं कि असल लड़ाई तो दिमाग की ही होती है ··· तम्बाखू चलेगा ?"

कोई घंटे भर बाद डीवाय.एस.पी. साहब भी आकर यही खबर सुना गए कि चूँकि स्टे हो गया है इसलिए कॉमरेड को एजीटेशन वापस ले लेना चाहिए। वैसे भी चूँकि नगर में तनाव है ··· आदि-आदि।

फिर चार-पाँच व्यापारी आए एक कार में बैठकर—"थें भी कई यार कामरेड! मंदिर रो सवाल है। थने चाइजै तौ घणी जमीन पड़ी है। जित्ती मर्जी आए दूकान बणाऔ! ना कुण दै ? पण यार! ये तो सफा बचपणौ है! नगरपालिका से अबी के अबी ओडर करवा दें बोलो तो। कालेज रोड की तरप, स्टेशन की तरप, जिधर तुम बोलो। पर ये तो जासती है यार, आखिर हमारा मंदिर है यहाँ पे!"

फिर कुछ सरकारी महकमों की यूनियनवाले—"कोई भी काम हो तो बताना कॉमरेड। हम हैं आपके साथ। शाम को सभा भी करवा लीजिए यहीं पर। जनता को पता तो चलना चाहिए कि क्यों हमें यह कदम उठाना पड़ा। खाने की क्या व्यवस्था है ? चंदा करें क्या हम लोग ?"

रात को चारों तरफ अँधेरा हो गया। झींगुर बोलने लगे। दो-चार गैस के हंडे दूकानों में जल रहे थे। कहीं-कहीं मोमबत्तियाँ। भोजनालयवाले ने साग-पूड़ी बनाई जो बनते-बनते ही खत्म हो गई। सुबह से जो लोग यहीं थे, वे इधर-उधर घूम-फिर आए, खा-पी आए। एक-दो ने दूकानों के आगे टाट का परदा जड़ दिया, बाकी अपने सोने का जुगाड़ भी वहीं करने में लगे। गाँवों से आए लोग लौट गए। कुल मिलाकर सिर्फ तीस-चालीस लोग रह गए। कॉमरेड से सबने कहा, "सुबह से बैठे हैं, थोड़ा घूम-फिर आएँ।" लेकिन वह कहीं नहीं गए। वहीं हरेक की दूकान का, इधर-उधर का चक्कर लगाते रहे और वापस जाजम पर आ जमे। उनके साथ दस-एक लोग और थे। रजाइयाँ मँगा ली गईं। दिन हालाँकि धूल उड़ा रहे थे, लेकिन देर रात खुले में सर्दी हो जाती थी।

शाम को कई सारी महिलाएँ भी आईं। काँकरिया के कई सारे मजदूर और अन्य हमदर्द नागरिक भी। एक चक्कर लगाने कांग्रेस के ऊखचंदजी भी। स्थानीय विधायक जयपुर गया हुआ था। पता चला कल आ रहा है। वैसे वह इतना भोंदू था कि उसके आने-न आने से भी कोई फर्क नहीं पड़ता था।

कॉमरेड कुद्दूस दिन भर टेलीफोन एक्सचेंज में बैठे रहे थे। शाम को आए तो कॉमरेड को लेकर मंदिर की तरफ निकल गए। दोनों टहलते रहे और चर्चा करते रहे। खबर अच्छी नहीं थी। पार्टी नेतृत्व कॉमरेड लक्ष्मण माधव की कार्रवाई से

खुश नहीं था। पार्टी ने देशभर में अपनी इकाइयों को सांप्रदायिक एकता पखवाड़ा मनाने का कार्यक्रम दे रखा था। पंजाब के बारे में जनता को शिक्षित करने को कहा गया था। उस बारे में तो लक्ष्मण माधव ने कुछ नहीं किया, और एक स्थानीय इशू को इतना ज्यादा महत्वपूर्ण मान लिया। पार्टी कॉमरेड कटारिया को भी दोषी समझ रही थी कि उन्हीं के उकसावे पर कॉमरेड लक्ष्मण माधव यह सारा नाटक कर रहे हैं।

शाम तक कॉमरेड चुस्त-चौबंद थे। कॉमरेड कुद्दूस के जाते ही उन्हें थकान ने निढाल कर दिया। उन्हें रामअवतार याद आया। रामअवतार केसर-कस्तूरी की बोतल और नमकीन ले आया। दोनों मंदिर के पीछे चले गए और पीने लगे।

बड़ी सुगमता से इस सारी घटना को सांप्रदायिक रंग दे दिया गया।

दूसरे दिन गांधी चौक में एक जनसभा हुई जिसमें जनता को बताया गया कि मुख्य प्रश्न जमीन का नहीं, धर्म का है। जमीन तो नगरपालिका को देनी ही है। वह कहीं भी देने को तैयार है। लेकिन इन्हें जमीन चाहिए ही नहीं। ये तो मंदिर का जीर्णोद्धार रोकना चाहते हैं। वरना ऐलान करनेवाले ताँगे पर एक संप्रदाय-विशेष के लोग हमला क्यों करते ? माइक तोड़ दिया, कागज-पत्तर तक फाड़ दिए। यहाँ तक कि एक बेचारे मानसिक रोगी को भी नहीं बख्शा ! क्यों ? क्योंकि वह हिंदू था। यह कानून का मखौल बनाना नहीं तो और क्या है ?

सभा में अत्यंत उत्तेजक भाषण दिए गए और एक संप्रदाय-विशेष की जन्मजात कट्टरता, बर्बरता और अमानुषिकता को सिद्ध करने के लिए प्रमाण के रूप में पट्टियों में बँधे रोते हुए बालचंद को सशरीर पेश किया गया। हालाँकि उसे कुछ बोलने नहीं दिया गया।

उसी रात बड़े रहस्यमय तरीके से हाजी करीम अली की रंग और रस्सियों की दूकान में आग लग गई। फायर ब्रिगेड तो वहाँ कहाँ से होता, बीस बार फोन करने पर भी जलदाय विभाग ने नल तक चालू नहीं किया।

सारे कस्बे में बात फैल गई कि बंबई से कुछ छँटे हुए गुंडों को बुलवाया जा रहा है—'इन साले कटवों का पक्का इंतजाम करने।'

अगले दिन सुबह साइकिलों पर देहातों से आनेवाले कॉमरेडों की संख्या कल से ज्यादा थी। ढाई घंटे मीटिंग चली। माइक लगाना पड़ा। कॉमरेड का स्वर संतुलित था। "हम मारपीट, मुकदमेबाजी करने नहीं आए। हमें मंदिर से कोई विरोध नहीं है। गरीब को रोजगार चाहिए। दूकान लगाने को जगह चाहिए। फर्जी कोऑपरेटिव

सोसायटी का रजिस्ट्रेशन रद्द कर दो, हम अभी यहाँ से चले जाएँगे। लेकिन होश में रहें पूँजीपति ! अगर हम पर गुंडों से हमला करवाया गया तो हम भी पीठ दिखाकर नहीं भागेंगे ! अपनी तरफ से आगे होकर हिंसा नहीं होगी। इस बात का हम सबको ध्यान रखना है। कोई भद्दी बात हमारी तरफ से नहीं होनी चाहिए। भड़कावे में नहीं आना है। लेकिन कायरों की तरह डरकर भागना भी नहीं है। ईंट फेंके कोई, तो उसका जवाब पत्थर से देना है।"

खूब नारे लगे।

प्रशासन चुस्त हो गया। जीपें चक्कर काटने लगीं। एस.पी. का बुलावा आया। कॉमरेड नहीं गए। सड़क पार सी.आर.पी. की पूरी कंपनी आकर खड़ी हो गई। उधर एक तंबू लग गया। वायरलैस सैट भी। दिन-भर समझौता-वार्ताओं के शुष्क प्रसंग चलते रहे।

तीसरे दिन सुबह स्थानीय दो पृष्ठों का अखबार एक अजीबोगरीब खबर लेकर निकला। उसका मजमून सनसनीखेज और हैरतअंगेज था—

"कॉमरेड लक्ष्मण माधव कौन है ?
हिन्दू है या मुसलमान ?
या पाकिस्तान का जासूस ?"

जाहिर हैं यह एक भयानक रूप से भड़कानेवाली बात थी। कस्बे के लोगों में छपे हुए शब्दों के प्रति एक सहज विश्वास था जो कि अभी तक पूरी तरह टूटा नहीं था। इस चौबीस पॉइंट के मोटे शीर्षक के नीचे एक फोटो छपी थी जिसमें कॉमरेड लक्ष्मण माधव किसी शेख से, शायद यासर अराफ़ात से, हाथ मिला रहे थे। फोटो बहुत पुराना था और शायद किसी पुराने अखबार से लिया गया था। फोटो के नीचे कोई उपशीर्षक नहीं था। फिर बारह पॉइंट के घिसे हुए टाइप में ऊपर के भड़काऊ शीर्षक का खुलासा था। "आज कस्बे में हर किसी की जिह्वा पर यह प्रश्न है कि कॉमरेड लक्ष्मण माधव नामक यह व्यक्ति असल में है कौन ? कुछ कहते हैं कि वह हिंदू है, तो कुछ कहते हैं कि मुसलमान। लक्ष्मण माधव मुसलमानों की बस्ती में रहते हैं और वहाँ उनके मित्रों की भी कमी नहीं। उनके अतीत के बारे में निश्चयपूर्वक कुछ नहीं कहा जा सकता। कोई कुछ नहीं जानता। यहाँ तक सुनने में आया है कि कॉमरेड लक्ष्मण माधव के छद्म वेष में यह कोई पाकिस्तानी जासूस है। सत्य क्या है सिर्फ ईश्वर जानता है। हम किसी पर कोई आपेक्ष नहीं लगाना चाहते, किंतु परिस्थिति की माँग है कि कॉमरेड अपनी संदिग्ध स्थिति को

स्पष्ट करें और तत्काल करें। और नगर के अपने हजारों प्रशंसकों के मन में उठ रहे संदेहों का निवारण करें। एक अपुष्ट सूत्र से पता चला है कि मुसलमान भाइयों को भी · · ·।"

इतना सब कौन पढ़ता है !

कॉमरेड के सारे साथी जबर्दस्त उत्तेजना में थे। उनके मुँह से गालियाँ थूक की तरह उछल रही थीं। कॉमरेड की आधी शक्ति अपने साथियों को शांत रखने में खर्च हो रही थी। किसी ने सलाह दी कि ऐसे कोई नहीं सुनेगा। एक-एक से सिर मारने की बजाय जो बोलना है, माइक पर बोलो ! इसी बीच कुछ लोगों का दल बन गया जिसने निर्णय भी ले लिया कि अखबार के दफ्तर को अभी चलकर आग लगा दी जाए और संपादक को पीटा जाए। और वे रवाना भी हो गए। तब कॉमरेड को माइक सम्हालना पड़ा। उन्होंने जाते हुए गरम लोगों को बात सुनकर जाने को कहकर किसी तरह बुलाया और बैठाया। कॉमरेड ने सबके बैठ जाने के बाद अपने सधे हुए सुर में बोलना शुरू किया, "आप लोगों को जीतना है कि हारना ? आप क्यों उनकी चाल में फँस रहे हैं ? वे सदियों से इसी तरह आपको हराते आ रहे हैं। आप दिमाग क्यों नहीं लगाते थोड़ा ? हम जानते हैं कि यह क्यों करवाया जा रहा है इस टाइम ! और हम ये भी जानते हैं कि ये सब कौन करवा रहा है !"

अचानक श्रोताओं में से कोई बोला, "कौन करवा रहा है ? नाम बताओ, हम उसके घर में आग लगा देंगे।" आजू-बाजूवालों ने बोलनेवाले को घूरकर देखा। ये कौन है ? पहले तो कभी नहीं देखा इस कॉमरेड को ! नया लगता है। उन्होंने उसे डपटकर चुप करा दिया। कॉमरेड बगैर रुके बोलते रहे, "हम जानते हैं कौन करवा रहा है ! और हम ये भी अच्छी तरह जानते हैं कि उससे कैसे निपटना है, लेकिन इस टाइम अपन को सोचना ये है कि वे ऐसा क्यों कर रहे हैं ? आपको भड़काने के लिए। लोगों को बताने के लिए कि ये लोग गुंडे हैं करके। मारपीट करते हैं करके। आप और पुलिस आपस में भिड़ो और वो लोग आराम से तमाशा देखें।"

"इंकिलाब !!" वही नया चेहरा आसमान में मुट्ठी उछालकर चीखा।

"ज़िंदाबाद !" एक यांत्रिक तरीके से सबके मुँह से निकल पड़ा।

दो-तीन बार वह इंकिलाब बोला और फिर इंकिलाब की जगह 'कॉमरेड लक्ष्मण माधव' बोलने लगा। इस पर भी जिंदाबाद हुई। कुतूहलपूर्ण ! क्योंकि यह नारा पहले कभी किसी ने नहीं लगवाया था।

कॉमरेड बोलते रहे, "अब मसला लक्ष्मण माधव का उठाया जा रहा है। पूछा जा रहा है कि वो कौन है ? हिंदू है कि मुसलमान ! कॉमरेड्स ! सवाल कोई पूछे

तो उसको जवाब देना चाहिए। जवाब नहीं दोगे तो वो सोचेंगे इनके पास जवाब नहीं है करके। मेरे पास जवाब है। हमें नाराज होने की भी जरूरत नहीं है। एक टाइम था जब इन्होंने मुझे चोर बोला था। पुलिस लॉकअप में बंद कराया था। और भी गंदी-गंदी बात मेरे बारे में बोली थी। तुम किसी के पाँव के नीचे की जमीन खींचोगे तो वो तो बोलेगा ही। इन जैसे लोगों ने लेनिन को भी डाकू बोला था, तो फिर मैं तो क्या चीज हूँ। पर आज सवाल दूसरा है। और उसका हमारे पास जवाब है। और उनके भी आदमी हैं इधर जो अभी उनको जाके बताएँगे कि कॉमरेड क्या बोला ! इसलिए आज मैं उनको भी जवाब देता हूँ। लेकिन एक बात जान लीजिए आप लोग। वो अगर ये चाहते हैं कि कॉमरेड बोलेगा कि मैं हिंदू हूँ या कि मैं मुसलमान हूँ, तो इसमें वो कामयाब नहीं होनेवाले। मैं मजदूर हूँ और मजदूर का धरम होता है मेहनत। उसका भगवान होता है उसके ये दो हाथ । और उसका मंदिर-मस्जिद होता है वो जगह जहाँ वह काम करता है। उसका ईमान होता है उसकी रोजी और उसकी किताब होती है इनसानियत। बस !"

तालियाँ बजीं।

उस आदमी ने फिर नारे लगवाए। इस बार—इंकिलाब के साथ ही 'जो हमसे टकराएगा' भी।

"··· बहुत अफसोस की बात है।" कॉमरेड थोड़ा रुककर बोले, "हमारे लिए बहुत अफसोस की बात है।" श्रोताओं में सन्नाटा छा गया। बातचीत के लहजे में कॉमरेड आगे बोले, "हमारे कुछ मुसलमान भाई आज सुबह मेरे को एक तरफ ले जाकर बोले कि कॉमरेड, हमारी वजह से इतना तोफान हो रहा है तो हम चले जाते हैं। हमारा क्या है, कहीं और दूकान लगा लेंगे। अपनी दूकान नहीं भी होगी तो हाथ तो हैं। मजूरी करेंगे और मस्त रहेंगे। हमारी वजह से सारे लोगों का काम बिगड़ रहा है। ···"

अचानक कॉमरेड की आवाज एकदम ऊँची हो गई—"अरे लानत है ! लानत ! धिक्कार है ! धिक्कार है हम पर जो आज हमारे कुछ साथी ऐसा सोचने लगे। और ये उनके लिए भी डूब मरने की बात है जो खुद को मुसलमान कहते हैं। मानते हैं कि ये सारी जमीन अल्लाताला ने बनाई। अल्लाताला ने बनाई तो भागते क्यों हो ? क्या ये मुल्क तुम्हारा नहीं है ? ये मुल्क किसी के बाप की जागीर नहीं है। ये हम सबका है। हिंदू का, मुसलमान का, सिख का, सबका। इसलिए भागो मत। डरो मत! अपने हक के लिए लड़ो।"

कॉमरेड उत्तेजना के मारे काँपने लगे थे।

"··· मैं मुसलमान हूँ तो क्या मारोगे मुझे ? तुम्हारे टुकड़ों पर पलता हूँ

क्या ? जवाब दो साथियो। इनसान को इस तरह टुकड़ों में बाँटनेवालों को मुँहतोड़ जवाब दो। और आज मेरा यही जवाब है कि ··· "

"इंकिलाब ! !" फिर वही आदमी अकेला चीखा।

कॉमरेड ने उसे घूरकर देखा। बस इतना काफी था। आजू-बाजूवालों ने उसे झिंझोड़ दिया। उसके कपड़े फाड़ दिए, बाल नोच लिए और उसे मार-मारकर, धक्का दे-देकर सड़क पर हकाल दिया। मजमा बिखर चुका था। कॉमरेड बैठ चुके थे। कोई और कॉमरेड सबसे शांति बनाए रखने की अपील कर रहे थे।

इसी कोलाहल के बीच कॉमरेड कुद्दूस ने आकर कॉमरेड लक्ष्मण माधव के कान में कहा, "जयपुर से फोन आया है। लीडरशिप ने सी.एम. से बात की है। वे चाहते हैं हम अपना यह आंदोलन इसी वक्त, बिना शर्त वापस ले लें। ··· वरना हमारे खिलाफ अनुशासन की कार्रवाई की जाएगी।"

उन्नीस

शुरुआत उन छोकरों ने की थी जो धोती और भगवे कुर्ते पहने जुलूस के आगे-आगे चल रहे थे। भगवे झंडे लेकर।

कॉमरेड को एक गुप्तचर सारी उपलब्ध सूचना देता रहता था। उसने कल ही बता दिया था कि झगड़े की पूरी आशंका है। भाड़े के गुंडे साधुओं के भेस में होंगे और वे ही मारपीट करेंगे किसी-न-किसी बहाने से। कॉमरेड ने सावधान कर दिया था अपने सारे साथियों को कि किसी भी हालत में मारपीट की शुरुआत नहीं करनी है। आज पहले दो दिनों की अपेक्षा दुगुने साथी साइकिल-बसों से आए थे। रेल से भी। गाँव से आनेवाले सारे लोगों के सिरों पर आज साफे थे। पैरों में चप्पल नहीं, चमरौधे। मूँछों पर बट और हाथों में तेल-पिए लट्ठ। पुलिस भी सतर्क थी। डीवाय.एस.पी. निरंतर चक्कर लगा रहा था। सी.आर.पी. के जवान हेलमेट और बेंतों की बड़ी-बड़ी ढालें लिए सुबह से कतारबद्ध खड़े थे।

लेकिन जब स्टेशन से अग्रवाल धर्मशाला तक की शोभायात्रा शांतिपूर्वक और निर्विघ्न निकल गई तो कॉमरेड का तनाव भी कुछ कम हो गया। उन्हें नहीं मालूम था कि कुछ ही देर में यहाँ क्या होनेवाला है ?

आगे-आगे दस-बारह ध्वजधारी थे। उनके पीछे दो सजे-धजे घोड़े। उनके पीछे बैंड और बैंड के पीछे साधुओं का एक जत्था जिनके हाथों में बड़े-बड़े त्रिशूल थे। और उनके पीछे एक खुली जीप पर निर्मित रथ में स्वामी तीर्थानंद—चश्मा पहने, आशीर्वाद की मुद्रा में हाथ उठाए एक बूढ़ा निस्तेज आदमी। रथ पर सवार अनेक सेठ और सेठपुत्र। इसके पीछे घंटे-घड़ियाल, शंख-तुरही, नगाड़े-ढोल बजाते भक्तजनों की भारी भीड़ और अंत में औरतें। सजी-धजीं। बड़े-बड़े घूँघट निकाले हुए। गीत गाती हुईं। उधर के माइक पर भजन। इधर के माइक पर नारे।

ध्वजधारी ने किसी को परे हटने के लिए कहा। उसकी छाया रास्ते पर पड़ रही

थी, लेकिन वह मुसलमान नहीं था। वह हट भी गया। लेकिन दो-चार इधर से दौड़े, दो-चार उधर से—'क्या हुआ क्या हुआ, क्या बात है क्या बात है' करते। और बस इसी समय उनके गुंडों ने दूकानों के बाँस उखाड़ना और सामान फेंकना शुरू कर दिया। और इस-उस चीज पर लाठियाँ बरसाना शुरू कर दिया। किसी ने रोका तो पहले उसे धक्का दिया, फिर लाठी से मारा। वह गिर पड़ा। इस पर भगदड़ मच गई और दोनों तरफ से लाठियाँ चलने लगीं। भीड़ में से कई पीछे की तरफ भागने की कोशिश में गिरे और धक्कामुक्की के माहौल में कई आपस में गुत्थमगुत्था हो गए। औरतें चीखने-चिल्लाने लगीं। पुलिस के दो-चार जवान भीड़ को चीरकर आगे बढ़ने की कोशिश करने लगे। उधर से माइक पर भजन के साथ ही लोगों का शोरगुल भी द्विगुणित होकर बजने लगा। लाठियों के साथ-साथ त्रिशूल भी चमकने लगे। धाड़-ताड़, धाड़-ताड़ की आवाजें गूँजने लगीं। चीखों-गालियों और पुकारों-ललकारों के बीच में कुछ भी सुनना-कहना मुश्किल हो गया। एक आदमी सिर पकड़े भीड़ से बाहर निकला। उसका सिर फट गया था। सारा चेहरा और कपड़े खून से तरबतर हो रहे थे। दूकानें ध्वस्त हो चुकी थीं। चारों तरफ धूल उड़ रही थी।

पुलिस तमाशा देख रही थी।

कॉमरेड को पंद्रह-बीस आदमियों ने हाथ में हाथ बाँधकर एक घेरा बना उसके भीतर घेर रखा था। कॉमरेड अपने ही आदमियों से गुत्थमगुत्था हो रहे थे कि वे उन्हें छोड़ें तो वह खूनखराबा रोकने के लिए कुछ करें। गिरते-पड़ते, पीटते-पिटते, चीखते-चिल्लाते, भागते-उछलते, बचते-कूदते, धक्के खाते-गलियाते लोगों की भीड़ में कई साथी गिरे और अपने ही लहू की कीचड़ में लोटने लगे।

अचानक भीड़ में लाठियाँ घुमाते पाँच-छह खूँखार जख्मी आदमी कॉमरेड के घेरे की तरफ बढ़े। यहाँ भी लाठियाँ थीं। लेकिन उनकी तरह व्यावसायिक रूप से दक्ष नहीं। घेरा टूट गया और उन्होंने कॉमरेड को घेरकर ललकारा। ललकार एक गंदी और वीभत्स गाली थी।

इसी समय जैसे जादू से कहीं से एक लड़का भागता हुआ आया और कॉमरेड से कसकर लिपट गया और कॉमरेड छूटने की कोशिश करें-करें कि उसने कॉमरेड को धक्का देकर जमीन पर गिरा दिया और उनके ऊपर लेटकर अपने बदन से कॉमरेड का पूरा बदन ढक उनसे चिपट गया। उस पर लाठियाँ तड़ातड़ पड़ रही थीं और वह बिलबिलाकर चीख रहा था और रो रहा था। उसके मुँह से बीच-बीच में फुसफुसाहट निकल रही थी 'कॉमरेड ! कॉमरेड।' और कॉमरेड फेफड़ों की पूरी ताकत लगाकर चीख रहे थे—'विनय छोड़ो। छोड़ो विनय !' फिर वह बेहोश हो गया। सबकुछ एक गहरे यातनामय अंधकार में डूब गया।

बीस

महात्मा गांधी अस्पताल, जोधपुर, के जनरल वार्ड में बैड नंबर पच्चीस पर पट्टियों में बँधा विनय बेसुध पड़ा था। उसका चेहरा सूजा हुआ था और हाथ-पाँव प्लास्टर में जकड़े हुए थे। चेहरे पर झाँकते हुए बाल काट दिए गए थे। सिर पर पट्टियाँ बँधी हुई थीं। नाक में ऑक्सीजन की नली टेप से चिपकी हुई थी। सूजे हुए होंठ किसी मरी हुई मछली की तरह खुले हुए थे जिनमें से एक मनहूस आवाज के साथ हवा भीतर जाती थी और बाहर आती थी। छाती पर बँधी पट्टियाँ जगह-जगह से लाल हो रही थीं। एक बाजू में ग्लूकोस की सूई खुँसी हुई थी, दूसरी में खून की।

हैड इंजरी थी। खोपड़ी की हड्डी बुरी तरह टूट गई थी। हड्डी के कुछ टुकड़े भीतर धँस गए थे। कानों में रुई लगी थी। संभवतः भीतर रक्तस्राव भी जारी था। बचने की उम्मीद बहुत कम थी। बीच-बीच में होश-जैसा कुछ आता तो एक अस्फुट-सी कराह सुनाई दे जाती। कभी कहता ऋचा, कभी डबलू।

जो अंतिम दृश्य विनय की आँखों ने देखा वह यह था कि उसके पलँग के एक तरफ भुवनेश खड़े हैं और दूसरी तरफ प्लास्टर में बँधा हाथ स्लिंग में टाँगे कॉमरेड ··· और दोनों उसका हौसला बढ़ाने की भावना से झीना-सा मुस्करा रहे हैं ··· और सामने दूर खड़ा कोई रो रहा है ··· शायद बाउजी। विनय के चेहरे पर कोई भाव नहीं आया। लेकिन उसके होंठ थरथराए। मानो कुछ कहना चाहता हो। भुवनेश और कॉमरेड दोनों ने कान लगाकर सुनने की कोशिश की। ··· लेकिन अब वहाँ एक अव्यक्त पीड़ा की काली परछाईं के सिवाय कुछ नहीं था। उसने 'ना' के अन्दाज में धीरे-से गर्दन हिलाई और आँखें बंद कर लीं।

अस्पताल के लंबे बरामदे के एक छोर पर भुवनेश मुरझाए हुए पेड़ की तरह एक बेंच पर बैठे थे।

रात का समय था। लाश को पोस्टमार्टम के लिए ले जाया जा चुका था। अस्पताल के बाहर विनय के चाहनेवालों की, और रिश्तेदारों और कॉमरेडों और कॉलेज के लेक्चररों और विद्यार्थियों और दफ्तरवालों और अनजान साथियों की एक बड़ी भीड़ थी जो विनय की रोती माँ को और टूट चुके पिता को और बिलखते डबलू को और अंततः अपने आपको धीरज बँधाने की कोशिश कर रहे थे। झा साहब बच्चों की तरह रो रहे थे और उन्हें एस.एफ. के लड़के चुप करा रहे थे। बाबूसिंहजी डबलू को थामे हुए थे और कॉमरेड अस्पताल और पुलिस की औपचारिकताएँ पूरी करने में लगे थे।

अस्पताल के उसी बरामदे में जिसके एक छोर पर भुवनेश बैठे थे, दूसरे छोर से ऋचा आती दिखाई दी। उसने पूरा बरामदा पार किया और भुवनेश के सामने आकर खड़ी हो गई।

भुवनेश कष्टपूर्वक खड़े हुए।

"पापा, आप रो रहे हैं !" ऋचा ने कहा।

●●●